谨以此书

怀念那些我们再也回不去的青春岁月

彼岸·伦敦结

边凌涵◎著

当代世界出版社

图书在版编目（CIP）数据

彼岸·伦敦结/边凌涵著．—北京：当代世界出版社，2011.5

ISBN 978-7-5090-0734-1

Ⅰ.①彼…　Ⅱ.①边…　Ⅲ.①长篇小说—中国—当代
Ⅳ.①I247.5

中国版本图书馆 CIP 数据核字（2011）第 065331 号

书　　名：彼岸·伦敦结
出版发行：当代世界出版社
地　　址：北京市复兴路 4 号（100860）
网　　址：http：//www.worldpress.com.cn
编务电话：（010）83908456
发行电话：（010）83908410（传真）
（010）83908408
（010）83908409
经　　销：全国新华书店
印　　刷：三河市祥达印装厂
开　　本：710 毫米×1000 毫米　1/16
印　　张：18
字　　数：343 千字
版　　次：2011 年 6 月第 1 版
印　　次：2011 年 6 月第 1 次
书　　号：ISBN 978-7-5090-0734-1
定　　价：28.00 元

目录

1 序
6 第一章
19 第二章
31 第三章
44 第四章
56 第五章
69 第六章
82 第七章
95 第八章
107 第九章
119 第十章

目录

132 第十一章
143 第十二章
156 第十三章
167 第十四章
179 第十五章
190 第十六章
203 第十七章
214 第十八章
229 第十九章
245 第二十章
258 第二十一章
272 番外一 陆昊
275 番外二 林然

序

他怎么还不来？时间一分一秒地过去，等待让莫默原本期盼的心情一点一点地躁动不安起来，她甚至开始担心：他该不会是在路上出了什么意外吧？浦东机场人声嘈杂，脸上带着形形色色表情的人们无一例外均是匆匆而过，像是在巨大无边的空间中寻找着各自的方向。

其实莫默打心眼儿里不怎么喜欢机场，它太喧嚣，太隆重，反衬得稍后天空地面的离别却充满了凄清的味道。尤其这会儿所盼的人迟迟未到，她更觉心里头特别不是个滋味。

跟在父母身后慢吞吞地走着，她不停地左顾右盼，几次差些就撞到迎面而来的行李车。

等不到他来她安不下心，还是打个电话问问他在哪里吧。

“对不起，您所拨打的用户已关机……”

这是怎么回事？莫默听着心就沉了下去，垂首往前挪着步子。

“哎哟！”肩膀冷不防被狠狠地撞了一下，她被突如其来的力量冲得侧转了身子，手抚上生疼的肩头。

对方皱了皱眉，从手机屏幕上抬起头。

真是个奇怪的人，莫默看着那人想，如火的八月，他却穿着一身厚厚实实的纯黑色西装，一副巨大的墨镜遮住了大半张脸。虽然看不清容貌，可莫默觉得他在抬头看见自己的那一瞬间仿佛被施了咒一样定在原地，傻傻地，足足愣了好几秒钟。

“默默，怎么走那么慢？”拉着小箱子走在前头的莫母发现女儿没有跟上，回头找人，却见她与一陌生人似有对峙之意，忙折回身，“撞到人了吗？赶紧和人家说对不起啊，都要出国读研究生的孩子了，这点道理都不懂。”

虽然不全是自己的错，莫默还是顺从地说了声“对不起”，要不是她心神不定，也不会碰上那个人。她拉着母亲，疾步走向推着行李车的父亲。

“莫默？请问你是要去 K 大的莫默吗？”

“乐姗！”莫默不禁惊喜地叫出了声。

“真的是你啊，我刚才叫了你好几声，都没回应，我还以为认错了呢。”乐姗笑着说，不忘和一边的莫父莫母礼貌地问好，“BA168 在 F12 的柜台 check in，陆昊他也到了，我们过去吧。”

虽说是第一次见面，可是无数次在群相册里的辨认让莫默对每个人的容貌都已烂熟于心，所以完全没有初见的羞涩，反而像是许久不见的老友重逢般备感亲切。

去年 12 月底，莫默在国内某知名留学论坛上看到当时还在等申请结果的 K 大的 QQ 群征集帖，一股找到组织的归属感让她和群里的朋友很快就成为了同盟战友，从一开始的硕士申请聊到后来的签证、订机票。学校 9 月底才正式开学，他们 8 月份过去先读语言。由于语言宿舍被分到了一起，和其他人相比，莫默就更乐意和乐姗、陆昊聊天，交流签证进度和收拾行李心得。

与父母拥抱告别，最后一次环视机场大厅，莫默被乐姗拉着进了安检。在飞机上落座之后，莫默不禁一阵唏嘘，原来，离别竟然来得这么快。

空姐已用甜美的声音通知旅客关闭手机，飞机在跑道上徐徐滑动。她再次拨出他的号码，听筒里林然的手机从之前的关机状态变为了忙音。

没时间了，她盯着静默的手机屏幕，按下了电源开关。

在黑屏的前一刻，她突然看到了短信提示。像被电击一般，她迫不及待地重新打开手机。

“默默，我临时接到出差通知，不能去送你了，真是对不起啊。你一个人在外要多注意安全，好好照顾自己，我在这里等你回来。”

莫默知道以林然的性格，为了这短短的一句话他这些天来一定想了很多。可是不管怎么样，林然，一定要对我有信心，对我们的感情有信心。

“我毕业了就回来，等我。”她安静地发出这九个字。机窗外阳光正好，莫默安心地笑了。

格林威治时间 8 月 1 日下午 4 点 30 分，BA168 稳稳地降落在伦敦希斯罗机场。透过厚厚的玻璃窗，莫默看见和故乡一样明媚的蓝天，只是地球的另一边，此时应该正有一轮明月高悬。从此不能再和他同时感受日出日落，也许只能用一句“晚安”来回应他的“早安”，莫默对未来的生活有一点点惶恐，也有许多的期待。

当飞机终于停稳后，机舱内顿时响起一片鼓掌欢呼的声音，多半是年轻而富有朝气的学生面孔。从上海到伦敦，短短 11 个小时的距离，却已远隔整个欧亚大陆。

看到座椅上空的安全扣指示灯慢慢熄灭，莫默无声地呼出一口气，全身紧绷的神经这才算放松下来。她解开束缚了自己 11 个小时的大扣子，站起身踮着脚试图去拿行李架上的小箱子。

“我来我来，你站着别动。”乐姗一把按住她的肩膀，把她推回到座位上，然后用她在飞机上吹牛了一路的有力的双手毫不费力地帮莫默拿下了箱子。

“谢谢你。”莫默接过乐姗递过来的箱子。虽然比自己还小一岁，可是乐姗的力气却大得令她望尘莫及，要知道这个箱子上飞机时陆昊放上去可都累得龇牙咧嘴的。

正想着，机舱门打开了，各种发色的人们开始纷纷往外涌，急切渴望着赶快逃离这封闭的高压空间。莫默在人群的拥挤下跨出了机舱，迎面而来的凉爽的风让刚刚在国内经历了38℃高温炙烤的她像突然间步入了秋天。她闭上眼睛狠狠地呼吸了两口新鲜空气，有点不敢相信地自言自语：“这就是伦敦？我真的就这样来到了伦敦？”凝神片刻，莫默赶快拿出手机给家里报平安，紧接着拨通了他的手机。

“亲爱的，到伦敦了？我可一直在等你的电话哦。”听筒里林然的声音充满了听到她平安落地的喜悦。

“嗯，到了。你还没睡呢？”

“等到你的消息就睡了。有同学一块儿吗？”

“有呢，你放心吧。我们现在去安检，伦敦天气还不错，比国内凉快多了。”

“那就好。你肯定累坏了吧，到宿舍里好好休息，倒倒时差。”

“还好，不算很累。你早点睡，晚安。”

挂了电话，莫默的情绪一下子又有点儿低落，大学相恋了四年的林然，为什么就不能和她一起出国呢？

“想什么呢，这么出神？哦，我知道了，一定是想男朋友了吧。”鬼灵精怪的乐姗站在她身边“嗤嗤”地笑。既然一切都已无法回头，那就只能坚持着往前走。莫默决定暂时把这种不安的烦躁打压下去。她伸出胳膊搂住乐姗，笑着说：“是呀是呀，你这小家伙，还不快走，看陆昊都快跑得没影啦。”

伦敦的天气神秘莫测，刚才风和日丽的天，转眼就乌云密布。这里，真是名不虚传的雾都啊，天上一团团的云浓重得好像都能挤出水来。望着出租车外典型的英式建筑一排排呼闪而过，莫默的心情渐渐明亮起来。这一年，她一定不会辜负自己，不会辜负他。

一个小时的颠簸之后，车子停在一幢很有英国乡村风格的三层小楼前面。

“布莱恩，就是这里了。”乐姗念出门牌上的名字，兴奋地跳下车，拉着莫默一起冲进接待处。

从一个彪悍的宿管手里接过房间钥匙，莫默和乐姗兴冲冲地手拉手跑上三楼，留下陆昊一个人瞪着巨大的六个箱子发呆。虽说男人哭吧不是罪，陆昊现在却欲哭无泪，只能提起一个箱子铆足了劲往楼上走。天哪，她们是把家里的金银财宝都搬来了吗？怎么能重成这样？他不自觉地咬紧了牙关。楼上传来莫默甚为及时的关心："陆昊，再一次辛苦你了哦。我两个箱子都超重到32公斤，你小心点拿。"陆昊倒吸一口凉气，就差没一个白眼晕过去了。

好不容易"哼哧哼哧"地搬到半层，陆昊停下来把快滑到鼻翼的眼镜往上架架正，接着十分怨怼地充当免费劳动力。

"神哪，救救我吧，一把年纪了，一个美女也没有，孤独是可怜的，如果没爱过人生是黑白的……"正狼狈地哼着不成调的歌艰难地往上走，他脚下竟然一滑，整个人失去平衡眼看就要连人带箱滚下楼来。

"啊!"

"小心!"

幸好台阶不算高，陆昊松开箱子先往后跳了下来。闷闷的一声重响之后，可怜的大箱子也安然着地。

惊魂初定，陆昊才想起刚才伴随着自己的惨叫，好像还有一个陌生的中国女孩子的声音。他低头看向楼下。

伦敦难道是一个有求必应的地方？正想着美女，一个如花似玉的姑娘就不知从哪里冒了出来。她一头披肩长发，高挑的身材，水汪汪的大眼睛此刻正笑盈盈地望着他。可陆昊怎么看怎么觉得眼熟。

"陆昊?!"女孩略显惊讶地问。

明明阴云密布的天，此时却不知从哪里射出一道金光。她无比诧异地看他站在光里，好像身披黄金铠甲。

"你是?"陆昊开足马力在脑海中搜索类似的面孔。

"我是秦安妮呀，QQ群里的，我们昨天还聊过天呢。"光芒转瞬即逝，她结束自己的想象。

"是你呀，我就说看着面熟。"他微笑着点头，同时心里低呼不妙，方才自己那糗样肯定都被她看到了，惨了惨了，枉自己号称"辣手摧花"，这回花没采到，还被花笑了去，可真是赤裸裸地糗大了。

"这么多箱子，不会都是你一个人的吧?"她笑着问。

"对了，默默，乐姗，快下楼，秦安妮来啦!"答非所问，他只想快点逃离这个令他出洋相的地方。

转眼间，两个女孩又咚咚咚地跑下楼。

"哇，安妮真的是你呀，好漂亮啊!"三个女生嘻嘻哈哈地抱成一团，立马把陆昊当成了透明人。

也好也好，但愿这件事谁也不记得。陆昊拚命地祈祷着，偷瞄了几眼美女，竟然莫名地有了动力。为了未尽的搬运事业，加油!

莫默住三楼，乐姗住她隔壁，陆昊和安妮住她们楼下。

打开门看到未来一个半月属于自己的小天地，一张单人床，一张书桌，一个小小的洗手台，莫默心里有点小小的落寞，总以为发达资本主义国家的住宿条件怎么也应该比国内强吧，谁想也差不多。不过在时差的折腾下莫默的脑子晕晕乎乎的，也想不了那么多了，简单地刷完牙洗好脸，连心爱的史努比床单也没来得及铺，就倒在床上沉沉睡去。

亲爱的林然，晚安……

第一章

林然躺在床上翻来覆去睡不着，悔意一阵一阵地袭上心头。今天明明有很多很多话要告诉她的，为什么在接起她的电话后却只剩沉默了呢？他们之间，又是什么时候开始变得以相对无言作结了呢？

分别才一天，他已将思念作茧自缚。

在林然的完美设想里，他和莫默相恋四年，毕业之后彼此都能努力找到一份好工作，互相鼓励，互相支持，等有了一定的经济基础，他就让莫默风风光光地成为“林太太”，从此执佳人之手，相依相伴。可以说，一直以来，他都在执著地义无反顾地追求这个童话般美丽的目标。直到那一天，她告诉他，她要准备出国。

生活用非暴力的手段把平和的外衣残酷地剥掉，并且还要强迫你接受它赤裸裸的真实模样。

林然不是没想过和她一起出去，可是他成长于一个很普通的双职工家庭，家里根本负担不了他出国的钱，还指望他尽早工作可以为家庭减轻点儿压力。当比翼双飞的梦破灭之后，林然转而希望莫默能为了他留下，等以后赚了钱再一起出国也不迟。但是她不依。

她说，那是她的梦想。她还说，就一年，很快的。

可是她不知道，每天早上醒来，看见她和阳光都在，这就是他想要的未来。他不是对自己没信心，可至少一年的异地相思，令他禁不住有些怀疑，看不见摸不着的爱情真的能抵得住时光的磨蚀，空间的转换吗？

异地恋，不是不靠谱，就是太煎熬。无论哪一样，都不是他想要的。

他曾试图和她沟通，劝过她，也和她吵过架，可讨论争执的结果往往与预期的背道而驰，反而会把四年好不容易积累下来的感情地基一点一点地侵蚀掉。吵到最后，两个人累了，也倦了，倒不如放开彼此朝着各自想要的前程迈进，谁也不打扰谁，谁也不妨碍谁。慢慢地，共同的话题竟然也越来越少了。心不在一处，怎么使劲都是白搭，就像两个人坐在同一艘船上，却朝着不同的方向划桨，就算再努力，船依然滞留在原地。

而当今天莫默终于打电话来想要和他告别时，他却又一次失语了。说“我会想你”吗？太肉麻了；说“你要好好学习”吗？太官方了。想来想去，几次话到嘴边，还是咽了回去，惟剩沉默而已。其实说穿了，他怕的不是说话的内容，而是开口的刹那，他怕，自己会不争气地掉眼泪。毕竟，他是那么想要和她在一起。

迷迷糊糊地睡到天亮，林然掏出枕边的手机，摁下开机按钮。看到时间的那一刻，他便直呼糟糕，7点了。他赶紧起床穿好衣服直奔机场。莫默的航班在一个半小时后起飞，他不知道赶过去会不会还来得及。

坐在出租车里，他蓦然清楚，不管他和她之间发生过什么事，他都一样放不下她。就算别人都说异国恋很辛苦，百分之八十的人都会因为时空的距离而以分手收场，他也一定要试一试。只要彼此都用心，谁说他们不能成为那百分之二十的幸运儿呢？

脑子里正精挑细选地组织着待会儿要和她说的话，手机响了。林然以为是她打来的，拿出来一看，却是顶头上司张总。

“林然，今天和小吴跑趟杭州吧，万象公司下午有一个关于节能环保的新型住房的讨论会，你们去看一下。火车票在公司，你马上过来拿。”

“好的，张总，我现在就过去。”眼看浦东机场的航站楼已现出轮廓，他却不得已让司机掉头赶往公司。

默默，我不能去机场送你了，你会理解并原谅我吗？他回头深深地看了一眼后玻璃窗，一架飞机正直冲云霄。

“……你一个人在外要多注意安全，好好照顾自己，我在这里等你回来。”掏出手机，他说出了心底的话。

也许他的梦想，就是成全她的追逐。

“……98，99，100……221，222，223……”不行不行实在是睡不着了，莫默睁开圆溜溜的大眼睛仰天长叹数声，拿起枕边的手表瞄了一眼，天哪，才4点半，这什么破时差，还让不让人活了。翻来翻去折腾还不如起来上网，她扳起手指算了算现在国内应该是中午11点半。英国3月到10月用夏令时，和国内只有7个小时的时差。

“滴滴滴滴”，莫默的QQ一上线就看到乐姗的小头像在电脑右下角闪啊闪的，她满心疑惑地点开小窗。

“默默，你也被时差折磨得起来了吧……”啊啊，原来是同道中人呀，莫默像找到革命战友般激动地打了个“嗯”外加六个感叹号。

“你饿不饿呀，我肚子咕噜咕噜地叫了好久了。”乐姗发了一碗冒着热气的白米饭过来。

“饿呢，不过我带了好多零食，你到我房间来吃吧。”莫默这才想起她们昨天晚上都没吃饭。

“默默，你怎么带了那么多吃的呀！”看到几乎霸占了四分之三个箱子的零食，话梅、饼干、薯片、杏仁露，应有尽有，乐姗的眼睛瞪得大大的，惊讶得连嘴也闭不上了。“怪不得你两个箱子都要超重了。你看，我被子枕头什么的都没带，更别说吃的了。”她痛心疾首地捶着胸，“早知道我也把箱子塞得满满的过来，大不了让陆昊再辛苦下。”

“你还指望他啊，他那副小身板昨天就快被我这两大箱子压趴下了，最后还不是楼下那老黑宿管帮你拎的箱子。”莫默拿出一袋“闲趣”塞到乐姗手里，自己拿了一包手指饼，又拆了两罐杏仁露。

“你今天早上听见钟声了吗，是大本钟吧？”乐姗把一块饼干塞进嘴里。

“应该是吧，我们昨天从飞机场过来的时候不是路过它了吗，感觉好像离我们挺近的。”能这么近距离地每天和大本钟作伴，莫默觉得很幸福。两个女孩坐在床边，心满意足地边吃着来伦敦之后的第一顿饭，边兴致勃勃地聊着天。

“到了到了，快下来搬东西。”正聊得起劲，窗外突然传来一阵中国男生的声音。这么早会是谁呢？她们俩好奇地打开窗子往外瞧，只见从一辆出租车里下来两个人，其中一个有点小胖，另外一个瘦瘦的，看着有些眼熟，正在从后备箱里往外提箱子。

“好像是吴小波和章淞圻。”还是乐姗反应比较快，莫默不由得感慨这一岁的差距果然让自己的脑子转得慢了好几圈。

“是他们，我们去叫陆昊和安妮吧，他俩不出意外的话也正在和时差恶魔严酷搏斗中。”莫默关好窗，和乐姗一起下楼。

“谁呀，这么早？”屋内传来安妮的声音果然很清醒。

“是我和乐姗，我们睡不着了，来找你和陆昊，你，起了吧？”

“嗯，早起了，等一会儿哦，我找下拖鞋。”

美女真不是盖的，就算只穿着一件粉色小猴子的睡裙，眼前的安妮看上去还是超级卡哇伊，同时也透着丝丝甜美。

“你也在上网呢。”乐姗眼尖，瞄到她把电脑搬到了床上。

“是呀，我睡不着就起来看综艺节目，大清早看看帅哥有益身心健康。”

“谁呀谁呀，我也要看。哇塞，是仔仔耶！”莫默和安妮都被乐姗的小花痴样给逗乐了，觉得她眼里两颗桃心都快撞到电脑屏幕上了。

“哦，对了，我刚才和乐姗看到吴小波和章淞圻在楼下搬东西，应该是刚到，我们过来找你和陆昊，想问下要不要过去打个招呼，反正也睡不着。”莫默突然想起这才是她们此次清晨造访的目的。

“好的，我换下衣服，你们先去找陆昊吧，估计他也刚起。”

当看到睡眼惺忪的陆昊出来开门，莫默和乐姗相当默契地对视一眼，一股无名怒火顿时在心头呼呼地燃烧，老天要不要这么不公平的，凭什么他不用被时差折磨，还害我们背上了扰人清梦的罪名？于是乎，征求意见瞬间变成了强制命令。

“吴小波和章淞圻来了，你快穿好衣服和我们去打个招呼。”

“都是谁呀，要不要这么热情对他们。”陆昊明显还在睡梦游离中。

“要的要的，以后你扛不动了箱子了我们总得另寻高人吧。”

男人最怕自尊心被打击这句话真是一点都不假，昨天的“耻辱”一下子就把陆昊刺激醒了，“切，那是哥昨天没吃晚饭，看我现在多精神。”

看到他那双死命睁大却仍淹没在眼皮底下的小眼睛，莫默和乐姗一下子笑开了，立马就把刚才那一点点不爽抛到九天之外。

“小波，淞圻，你们到了啊，这下布莱恩更热闹了。”有美女作发言人，莫默和乐姗乐得在安妮身后偷偷比较眼前这两个新来的男生和照片上的差别。吴小波大概是刚剪过头发，齐刷刷的板寸把年轻的脸庞衬托得比照片上的更加蓬勃有生机。而章淞圻明显是另一种风格，斜刘海软软地贴在额头上，高挺的鼻子下竟然是一张樱桃小嘴。是花美男吗？莫默一想到这个词就在心里窃笑不止，觉得自己太有才了，那么多韩剧、日剧不是白看的。

“你是安妮吧，群里一号大美人。”章淞圻这个小色眼，莫默和乐姗交换了个眼神，读懂了对方眼里同样的意思。

“这十几个小时的飞机没把你眼睛颠花吧，不过还是谢谢你。”安妮微微一笑礼貌地谢过，“我来介绍，这是莫默和乐姗，这是陆昊。”

小花园里顿时“嗨”成一片，大家算是打了招呼。

“你们住几楼呀？”这大清早地站在外面唠嗑实在不是很明智的决定，莫默想还是先把大家弄进屋里再说。

“章淞圻住一楼，我住三楼。我们先进去再说吧，外面凉飕飕的。”吴小波像是看透了莫默的心思，提出了她预设的建议。莫默不由得多看了他一眼。

一楼住的人不多，很安静。章淞圻把箱子放进屋子之后就跑上来找陆昊他们。大家把楼层折了中，决定以后以陆昊的房间作为据点。

一伙人笑着聊到10点多才想起中午吃饭的问题，讨论的结果是去附近的超市买菜回来自己做。陆昊在一楼接待处拿了份周边地图，上面还特地标出了最近的一个大型超市。大家就放心地跟着地图走。

走了大概20分钟，超市蓝色的大标志终于出现在眼前和他们招手。吴小波在门口推了一辆购物车，浩浩荡荡的布莱恩小分队开始在超市里挑挑拣拣。英国的蔬菜好少呀，西兰花、芹菜、黄瓜、西红柿、生菜，还有最盛产的土豆，一排货柜上能叫得出名的也就这么几种。转到冷冻柜，指定食物任意三样10镑，他们就鸡肉、猪肉、牛肉各拿了一盒。提了一袋米，买了油盐酱醋一堆烧饭的调料，再绕到饮料架上面拿了四瓶大果汁，最后拎了一盒鸡蛋。

结完账，每个人手里拎着一个袋子说说笑笑地准备往回走。

“陆昊，我们应该往哪边走呀?”安妮抬起尖尖的小下巴问。

“这个嘛，让我看下地图。咦，地图呢?”在陆昊的这声惊呼中，大家的危机意识瞬间迸发，地图找不到就麻烦了，谁都是第一次来．来的时候也只顾着说话没仔细记方向。

“再好好找找，会不会在袋子里。”莫默开始搜索手中的塑料袋。众人找了一圈也没有地图的踪影。

“可能在车上。”吴小波转身朝那排购物车跑去，不一会儿悻悻地走了回来，“也没有。”他低垂的双眼浇灭了其他人最后一点希望的火苗。

“算了，我们找个人问问好了。”安妮放弃了依靠他们自己回去的想法。

“快看，那边那个女孩看上去像是中国人。”顺着乐姗手指的方向，大家看到一个长发飘飘的女孩子拎着两个袋子刚刚从超市里出来。

不待犹豫，莫默追着她跑了过去，“你好，请问你是中国人吗?”

“是呀!”女孩的脸上顿时开出了一朵花，“来了三天，总算见到自己人啦!我叫欧阳静，你呢?”

“我叫莫默。”被她的热情强烈地感染，莫默开心地指着站在不远处的伙伴们，“你看，那边都是我们的人，过去认识一下吧。”

在大家轮番作了自我介绍后，莫默问：“我们迷路了，想问你知道布莱恩宿舍怎么走吗?”

“布莱恩?那太好了!我也住那儿，我带你们回去。”女孩喜上眉梢，其余六个人集体心花怒放。这也算因祸得福吧，因为迷路而找到一个布莱恩的中国同胞。

“欧阳，你现在是一个人做饭吗?”安妮走在她右侧问。

“目前是的哦。”她笑眯眯地说。

“那你和我们一起吃吧，人多也热闹。我们和他们四比三，如果吵起来，一对一还有一个可以作替补的，不怕他们欺负。”乐姗小朋友跳跃的思维让男生顿时都傻了眼。

“可以，不过我申请坐那个替补的位置。”欧阳静笑着把两个袋子左右手换了一下提，明显右手那个袋子重好多，好像都被勒出了一条红印。

“欧阳，我帮你拎吧。”吴小波说着接过她刚被换到左手的袋子。

“啊哟，小波好男人呀，真体贴。”陆昊眯起小眼睛贼贼地笑。被他这么一说，大家都笑了起来，嘻嘻哈哈地看着小波脸一下子涨得通红。

“哪儿呀，我看欧阳拎着比较累嘛，你们想哪儿去了。”

“我们可什么都没想啊，夸你是好男人也有错哦。”和乐姗走在前面的莫默回头朝他狡黠地眨了眨眼。小波这回彻底无语了，女孩的牙尖利嘴从来都是他应付不了的。

在欧阳静完美零误差的带领下，大家顺利回到布莱恩二楼厨房。男生们把袋子往桌上一放，很自然地就霸占了四分之三总数的椅子。一个个都跟大爷似的，四个女生笑着数落他们。欧阳和安妮商量着中午要做的菜，切片土豆，生菜炒肉，西红柿炒鸡蛋，黄瓜炒鸡肉。莫默和乐姗把剩下的菜放进冰箱。休息了一会儿，男生从隔壁厨房搬来了另外三张椅子。

他们在国内都是大少爷大小姐，来伦敦之前谁都没正式下过厨房，不过这会儿操起菜刀，舞起铲子的模样看上去还挺像那么一回事的。乐姗把一大块猪肉放在砧板上很仔细地开始下手。

“乐姗，你这肉也切得太太太太小了吧……”陆昊盯着她切下来的细如头发丝的肉丝，不知道是该佩服她切肉的技巧，还是担忧待会抢肉吃的悲壮场面。

“我们家的肉都这么切的啊，我妈说切得太大进不了味。”乐姗抬起头相当认真地看着陆昊。

“不行啊，乐姗，人家吃肉不够塞牙缝的，我估计你切的这肉都直接可以从牙缝里漏下来了。来给我，看看食肉动物们的吃肉法。”这样不紧不慢的动作连温柔如水的安妮也看不下去了，拿过乐姗手中的刀开始作示范。

“啊啊啊，这么大，怎么吃啊！”看着一大块猪肉刷刷刷地几刀就变成了几小块，一块块粗壮得跟大拇指似的，乐姗慌了，皱着眉头作心如刀割状。

“啊哟！”乐姗还没结束被大块肉折磨的心痛，就被章淞圻猛然的惊叫给吓了一跳。

“怎么了？”

“土豆又掉了……”他们男生干不了细致的活，欧阳和安妮就派给他们最浅显的工作，可没想到就连削土豆这么基本的事都让人看得胆战心惊的。一共才削了6个土豆，已经有一半直直地掉进垃圾桶了，这样下去一包土豆掉的快赶上能吃的了。

“淞圻，你说你激动个啥，手咋抖成这样呢。你快算了，我来吧。”陆昊摇着头接过削皮刀，试图挽回点男生的面子。于是，又一个人的工作被无情地代替了。

“对了，饭还没煮呢，电饭煲在哪儿？”欧阳静适时问了一个很关键的问题。

“用我的吧，我让我爸买了一个超级无敌万能锅。”章淞圻说着回屋去拿这个听上去神乎其神的家伙，急于想证明一下除了削土豆之外自己的存在价值。

“哇塞，这么大，你是怎么带来的呀？”莫默盯着这个体形庞大的家伙吃惊地问。

“不知道，反正是我妈帮我打的包……”1989年的小弟弟果然没脱离妈妈的怀抱。

“我来煮饭吧。七个人，要放多少米呢？这么多够不够？”

欧阳瞅了一眼莫默放的米，这个她还真没经验，“应该差不多吧。”

“行，那就这样吧。”莫默估摸着倒上水放进万能电饭煲，“鱼、汤、粥、饭、鸡鸭，还有宝宝饭，这是什么东西……淞圻，你这锅功能还真够多的啊！”莫默这一句小小的恭维让章淞圻骤然有了一种赌徒翻身的感觉。

一阵七七八八的忙碌之后，肚子饿得空空的各位总算是吃上了热腾腾的菜。

“哎，等会儿，我回屋拿个相机，纪念一下我们到伦敦之后自力更生的第一顿大餐。”莫默飞奔上楼。“咔嚓咔嚓”，莫默横着拍不过瘾，又把相机竖过来按了快门。镜头里红红绿绿的菜色甚是好看，莫默满意地点了点头。

“我来盛饭。”安妮把七个碗依次拿到灶台边。乐姗捧着来伦敦之后的第一碗白米饭，激动得都快热泪盈眶了。莫默看着她可爱的模样，忍不住把碗里的饭又扒了一点给她。

“饭不够了，还剩最后一碗的样子，你们谁还没饭哪？”安妮无奈地回头，看见吴小波和章淞圻面面相觑。

“那就两碗先各盛一点吧，马上再烧一锅。还真是少了，悲剧啊。”这回连欧阳静也只能干瞪眼了。莫默偷偷地吐了下舌头，心里向小波和淞圻发出致歉函，真不好意思呀，一来就让你们饿肚子。

这顿饭要不是为了给小波和淞圻省下点菜，大家肯定如饿狼扑食般可以在5分钟内把桌上的菜一扫而空。虽然有的菜酱油放多了，有的菜盐放少了，可是每个人心里都乐滋滋的，毕竟这是大家自力更生后的第一份成果啊。

放下筷子，众人摸着似饱非饱的肚子，考虑着谁来负责洗碗这个老大难的问题。

“以后洗碗的事我包了，烧饭的事我不会，洗碗还是可以的。”还没等谁发出这个疑问，小波就自觉承担起这个重任。理所当然地，陆昊他们又纷纷开始打趣小波这个“好男人”。七个人，果然可以男女搭配，干活不累，莫默笑着心想。

等小波洗好碗大家就各自回屋休息，刚才无比热闹的布莱恩宿舍转眼寂静无声。

“林然，你那边怎么样啊？我们这儿今天又来了三个新同学，大家说说笑笑的可热闹了。对了，我今天第一次下厨了呢，明年回去我就可以做饭给你吃啦，你开心不？我的时差好像还没倒过来，好困哦，我先去睡个午觉，你好好照顾自己。想你。”

看着林然在QQ上灰暗的头像，莫默的心里有种说不出的失落。一天没有他的消息了。也许他工作比较忙吧，莫默安慰自己。他从来都以工作为第一，她也不是不知道。他明天上网看见自己的留言应该就会回的。想到又可以看到林然甜蜜的问候，莫默安心地闭上了眼睛进入了梦乡。

“默默，准备好了吗？我们走吧。”早上8点半，乐姗准时过来敲门叫莫默一起去上课。

“好了好了，等我拿下外套。”顺手扯过搭在椅子背上的运动衫，莫默拎上书包，和乐姗一起说说笑笑着下楼。

用力拉开一楼笨重的大木门，莫默看见楼下不远处的大草坪上已经站了两个熟悉的身影。

臭美的陆昊今天竟然穿了一件粉色的衬衫，左上角心口的位置还盛开着一朵娇艳欲滴的红玫瑰。这个“衬衫控”，莫默暗想，一连看他穿了三天完全不一样风格的衬衫，实在让人想不出更贴切的词去描述他这种癖好了。

不过，下一秒看见的这个人，就让莫默的心情瞬间多云转晴。站在陆昊身边的安妮就像是一朵出水芙蓉，一条藕荷色的收腰连衣裙恰到好处地修饰出她完美的曲线，脚上一双细高跟水钻凉鞋更让她显得高挑动人，微微仰起头听陆昊说话的神情带着些许俏皮，些许娇羞。莫默想，幸好我不是个男的，要不然如斯这般秀色可餐，我肯定就无可自拔地坠入安妮小妮子撒下的天罗地网了。

看见她神游天外的表情，刚下楼的欧阳静悄悄向乐姗作了个“嘘”的手势，乐姗会意，站在一旁偷偷地笑。

“看什么呢，这么出神？”欧阳静轻轻地拍了一下她的肩膀。

“喏，陆昊和安妮啊，”莫默坏坏地笑着朝他俩站的地方努了下嘴，“你不觉得他们很像一对璧人吗？”经她这么一点拨，乐姗和欧阳静也发现了眼前这两人出奇和谐的画面。

“真的很配耶，早上看帅哥美女果然让人心旷神怡，胜过咖啡一杯。”乐姗忍不住笑出了声。

安妮终于被这厢的笑声惊动，回过头来看见三张不怀好意的笑脸。

“怎么了，一大清早的捡到英镑了？”她撇下陆昊，满心好奇地迈着小步向她们走去。

“比捡到英镑开心多了。”莫默继续忽悠。

“哟，那说来让我也乐乐。”安妮侧着头打量这神神秘秘的三个人。

“简单地说，就是你和陆昊在阳光明媚的早晨娱乐了普罗大众。”欧阳静果然才智过人，一语中的。

“我们娱乐了普罗大众？”她回头疑惑地看了眼陆昊，正对上他注视自己的眼神，她顿时有种脸红心跳的感觉，霎时明白了眼前这三个人话语中隐含的意思。

“哎哟，你们怎么一来就打趣我呀。我们都等了好久了，还没罚你们呢。”安妮努力稳定波动的小心情，试图岔开话题。

“我们很准时的，倒是吴小波和章淞圻这两个懒人还不见踪影。”乐姗中招。

“他们俩昨天刚到，大概还在倒时差吧。”欧阳静猜测，也不再调侃她。

真是说曹操曹操到，她话音刚落，吴小波和章淞圻就拎着书包推开门冲到她们面前。

“不好意思呀，睡过头了。”吴小波道歉耽误了大家的时间。章淞圻则是一脸没睡醒的表情，斜刘海明显没来得及打理，乱乱地贴在前额上。

“没事没事，我们第一天倒时差也睡得七荤八素的，人到齐了，我们走吧。”莫默挽着乐姗的手跟着欧阳静带领大部队向前进发。

也许是因为第一天上课，大家都情绪高昂，45 分钟的步行路程好似也没想象得那么遥远。路上陆昊逮住机会悄悄问安妮：“刚才默默他们鬼鬼祟祟地和你说什么来着?”

“没什么，就说你的花衬衫太招摇了。”安妮瞄了他一眼，随便编了个理由来掩饰内心的小小起伏。

路过大本钟时，莫默突然想起今天起得匆忙，还没来得及打开电脑看林然的QQ 留言，不由得有点懊恼。算了，下午回去再说吧。时差真不是个好东西。莫默把郁闷怪罪给了不会反抗的时差。

他们到的时候报告厅里已经差不多坐满了，大家只好分开坐。四个女生坐一块，三个男生坐后头。

语言班第一天不上课，先是有老师简单介绍一下学校的大致情况，然后是一个小时的命题论文，外加一个 10 分钟的一对一的 interview，都是用来分班上课的，和最后的结班考核没有关系。

莫默听力不怎么好，再加上台上那个长得有点像鹦鹉的女生说话好快，莫默听着听着就快睡着了。

命题论文感觉和雅思作文考试差不多，可是距离最近一次的雅思考试也已经半年多了，莫默的英语思路不怎么流畅，写着写着不时咬住笔头双眉紧锁，间隙偷偷地瞟一下其他人。欧阳静已经打完草稿，在第二页刷刷刷地开始奋笔疾书。安妮也没有太多犹豫，表情镇定，写得很顺畅。倒是乐姗，好像和她遇到了同样的问题，一支笔悬在答题纸上方迟迟没有落下。莫默叹了口气，继续挣扎着拼凑句子。

好容易熬到一个小时结束，听到“停笔”的指令，大家好像都舒了一口气。莫默他们在座位上听完 interview 的分组名单，就分别跟着自己组的老师走出报告厅去不同的教室。乐姗、莫默和吴小波分到一组，欧阳静和章淞圻一块儿，安妮和陆昊在大家嗤嗤的笑声中走向同一个教室。

莫默这一组的面试官是个面目慈祥的老太太，而她抽到的题目是“请谈一谈令你最难忘的一件事”。

最难忘的一件事，莫默想，应该就是初恋了吧。反正在国外，老外多开放啊，而且没人认识，说了也不用负责，她就大了胆子，“我最难忘的就是和我男朋友第一次见面。”

那小老太太顿时来了兴趣，让她说来听听，看来这不管国内国外，探寻别人隐私都是人们热衷的事。

和林然的第一次见面，莫默眯着眼睛回想，那还是个阳光明媚的秋日早晨呢。大一刚开学没有电脑，她下了课之后跑到学校机房去退误选的建筑学专业的课，结果却被旁边的男生搭讪了。他问，你也是建筑系的吗？她略感惊讶地回头，看见他微笑的侧脸有一种说不出的好看，眉眼弯弯，很温暖。很久以后她都认为，就是在那一秒，她喜欢上了他。她说，不是的，选错的。于是将错就错，她知道了他是建筑系今年的新生，顺便被他要走了手机号。

稀松平常的初次见面，她却对他一见倾心。

老太太听得很投入，还认真地问了几个问题，这一不小心面试就成了聊天，一聊就超过了规定时间。等莫默走出教室，已经比预定的10分钟多了一倍。

其实这个语言班不是必须的，莫默、安妮、小波和淞圻的雅思成绩没达到专业录取标准所以不得不通过语言班的考试才能换正式录取资格，而乐姗和欧阳静收到的是无条件录取通知书，她们过来读是想提前适应一下伦敦的环境。陆昊收到的也是有条件录取，不过是学术成绩方面的限制，他本科学校对绩点的计算和K大的计算方法不一样，因此和K大要求的最低成绩相比，他还差0.01……他过来就是想和系里的老师商量一下这件事。

下午领完学生卡，第一天简单的学校生活就结束了。回到宿舍已经4点半，莫默赶紧上网开QQ，北京时间11点半，林然应该已经睡了，他明天还要上班的。

“默默，看到你留言一切都好我就放心了。工作真不比读书，压力突然间变得好大，要学会看领导的眼色，要学会和客户周旋，我要学习的东西好多，每天都感觉时间不够用。如果你现在能陪在我身边就好了，唉，算了不说了。你在那边要好好的，想你。”

莫默没想到林然的第一次留言就充满了心痛的思念的味道，心里十分不是滋味。

她忘不了去年这个时候她和林然开口说她准备出国时他诧异的表情。其实出国深造一直是莫默的梦想，之所以拖了这么久才说一方面是出于私心，她没想到会和林然一起走到毕业，一方面也来自家里的压力。她曾试图和父母沟通说想留在国内找工作，可是莫父强烈反对。莫父自己开了一家小服装厂，这许多年积攒下来的钱就是为了供莫默出国读书，他不允许莫默临时说放弃。莫默是个孝顺的孩子，终究没拗过父母。

从申请到出国之前两人不时为了这件事爆发大大小小的争吵。最厉害的那一次林然落下一句狠话："莫默，你爱出去就出去，我管不着，以后我过得好不好也用不着你管。"就重重地摔门走了，留下莫默一个人哭到虚脱瘫倒在地。

她那时好绝望，曾经如此熟悉的一张面孔在那一刻变得冷酷无情，锋利如刀的眼神好似要将她一片片肢解。这就是我们四年的感情？莫默不敢相信，那么多的山盟海誓在面对选择时真的如此不堪一击？我们终究还是倒在了现实的枪口下。

虽然不久之后两人又言归于好，忘了是谁先开的口打破僵局，可是从那以后莫默明显感觉两人生疏了不少，连说话都变得小心翼翼。莫默忙着给国外的高校寄材料，林然像浮萍一样忙着在那个纸醉金迷的国际大都市寻找扎根的理由。两人谁也不敢再触碰"未来"这个他们以前聊起来就会无限憧憬的话题。

就这样，时间跌跌撞撞地晃到了7月31日，莫默出国的前一天。那天晚上，莫默犹豫着给林然打了电话，虽然她有预感这也许会是个错误的决定。莫默努力让自己的声音听上去不那么悲伤，电话那头的林然却一直沉默着，安静得让莫默的心一点点沉了下去。最后，两个人一起沉默。还是林然先挂了电话，没有一句"再见"。

是不是他再也不想见了？莫默握着电话，心坠坠地痛了一夜。

"滴滴滴滴"，莫默被这突如其来的声音吓了一大跳，一下子跌回现实。她点开安妮的QQ头像，"默默，下来做饭啦！"又到做饭时间了哦，想起昨天的各种状况，莫默忍不住嘴角上扬，回了个微笑点头的表情，合上电脑下楼去找大伙。

吃完饭为时尚早，乐姗提议夜游伦敦，布莱恩小分队齐刷刷举手表示无限欢欣鼓舞。

从布莱恩到大本钟，抄近路穿过宿舍后面空旷的花园，统共也就二十多分钟的路。说是夜游，天空却无一丝黑黝黝的迹象，不过这丝毫不妨碍大家第一次集体出游的激动心情。

"哇靠靠，伦敦实在是太有味道了，我好喜欢这里哦！"走在威斯敏斯特桥（Westminster Bridge）上，乐姗夸张地大叫，引来众多路人侧目。

"你再这么叫怕是会把议会大厦的保安给招来，把你当恐怖分子抓走。"陆昊吓唬她。

"人不疯狂枉少年。"乐姗睨他一眼，转而冲着大伙说，"快来快来，你们都试试，这样对着泰晤士河吼，可带劲儿了，就好像在宣布我是这个世界的王。"

"还'王'嘞，我看你是小恶魔还差不多。"陆昊笑着走过她身边，故意贴着她耳朵说，“专门破坏世界和平。”

“陆昊你个坏蛋，看女侠我怎么收拾你！”乐姗嘴里发出“呀呀呀”的声音挥舞着拳头向前奔去。陆昊撒开长腿逃避她的追杀。

作为围观群众，莫默他们差点没笑岔气。

不一会儿，头先水火不容要打要杀的两个人谈笑风生地回来了。

“告诉大家一个不是秘密的秘密，我知道陆昊的死穴啦！”乐姗兴奋地说。

“什么呀？”众人异口同声地问。

“女人。”乐姗转了个调子说，“刚才我眼看追不上他了，就在他背后喊了句‘快看，美女耶’，你们猜怎么着，陆昊急刹车就停住了，东张西望地问‘哪儿呢哪儿呢’，然后就被我逮住啦！”

“窈窕淑女，君子好逑。”陆昊振振有词，眼睛流连于来来往往前凸后翘的外国美眉。

大伙儿又说又笑地往前走，很快就到了威斯敏斯特桥的另一头。

站在大本钟底下仰望伦敦最具标志性的时钟转轮，莫默不禁对这座以前只能出现在电视里的雄伟建筑肃然起敬。建于1859年的大本钟非但没有在历史的洪流中销声匿迹，反而将古朴与潮流完美统一，在伦敦恒久地散发出其独一无二的韵味。金黄肃穆的外墙，高耸入云的塔尖，只消一眼，便毕生难忘。高达百米的钟楼旁边就是精雕细刻的议会大厦（Houses of Parliament），仿哥特式雄伟建筑庄严典雅，气派不凡。天虽未全黑，但大本钟和议会大厦的外墙面已被无数耀眼的灯光映照得格外金碧辉煌，气势恢宏。

沿着大厦外围兜了一圈，众人依原路返回。

“啊呀，你们看，晚上的伦敦眼耶！”

按乐姗手指的方向看去，莫默看到了对岸与庄严的大本钟交相辉映的伦敦眼。白天惹人注目的巨大摩天轮，夜间则幻化成了一个巨大的蓝色光环，大大增添了泰晤士河的梦幻气质。

“要不我们上去坐一下，据说在它上面可以俯瞰方圆25英里范围内的景色呢。”莫默征求同伴们的意见。

“好呀好呀！”乐姗拉着莫默的手往售票处跑。其他人亦欣然前往。

不知什么原因，也不知从何时起，伦敦眼上32只大眼睛中被移去了一只，完整的一个圆缺了一个小口。

进入座舱，莫默惊觉这里面比外边看上去要宽敞得多，容纳二十多个人肯定不是问题。稀稀疏疏的十二人，他们布莱恩就占了七席，好像包场似的。

摩天轮徐徐上升，伦敦壮丽的夜景在眼前依次铺展开来：巴洛克风格的圣保罗大教堂（St. Paul’s Cathedral），灯火灿烂的特拉法加广场（Trafalgar Square），还有近在咫尺的滑铁卢桥（Waterloo Bridge），和别有一番风景的议会大厦。

正欲将美景统统揽入眼中的时候，莫默碰巧看见陆昊的眼神晃晃悠悠地飘向身邻的一个金发美女。

“瞧你这猴急样，如果被你女朋友看到了，小心回家跪搓板。”莫默逗他。

“哥是黄金单身贵族，行动自由。”

“我看你是没人要吧，还单身贵族咧，孤家寡人还差不多。”

“切，想做我女朋友的人都可以排成一个连了，是哥不给她们机会。”

“你们俩有女朋友没?”乐姗跳着走到吴小波和章淞圻跟前。

“我还没有，淞圻嘛，嘿嘿嘿……”小波很诚实地供出自己尚且单身的事实，而大家也在他这声意味深长的“嘿嘿”声中大致猜到了章淞圻的状况。

“你这小屁孩都有女朋友了呀，唉唉唉，这什么世道呀。”陆昊一脸的虚伪感慨。

“你就别酸了，祖国的花苞都被你摧残好几个了吧。”欧阳静嘲他。

陆昊假模假样地扳起手指数了下，“不多不多，一只手能数过来的。”

“真是个花花公子。”乐姗对陆昊这种极不人道的到处留情的行径相当愤慨。

“没办法呀，哥太有魅力了。”人群中霎时啧啧声一片，不过一定不是赞叹声。

在这种打打闹闹，互相调侃的轻松氛围中，莫默这些天来抑郁的心情渐渐变得明朗。也许，是时候该换一种心情生活了。

第二章

第二天分班结果一出来大家就乐了：莫默和乐姗手牵手去教室，小波和淞圻继续做好兄弟，欧阳静感慨她将要做一个月的电灯泡了，又招来安妮娇嗔的责怪和陆昊看上去的满不在乎。

因为班级是按照各人昨天考试的成绩来划分的，所以每个班的老师都会根据这个班学生的特点有针对性地进行辅导。中午碰头吃饭的时候布莱恩七人小分队叽叽喳喳地交流学习心得。

"Laura 真是个很好的老太太，说话轻声细语的，可就是讲的内容好少，基本上都是我们在自己讨论。"莫默希望能多听些有帮助的东西而不是一味地小组讨论。乐姗在一边点头附和。

"Cathy 太漂亮了，我一上午就光顾着看她了。"看着章淞圻的花痴样，吴小波受不了在他脑门上敲了一下。

"你们的老师好好呀，我们班的那个老巫婆 Tina 实在是太可怕了。"安妮好像一副余惊未了的样子。

"发生什么事了？"莫默问。

"其实也还好，就是我和安妮上课之前说了几句中文，被她听见了，然后她很严厉地说不许在教室里说除了英文以外的语言，还说我们不尊敬她什么的。"欧阳静无奈地耸了耸肩。

"啊？至于不至于啊……"乐姗吓得吐了下舌头。

"唉，吃饭时间不要提这么扫兴的事，我会得胃痉挛的。"陆昊一脸厌恶的表情。虽然知道他说的纯属无稽之谈，可是大家也会意地岔开话题。

"K 大今年的学费好贵哦，我们这个专业要 14000 英镑，听说去年才 12000 英镑。"莫默抱怨说。

"谁让英镑今年不坚挺呢，汇率跌了那么多，那就只好涨学费咯。"安妮安慰她。

"你们还好啦，我们专业要 18000 英镑，不过好像是 K 大惟一一个外国学生和英国学生同样学费的专业，哈哈……"陆昊得意地切下一大块鸡肉。

“哦哟，瞧你这小样儿，就这点出息。”乐姗不屑地瞟了他一眼，“那你们这么高级的专业是不是要上很多课啊?”

“哪有，也就四门，不过我们都是晚上的课。”吴小波对夜间上课甚感困惑，他和陆昊在同一个专业。

“你们花了18000英镑来伦敦上夜校?!”乐姗惊讶得张大了嘴巴。

“……”陆昊的脸绿了。

“哈哈哈……”餐厅里爆发出一阵年轻人无忧无虑的笑声。

那时的空气，纯净如水。

一眨眼周末就到了。虽说这上课没有什么太大压力，可毕竟不怎么自由，每天有点小作业。所以周末这天大家都出奇的兴致高亢，再加上那天阳光灿烂，蔚蓝的天空上白云朵朵开，陆昊提议去布莱恩宿舍后面的一个小公园玩他从国内带来的三国杀。

“我不会玩哎。”莫默不想扫了大家的兴。

“我也不会。”乐姗举起小手。

“没事没事，游戏这种东西多玩玩就会了。待会我们一起玩慢慢教你们吧。”陆昊难得这么热心。

“大家先看身份牌，不要亮出来，自己心里知道就可以了。只有抽到主公的人需要把牌亮给大家看。既然这局以教学为目的，主公就我来做好了。”

“然后我要在刘备、孙权、曹操三张武将牌中选一张。”陆昊拿了“刘备”放在红色的主公牌旁边，“你们每个人抽四张武将牌，先看牌下面对每个人的说明，选一张你们觉得合适的留下，其他的放回牌堆。”

鉴于莫默和乐姗是新手挑得比较慢，其他人扫一眼牌就选好了自己中意的那个。

“武将牌左上角会有体力指数，比方说刘备是5滴血值，就把体力牌5滴血那一面朝上放。”

接着，陆昊给每个人发了四张游戏牌，游戏就正式开始了。

当然游戏过程中凡是莫默和乐姗不明白的地方，陆昊都很详细地给予解释。

第一次看到他如此认真的表情，出牌时由于专注而微微抿起的嘴，安妮不由自主地怦然心动。原来除了油嘴滑舌之外，他竟然有这么可爱的一面。

在陆昊的悉心指导和大家的共同帮助下，莫默和乐姗学得很快，几局下来就可以独立操作了。只是这个游戏一局的持续时间比较长，等她们渐入佳境时，太阳也快下山了。七个人商量之后决定把这个游戏作为吃完晚饭后的保留节目，打发时间之余又可以增进彼此的感情。

安妮发现自己现在喜欢上了看陆昊认真切菜的样子，他修长的手指握着菜刀，心无旁骛地对待手里的食物。还有他偶尔会像个老中医一样坐在灶台旁不急不慢地照料炉子上的炖菜。这种忽隐忽现的好感让安妮觉得很温暖。

“哎呀，小波，你这样洗锅肯定是要悲剧的啊！”看见小波把整个电饭锅抱到洗碗池去洗，莫默连忙阻止他。昨天晚上为了改善伙食暨庆祝第一个周末，大家从超市买了一整只鸡回来炖。因为不会用这个高级的电饭煲进行高压运作，鸡汤通过蒸汽孔喷到了电饭煲的内里。昨天大家吃得开心就没管它。今天要用它来煮饭，小波就把昨天吃剩的鸡肉从锅里舀出来然后想把锅洗干净，结果就真的如莫默所料电路板成功进水短路了。这个神奇的高压电饭煲宣告光荣牺牲。

“别急别急，让哥来看看，好歹哥本科也是读电子工程的。”陆昊去房间拿了一套迷你维修工具套件，不过折腾来折腾去之后它也没能够“起死回生”。小波没想到好心办坏事，站在陆昊旁边看看能不能帮上什么忙。

“咔嚓”，调皮的乐姗偷偷地用手机给他俩和谐的背影照了一张合照，“默默，你看，是不是很有‘奸情’呀？”莫默探过头看了一眼照片，笑着说：“是呀，很有‘gay’情呢。”

“别乱说，我喜欢女人的！”小波听到莫默这么说，一紧张回过头蹦出这么一句话，虽然他也不知道为什么这么介意莫默对他这样的误解。莫默和乐姗被他逗乐了，推来搡去笑个不停。

“妈呀，惨了！”这厢电饭煲事件还没解决，门口又传来章淞圻的一声尖叫。为了节约时间，他们决定利用隔壁那个没什么人用的厨房。今天章淞圻就是过去炒豆芽的。盼着这位大少爷的手艺这么久，莫默和乐姗回头看见的却是一幕人间惨剧：热腾腾的一碗豆芽整个被扣在了地上，旁边是手足无措的章大厨。

“唉，你说你能干什么吧……”莫默面对他相当无语。

“算了算了，我们看看还有什么菜能做吧。”安妮打开冰箱，找出一盒蘑菇和两颗茄子。

“我来帮你切。”眼看抢救无效，陆昊果断地抛下电饭煲过来帮安妮切蘑菇。

“哟，少爷今天很勤劳嘛。”欧阳静把刚做好的黄瓜炒虾仁端上桌。

“必须的，总不能让我们秦大美女那么操劳吧。”陆昊干活也不忘一逞口舌之快。

“就你嘴贫。”安妮低着头切茄子，披散下来的头发遮住了她的脸，也遮住了她脸上那抹浅浅的微笑。

这道蘑菇炒茄子在安妮主厨，陆昊帮手的完美配合下到了加调料时刻。“这盐不咸，你再加点。”主厨发话了。帮厨抖了抖盐罐，“哗啦”，瓶盖直接掉了出来，一下子洒了半罐盐……

今天是不是布莱恩小分队的悲剧日？

转眼又是一周，简单的生活继续着，无厘头的笑话层出不穷，可是莫默心里潜藏的担忧却越来越躁动不安。

这半个月和林然的联系总是断断续续的，说得上话的时候，不是他正忙，就是她快睡了。他是不是变心了？每当这个念头跳进脑子里，莫默就狠狠地摇头想把它甩掉。不会的，林然不是那种人，他说过要等她回去，就一定会等。可是电话那头他略显疲惫的语气却一次一次地让莫默不由得胡思乱想。他是有什么心事不肯和自己说吗？会是什么呢？莫默曾试图问过他，可是得到的回答均是一句他淡淡的"没事"，她也就不再追问。

周末下午闲来无事翻开两人大学时期的合照，看着那充满朝气无忧无虑的笑脸，莫默的眼睛竟不知不觉地湿润了。那些美好与甜蜜，那相依相偎走过的四年，似流沙划越指缝，了无痕迹。林然，那个努力想要留在大城市里的你，现在到底过得怎么样？她在心底无言地轻问。

念及过去，她的心微微发酸。

林然，如果你有感应，能不能给我一点点信号？真的，一点点就好。

忙完了一天的工作，林然累得头昏脑胀，谁知今儿是同事小吴生日，不想拂了大家的兴，他随大伙儿先去吃了日式自助餐，再去钱柜K歌。

十几个人的中包厢，光线幽暗，点歌台将人脸映得白光闪烁。同事中不乏"麦霸"、"歌神"之辈，占着话筒引吭高歌，林然乐得窝在沙发的一角，一边喝果汁，一边欣赏诸位的杰作。

这首歌，熟悉的前奏刚响起，林然的眼神就不自觉地黯淡了下去。林俊杰的《江南》，莫默的最爱。音乐声持续着，却没人表演。

"怎么回事，谁点的谁唱啊！"有人大声说。

"快点快点！"小吴把话筒塞到林然手里，"给你点的，赶紧给他们露一嗓子，我早跟他们说了你和这歌的不解之缘了！"

林然觉得喉咙有些发紧，曾经睡梦中都能哼出来的曲调，如今每一个音符都强烈地刺激着他的听觉，却怎么如此难出口呢？

他清晰地记得，那天在学校机房，旁边一个小姑娘微微皱眉，电脑上选中了他们建筑学的专业课。他欣喜地以为遇到了同班同学，她却说，选错课了，来退掉。后来，在莫默搂着他的脖子问他到底他们两个谁先喜欢上谁的时候，他笑着说肯定是她早就对自己图谋不轨，才会步步紧逼。她撅着小嘴说才不是吧，第一句话明明是他先和她说的，所以应该是他居心叵测才对。

认识的第一天，他和她交换了电话，也知道了她最喜欢的一首歌是林俊杰的《江南》。后来学校的十大歌手比赛，他于千万首歌中选了《江南》，并且一路唱进决赛。虽然最后没有得到大奖，但他明白他早就赢了，因为自始至终，他的精彩演唱都只为了坐在台下的那个人。只要能牵着她的手把缘分写在三生石上面，得不得奖又有什么稀罕呢？

“林然，唱啊，发什么呆呢？”小吴推推他。

把话筒递回给他，林然抱歉地朝大家一笑，“今天感冒了，嗓子疼，改日再献丑吧。你们尽情玩，我去个洗手间。”

关上厚重的包厢门，林然长舒一口气，胸口微微发酸。有些事，是只能为特定的人而做的。喜欢一首歌，喜欢一个地方，都只因为，它们印有她的气息。

她的离开，带走了他一半的心，和全部的思念。

放学后，莫默、乐姗和安妮结伴去超市买饮料。布莱恩小分队的生活水准日益提高，现在已经过上了大块吃肉，大口喝果汁的小康生活。

正在结账的时候，安妮接到了小波的电话，听着听着她的脸色就沉了下去。

“怎么了？”莫默和乐姗去拎了两打可乐，一过来就看见安妮好像快要哭出来的表情。

“陆昊的无条件录取悲剧了，系里不同意给他正式通知书。”安妮的声音低得快听不见了。

“不可能吧！”莫默和乐姗的好心情也一下子跑得无影无踪，她们现在最担心的就是陆昊要如何面对这样的打击。好不容易从国内折腾到了伦敦，如果这时被拒，那还不如当时就不给那样海市蜃楼的承诺。

“我们快回去吧，小波说他们都在宿舍了。”安妮的心早就飞回了布莱恩。

“我们都快急死了，你怎么一副啥事没有的样子？”晚上乐姗他们把菜都做好了才敢打电话叫陆昊过来吃饭，一见面却发现他依旧是那副痞气十足非常欠揍的神情。

“不就是被拒了嘛，没事，此处不留哥，自有留哥处，大不了我就北上去找前女友好了。”陆昊夹起一筷鱼香茄子放进嘴里，“嗯，味道不错啊，默默，这菜你做的吧。好了，你们都快坐下吃吧，我真没事。”

看他还能开玩笑应该没啥大事，只是这顿饭明显少了前些日子的欢声笑语，大家都埋头吃饭，不知道该说些什么驱散下如此沉闷的空气。

“对了，安妮，你昨天不是说想拷那个植物大战僵尸的游戏吗？待会儿吃好去我房里拷吧。”陆昊看着安妮说。

亏他现在还能记得这些鸡毛蒜皮的小事，安妮不知该喜还是该忧。她轻轻地点了一下头。

“这游戏你都打通关了呀，不错嘛。”在陆昊房里，安妮努力掩饰自己的担心，随便找个话题聊。

“其实我心里很慌的，你们难道真以为我什么事都没有吗？”正在安妮快拷完游戏准备离开时，陆昊却突然开口了。

“那你为什么……”其实安妮想说的是那你为什么现在和我说呢，你不知道我比其他人更担心你吗？可张嘴话就变了，“那你为什么不和我们说呢，我们都很担心你呀。”

“说了又能怎么样呢，还不是让你们也跟着瞎操心。”陆昊仰面躺在床上，安妮看不清他的脸。

“说出来至少心里会好过点儿吧，你这样什么都自己扛着岂不是很累。”安妮走过来坐在他身边，才惊讶地发现他不知何时已红了眼睛，一滴泪水正缓缓地从他眼角滑落。

“陆昊，你……”一向冰雪聪明的安妮此刻觉得任何言语的安慰都好无力。这些天陆昊心里一定承受了好多他们无法体会的压力，也真难为他忍了那么久，什么都不说。

“陆昊，你别这么难过，说不定事情会有转机的。你们系主任不是还在度假吗？也许等他回来就好了。”看到他从未流露于人前的脆弱的一面，安妮情不自禁地伸出手抓住陆昊放在床边的手，“如果最后真悲剧了，至少你还有我……们。”安妮一激动差点就说漏了嘴。

“是的，所以我现在很珍惜和你们在一起的时间，因为我知道能这样和你们吵闹的日子也许不多了。”陆昊闭上眼睛不说话了。他脑中一片空白。他也不明白为什么在大家面前伪装得那么好的自己会突然在安妮面前卸下所有外衣。他只是觉得好累，而安妮的出现带给他一种无法抵抗的轻松和信赖感，好像在她面前，他就可以什么都不想，什么都不需要掩饰。

在金融危机摧枯拉朽的影响下，上海的不少公司都先后取消了招聘计划或减少了录用人数。林然所在的金盛集团也没能逃过被波及的厄运。

这天一大早，林然刚到办公室，就被小吴拉到茶水间，说有秘密情报透露。

“不是说好都能正式签约的吗？怎么变成二选一了？”林然微微蹙眉。今年公司的市场拓展部除了他，还新招了一名女生。

“说是高层的决定，因为经济形势不好，想减少人力开支。”

“知道怎么选吗？”林然冲了杯咖啡。

“听说是根据前三个月的工作业绩，这几天老总们都在秘密商量呢，结果大概这两天就会出来。”

林然点点头，嘴里的咖啡苦苦的。

虽然明天就是语言班的结业考试，可是莫默心烦意乱，复习也不知道从何下手，索性背上书包一个人出门闲逛。

其实也没有什么非说不可的要紧事，只是几天没听到他的声音，一颗心便开始躁动不安起来。原来再亲密的两个人，有了时间和空间的距离，也会产生一种看不见的隔阂。电话照打，情话照说，可是那种彼此依赖和信任的感觉却在日益减少的话题中悄然离场。他在干什么？和什么人一起？会像我想念他一样想念我吗？这么多的问题，统统没有答案，也无从找人证实。在各自的诉说中，我成了他落寞的看客，他成了我无心的观众，演绎着自己才懂的喜怒哀乐，悲欢离合。

站在滑铁卢桥上远眺伦敦景色，夏末的河风已经透出丝丝凉意。看着身边走过一对对牵着手的情侣，莫默的思绪不禁又飘回了从前。

大一莫默20岁生日那天，林然为了给她一个惊喜，找了个借口，一整天都没见她。晚上6点整莫默收到林然的短信，让她循着指示去找礼物。兜兜转转绕着学校的花园走了两圈，莫默终于在一棵小树后发现了包装好的生日礼物和一本日记本。她欣喜若狂地拆开包装纸，精美的盒子里躺着一只粉红色的小猪。她立马就乐不可支了。“小猪”是林然对她的昵称。翻开日记本，林然俊秀有力的字跃入眼帘：“默默，生日快乐哦。小猪是我自己包的，包得不好，不过你应该不会介意的哈。你不是有写日记的习惯嘛，希望你能在这本本子里写下我和你的故事。一天没见你了，想你。你呢？”莫默看到这里，眼泪突然就流出来了。林然不是个浪漫的人，为了逗自己开心他一定费了不少心思吧。在一起半年多了，莫默看着林然一点点地变得更细心，更体贴，心里暖暖的。

大二莫默生日，林然神神秘秘地说要带她去个地方。两人坐了一个半小时的地铁到了近郊的一个新开放使用的大型游乐场。莫默想起前段时间看新闻知道这里即将开放，随口和林然说等有时间一定要过来玩，没想到他就把这件事放心上了。莫默开心地踮起脚尖在林然脸上深深地亲了一口。那一天，两个人把激流勇进、云霄飞车都坐了个遍，这些莫默以前都是连看都不敢抬头看的。可是那天莫默一点都不怕，因为有林然紧紧地牵着她的手。只要他在身边，莫默觉得就算天涯海角好像也没那么遥远。

可是林然，现在你准备放开我的手了吗？望着泰晤士河水哗哗地在脚下流过，莫默无比心痛地自言自语。林然，是不是我们的感情真的已经到尽头了？这一年，你担心得对，我们离对方的生活都太远了，我们对未来的不确定都无能为力。在时空的黑洞里，我们如此渺小。

正当莫默的情绪跌入冰点时，捏在手里的手机忽然显示安妮的来电头像。

还没等莫默开口，安妮雀跃的声音就隔着电波传入她的耳朵：“默默，陆昊拿到无条件录取通知书啦！”

“真的啊，那真是太好了！”莫默的心情也被她感染了，她可以想象安妮脸上花朵般灿烂的笑容。

“你在哪儿呢？我和乐姗去敲你门没人应。快回来吧，我们正准备去白金汉宫看皇家卫队换岗仪式，好多天没热闹热闹了。”

“嗯，我10分钟之后就回去，楼下草坪见。”莫默挂了电话，轻轻地对空气说了声“再见”，转身往宿舍的方向走。

不愧是伦敦最传统而时尚的旅游景点，虽然离换岗仪式还有一个半小时，白金汉宫（Buckingham Palace）周围的栏杆旁和宫殿对面的广场上已人满为患。明晃晃的骄阳下，说着不同语言具有不同肤色的人们或坐或站，翘首企盼皇家卫队的到来。

莫默他们挑了个最接近马队必经之地的路旁坐下，边聊天边打发时间。

“陆昊，今儿我们可都是借你的光出来玩的哦！”阳光刺眼，莫默用手遮住额头，“你要不要发表一下拿到offer的感言啊？”

“谢谢CCTV，谢谢MTV……”陆昊假装说得一本正经，理所当然地遭到一片哄笑声，“当然了，最要感谢的是四位美女和两帅小伙，一直团结在以哥为中央的布莱恩周围。”

“切……”乐姗拖长声调，不以为然，“早知今日，当初就不为你瞎操心了。尤其安妮你啊，这几天都没怎么吃饭，看，都瘦了一圈了，不值得啊不值得。”

只是短短一秒钟的眼神接触，两人却都读懂了彼此眼中的笑意。这一天，是陆昊的期盼，也是安妮的祈祷。

“来，让我们举瓶庆祝陆昊可以继续留在K大祸害小姑娘！”小波难得幽默一回，差点让嘴里正含着水的莫默笑喷了。

七个人举起矿泉水瓶撞在一起，空气里洋溢着甜甜的幸福的味道。

看着大家青春朝气的笑脸，莫默突然从心底深处涌起一股失落。语言班的宿舍再过半个月就到期了，届时大家都要开始搬到新的地方。现在只有乐姗一个人收到了学校宿舍的通知，其他人的房子都还没着落。我们，还会不会有机会这样聚在一起放肆地笑？

坐得屁股都麻了，换岗仪式终于在千呼万唤声中揭开了它神秘的面纱。一身鲜艳的猩红色上衣和笔挺的黑色长裤，头带黑色熊皮高帽的皇家近卫军一露面便牢牢地吸引了大家的眼球。由军乐队作前导，步兵方队和骑兵列队迈着整齐划一的步伐，气宇轩昂地来到白金汉宫前的广场。在嘹亮的口令声当中，交接双方呈各种列队表演并举枪互致敬礼，好一派壮观高贵的王室气象。

半小时之后，换岗仪式全部结束，挤在一团的游客很快散往各个方向。广场上顷刻变得甚为宽敞开阔，中央竖立着醒目的维多利亚女王的黄金天使雕像。趁着人群散去，布莱恩小分队在此照了一张合影，以作留念。

“陆昊，你和安妮拍一张吧，这儿景色那么好。”乐姗说。

“好主意。”陆昊走到台阶上，向安妮一指身边的空档，“秦小姐，请。”

被莫默推着站到陆昊身旁，安妮觉得脸上热热的。在快门按下的前一霎，她感觉陆昊将手轻轻地搭在了自己肩上，心跳顿时漏跳了一小拍。

大伙儿接着参观了女王的府邸——白金汉宫，遗憾的是不能拍照，只好将令人瞠目结舌的辉煌全部印在脑海里。

今天从接到陆昊的电话之后，安妮的心情就一直十分亢奋，现在夜深人静，一个人在宿舍安静下来，终于觉得有点累了。她从箱子里拿出衣服去隔壁浴室洗澡。

披着湿漉漉的头发坐在书桌前，安妮打开电脑，看见陆昊刚在他的博客上新传了一篇日志。她用鼠标点了“进入”。

日志里陆昊详细描述了他今天拿到无条件录取资格的全过程。在日志的最后一段，他写到：“其实，我这么想留在K大并不是因为K大有多么好，而是觉得和你们在一起很温暖，我真的不想一个人离开。真的很感谢QQ群里的每一个关心我的兄弟姐妹，尤其是我们布莱恩七人组。这段最难熬的时间是你们陪我度过的，你们给了我留下来的决心和动力。明天大家都要去参加考试了，一定都要好好考。我现在留下了，所以我不希望你们中间的任何一个人离开。”

看到这里，安妮的眼睛慢慢红了，回想起一周前在陆昊房里第一次看到他失态。我一定会留下，她起誓般地下定决心。

第二天的考试大家都进行得异常顺利，不知道是不是因为陆昊昨天小煽情的鼓励。

两天后成绩出来，布莱恩欢腾一片。

再过一周就要被布莱恩扫地出门了，莫默、欧阳和安妮赶紧着手找房子。

“你说他们男生的命怎么就那么好呢，每个人都有现成的房子住。”坐在通往去看房子的地铁上，莫默有点愤愤不平地说。

“说的是啊，你说陆昊放着我们的大美女安妮不管，跑去和什么小白一起住。”欧阳静看向安妮。

“什么嘛，人家小白刚好差一个房客，他过去不是正好，和我有什么关系。”话虽这么说，安妮心里免不了有小小失落。

“那吴小波和章淞圻也是的，看见杨馨长得漂亮就三魂不见了五魄地跟过去了。”莫默摇着头说。

“这你可就错怪小波了，那是章淞圻看上人家美貌，坚持要和杨馨一起住。他们找的房子又是三个人的，小波就勉为其难答应了。”眼看莫默误会小波，欧阳静忍不住出来为他平反。

"好吧好吧，男女搭配还干活不累呢，男女同住岂不是一堆堆的好处？"听到莫默这么小孩子气的抱怨，安妮爱抚地摸了摸她的脑袋，回头和欧阳静相视一笑。

一出地铁站莫默就被眼前静谧的景色给吸引住了，刚才的坏心情一扫而光。这里已经是伦敦的二区了，所以完全没有市中心的喧闹和嘈杂，空气也清新得多。莫默她们数着门牌号一路走到马路尽头的一幢小白屋。

"哇，它好漂亮呀。"见到它的第一眼，莫默觉得这就是她未来一年的家。

这幢房子不加地下室一共三层，莫默他们想租的是楼上第二层，有三个卧室，一个客厅和一个小厨房。经房东介绍，房租每周450镑，水电费和网费是包在房租里的。

"你们觉得这房子怎么样？"走出院子后欧阳静问她们。

"我觉得很好呀，三个房间都挺宽敞的，客厅和厨房也够大。"莫默掩饰不住对它的好感，幻想现在自己就已经躺在那张双人床上了。

"我也觉得可以，不过先不急，等我们把接下来的看完再说。"安妮说。欧阳静表示赞同。

坐着地铁兜兜转转了一下午，在看了另外三所房子之后，安妮和欧阳静也同意还是第一套小白屋最合适。

"赶快打电话，别被人家抢了。"一想到小白屋马上就可以到手了，莫默很兴奋。

"嗯。"欧阳静拿出手机，很快约好房东下周五签约。

"哦耶，真是太好了！"莫默激动得给了欧阳静一个大大的拥抱，"欧阳，你真是太棒了，不愧是我们的军师啊，有你出马，一定马到成功！"

"哪有你说得这么夸张，房子是我们一起找的呀。"落实了这件大事欧阳静心里也超级开心。

"一切OK，我们回家。"安妮想，搞定了房子，是不是意味着我们离分别的时刻也越来越近了？

趁着语言班结束和正式开学之前的两个星期空余时间，四个女生策划着要好好出去玩一次，想来想去决定去布莱顿（Brighton），英国最南面的一个海滨城市，听说那里风景很美。

"林然，我明天和乐姗、安妮，还有欧阳一起去布莱顿玩，我们准备在那边住一个晚上。我回来给你传照片哦。想你。"

在QQ上给林然留完言，莫默就躺到了床上，可闭上眼睛全都是林然的样子，微笑的，生气的，温柔的，冷酷的。莫默翻了个身，告诉自己不许瞎想，明天还要出去玩呢，要开开心心的。

布莱顿就像一处被遗忘的世外桃源安静地坐落在一望无际的海边，街上的行人沐浴在阳光下慵懒地散着步，怪不得这里是英国女王最爱的度假胜地。坐在双层巴士空荡荡的第二层的最前排，四个女生忘乎所以地放声大喊。

“啊啊啊，我以后一定要来这里结婚!”暖暖的阳光把安妮的小脸照得通红通红。

“不用等以后，我们现在就可以打电话叫陆某人从威尔士赶过来，哈哈哈……”莫默举着相机东拍西拍，此话一出差点又招来安妮的一记绵骨软掌。

“说起来也真不凑巧，他们三个竟然提前被人预订了，抛下我们和小白他们一帮人去玩。”乐姗在莫默的强烈要求下摆了个“剪刀手”的造型。

“这也难怪啊，陆昊以后要和小白他们一起住的，先预热下感情嘛。”欧阳静哼起了小曲。

“难得今天没了他们闹腾，我都快激动得涕泪横流了，你们呀也尽情享受一下这般良辰美景吧。”打定主意这两天不想他，安妮想舒舒服服地享受两天日光浴，弥补下伦敦见不到太阳的遗憾。

到旅馆放下行李，再七七八八地收拾一下，太阳就差不多掉到海底了，四个女生决定吃完晚饭就回来休息，养精蓄锐迎接明天的海滩之行。

第二天清晨，其他三个人还在熟睡中，莫默背着相机蹑手蹑脚地出门，一个人去看日出。

早晨的空气清冷中透着海边独有的咸咸的味道，她猛地吸了一大口，顿时觉得脑子比吃了薄荷还清醒万倍。她举起手中的“单反”一阵狂拍，没多久“电池不足”的小红灯就高高亮起示威。她后悔没多带一块备用电池出来，不过好在也拍得差不多了。太阳刚刚跃出云层，在海天相交处洒下万丈光芒。莫默一只手抱着膝盖坐在海滩上，另一只手无意识地拿着树枝在沙地上划来划去。

国内这会儿该是晚上吧。他现在会在干什么呢？上网、看书，还是和同事在泡吧？莫默空白的脑海里不知道什么时候又开始浮现出那张刻骨铭心的笑脸，像年代久远的木版画，散发出幽幽的松香。换了地点，更迭了时间，她却把最深的感情，留在了大洋彼岸。

“默默你终于回来了啊，一大早地跑哪儿去了，害我们担心的，打你电话又关机。”她刚一推门，就听见乐姗的尖叫。

“我出去拍日出了，手机好像没带在身边。”她走到自己的床边从肩上摘下相机放进书包，“我们今天去哪儿玩呀?”

“今天天气这么好，我们可以先去买几件沙滩裙，然后去海边晒太阳。”安妮刚洗漱完毕从洗手间出来。

“嗯，好呀，来伦敦之后都没怎么晒过太阳，我觉得我都快要得抑郁症了。”

默默夸张地做了个晕倒的姿势。

“那我们整理下赶紧走吧，还得赶下午4点的大巴回伦敦。”欧阳静早已整装待发。

安静的布莱顿小镇因为这四个女生的到来而焕发出别样的生气。阳光仿佛也有了生命，猜透了她们的心思，毫不吝啬地温暖她们每一寸青春的肌肤。

在一家小店快速搞定沙滩裙，她们兴冲冲地直奔海边。

沙滩上已经三三两两地坐了不少人，她们挑了一块干净的空地坐下。乐姗看见碧波粼粼的海水喜不自禁，蹬掉鞋子，提着快拖到地上的裙摆在海浪拍岸处跳来跳去，活像一只被冲上岸的小鲸鱼。

欧阳静在一边玩着沙子打电话。她和男朋友泽稳定的感情已经俨然成为布莱恩小分队的精神楷模。

这里实在是太美了，以后一定要来这里办场浪漫的海滩婚礼。安妮依然抵挡不住这个念头的诱惑。只是到时站在身边的那个人会是谁？

金色的阳光，蔚蓝的天空，碧绿的海水——眼前的一切是如此真实，却又是如此虚幻。莫默安静地闭上眼睛，感受时间悄悄流逝的声音。林然，如果你也在这里就好了……

幸福的时光总是非常短暂。当欧阳静叫出“啊，快来不及了”的时候，大家都有一种从梦境中回到现实的错觉。匆匆穿好鞋子，背上书包，四个女生朝着汽车站的方向又是一阵狂奔。

两个半小时的颠簸之后，她们终于回到了熟悉的世界。

“默默，这两天一定玩得很开心吧？呵呵，我的心情也总算放松了一些。前段时间公司出了点事，我忙得焦头烂额的可能忽略了你，不过现在柳暗花明了，真是不好意思呀。等你回来一定请你吃大餐弥补下。想你。”

果然是有事，不过只是公司的事，莫默看着林然的留言微微一笑，心里那个结顿时释怀了。嗯，回去一定要敲诈你，莫默甜蜜地打着小算盘。

第三章

搬进新家才两个星期，布莱恩小分队三个女生的厨艺却突飞猛进得厉害。

翻看之前一个月的照片，莫默不禁心有戚戚焉。一开始，每天都是只有肉炒各种菜，肉炒土豆、肉炒西兰花、肉炒生菜、肉炒黄瓜……总之就是把所有能买到的菜和切得不规不整的肉炒在一起，如果要变换什么口味的话，也只是把肉换成鸡蛋，做个番茄炒蛋。而现在，可乐鸡翅、葱爆羊肉、宫保鸡丁、锅包肉、葱花饼都已经被她们挑战了个遍。三个女生在家不断地挖掘内心成功家庭主妇的无穷潜力。安妮有句话如果最后没实现，那也一定是八九不离十，“一年之后我们不光能拿到K大的毕业证，还能拿到准贤妻良母证。”莫默想起回去就可以给林然做各种好吃的菜，想象他狼吞虎咽的样子，心里洋溢出不能言说的幸福。

这天吃完饭轮到莫默洗碗。每当站在洗碗池边的时候，就是莫默最想小波的时候。想起在布莱顿每天惟一不用担心的就是小波一定会在大家喝足吃饱后收走餐具，然后半倚在洗手池边，安安静静地用水一遍遍地冲洗干净所有的筷啊，碗啊，盘的。当他们开始吃水果的时候，小波也毫无怨言地继续手中的工作。有时莫默于心不忍，就会拿一粒草莓塞进他的嘴里，然后不出意外地招来其他五个人的一致调侃。莫默心地坦荡荡，随便他们怎么说，倒是小波常常会一下子红了脸。想起他憨憨的样子，莫默忍不住笑出声来。

开学之后有段时间没聚了，周六大家约好在莫默家碰头，联络联络感情。

“啊呀，陆昊大爷，劳您大驾真是太不容易了。”听到他们上楼的脚步声，莫默从厨房奔到前厅去开门。

“还好还好啦。哟，几天不见，默默的小脸变圆润了嘛。”陆昊大摇大摆地走进客厅，后面跟着小波和淞圻。

“真的吗？看来我们家的伙食真是太好了。”莫默捏了捏自己脸颊上的肉，似乎确实鼓出来了。

“东西放我屋吧，左边那间。你们先随便参观一下，我去厨房帮欧阳的忙，马上就可以吃饭了。”安妮抬起手给他们指了指自己的房间，转个弯进了厨房。

“哇塞，你们家的菜要不要这么丰盛的?”小波和淞圻放了东西之后也到厨房来围观。桌子上已经满满地摆了一盘辣子鸡、一锅笋干红烧肉、一大碗咖喱土豆牛肉和一盘上汤小白菜。

“等乐姗来我们就做最后一个蒜蓉菠菜，然后就可以吃饭了。”欧阳静把刚炒完小白菜的锅放到水池里冲，回头刚好看见两人张大嘴巴万分惊讶的表情。

正说着呢，“叮铃叮铃”的门铃就响了。

“我去开门。”莫默“咚咚咚”地跑下楼。

“乐姗，你还真是大牌，欧阳说一定要等你来才能开饭。”陆昊倚在门上笑着说。

“那是，姐是重量级的，要压轴。”还没等大家反应过来，乐姗又补充说，“我说的是体重的重量。悲剧啊，我在宿舍没事就每天研究好吃的，现在大概已经重了五六斤吧。”

莫默转身紧紧地拉住乐姗的手激动地说：“我也是我也是，陆昊一看见我就说我胖了，我那个崩溃啊。”

乐姗把书包放到莫默的房间，跑到厨房帮欧阳静炒了最后一个蒜蓉菠菜。

“士别三日当刮目相看啊，你们家三个人的厨艺都日益精湛，不错不错，哥以后吃饭有保障了。”尝了一口欧阳静炖的咖喱土豆牛肉，陆昊不禁由衷发出赞叹。

“那也得看我们家安妮姑娘乐不乐意让你过来。”莫默咬了一口自己炒的辣子鸡，好像有点咸了，她赶紧往嘴里扒拉了一大口饭。

“美人，你不会这么狠心看我被饿死吧。”陆昊立即向安妮投去乞怜的眼神。

“有得吃就多吃点，哪儿来这么多废话。”安妮笑着给他碗里夹了一大块红烧肉。

一顿饭说说笑笑地吃了近一个小时，大家仿佛又回到了布莱恩相聚的时光。虽然开学之后也遇到了不少QQ群里的朋友，可就是没和他们在一起的时候自然、亲切。这种感觉就像，就像……莫默边吃边想，对，就像一家人。只有和他们在一起的时候，才会这般无拘无束，可以开怀地笑，可以肆意地开着只有彼此才懂的玩笑。来伦敦之后，莫默觉得最大的收获就是遇见了这样一群有缘的朋友。

吃完之后，小波习惯性地又开始收拾桌上杯盘狼藉的场面，免不了遭到众人的一顿打趣。

忙完琐碎的事，大家围坐在安妮屋里的红地毯上开始玩“抽乌龟”——陆昊的主意，还订了规则：两局里最后抽到“乌龟”的两个人要一起接受惩罚。

第一局，乐姗手里的牌最先被抽完，她高喊一声“耶”就跑到安妮的床上玩电脑去了。

越抽到后面越紧张，即使手里只有两三张牌了，大家也要反反复复地洗好几遍才肯给下一个人抽。此时每当有人逃出牢笼，其他人的心都会紧好几下。

最后的决斗发生在安妮和陆昊之间。

“你们是不是商量好的?”安妮想不通这第一局自己怎么就会濒临悲剧边缘。

“这个如果也能商量的话我们也太牛了吧，还抽什么乌龟啊，直接去买彩票好了，中它个500万，姐给你们每人买一辆宝马。”听了安妮的话，乐姗都觉得相当不可思议，从电脑屏幕前抬起头来。

“哈哈哈哈……”莫默笑得直接倒在了欧阳静身上，“乐姗，你太有才了!”

“你们俩快点儿呀，就剩最后一张牌了，干脆点儿。”淞圻在一边看着两人磨叽，受不了了。

那个“乌龟”随着安妮把手里的一对“5”扔掉而宣告诞生。

“啊呀，陆昊这只小‘乌龟’!乐姗快下来，我们要进行第二局啦!”急于想看到陆昊和下一个倒霉鬼的惩罚，莫默兴奋地赶紧把牌给洗好了，“这局我们可真要用意念控制一下‘乌龟’了。”她故作神秘的话引得众人一阵心领神会，纷纷点头称是，除了安妮在一旁心里忐忑成一片。

“太好了，我安全啦!”莫默如愿以偿地丢掉手中最后两张牌，捧着膝盖在一边坐着看好戏。

很快，欧阳静、小波、陆昊和淞圻都成功脱险。安妮开始心跳加速，她不知道迎接自己的会是什么。

“乐姗加油，我们都挺你。”淞圻侧卧在地毯上，姿势相当妩媚。

“嗯，姐一定不会让你们失望的。”乐姗闭着眼睛抽了安妮手中的二分之一张牌。

“安妮，你完啦!”莫默看到乐姗手中一对“Q”，激动得想扑上去亲她一口。

“大家快想快想，有什么好玩的可以整他们。”原来“抽乌龟”也可以玩得这么刺激的，小波也兴致高涨。

“第一局先热个场，就拥抱10秒钟吧。”莫默想看点过瘾的，可是又不能让安妮太尴尬，就折个中好了。

“快站起来呀!”陆昊和安妮在大家的催促下不自然地面对面站着，谁都不知道要怎么开始。

“陆昊，你主动点呀，别和我们说你没想过哦!”欧阳静又戳他的软肋。

“想是一回事，做又是另外一回事嘛。”眼前的安妮因为紧张而小脸通红，愈发惹人怜。陆昊情不自禁地伸出双臂。

感觉到他在耳边呼出的热热的气，安妮的心里不听话地敲起了小鼓。反正只是游戏，不当真的。她努力说服自己的害羞，缓缓抬起手臂抱住了他。

“十、九、……、二、一、零点九、……”小波数着数着竟然使诈。在众人的哄笑声中两人放开彼此。离开那个不算太宽阔的肩膀，安妮突然觉得有一种说不出的小小失落。

接下来的两局，小波和莫默分别不幸地抽中了“乌龟”。

“小波，你把莫默‘新娘抱’吧。”刚刚才跳出火坑的陆昊急于想陷害他人。

“我变胖了，小波，你要小心哦。”莫默大大方方地走到他面前。

“嗯。”小波答应着，眼神却避免与她接触，莫默觉得很奇怪。

当小波一把把她横抱起时，莫默很自然地用手勾住了他的脖子。虽然只是很微秒的一个瞬间，莫默却明显感觉到小波抱住自己的双手的力道莫名地加重了一点。他确实很小心地抱着自己，与其说抱，倒不如说托更准确点，可是又刻意保持着两人之间细微的差距。就在安妮拿起相机准备纪录下这一刻时，小波却猛然把莫默放到地上，速度快得让她差一点就没站稳。

刚才是怎么了，莫默看向小波，可是从他脸上看不出一丝痕迹。也许是我太敏感了吧，她在心里笑自己，重新把精神投入到下一场战斗中。

今晚所有人都没能全身而退。不过和陆昊、安妮的好戏相比，欧阳静和淞圻的脸贴脸，小波和乐姗的蹭鼻子就变得非常不具有娱乐精神。

最后一轮，大家决定玩完就休息。是不是命中注定，从谁开始，就从谁结束？陆昊和安妮第二次成为众矢之的。

“这次玩点刺激的，陆昊，你亲安妮一下吧。”莫默大胆提议。

“啊，亲哪儿啊？”陆昊这回也有点窘了。

“就亲额头吧，你还想亲哪儿啊？”乐姗不依不饶。

“好吧……安妮，你看见的，是他们逼我干的。”陆昊无奈地望向她。橘黄色的灯光下，她清眸流盼，一汪似泉水清澈的眼睛里好像藏着千言万语。陆昊不由得心里一惊，有那么几秒钟的时间忘了自己要干什么。

“想啥呢，快点，观众都等急了。”乐姗猛地在他背上拍了一下。

陆昊这才回过神来，直起身子，慢慢地靠近安妮，在她的额头上印下浅浅的一吻。

如果时间可以停驻，可不可以让它就此凝固？安妮想如果这只是自己的一个梦，那她希望永远不要从梦中醒来。

电脑里随机播放着好听的音乐，大家随意地或坐或躺聊着海阔天空的事。

“对了，淞圻，听说你和杨馨好了？”前不久从小波嘴里听到这个爆炸性的消息时，虽早有预感，不过大家还是都很震惊。今天既然玩开了，莫默也就打开天窗说亮话。

“吴小波，你出卖我！”淞圻转向小波，作扬手打人状。

“那你们国内的男女朋友怎么办？”乐姗觉得两个不是单身的人怎么可能在一块呢。

“小孩子不懂了吧，在留学生中有一条黄金法则：国内的男女朋友不算。”淞圻满不在乎的语气让乐姗无法理解这个比她还小一岁的男生的想法。

“不过我看你们如果要走下去的话这条路还挺难的，毕竟人家杨馨比你大三岁呢。就算你和她都不介意，你们能保证父母不介意吗？”欧阳静思考的总是入木三分。

“就先这样过着呗，反正日子还长着呢。”听淞圻这么说，安妮想是不是自己老了，怎么现在小孩想的事都和她不一样。她只是想要一份简简单单的感情，一个可以永远守护她的人。

“小波，你为什么不找女朋友呀？”莫默的目标又转到了小波身上。

“我啊，真是说来话长，一言难尽呀。”聊到感情的事，小波看上去一脸愁苦，“你们以为我不想找吗？我是没有自主权啊。我爸妈早就安排好我和我们那的一个政府高官的女儿结婚，说是政商结合有利于我以后的发展。只是那家的女儿已经在美国留学三四年了，比我小四岁，我连面儿都没见过。”

“啊?!”小波还真是语不惊人死不休，莫默想不到这个温文尔雅的男生背后竟然隐藏着这么一个惊天大背景，“我还以为这些事只发生在小说里呢。”

“是不是很可笑？如果不是发生在自己身上，我也不会相信这世上还真有这样的事。”小波苦笑着摊开双手。

如果不能自由选择自己的爱情，一定是人生很痛苦的一件事吧。莫默心想，只是如果可以选择，却又不能坚持到底，是不是也很无奈？

“叮叮叮叮……”伴随着手机闹铃响，莫默才意识到不知不觉已经是午夜12点了。七个人在一起说说闹闹，有心无心地开着各种玩笑，完全没感觉时间过得有多快。她从地上站起身，稍稍有点不好意思地和其他人说：“你们继续玩，我去打个电话。”

“哟哟哟，会小情人去咯！”莫默不用回头也知道是谁这么狗嘴里吐不出象牙，笑着说：“乐姗，帮我打他。”

“没问题！”乐姗愉快地接令。紧接着陆昊的“嗷嗷”叫声就从背后传来。“叫你这么坏，活该。”莫默幸灾乐祸地走进自己的房间。

林然8点半到公司，现在应该在路上。每天这个时候，莫默都定好闹铃给他打电话。

“喂，你在车上吗？”电话接通了，听筒里传来莫默熟悉的公车的报站声。

“嗯，还有三站到公司。”林然的声音听上去一副没睡醒的样子，“好困哦。”

“呵呵，懒人。”话虽这样说，心疼却一点点在莫默心里弥漫开来。如果这时候能在他身边，叫他起床，帮他做好早饭，送他出门，该是多么完美的一天。

“你干吗呢？”

林然的问句把她从幻想中拉回来，“今天陆昊、小波和淞圻来我们家玩，我们刚才玩抽乌龟来着。”想起方才状况种种，莫默忍不住就笑了，“对了对了，陆昊和安妮输了，我们逗他们俩玩，可好玩了。”

“你们呀，就是一帮小孩子，不务正业，一天到晚只知道玩。”虽然林然的声音带着微笑，可是莫默不喜欢他把自己看成小孩，就好像在他眼里，她永远都长不大，什么都不懂似的。

她的音调低了下来，“那你不是小孩，你都务些啥正业呢?”

“我今天有一堆报告要赶，还约了两个客户签合同，晚上陪领导吃饭，好多事的。”

哼，这些事比自己做的高级很多吗？莫默有点小气愤，“听上去很忙呢，那你好好忙吧，我不打扰你了。”

“行，我也快到公司了。拜拜。”林然很干脆地挂了电话。

这个没有情趣的男人，莫默盯着手机屏幕一阵郁闷。这个跨洋恋爱谈的还真是辛苦呀。就算现在自己想要小脾气，也只能对着墙壁生闷气，他根本看不到。即使从摄像头里能看到又能怎么样，苍白的语言，隔着一整个欧亚大陆传过来还有时差，把该有的感觉破坏殆尽。

只是很久以后，当莫默回首来时路的时候，才痛彻心扉地明白，原来能吵架，能生气也是一种幸福，哪怕暂时隔着千山万水的距离。这个世界上最可怕的不是翘首企盼，不是异地相思，而是明明相爱的两个人却没有想过彼此共同的未来。

10月中旬的伦敦已经有了深秋的味道，寒风阵阵，黄叶枯落，街上的行人竖着衣领找寻温暖的栖身处。时而刮风时而下雨的天气让人的心情也变得愈加阴晴不定。

这天早上醒来，安妮就觉得太阳穴这边突突地疼，好像有人拿了把小锤子不停地敲。她伸手想拿手机看时间，却发现手机突然重若千斤，拿到眼前都好费力。不会是发烧了吧？她从床头柜里挖出体温计，随便用棉花擦了下就塞进嘴里。含着体温计，半倚在床上，安妮从手机里找出莫默的号码拨过去，电话却直接进了语音信箱。哦，对了，莫默现在应该在上课，教室里没信号。安妮摁掉电话，转而拨通欧阳静的手机。听筒里没响两下就被摁断了，接着欧阳静发来消息，说她在上课，问说怎么了。安妮简单地回了两个字“没事”，整个人无力地滑落躺到床上。莫默和欧阳都赶不回来，怎么办？安妮脑子里一片空白，不知道这个时候还可以找谁。

无意识地翻着手机通讯录，“陆昊”的名字赫然跃入眼帘，就像是在干涸的沙漠中找到了最后一滴甘露，安妮来不及细想，也没有力气想，便拨通了他的电话。

“喂，有事吗？我在上课。”陆昊的声音很轻。

安妮拿出温度计，有气无力地说：“我发烧了，家里一个人也没有，陆昊，我害怕。”终于听到熟悉的声音，好似找到了依靠的力量，她紧绷的神经一下子松懈下来，眼泪不知不觉流下脸颊。她看了一眼温度计，顿时吓得连声音都发抖了，“已经烧到40度了，陆昊，你能不能过来看我啊，我不想一个人……”

“好，你等着，我马上过去。”陆昊果断地挂断电话。

听着手机里传出的“嘟嘟”声，安妮闭着眼睛舍不得把它放到一边，好像只要它不离开，她就能感觉到陆昊正急急忙忙地为她而来。

“叮咚叮咚。”听到门铃响，安妮挣扎着从床上起来，下楼去开门。

“天哪，你怎么会烧得这么厉害！默默和欧阳呢？”看到她烧得通红的小脸，陆昊心疼得一把扶住她。

“她们去上课了。”安妮脚一软靠在陆昊身上，“我不知道你在上课，要不然……”

“别说那么多了，我先扶你上去休息。”

在陆昊的照顾下，安妮完全放下了悬着的心，任由他扶自己上楼，帮自己放好枕头，盖好被子。

“我给莫默和欧阳静各发了一条短信，告诉她们你病了，让她们下了课赶紧回家。”陆昊把手机放到桌子上，走回她床边，俯下身子，微微一笑说：“你先好好睡一觉，我去煮点粥，等你醒来好喝。”

“嗯。”第一次这么近距离地看到他如此温暖的表情，安妮合上眼睛暂时忘却了身上的疼痛。

不知道过了多久，朦胧中安妮似乎闻到了米粥的清香，她慢慢地睁开眼睛。陆昊正坐在床边温柔地看着她，一碗冒着热气的粥放在床头。

“饿了吗？我喂你喝粥吧。”陆昊关心地问。

“不用了，我可以自己来。”安妮努力想坐起身。

“你就别逞强了，你想自己吃饭病好之后机会多得是，叫我喂我还不喂呢。”陆昊笑着帮她把枕头放在身后，扶她坐起来。

看着陆昊舀着一勺粥小心地吹着热气，安妮真不敢相信自己的眼睛。如此体贴的陆昊，如此细致的陆昊，是不是在自己梦里出现的想象？就在他准备把勺子往自己嘴里送时，安妮听见了开门的声音。莫默喘着气跑进屋里。陆昊转过头看见赶回家的两个女生，拿着勺子的一只手还悬在半空中。

“我们在门口闻到粥的味道的时候就猜到是你来了。”一进门看到陆昊在安妮床边，莫默长呼一口气放下心来。

“你倒是喂不喂呀，粥快要冷了。”欧阳静倚在门上笑着提醒他。

望着倚在床上的安妮和手执调羹温柔喂她的陆昊，莫默仿佛依稀看到了曾经的自己和林然。她从小身体就比较弱，伤风感冒那几乎就是家常便饭，为此林然没少笑话过她。可她若一有个头疼脑热的，他定比谁都着急。她记得，有一次她感冒了嘴里没味，可就是想吃糖朝的艇仔粥。北风呼啸的冬天，他骑着自行车来回奔波近一个小时，回来的时候粥还是热的，他的手却冻得裂了口。她心疼地想帮他暖暖手，他却笑着说不用，用红彤彤的手仔细地挑着粥里的葱花——她不爱吃那绿绿的玩意儿。

才几年的事，怎么想起来这么遥远呢?

“咳咳咳……”安妮从自己的咳嗽声中惊醒，窗外夜幕低垂，陆昊应该早已经离开了。她拿着水壶想去厨房烧壶热水，刚起身就觉得一阵头晕目眩。“啪”，水壶从她无力的手中脱落。

声音惊动了隔壁的莫默和欧阳静。她们正担心要不要过来看看，一听安妮屋里有动静就立马跑过来了。

“啊呀，安妮，你又烧起来了!”刚碰到安妮的额头，一股灼热感直逼莫默的手心。

“我来看看。”欧阳静过来用自己的额头贴了下她，立即就觉得事情不妙。“我们打999叫救护车吧，这样烧下去可不行。”

欧阳静回屋拿手机给999打急救电话。莫默到厨房给安妮烧热水。感觉到她们对自己无微不至的照顾，安妮的眼眶湿润了。

5分钟之后，门铃响起，欧阳静下楼去开门。一个身着绿色制服的救护人员上楼来检查安妮的病情。他大致问了问安妮的情况，然后拿出一个像体检时医生看耳朵一样的带小探照灯的仪器朝她的耳朵里瞧了瞧，转过头对欧阳静她们说没什么大碍，休息一下就好了。欧阳静当时有点不可置信地问烧这么厉害不用去医院吗?结果那救护人员一句话差点儿没把大家噎死：“你们去医院也只是给你们配点药，所以没必要。”

最后他终于想起要问一下安妮家里有什么药，安妮示意欧阳静把电视机上的医药箱拿过来。看见这个家用医药箱，救护人员竟然十分惊讶，他捧着箱子上下瞧，像在看一样奇世珍宝。末了他瞪大眼睛问欧阳静：“中国人家里都备这么多药吗?”

“一般是的吧，我们都会在家里备些常用药，对付像感冒咳嗽之类的小毛病。”欧阳静实在不明白他在惊奇个什么劲儿。

“这个盒子里的药比我们现在救护车上的还多!”

“啊?!”这回轮到莫默诧异得张大了嘴。这就是物质生活极其丰富的伦敦?

不带高烧病人进医院也就算了，救护车上连常用药都不配齐？莫默失望地摇了摇头，搞不懂这个发达国家的人民是怎么想的。看来毛主席真是有先见之明呀，自力更生，才能丰衣足食。现在这句话对留学生来说尤其是至理名言。

欧阳静她们正在给那位好奇的急救人员介绍中国的地大物博，楼下另外两位他的同事也上楼来了，大概是在楼下等不耐烦了吧。一见到同伴，他依旧很兴奋地把药箱拿给他们看，并且一个劲地说，中国人家里都有这么多药啊，太神奇了。

高烧不退的安妮现在可真是欲哭无泪，本来想找医生帮忙看病的，结果却变成了她们仨东学西渐。求人不如求己，安妮想，还是吃点药睡一觉再说吧，希望明天醒来就可以退烧。

朝里翻了个身，触到凉飕飕的墙壁，安妮迷迷糊糊地有点儿醒了。她伸出左手抓起床头柜上的手机一看，呀，原来已经是早上10点15了。痛痛快快地在床上伸了个懒腰，安妮才发觉身上那股灼热感不知何时已退去，手脚也有了力气。大病初愈的她兴奋地掀开被子从床上跳了下来，走到落地窗前猛地拉开厚重的窗帘。灿烂的阳光刹那间铺满房间，安妮不由得眯起眼睛，嘴角却早已上扬。幸福来得太突然，她需要一些时间才能细细体会。

“默默，欧阳，我退烧啦！”安妮打开房门冲她俩的房间开心地大喊，却没有收到任何回音，这才想起今天是周四，她们10点都有课的。她赶紧回房拿了手机给她们俩分别发了短信。这场病反反复复地从周一折腾到周三，多亏有莫默和欧阳静在身旁悉心地照料。安妮对两个好姐妹满怀感激。

本来学得就挺累的，现在又翘了三天的课，这差距可真是越来越大了，安妮边皱着眉收拾书包边想着如何去同学那把笔记补齐。

伦敦地铁在享有历史盛名的同时，阴暗沉闷也是别的地方难以企及的。也许是病刚好，腿脚还不太使得上力，在地铁站出口处人潮拥挤中，安妮一个没站稳，差点从楼梯上被挤下去，幸好有双强劲的手及时从后面托住了她。安妮从惊恐中回过头去，一位典型的英国帅哥正微笑地看着她，并且很绅士地和她说“小心”。她感激地说了句“谢谢”，微微欠身让他先行。站在楼梯上并未挪动半步，她无意识地左右回头看了一会儿，身边都是脚步匆匆的陌生人。在期待什么呢？怎么可能会是他呢？安妮想是不是自己这几天把脑子烧坏了，这又不是电视剧里的滥情节，男主角在这时挺身而出保护了女主角。这是现实，现实。自嘲地摇了摇头，她定了定神，慢慢地走出地铁站。

“哟，这不是秦大小姐嘛，病好了？”安妮恍惚地来到教学楼，刚准备往楼上教室走，就听见楼梯前方传来一个熟悉的声音，一抬头果然是那张从脑海里甩也甩不掉的笑脸。

“再不好我就要挂科了。”安妮走到陆昊面前朝他的胸口就是一拳，“你下课了?”

“是呀，赶着回家看英超。走啦，拜拜。”匆匆打了个照面，话也没说上几句，陆昊就和她擦肩而过。

看着他的背影，安妮很有些怅然若失。明明感觉和他就是比别人多那么一点点默契，可每当她走近，他却又会逃离。安妮叹了口气，摇摇头不想了，还是好好上课比较重要。

周六晚上，K大中国学生联合会举办一年一度盛大的迎新舞会。莫默她们家三个女生迟到了半个小时，推开会场大门时发现里面已经满满地坐了大约六七十个人，学联的老师正在台上发表激情演说。莫默看见乐姗在后排用力地朝她们挥着手，拉着安妮和欧阳静微微躬着身小跑到乐姗为她们预留的位置。

“你们怎么迟到了这么久呀?”乐姗用学联发的宣传册挡着脸小声地问。

“星期六竟然也会堵车，还没到泡吧时间，伦敦人民怎么都不好好在家待着?”莫默把手中的拎包放在膝盖上，打开宣传册翻着看。

“咦，陆昊、小波和淞圻他们也还没来呢?”环顾了一圈，欧阳静确定没见着这三人。

“陆昊今天有同学过来伦敦玩，他陪人家吃完饭可能就晚了。小波被淞圻拉着逛街买衣服去了。”安妮觉得无聊拿出手机开始玩游戏。

“安妮，我看你现在可以做陆某人的记事本了。”莫默隔着欧阳探过头和她说。

“就你贫，小心我打你。”安妮抬起头朝她笑，唇红齿白。

正说着，陆昊他们仨同时出现在大门口。

“这边这边。”乐姗兴奋地朝他们招手。

陆昊点点头，很自然地朝安妮身边那最后一个空位走去，小波和淞圻到前面和杨馨一起坐。

“我错过什么了吗?”陆昊把大包小包放在脚边。

“我们也刚到，今天除了乐姗集体迟到。你、小波和淞圻怎么遇到的，你今天不是陪同学逛街吗?”安妮把手上的游戏按了“暂停”键，转过头问他。

“是呀，只不过我们都刚好在牛津街上逛，于是就撞见了呗。看，这是我专门为今天的舞会买的休闲西装。”陆昊从一个包装很考究的袋子里悄悄挖出一件银灰色的西装。

“什么东西这么晃眼?”尽管隔着三个人的座位，莫默觉得左眼角有道银光一闪而过，回头正好看到陆昊捧着发射源，哟，新衣服呀。

“必须的，要不然怎么配你们这四位大美女的华衣贵服啊。”陆昊眯着小眼睛露出典型的“陆氏”小贼笑。

确实，出于对活动的尊重，四个女生都换上了各具风格的小礼服。乐姗今天一改平日江湖女侠的帅气风，转而一条白底水墨画图案的吊带裙尽显小女人气质。个子娇小的莫默着一袭紫罗兰色深“V”长裙，一双黑色蝴蝶结高跟鞋让她看起来妩媚中透着几分可人。一直沉稳内敛的欧阳静今天也让人眼前一亮：一条英伦风十足的红方格棉布连身裙恰到好处地勾勒出年轻的身材。至于身边的安妮，陆昊从进门的第一眼起就被她深深地吸引住了：虽然只是一条深灰色抹胸短裙，穿在她身上却魅力四射。无须走近，就可以感受到从她身上散发出来的那股独特的韵味。

“哎，安妮，你和陆昊真的心有灵犀耶，一个穿了灰色的小礼裙，另一个就买了银灰色的西服来配。”看着他俩的完美搭配，莫默捂着嘴巴“嘿嘿”笑。

经她这么一提，大家也发现今天这两人出奇的相衬，均心领神会地笑了起来。

心不在焉地听完一干领导的致辞，大伙儿终于迎来了“舞会正式开始”的获释令。音乐响起，一时间人声鼎沸。

“安妮，快去跳呀，不要辜负了今天的盛装打扮哦！”莫默笑着把她往外推。

“他那不正经的，你也信。”安妮瞄了一眼陆昊，发现他正兴致勃勃地和小白打招呼，不由得一阵莫名地胸闷。“我先去吃点东西，你们赶紧找舞伴跳，让我观摩观摩。”安妮起身向旁边一长溜的食物走去。

苹果派、布朗尼、巧克力布丁……安妮觉得每一叉子下去就好像能戳掉一丝不快，很快她盘子里的甜点就堆积成一座小山了。

“哟，这不是秦小姐嘛，早就听闻今年 K 大来了一位美女，果然闻名不如一见啊！”

“秦小姐”，是在叫自己吗？安妮困惑地抬头，却愕然发现站在面前的竟然是刚才在台上口若悬河的学联领导郑主任，“老师好。”她礼貌地一笑。

“你好啊。”这个所谓的郑主任脸上是一副与身份超级不符的嬉皮笑脸，此刻他正上上下下地打量着安妮，“美女，留个电话吧，改天有空我请你出去坐坐。”

“老师是大忙人，联系就不必了，怕打扰您工作。不好意思借过。”素有听闻郑主任平日作风不太正，猥琐，好色，安妮微微侧身只想尽快离开这个是非之地。

没料想他竟用端着一只高脚酒杯的手挡住了她的去路，“哎哟，我说秦小姐，不必走得那么急嘛。不想留电话的话，喝杯酒总可以吧？”

“我不会喝酒。”安妮瞥了眼他，淡淡地说。

“凡事总有第一次嘛，喝着喝着就会了。我看秦小姐也是聪慧之人，不会连这点小道理也让我这老头子来教你吧。”他出言相讥，头顶的一片“地中海”令人看着超不顺眼。

安妮窘意未散，怒意又起，她强忍住咬牙走人的冲动，站在原地与他僵持，心里七上八下没个底。

“郑主任，这位同学说她不会喝，您又何必为难她呢?”正当局面难看至极时，安妮听见身边响起了一个陌生的男声。她转过头，一张清秀的脸庞让她有种似曾相识的感觉。

“你是哪位?”郑主任没料到此地会上演英雄救美的戏码，口里没好气地问。

“我也是K大今年的新生，只不过怕郑主任您不会对我有兴趣。”男生话中有话。

“秦小姐，我只是想请你喝一杯酒，那些闲杂人等最好给我走开。”他说话时两眼仍紧盯着她不放。

再这样僵持下可能连这位有心帮她的男生也连累了，安妮用力咬着下嘴唇，抬起手准备接过郑主任手里的酒杯。

“不就是一杯酒嘛，我帮她喝。”

欲息事宁人之际，送至唇边的杯子却不期然地被一只手用力夺下，她不禁惊讶地低呼:“陆昊!”

陆昊脖子一仰，把杯中酒喝了个一滴不剩，“这样您满意了吗?”他将酒杯往郑主任面前一递。

瞅着突然冒出来的两大护花使者，郑主任知道今日占不到任何便宜，嘴里低低地骂了几句，便讪讪地走开了。

“你是谁?”还没等安妮冒出任何疑问，陆昊斜着眼睛看向不明人物。

“秦安妮?”男生好像没听到他的问题，专注的眼神落在女孩脸上，不确定地问。

“不好意思，你是?”虽然安妮觉得他眼熟，可实在想不起来。

“我们去年冬天在学校食堂里见过，你不记得了?”知道没认错人，男生这才放心地说。

“何鹏?!”经他这么一提醒，安妮总算是记起来了，而且还异常清楚，不过不是对人，而是对他提的那件事。去年冬天某天专业考试的中午，安妮在食堂打包了饭菜匆匆往外走，准备赶回宿舍抓紧再看一会儿书。也许是低着头走得太专心了，在拐弯的地方竟和一个人撞了个满怀，对方的饭盒应声倒地，两人的学生卡也掉在了地上。那个人就是何鹏。两人同时弯腰捡起学生卡，不过都不是自己的。当时实在是没有时间认真道歉，安妮瞄了一眼卡上的名字就把它塞到了主人手里，顺便夺过自己的那张，没头没脑地丢下一句“考试来不及了”就慌忙闪人。想不到何鹏倒是把这件事记住了，还能一眼认出她这位肇事者。

“是我。”何鹏微笑着说。

“喂喂喂，你们两个，什么情况?”听得云里雾里的，陆昊皱着眉。

“我来介绍，陆昊，我的好朋友。”异乡遇故人，安妮欣喜异常，“陆昊，这是我本科的校友，何鹏。”

“你好。”何鹏友好地伸出手。

陆昊极为不情愿地与他握了握手。“快回去吧，默默他们在等我们。”他转过身对安妮说。

“你要不要和我们一起坐，我介绍我的好姐妹给你认识。”安妮眼含笑意发出邀请。

“好的。”何鹏语毕随她而去。

眼看两人有说有笑地走过自己身边，陆昊心中似有一团火焰熊熊燃起，烧得整个胸腔涨痛得不行。长长地呼出一口气，他也往回走。

不用说，莫默、乐姗和欧阳静都非常喜欢这个新加入的伙伴。而何鹏确是一个让人感觉自然又舒服的男生，话不多，笑容略显腼腆，但又是那么真诚温暖。可让安妮奇怪的是，陆昊不知道吃错了什么药，自从回座位之后就沉着脸，没说两句就跑到前排找小白玩去了。算了，不想那么多了，这个怪人。安妮闷闷地想。

大家聊得正起劲，舞池里开始播放梁静茹的《情歌》，安妮最爱的一首歌。大伙儿起哄嚷着让何鹏请她跳舞。

安静的音乐中，安妮缓缓地移动着脚步。这首《情歌》她曾在布莱恩宿舍里听了无数遍，现在听到它就好像又回到了那里的故事。

夜雨染成天水碧。有些人毋须姿态，也能成就一场惊鸿。

越过何鹏的肩膀，她看见陆昊拿着两杯红酒朝小白走去。他竟然还能和别的女生把酒言欢。安妮想着不觉有些心痛。看来他真的是完全不在乎自己吧。一时恍神，她差点踩到了何鹏的脚。

何鹏觉出了她的异常，关心地问：“你没事吧？”

“没事。”安妮抬起头勉强挤出一丝笑容。

好友的异常没能逃过莫默的眼睛，想着这两个月来她和陆昊不愠不火的发展，她觉得事情没这么简单，好像安妮和他之间总有个坎谁也不愿意先迈过去。

第四章

10 月，狮子座，桃花旺盛。

林然本是不信这些星座血型之说的，可近来某些事情的发展让他不禁对这些莫默以前很感兴趣的东西产生了几分将信将疑。

据他对自己的客观认识，一个刚从象牙塔里走出来没多久的职场新鲜人，没房没车没家底，外表中等偏上，书法歌艺略懂一二。他不明白，比他俊朗有钱的俯拾皆是，年轻貌美的苏董怎么会看上他的呢？

苏董是林然他们公司的一个大客户，本名苏丽珍，和《花样年华》里张曼玉饰演的角色同名，气质也同她有几分相似。她在上海滩颇有声望，才三十出头就拥有了自己的房地产公司。在生意场上，她是锱铢必较的女强人，下了谈判桌，她却是一个温柔娴静的女人。而后一点，并不是很多人都有机会知道的。所以，当小吴得知林然昨晚和远近闻名的苏董共进晚餐时，羡慕得口水都要流下来了。

“她是不是像传说中的那样特端庄贤淑啊？”小吴问。

“还好吧。”林然说，手里翻着刚打印好的资料，“我就和她吃了顿饭而已，谈的也全是工作，没太关心。”

“没太关心？！”小吴惊讶至极，“哎，林然，你脑子没糊涂吧，她可是全上海都争着想一睹芳容的苏丽珍啊，你都和她吃上饭了，多少男人求都求不到啊！”

林然瞅他一眼，“有这么夸张吗？”

小吴死命点头。林然忍俊不禁。

“我说，苏丽珍是不是对你有意思啊，要不然我们部门那么多人，为什么她偏偏只找你吃饭啊？”

林然更乐了，“你绝对是被偶像剧给毒害了，谁说这世上帅哥美女在一起就只能谈感情啊，谈生意行不行？”

凡事有一次必有第二次，当林然应苏丽珍之约来到上海郊外的高尔夫球场时，在开阔的场地中与她独处，他觉得气氛有点儿怪。

“苏董，下次有什么事您可以到公司去找我谈，实在没必要大老远跑这儿来。”林然一边挥舞球杆一边说。

“然，你的姿势不标准，来，我教教你。”她似乎没听到他的话，亲热地称呼他，走近他身旁，从后面伸出双手环握他的手。

他一紧张，手里的球杆掉在地上。这下子，他再也笑不出来了。

庆祝一周的魔鬼训练营结束，莫默和欧阳静下课后一起去买菜。三个女生放学后齐聚厨房，准备晚饭。

“后天就是周末了，我们去动物园玩吧，离我们家那么近。”莫默在水龙头底下冲着青菜说。

“这提议不错。”欧阳静按下“开始煮饭”的按钮。

莫默把洗好的青菜放在盘子里，转过头看着安妮说，“那我负责叫乐姗。再叫上陆昊吧，让他说笑话给我们解闷。”

“这主意好。默默，你打电话给小波问问他周末有空没。淞圻我估计他是佳人有约了。”欧阳静把油倒下锅。这电磁炉热起来要不少时间。

“说起章淞圻这个没良心的家伙，绝对是重色轻友的家伙，成天和美女混在一块，都没时间和我们玩。”安妮在砧板上对付着手中的大块牛肉。

“也不知道他们两个有多认真。”莫默从冰箱里拿出三颗鸡蛋，“一年之后谁知道你去哪儿我去哪儿，现在在一起会不会有点草率呀？”

欧阳静轻轻地用肘碰了碰莫默的胳膊，侧过头看了眼安妮。莫默意识到自己说错话了，赶紧闭上口。

安妮心里“咯噔”一下，差点切到手指。是啊，自己的未来在哪儿都不知道呢，又如何能奢望再把另一个人的前途和自己绑在一起呢？不让她俩看出自己的小情绪，她抬起头笑着掩饰自己的慌乱，“看我干吗，和我无关啊。”

“我们什么也没说。对了，说起来有一段时间没见到何鹏了，要不周末把他也叫上一块儿玩？”欧阳静把葱姜蒜扔进锅里试温度，果然只有很小的一阵“嗞嗞”声。

“我看可以，安妮你觉得呢？”莫默在另一块砧板上开始切青菜。

“干吗问我，你们想叫就叫呗。”她一时还没从自己的情绪中走出来。

“你和他是老同学嘛。”欧阳静把盘中的牛肉倒下锅，这回“嗞嗞”声总算不负众望响亮了许多。

“给你们讲个笑话：一块五分熟的牛肉和一块七分熟的牛肉同时放进锅里，为什么谁也没开口说话。”安妮切完牛肉，站在水池边洗砧板，不时抬头看看左边正在切青菜的莫默，和右边认真炒牛肉的欧阳静。

“不知道哎。”莫默和欧阳静一齐摇着头。

“因为他们不熟。”安妮说完就笑了。要快乐，不可以被小郁闷打倒。

“啊呀，安妮，你好冷呀。”待明白过来她这个冰山冷笑话，莫默和欧阳静也释然地笑了。

三个女生的世界总是简单而快乐的，明快得像山间潺潺的流水，纯净不受一丝污染。

这个周末很快就到了。

乐姗懒得自己找路，就先坐地铁来了莫默家，待会儿和她们一起走。莫默她们仗着自己家离伦敦动物园近，稍一不留神就拖到了11点15才开始做饭。所以当她们每个人捧着一大碗咖喱牛肉盖浇饭正大快朵颐时，陆昊的催命电话很不合时宜地打破了这和谐的气氛。

“我到了，你们在哪儿呢？”

安妮担心告诉他实情他会不会发飙，“我们今天吃饭晚了，马上就出门。”

“什么?! 哎，拜托，大小姐，你们约的我12点见，现在12点整，你们竟然还没出门!”电话那头的声音果然由平静转为惊涛骇浪。

“我们也不是故意的嘛，好了好了，我们收拾下就去找你，你赶紧找个地方先坐会。就这样，拜拜。”为免他再继续借题发挥，安妮赶紧挂断电话，心有余悸地朝其他三个人吐了下舌头。

莫默吞下最后一口饭，起身把碗放到厨房。“我们又不是经常迟到的，偶尔一次，作为男生等一下也应该啊，陆昊要不要这么大惊小怪的。”她从桌子上的纸巾盒里抽出一张纸擦了下嘴。

“他就这德性，没耐心。”安妮赶紧把碗里的最后一口饭扒进嘴里。

欧阳静也吃好了，从洗手间里洗了个手出来，刚好听到安妮的话，笑着说：“你还真是挺了解他的嘛。不过那个何鹏怎么一点也不急啊，还是他和我们一样迟到了所以不好意思问。”

正说着安妮的手机就响起短信提示音，乐姗先她一步抢到手机，“一定是何鹏发的，我帮你看。‘我到了，你们在哪儿?’哈哈，和陆昊说的一样哎，安妮，我帮你回了哦。”

“行。”安妮也吃好了，去厨房放下碗筷。

“‘我们今天吃饭晚了，马上就出门’。一模一样的话，看他怎么回。”乐姗按下“发送”键，脸上一副看好戏的表情。

何鹏的消息很快就回过来了，“好的，你们到了给我电话。”

“哇塞，好绅士哦，完全不像陆某人，安妮，你说对吧?”莫默狡黠地看着她。

“对呀对呀，赶紧收拾东西吧，要不然陆大少爷的火就直接烧到我们家了。”面对她们时不时的调侃，安妮领悟出还击的真谛就是不在意不反驳。

四个女生急匆匆地赶到动物园门口，一张臭臭的脸不出所料地正等着她们。

旁边站着无辜的吴小波同学。

“我说你们有点时间观念好不好，看看现在这都几点了。”陆昊拉起左手的衣袖给她们看表，分针正慢悠悠地晃过“6”。

“我们又不是故意的，给你赔礼道歉还不行。”虽然看不惯他这副大少爷的嘴脸，安妮还是忍着不顶嘴，毕竟是她们失礼在先。

不过陆昊明显有点被气到了，“这大冷天的，又没地方坐，你们知不知道我等得有多辛苦。”

“不是还有小波陪你等嘛，他都没说什么。”莫默看向小波。

“其实确实挺冷的，不过还好还好，你们也没迟到太久。”小波不想得罪任何一方。

“半个小时还不算久？唉，算了算了，本公子大人不记小人过，你们待会儿记得每人给哥买个蛋糕就行，哈哈。”陆昊装作很大度地摆摆手表示不介意了。

“贪吃鬼。”欧阳静笑着说，“对了，何鹏呢，你们没联系吗？”

“他也要来吗？”当时听安妮说有出游行动，陆昊根本没想到还会有其他人参加，好像布莱恩小分队的活动从来都只限特定人士。

“他刚才发消息说他也到了。我给他打个电话吧。”安妮拉开单肩包的拉链准备往里掏手机。

“不用了安妮，那边过来的人好像是何鹏哎。”还是乐姗眼尖。

她抬起头，可不是嘛，虽然隔着几十米的距离，她也能感觉到他嘴边那抹浅浅的微笑顺着深秋萧瑟的寒风慢慢地温暖人心。

“何鹏帅哥，你一个人跑哪遛达去了呀？”待他走到人群中，乐姗伸出右手很哥儿们地拍了拍他的肩。

“我提早来了 15 分钟，买好票就到周围走了走。”说着他拿出 5 张票分到大家手中。

“何鹏，你考虑的实在是太仔细了，都快可以和小波这个 21 世纪新好男人媲美了。”看到他这一举动，莫默忍不住夸起他来。

一边的陆昊似乎感觉自己的地位被威胁了，颇为不爽地说：“不知道她们麻烦啊，到那么早干吗?！再说我们又不是没钱，为什么要你买票。我把钱还你，还有她们四个的。”陆昊说着就准备掏钱。

“陆昊你那么介意干吗？我们待会儿请何鹏吃饭不就好了。别弄得那么见外，何鹏又不是外人。”莫默一时口无遮拦。

“他不是外人是什么人？”陆昊说这句话时没看何鹏，却有点生气地瞪了安妮一眼，把她瞪了个莫名其妙。

“默默的意思是大家都是朋友，谈钱多伤感情啊。”眼瞅着这个气氛不对，欧阳静忙出来打圆场，“既然都买好票了，我们就进去吧，别站在这儿吹冷风了。”

一进动物园乐姗就嚷着要去看羊驼，说它是什么“神兽”。其他人的好奇心也被勾起来了，跟着指示牌先朝羊驼圈养地走去。

路上安妮把包从左肩上拿下来换到手上提着，走了一会儿又换了一只手拎。

“重吗？我帮你拎吧。”何鹏说着就接过她手里的包。

她也没有怎么客气，想他只是好心帮自己而已，就微笑地说了句“谢谢”。这一幕很不幸地被陆昊撞了个正着，他一时郁闷狠狠地踢飞了地上的一颗小石头。小石头骨碌碌地滚到了前面走的莫默和欧阳静脚边，她们纳闷地回头，乐姗也随着往回看，何鹏和安妮正你一言我一语地并肩走，安妮的包还在他手上，后头跟着紧皱眉头的陆昊和不知所措的小波。三人无奈地互相对视一眼，心里都明白了八九分。

为了扭转这奇怪的氛围，欧阳静故意慢下脚步等他走上来，“陆昊，我的包也很沉诶。”

陆昊抬起头颇为惊讶地看了她一眼，顿时知道了她的意思，大声宣告似地说：“没事，我帮你拎。”他接过欧阳静递过来的小拎袋，转过头对小波说：“赶紧的，默默手里还有一个包，别让表现机会都被别人占了去。”

莫默听到他的话，和乐姗一起走到小波面前，很大方地把包放到他面前，“给，好好表现。”

小波接过包，和莫默相视一笑。

“幸好我没带包，要不然都没有人帮我拎。”乐姗笑嘻嘻地挽着莫默。

“哎，同志们，我们可以继续前进了吧。”不明白他们在搞什么，安妮冲何鹏耸了耸肩。

虽然被冠以“神兽”的美誉，羊驼其实长得很普通，就像体型高大的绵羊。一共四只被圈在围栏里，纯白、浅灰、棕黄、黑褐的各一只，凑在一起猛啃挂在柱子上的一个稻草球。

“原来也没什么特别的嘛。”乐姗略显失望。

“那你希望它长什么样啊，三只角还是八条腿？”莫默说着伸出空空的两只手放在头上装了个角的姿势。

“那也没有那么夸张嘛，不过总得有点特别的地方吧。就它这样，也好意思叫‘神兽’。”乐姗左看看右瞧瞧，愣是没发现什么独特之处。

“羊驼其实是很普通的一种动物，只不过在网上被炒成所谓的‘神兽’罢了。”何鹏解释给乐姗听。

“这样啊，那我回去在网上搜搜看好了。”

“呃，小孩子，还是不要知道的比较好。”何鹏有点儿尴尬地说。

乐姗反而更好奇了，她看着欧阳静问：“靠谱静，为什么小孩子不能知道？”

“因为那是句骂人的谐音。”

"是什么呀?"乐姗追问到底。

莫默偷偷在她耳边念了三个字。乐姗一下子脸红了,"我想,我还是不要知道好了。"

"哈哈哈……"看到她被窘到的样子,大家都乐开了。

"看完这个,我们可以去看企鹅表演,好像是3点半开始。"安妮低头看了一下表。

等他们走到企鹅表演池,那里早已被里三层外三层地站了个水泄不通。外国人一个个又长得人高马大的,莫默他们完全挤不进去。

"你们稍微等一下。"何鹏把包交还给安妮,朝水池边一个稍微人少一点的地方走去。

安妮看到他不知道和对方说了什么,人家让出一个人的站地给他。何鹏转身兴奋地朝她招手,"安妮,你们快过来!"

莫默很激动地往里钻,仗着个子小,可以站在前面而不挡住后面人的视线。

安妮站在她后面,刚好看到一群企鹅正整齐地排着队拍着翅膀往水池里跳。她有点儿好奇地问站在身边的何鹏:"你都和人家说什么了啊,他们那么好心让出一个位子来?"

"没什么,我就说我和朋友特地过来看企鹅表演,他们就很礼貌地让出来了。"

安妮点了点头说:"老外肯定是看你老实,所以就给你腾出了个位,只是没想到你带来这么多人。"

"我们是举家出游。"乐姗越过莫默的脑袋兴致勃勃地看着驯兽师给企鹅喂食。

"那谁是家长呀?"莫默也来凑热闹。

"你看这里谁最像一对嘛。"乐姗随口一说,心思全在面前可爱的小企鹅上。

气氛顿时变得有些尴尬。何鹏微微低头,脸红红地看着安妮。安妮避开他的目光,不自觉地回头却正好撞进陆昊深邃的眸子里,她心虚得立即转过头不看他,无意中瞥见他右手不知何时攥成了一个拳头。不知道他看到了什么。安妮此刻心乱如麻,一颗小心脏在胸腔中"突突突"地跳。幸亏身边人群熙熙攘攘,要不然她那点小心思恐怕早已大白于天下了吧。

看完企鹅表演之后,只剩乐姗玩得最认真了,拉着莫默东跑西跳的,猴子抢香蕉也能把她逗得哈哈大笑。安妮纠结的心情仿佛也传染给了莫默,她情不自禁地想起林然来。第一次分别数月之久,他是胖了还是瘦了,莫默很想亲眼看看。安妮则是完全逛得心不在焉。这一路上陆昊都没怎么说话,安妮也不知道他心里到底是怎么想的,是不是不高兴了,可又是为了什么呢?何鹏干吗动不动就脸红,一个大男生也太奇怪了。安妮一下子安静下来,何鹏自然也就不说话了。

路过动物园的礼品店时，莫默一眼看见摆放在门口架子上的小企鹅公仔，喜欢得不行，捏着它两个软软的翅膀摆出各种不同的造型。

小波瞅着她这副爱不释手的模样，笑着说："作为今天你邀请我的回礼，这个小企鹅我送你。"

"这……不好吧。"莫默说。

"小波，你这样就不公平了，你是我们集体邀请来的。"乐姗打趣他。

"那你们都挑一个，我都送行不？"小波求饶。

"好呀好呀，欧阳，安妮，你们快挑，我选好了，就要这个小狮子。"乐姗从货架上抓起一个小狮子抱在怀里。

不想让小波太为难，欧阳静和安妮各拿了一只小一点的小老虎和小猴子。

10月下旬的太阳的落山速度已十分惊人，尤其是前两天夏令时又刚好调到冬令时，时间很神秘地往后穿越了一小时，所以虽然才下午5点，夜幕却已悄悄降临。

"我们回去吧，好累哦。"一直跑来跑去玩得最起劲的乐姗也玩不动了。

"嗯。"安妮点点头，眼神飘向陆昊，接着再看向小波和何鹏，"你们三个要和我们一起吃晚饭吗？"

"不了吧，我晚上约了同学一起吃。"何鹏看了下时间说，"快来不及了，我先走了，你们慢慢玩儿。"他朝大家挥了挥手就朝对面公车的方向走去。

"我有同学今天来伦敦逛，晚上找我吃饭。"小波也和大家告别，赶地铁去了。

"你呢？"安妮终于定定地看住陆昊。

"我也要回家，小白他们做好了大餐等我吃饭呢。"陆昊的口气好像在和什么人赌气。

"那好，莫默、欧阳、乐姗，我们回家。你自己小心点，拜拜。"不允许自己细想，安妮拉着她们就往回走。

"拜拜哦。"莫默和乐姗不忘回头朝陆昊笑着说再见。欧阳静也和他说了再见，却发现他眼里全无笑意。

本来是快快乐乐出来玩的一天，却搞得这么复杂收场。感情的事，有时候说出来不对，放在心里也不对。人算不如天算，在合适的时间遇见合适的人，然后轻轻地只说一句"哦，原来你也在这里"确是可遇而不可求的缘分。

晚上12点，莫默的手机铃声响彻房间。

"林然，你还没去上班吗？"

"在路上呢，"他说，"今天干什么了呀？"

莫默拿着手机坐到床上，乐滋滋地讲电话，“我们今天去动物园玩，我看见羊驼了。”

“是吗，长得挺可爱的吧？”他照例在公车上，周围人声嘈杂。

“嗯，蛮好玩的。我还看见企鹅了，一只只歪歪扭扭地走路，超级可爱的。”

“伦敦能养企鹅啊，这么神奇？”

“对呀，我也不知道为什么。小波还送了我们四个女生一人一个公仔，我挑了只小企鹅。”

“这么大方。”林然顿了一顿继续说，“你在那儿是不是玩得特别开心啊？”

“当然啦，大家在一起可热闹了。”莫默边说边点头，虽然知道林然看不见。

“那，你会不会不舍得回来了啊？”林然的声音出现了迟疑。

这下轮到莫默傻眼了，这是什么问题？“当然不会了，有你在，我肯定是要回去的嘛。”

“哦，你在那边好吃好喝，还有男生对你好，我以为……”

“你以为什么，以为我会变心？放120颗心啦，海枯石烂我的心也只属于你，哈哈。”莫默不知道是不是因为异地恋让林然对她这么没有安全感。

“那你早点儿睡吧，今天应该也玩累了。晚安。”

“晚安。”

挂了电话，莫默却一点睡意也没有。到底自己应该怎么说，怎么做，才能让他坚定信心等她这一年？自从知道她出国以来，林然似乎变得比以前敏感，也脆弱多了，很容易就想太多。莫默现在和他说话都开始挑话题说，惟恐哪一个点碰触到他敏感的神经，到最后弄得两个人都不开心。其实他真的不需要介意这么多的，外面再繁华似锦，再五彩缤纷，都比不上他的一个拥抱。只有他在的地方，才会有自己的家。可是如果林然对她这么没信心，她也很难相信只凭自己一个人的力量可以将这份爱情进行到底。

唉，当初做出出国这个选择究竟是对还是不对？莫默望着窗外的明月，深深地叹了一口气。

公司老总指示必须拿下苏丽珍的这单生意，林然别无他法，只能顺着她的意，陪她吃饭，逛街，打高尔夫。尽管身边同事嫉妒打趣的不在少数，可林然身正不怕影子斜，每天完成了任务就赶紧回家。

这天在公司刚吃过午饭，苏丽珍的电话又来了。林然皱眉看了许久，才走出去接了起来。

“然，你能陪我去逛下恒隆吗？”

“我们马上就要上班了，不方便吧。”他婉拒道。

“2点对吧，还有一个半小时，来得及。”她对他的时间了如指掌。

犹豫半晌，林然轻声说："那好吧。"

在恒隆，苏丽珍带着他从 Channel 逛到 Hermès，转了转 LV 和 GUCCI，不多会儿，林然手里就多了三四个袋子。

也许是她在媒体上曝光度较高，或者是这里的常客，各家店员都对她笑脸相迎，一点儿都不像林然记忆中第一次来到这里的场景。

那还是大二的时候，和莫默一起，两个背着书包的小孩，走到哪儿都遭到营业员半冷不热的招呼。

"你说他们怎么就那么势利眼呢?"莫默在他耳边小声说。

"放心，等我以后赚了很多很多的钱，我一定带你来这里扫荡，有什么拿什么，好好出出今天这口恶气。"林然搂着她说。

她那时笑得好开心，即使是世上最美的朝霞，也敌不过她的笑容。看着她灿若星辰的脸蛋，他固执地以为，只要她喜欢的，就算是天上的星星，他也会不顾一切给她去摘下来。可是他忘了，不顾一切也是要资本的。

为什么回不去的，总是最好的?

日子一天天从指缝中无声地溜走，每一个人的学习和生活都渐渐进入正轨。

经历了一个月的英音听力挑战，莫默总算开始习惯英国人那刻板的说话方式，上课时也不那么容易去和周公约会了。乐姗依旧开开心心地上下课，有空时研究下博大精深的中国食谱。安妮和欧阳静各自找到了一份实习工作，安妮帮一个参加伦敦时装周的设计师工作，欧阳静在一家建筑设计公司做广告策划。至于花了近两万英镑学费来上夜校的陆昊和吴小波，明显就和其他人的作息时间相反，昼伏夜出。章淞圻则照例每天和杨馨出双入对，同时和国内的女朋友保持必要的联系。

淅淅沥沥的雨已经下了整整一周，莫默就像遭霜打的茄子似的，病怏怏的，提不起什么精神。周六的早上她本想好好地睡个懒觉，一大早却在床上连翻好几个身，总觉得有哪个地方不对。她极不情愿地睁开眼，然后咧开嘴灿烂地笑了。太阳，是太阳！意想不到的阳光毫无遮拦地射进房间，把整个屋子照得亮亮堂堂的，也把莫默的心情照得晴空万里。她立刻起床，打开电脑上网。

"乐姗，乐姗，我们去逛街吧，今天太阳太好啦!"

其实莫默没打算看到乐姗闪亮的头像，毕竟才 8 点多。可是对话发出之后的 10 秒之内，乐姗的头像就在电脑右下角跳啊跳，莫默真有点吃惊。

"是呀是呀，如果不出去就太浪费啦!"隔着屏幕莫默也能感觉到小乐和她一样兴奋的心情。

"等安妮和欧阳静起来我就去问问她们看。"莫默嘴里一边念着要打的字，手上一边欢快地敲着键盘。

不多一会儿，安妮和欧阳静就相继起床了。莫默兴冲冲地跑到客厅，看到她们俩也正陶醉在阳光的沐浴中。

“你们俩是不是也是被晒醒的呀？”莫默加入到沙发日光浴的三人行中。

“我房间窗帘厚，黑不隆冬的，我挣扎着起来去上厕所，结果一推开厕所门我就一下子清醒了。怎么会有那么好的阳光呀！”安妮一脸的沉醉。

欧阳静拿着手机给男朋友发完邮件，抬起头笑着说：“天气这么好，我们出去玩儿吧。”

“太好啦，欧阳，我和乐姗就等你们的这一句话呢！”莫默高兴得从沙发上蹦了起来，“你们赶紧该洗脸的去洗脸，该打电话的去打电话，我去换衣服。我们待会儿就去逛街，哦耶！”

也许是周末外加天气实在太舒服了，牛津街上的行人比平时多好多，各大门店都是人满为患。很快莫默就热得走出汗了，摘下围巾塞进手提袋里。

“咦，默默呢？”走着走着乐姗突然发现身边的莫默何时不见了踪影。

三个人赶紧四下寻找，发现她正站在后面二十米开外的一家门店前盯着人家的橱窗看。

“喂，看什么呢？我们还以为你被挤丢了。”说着乐姗也往前凑着看，“哇，是 Tiffany 哎，怪不得你看得这么入神，哈哈！”

“小妮子，难不成是想嫁人了？”虽然嘴上调侃她，安妮自己也不由得被那些闪闪发亮的饰品所吸引。

“那结婚戒指也不用她愁嘛，自然有人考虑。”欧阳静推开大门，“不过她当然是最有决定权的。我们进来看看好了。”

这家店不算很大，里面有几对情侣正在挑选戒指，脸上都带着幸福和甜蜜的微笑。经过他们身边时莫默似乎都能感觉到天使的光环。什么时候自己也能挽着林然的手真真正正地来这里挑选属于他们的那一对幸福指环呢？莫默在心里问自己，却算不出时间。很久以前当他们还能遥想未来时，莫默曾试探地问过林然这个问题，他的回答至今仍清晰地印在她的脑子里。他说，没有事业，没有房子，就不考虑结婚的事。事业 + 房子 = 结婚？虽然莫默很不赞同林然这个逻辑，可是她打心眼里理解他的想法。作为家里的独子，作为社会新鲜人，林然身上的担子真的好重。

在莫默的观念里，爱情是绝不可能和物质等同的，没有面包照样可以花前月下。可是这个道理在林然那里完全行不通，没有经济基础的感情从一开始就注定要悲剧，所以他绝不会纵容自己牺牲拼搏的机会而去和莫默吃一顿几百块的所谓浪漫的烛光晚餐。

“欧阳，我觉得这里更适合你，赶快让你们家的泽同学求婚。”乐姗故作严肃地拍拍欧阳静的肩膀，“看中哪一款给他发照片。”

“他还是学生一枚，没那么快啦。”聊起远方的他，欧阳静露出难得一见的小女人的娇羞。她笑着走到莫默身边，循着她的目光问：“在看哪一款呢？”

“你看那条钥匙型的项链好看不？”莫默指着柜台里的一条银制的钥匙项链。

“那可是 Tiffany 的经典款呢。”欧阳静露出赞许的微笑，“默默，你眼光真不错。”

“我就觉得它长得比较大只，对得起这个价钱。”莫默有点不好意思地说。

“喜欢就买吧。”安妮也凑过来看。

“女人，要对自己好一点。”乐姗今天很大女人，“买吧买吧！”

“可是有点贵诶……”莫默露出为难的表情。

“多少钱？”标签上的字挺小的，乐姗看不清楚。

“180 镑。”莫默悄悄地回头和她说。

“这么贵啊！”乐姗吓得吐了下舌头。

“是呀，所以我在纠结呢。”

“你好，你能帮我们把那条钥匙项链拿一下出来吗？”正在莫默犹豫的时候，欧阳静让服务员拿出了项链，“这样看会更实在。”

莫默小心地拎起项链把它放在手心看。很简单的设计，一把纯银的钥匙，中间镂空成椭圆，看上去浑然一体。第一眼见它，莫默就舍不得移开目光。

她如痴如醉的眼神也感染到了身边的欧阳静，“默默，我替你拿主意了，买！”

“……”莫默抬起头，不敢相信欧阳静也会变得如此不冷静，“你认真的？”

“喜欢最重要嘛。来，我帮你戴上。”

端详着镜子中的自己，莫默突然明白了那句话的意思：有钱不是万能的，但没有钱是万万不能的。物质确实可以起到取悦自己的作用。就在那一刻，她决定这一次为自己奢侈一回。

捧着那一只小小的湖蓝色的盒子，莫默的心跳加速，她迫不及待地想回去打电话和林然分享这份喜悦的心情。

“什么?！你花 2000 块人民币买了一条银项链！”隔着几千公里的距离，林然惊讶到几近咆哮的声音却依然把莫默着着实实地吓了一大跳。

“怎么了，有什么不对吗？”莫默雀跃的好心情瞬间被浇熄了一半。

“有 2000 块干什么不好，干吗去买个啥用没有的东西？”林然的声音充满了不满。

莫默也不高兴了，“可是它很好看呀。”

“这世上好看的东西多得去了，你难道都要买不成？”

“这个，这个不一样的嘛。”莫默紧张得都开始结巴了。

“有什么不一样，都是骗钱的玩意儿。”林然的声音竟然出现了不屑。

“林然，你这样说就太过分了。”听到他如此不体谅的话，莫默气得满脸通红。

“你没赚过钱，不知道赚钱的辛苦，你现在当然觉得买这些都无所谓。”

“可是赚钱不就是要让自己开心吗，我现在花得很开心，很满足。”莫默努力为自己辩解。

“默默，我是为你好。”林然的声音低了下来。

别老打着为我好的名义来限制我的自由，莫默愤愤地想，“我花的又不是你的钱，你管我！”

“好，有本事你自己去赚钱，别花着父母的钱在这边逞英雄！”这句话显然触到了林然的底线，他也火了。

“赚就赚，你以为我不会吗？等着瞧吧！”莫默掐掉电话，胸口的闷气不知怎么发泄，堵在那一阵阵地疼。

第五章

就在这种无法言说的心情中过了两天，莫默稀里糊涂地丢了优盘，丢了耳机，脸上更是愁云惨雾一片。从来对钱不敏感不上心的她，第一次开始为了如何赚钱绞煞脑细胞。

某天在网上闲逛时，莫默意外地看到了一则信息，眼前一亮，顿时心里面有了主意。真是踏破铁鞋无觅处，得来全不费功夫啊。她喜滋滋地想着。

“默默！你怎么买了这么多包！”一进屋就看到她堆在地上大大小小的名牌包，欧阳静和安妮惊讶得目瞪口呆。

“才五个而已，不多不多，嘿嘿。”早有预料她们俩会被吓到，莫默就是想来个出其不意。

绕过一堆价值不菲的障碍物，安妮坐到她床上，“中彩票啦？今儿出手这么阔绰。”

“没没没。”莫默摆着小手。

“名品打折吗？”欧阳静拎起一只LV包装华贵的袋子看，“早知道我们也去抢购了。”

“不是啦。”莫默亦笑着摇头。

“难不成是你家里让你给买的？”安妮猜测道。

莫默眨眨眼，“是有人让我帮忙带的，不过不是我家里人。”

“这么神秘，说来听听。”欧阳静放下大袋子走过去坐到了安妮的边上。

莫默换了一个姿势坐，面朝她们，双眼炯炯有神，“我这两天不是正愁着除了打工兼职外怎么赚钱吗？前些天我在‘屹行江湖’的论坛里看见有人在招国外代购员，我就抱着试试看的心情加了楼主的QQ，你们猜怎么着？”

“怎么了？”两人异口同声地问。

“那人竟然是我小学同学，哈哈哈……”莫默开怀大笑，“我们聊了好多，我问了他一些关于代购的事。他说他和朋友一起开了一家实体店，专门出售外国代购的名牌包，有来自日本、美国、澳大利亚的许多名牌货。他最近一直在找人帮忙代买，一个可以提成10%呢！”她掩饰不住心中热血澎湃的喜悦。

“这人可靠吗?”欧阳静不放心地问了一句。

“可靠可靠，他爸和我妈以前还是同事，跑了还能捉回来的。”莫默相当自信，“虽然他给我的地址在外地，不过也不算离得太远。”

听了她的话，欧阳静追问道：“那你收了订金没?”

“订金？什么订金?”莫默一脸茫然。

“哎呀，你怎么这么冲动啊!”安妮急得重重地跺了下脚，“他要问你拿货当然要付订金啦，不要说这么贵重的东西，就是二三十块钱的衣服，你向店主进货也得付点钱让他放心吧。”

“这个，我完全没想到哎。”这时候她才开始有点慌了。小赵，你可千万别坑我呀。

“你买这些一共花了多少钱?”欧阳静的脸上笑容渐隐。

“好像有3000镑吧……”知道自己没听劝，做事全凭一时冲动，莫默回答得相当底气不足。

“也许是我们想多了也不一定。你明天上网让他先把订金打过来，如果没有收到绝对不要把包寄过去，听到了吗?”

第一次看到欧阳静这么严肃的表情，莫默不敢再说什么，一个劲地点头，之前的满腔热情也只留下一丝丝微弱的希望。

为了能在第一时间联系到小赵，莫默特地熬到凌晨两点等他上线。

“包我已经买好了，一共五个，3000镑，你能先把订金打给我吗?”

“行，没问题。这样吧，我把10%的提成先给你，等我收到包了再把所有本金打给你，你看怎么样?”小赵回得很干脆。

莫默骨碌着眼珠算了下，想这一来二去的双方都安心，就认可了这个建议，爽快地回了他，“好，我把账号给你。等钱到账了我就把包寄过去。你收到了之后把剩下的钱再打给我好了。”

“OK。”

盯着电脑桌面上和林然穿着情侣装的合照，莫默忽然感觉筋疲力尽。这一场来得莫名其妙的折腾是为了和林然怄气，还是为了自己的虚荣？她是想证明自己也有能力去干一件像样的正经事，可是却一而再地出现纰漏。如果让林然知道自己办事如此不靠谱，他指不定怎么说她呢。莫默不敢再往下想，只一心希望明天之后，一切都能够顺顺利利的。

林然可以理解莫默爱美的虚荣心，可是当他听到她如此不分轻重地一掷千金时，天性中对奢侈浪费的抵触让他本能地重了语气。直到电话那头传来阵阵忙音，他的心一下子怅然若失。仔细一想，他实在没有什么理由去指责她的生活。她高高兴兴地大老远打来一个电话，想和他分享买到心仪之物的喜悦，却当头被他浇了一盆冷水。若是换作他，生气也是必然的吧。

突然间，林然很想抱抱她，和她说一声对不起，像以前那样，哄她，吻她，帮她擦掉两腮委屈的泪水。可是，一万里的距离，将他的拥抱无情地隔成了冷冰冰的空气。

触不到的恋人，原来竟然会这样疼。

两天之后，莫默在自己的银行账户上查到多了300镑，她也没耽搁，当天下午就到邮局把五个包快递回中国。走出邮局大门的时候，她长长地呼出一口气，好似完成了一件天大的任务。她掏出手机给小赵拨电话，告诉他把包寄出了。对方听上去很高兴，反复强调说收到包就给她打钱。胜利的曙光好像又开始在莫默眼前蠢蠢欲动。

第二天上课，莫默脑子里全被这件事所纠缠，期待、兴奋和惶恐占据了她所有的思维。老师在课堂上口沫横飞，她却一个字也听不进去。直到听到“中国”这个词，莫默才猛然回过神来。

“怎么开始讨论中国的事了？”莫默用讲义挡着脸，小声问坐在旁边的乐姗。

“刚刚讲到中国的改革开放政策，有个外国人不明白，要求老师再讲清楚点。”乐姗也低声回答她。

“我认为中国的改革开放完全是照搬西方发达资本主义国家的模式，一点也没有创新精神。”突然间，一句话如重磅炸弹般炸响了平静的课堂。莫默诧异地回头，想知道哪个人这么不知好歹，胆敢诬蔑自己的祖国。声音好像从最后一排传来。

老师很显然也被这突如其来的评论吓了一跳，略为尴尬地笑了笑，“这位同学，请你解释一下你这句话的意思。”

一个棕色头发，个子不高的欧洲男生从座位上站起来，还特意清了清嗓子。莫默的两道柳叶眉不知不觉绞在了一起。全班集体好奇地盯着这位始作俑者，看他究竟能说出什么惊世骇俗的话来。

“大家都知道中国是个贫穷落后的发展中国家，人口众多，资源严重不足，再加上领导者错误的政策，导致中国的发展远远落后于世界其他同等发展水平的国家。”他长得尖嘴猴腮的，还抬着头一副不可一世的样子，莫默看着他就讨厌。

“呃，这位同学，你的资料可能有些久远了吧，据我所知，中国目前的发展现状是非常不错的。”老师走到第一排面前，瞄了一眼莫默和乐姗，开始打圆场。

“不只这一点，还有中国的农村问题，我觉得中国本身就是个大农村，没有一个真正的城市。”

真是越说越离谱，莫默拉了一下乐姗的袖子说：“这人是哪个国家的，懂不懂中国啊？”

等了一会儿没有反应，莫默偏过头看她。乐姗正愤怒地盯着那个欧洲男生，两眼都快冒出小火球来了。

“喂，你没事吧？”莫默想去握她的手。

“老师，我认为他对中国存在着非常深的误解。”乐姗忽然站起身，莫默被她这一举动惊得差点从座位上跳起来。

“呵呵，这位同学是来自中国吧，那你说说看他怎么误解中国了。”看到乐姗挺身维护自己的祖国，老师露出鼓励的目光。

“首先，就像您说的一样，这位同学他的资料久远到可能连他都还没有出世。我可以很负责任地告诉他，中国的经济发展态势非常好，像北京、上海这样的大城市甚至已经超过了世界某些发达国家的城市发展水平。”说到这里，乐姗稍微顿了顿，接着放慢语速说，“至于中国的农村问题，我诚挚地邀请这位同学有机会来中国玩，没有考察就没有发言权。”

“可是中国做得不对，谁都有权提意见，不是吗？”那个尖嘴猴腮男竟然还敢强词夺理，莫默也气得不行。就在她也准备站起来为自己的国家辩护时，老师似乎看出了她的动机，挥挥手示意站着的同学都坐下，走回电脑桌旁说：“这个问题有兴趣的同学可以课后自行讨论，我们继续今天的讲座。”

经历了这一场突如其来的意外，莫默和乐姗哪还听得下去，一心就盼望着老师早点宣布下课，她们好去找那个无端挑事的小子。

“请问，你上课时为什么诋毁中国？”下课之后，莫默和乐姗在走廊尽头堵住那个欧洲男生。

“我只是实话实说。”他装作很无辜地说，“我叫 Damon，来自法国。”

“不好意思，我们没兴趣知道你是谁。我们只是想问你，你去过中国吗？知道中国怎么样吗？”乐姗毫不客气，紧紧地盯着他问。

“没有。”他倒还挺诚实。

“那你怎么知道中国的这些事的？”莫默问。

“我们国家的报纸都是这么说的。”他摊开双手。

乐姗和莫默恍然大悟地彼此对视了一眼。看来媒体对国民思想的影响力还真不是一般的大啊。

“有机会欢迎你来做法国人，我保证不歧视你。”他说。

“你……”乐姗被他气得说不出话来，撩起袖子就想冲他那欠揍的样子狠狠打去。

“算了算了。”莫默赶紧一把拉住她，“乐姗，别冲动，他其实也是舆论的牺牲品。就算你能改变他，你能改变所有坏掉的法国人的脑袋吗？”接着她转过头对 Damon 说：“我们今天讨论到此为止，再见。”

“好吧，有机会再聊。”他还颇有点意犹未尽的感觉。

“啊呀呀呀，默默，真是气死我了，世界上怎么会有这种人呀！”看着他完好无损地转身离开，乐姗气得不停地跺脚，“这种人就算让我拳打脚踢一天也便宜他了啊。”

莫默笑着安抚她，“是啊，他真是太可恨了，可是……”想起了自己还没搞定的烦心事，她收起了脸上的笑容，“可是在外面，我们还是少惹点事的好。”

“你们两个刚才好厉害，我很佩服。”正在她们准备离开去吃饭的时候，一个陌生的男孩儿走到她们面前。

“你是谁?”乐姗微微抬头，皱着眉打量眼前这个高她快一个头的男生。他顶着一个鸡窝头，乱糟糟的，不过面庞长得还算清秀。

“我刚才路过，无意中听到你们教训那法国人的话。真的很精彩。”那男生说着一口不标准的国语。

“全都听到了，还说无意的，骗谁啊。”乐姗还没从那气愤的情绪中缓过来。

“我们只是在给他讲道理而已。”看着她那小孩子样，莫默笑着挽住她的胳膊，“对了，听你说的普通话，你不是大陆的吧?”

“我香港来的。我叫易森，很高兴认识你们。”男生礼貌地伸出右手。

“你好，我叫莫默，她是乐姗。”莫默也伸出右手轻轻地和他握了握。一旁的乐姗装作没看见，小声嘟囔着：“今天怎么净是自我介绍的人啊，我们又没高兴认识你。”

“你说什么?”易森不明白为什么这个叫乐姗的女生第一次见面却好像对他有很大的意见似的。

“她说认识你也很高兴。你吃饭了吗？要不一起去餐厅吧?”莫默提议。

“不了，我朋友还在楼下等我。有机会再聊，拜拜。”微微一笑，他转身离开。

“要不要这么酷的……”乐姗不解地看着他的背影，明明是他自己主动跑过来的，消失得却比谁都快。

“是很酷哦!”见她还在出神，莫默笑着拉她，“好了，别看啦，人都没影了。走，吃饭去。”

于是，一幕相当不和谐的画面出现了：两个女生挽着胳膊一起走，其中一个双眉紧锁，不发一语。另外一个脸上虽浅浅带笑，仔细看却似心有千千结。

人和人的故事，有时候可以以不和谐开场，却以和谐收尾。我们料不到开头，也算不出结局。

周四是欧阳静的实习日。忙忙碌碌的一上午，等她走出会议室的时候已经快1点半了。

正是饭点时候，餐厅里几乎已经是座无虚席。欧阳静端着餐盘，环顾四周，希望可以找到一个座位坐下吃饭。

好容易逮到一张只坐了一个人的桌子，她赶紧走过去，礼貌地问："不好意思，先生，请问我可以坐这里吗？"

"当然可以，请坐。"正在用餐的那位先生抬起头，笑着回答。

欧阳静在他对面的座位坐下，埋头专心吃饭，想着下午还有一堆工作要做，眉头就不知不觉地皱了起来。

"你好，请问你是中国人吗？"对面的先生突然开口说中文，把她吓了一跳。

"是的，你也是啊。"吃惊之余，欧阳静这会儿才认真看清楚对面之人。果然是一张典型的东方人的面孔，而且长得还算不赖，浓眉大眼，挺拔的鼻子。

"嗯。"他笑着点了点头，"我叫李天骐，在这家公司的人力资源部门工作，你也是这里的员工吗？"他主动自报家门。

"我叫欧阳静，在这边广告部实习。"第一次在公司遇到中国人，她感觉格外亲切。

"你是学生吗？"李天骐差不多已经吃完了。他放下叉子，双手交叠着放在桌子上。

"嗯，我在K大读硕士。"

"我也是K大毕业的。"

欧阳静有点意外地看着他，"真的啊？那你是学人力资源管理的吗？"

"对。"李天骐不明白她为什么这么惊讶。

"那真是太巧了呢，我们一起租房的有个小姑娘也是学这个专业的，有机会可以介绍你们认识啊。"欧阳静笑着说。

"没问题。说起来都是校友，以后有什么需要帮忙的尽管来找我。"他站起身，端起盘子，"我先走了，你慢慢吃。"

"好的，拜拜。"欧阳静和他道别，心想晚上回家一定要记得和莫默说今天的巧遇。

"你在公司碰到了K大的师兄？还和我是一个专业的？真的好有缘哦。"听到欧阳静带回来的消息，莫默也很惊喜。

"你是说欧阳静和他有缘，还是说你和他有缘啊？"安妮边切茄子边说。

"都有都有。"来英国之后第一次碰到同专业的前辈，莫默很兴奋，"对了，他叫什么名字？"

"李天骐。"欧阳静把猪肉放进微波炉里解冻。

"李，天，骐。"莫默一字一顿地念出他的名字，"名字不错。"

"瞧你这开心的样儿，什么时候有空我把他介绍给你认识好了。"

"好呀。"莫默笑嘻嘻地洗着手中的生菜。

10月的最后一周恰逢伦敦时装周。周一安妮就接到老板电话说周六得去秀场帮忙。于是周六一大清早安妮就赶到了秀场，在后台混乱地忙活了一整天，傍晚时给莫默发了一条消息说可能要晚点儿回来，让她们不用等她吃饭了。莫默和欧阳静在家宅了一天，晚上也懒得做饭，两个人一合计，决定出去觅食，接着看场电影，也算过个周末。

位于滑铁卢桥头的IMAX影院从外观看像是一个现代的圆形斗兽场，并且在地面上没有任何进口，须从地下通道进入。

离电影开场还有10分钟，莫默和欧阳静进场找到座位坐下。

“不好意思，借过一下。”一位先生拉着他的女朋友经过她们面前。

“李天骐？”虽然这里的灯光比较暗，欧阳静还是认出了眼前的人正是同一公司的那位学长。

“欧阳静，这么巧。”李天骐也还记得她。

“是呀。”想起了什么，她赶紧拉着莫默站起来。“学长，这位就是我说过的和你学同一专业的小学妹，莫默。”

“你……”他本想礼貌地打个招呼就走，可是当他看见她的那一秒，那个“好”字却生生卡在喉咙里，无论如何再也出不来。是他日日夜夜的思念感动了上天吗，抑或是命运又一次不怀好意的玩笑？即使记忆已经断裂成了碎片，即使眼前光线微弱难辨，可那酷似的明眸皓齿，他一辈子也不会忘。没错，是她，那个几个月前在机场撞到他的女孩。光影变幻，时空交错。片刻的错觉，遗失的数年。

“云……”他恍惚着轻声低呼，甚至欲伸出手亲抚那张以前只能活在记忆中的小脸。

“学长好。”莫默礼貌地微笑，奇怪不知从哪飘来一股寒气，让她莫名地从后背生出一阵凉意。

“你……好。”他艰难地将手收回身边，眼神依然迷离。

“天骐，天骐……”女生貌似有点不耐烦了，“快走吧，电影就快开始了。”

他被她拽着往里侧走，眼睛却仿佛长在了莫默身上一般，一刻也不肯移开。

一切发生得太快，莫默还没反应过来，又被欧阳静拉着坐了下来。

“他就是李天骐啊。”莫默把嘴贴到她耳边，小声地说。

欧阳静点点头。

“感觉好像在哪儿见过。”

“哦，是吗？也许某年某月某一天，你们曾经狭路相逢。”欧阳静笑着和她开玩笑。

“我觉得有这个可能。”莫默若有所思地说。

“和你说笑的，你不会认真了吧。先不说这个，电影要开演了。”

莫默“哦”了一声。头上的灯渐渐地全暗下来，眼前大屏幕开始出现3D画面，她戴上眼镜，不再说话。

本来这应该是一部非常有意思的电影，场内不时爆发出阵阵笑声，可莫默却完全看不进去。自从李天骐侧身从她面前经过，坐在隔她五个位子远的地方，她就觉得右边的脸颊像被掌掴了一样，火辣辣地疼，烧得厉害。她忍不住扭头看了一眼，却发现他也正往自己这个方向看，幽暗的光线反射到镜片上，时晦时明。虽然戴着有色3D眼镜，可莫默直觉他一直在盯着自己，那不是一种锐利的眼神，却更胜利刃，仿佛要把她看穿似的。她不禁打了个寒战，赶紧收回目光，心怦怦地乱跳。

明明是素未谋面的陌生人啊，莫默讶异自己如此不安是为哪般。她和他无冤无仇，为何与他的眼神相触，竟然有一种宿命的味道。是缘，是孽？

如坐针毡地过了两个小时，电影一散场，莫默就慌忙拉着欧阳静往出口走，弄得欧阳一头雾水。

“请等一下。”越是避之不及，越是事与愿违。

“学长有什么事吗？”欧阳静转身，莫默也只能极不情愿地停下脚步。

“莫默，请问我可以有你的手机号吗？”他倒是问得直接。

“欧阳知道，让她告诉你吧。我有点事先走，不好意思。拜拜。”她很少这样没有礼貌，可她抑制不住身体里那股莫名地想要远离他的冲动。

“拜拜。”李天骐没有深究，任她掉转头匆匆离去。

之后两周，莫默满脑子想的都是赚钱的事，很快就把李天骐这个人连名带姓给忘得一干二净，而他也没有主动找上门来。

她每天上网第一件事就是先问小赵有没有收到包。当看到他简单的“没有”两个字时，她就好担心包是不是被寄丢了。日子一天一天往后推，莫默心里不安的因素就越来越强烈。她开始臆想各种可能：会不会是越洋快递出问题了？英国的破邮政系统她也不是没见过，三天两头就玩罢工，才不管等邮件的人有多焦急。是不是她没把地址写清楚，所以小赵才没收到？还有最坏的可能，坠机了，还是索马里海盗半路打劫？

直到快递寄出的第十六天，莫默早上起床想找小赵再问问，可是他的头像一直呈现灰暗的状态，毫无生气。她隐约察觉事情有变，赶紧拨打他的手机，却怎么也打不通了。那一刻，莫默突然惊觉天旋地转，脑子里一片空白。

“嗞嗞嗞”，手机神经般地抽搐起来，好似她那颗脆弱无比的心脏。

“默默，你收到小赵的钱了没有？”

乐姗的关心直触她的痛处，她无力地靠在椅背上，“没呢。”

“你上网了吗?”一向开朗的乐姗声音异常地有些焦急。

莫默不由得坐直了身子,“没啊,怎么了?”

“你去QQ群里看一下,有个本科小妹妹说她半个月前听信了国外代购赚差价的事被骗子骗了钱,我觉得她的情况和你有点像。”

脑袋嗡地一声炸开,她颤抖着手打开电脑。

果然,一样的论坛,一样的小赵,一样的邮寄地址。也许小赵只是资金周转不过来,或者人在外地不方便上网。莫默抱着最后一丝希望。

群里的兄弟姐妹们骂的骂,安慰的安慰,忽然,一篇发入群中的新闻彻底激起了群愤。

标题:“XX警方顺利破获网络‘代购名牌’案,受害者多为海外留学生”。正文详细地描述了警方如何设局让骗子团伙露出马脚,三个诈骗嫌疑人见形迹败露连夜逃往异地,XX警方最后在异地警局的协助下顺利将疑犯逮捕归案。

据犯罪嫌疑人自己交代,海外留学生基本上家境都不错,且缺少防范意识,往往最容易上当。那个疑犯,新闻中写道,叫小赵。

莫默两天没去上课,每天在家安安静静地一个人坐着,看太阳升起,又落下。林然在QQ上找她,她没回,他打来电话,她也没接。她需要一个人静静。

林然,林然……一念起这个名字,莫默的心痛就加倍漫延,可是她管不住自己的心。如果没有当初的怄气,如果不是自己一时意气用事,就不会有现在痛彻心扉的后悔和懊恼。她没有和家里说这件事,更不敢和林然提一个字。父亲辛辛苦苦积累下来的血汗钱,就这样被她的不懂事所轻易挥霍。她不愿意看到父母失望的样子。她目前所能做的就是省吃俭用,尽量弥补自己犯下的过错。至于林然,莫默十分不确定,如果和他说了,是不是另外一场暴风骤雨。她不想和他吵,至少现在不想。她很累,只想变成一只小小的蜗牛,躲在一方小小的壳里,在这个并不宽敞却很安全的世界里,让伤口慢慢地复原。

来英国近三个月,莫默第一次做了噩梦。梦里她看见自己账户里的英镑都长了翅膀盘旋在她身边,可是等她满怀希望地伸出双手想去捕捉它们的时候,它们却集体逃走了。她不停地往前追啊追,有好几次就快抓到那扑闪的小翅膀了,它们却又加快了速度离她远去。突然,会飞的英镑消失了,她被一片浓重的迷雾所包围。就在她四处乱窜,找寻出口的时候,父母失望的脸出现在她脸前,她捂住脸不敢面对,一步步地往后退。紧接着林然漠然的脸在眼前忽隐忽现,她害怕地大声呼喊他的名字,希望他不要走,可是他没有表情地转身离开。她跑上前想抓住他的手,可是一脚踏空,从高空坠落。一直掉,一直掉……

“啊……”莫默惊叫一声从梦中惊醒。她大口地喘着气,惊恐的眼睛一眨也不眨地盯着天花板。冷汗不知何时已打湿了两鬓的头发，小小的身子缩在被子里止不住地发抖。

她把被子往上拉了拉，好让身子更深地埋在里面。合上眼皮，她努力让自己忘记噩梦，可以再次入睡。可是那种渗到骨髓里的寒冷让她辗转反侧，再也睡不着了。床被她弄得“咯吱咯吱”直响。她长叹一口气，坐了起来。

下午四点半，已是余晖残留。

手机上显示三个未接来电，均来自同一个陌生的号码。是谁找她找得那么急？不过时至今日，肯定不会有更让人崩溃的消息了。于是，莫默按下回拨键。电话才响了一声，就被接了起来。

“默默，你在哪里？我听欧阳说你遇到了不好的事，她又不肯说清楚，我很担心。到底怎么回事？”语气急促，关切之情溢于言表。

“你是李天骐？”尽管头脑还昏昏沉沉的，可莫默一下子就听出了他的声音。

“是我，问得太急了，都忘了你没有我的号。”李天骐向她道歉。

“我还好，没什么事，谢谢你的关心。”

“你在家吗？把地址告诉我，我过去陪你。一个人容易胡思乱想。”他的话语不容置疑。

“真的不用了，我挺好的。”

“乖，听话，你不说我就去问欧阳了。”他像哄一个小孩似的哄她。

虽然从严格意义上来，她和他还是陌生人，可莫默诧异自己却想不出任何拒绝他的理由。又或许，她确实很想找个陌生人说说话。和欧阳他们太亲了，很多话反而不知从何说起。

半个小时后，家拐角的星巴克。

李天骐买了一杯拿铁递给莫默，自己要了一份摩卡坐在她对面的小沙发上。他看她一小口一小口地啜着咖啡，并不着急想问个究竟。

“你慢慢喝，等想说的时候再说，我会在这里陪着你。”

透过袅袅的水汽，莫默想不明白自己怎么就坐在了这里，好似冥冥之中有股力量战胜了那种对他的莫名恐惧，反而牵引着她向他靠近。

理了理头绪，莫默一五一十地把事情的来龙去脉告诉了他，从和林然的怄气，说到经不起小赵的蛊惑而错信，接着被骗去一大笔钱。许是这些天冷静了下来，她说的时候也没有那么激动了，只有在说起对父母那不好交代的时候，才终于忍不住红了眼眶。

“莫默，你要记住，这个社会很复杂，不要轻信任何人，哪怕是你最亲的人。”听完她的遭遇，李天骐语重心长地说。

不要轻信，哪怕最亲的人。莫默听出他似乎话里有话。难道他也曾经受过欺骗？

“你有任何困难可以和我说，我会想办法帮你的。”他又说。

“你为什么……”

“没有为什么。”不等她说完，李天骐就截断了她的后半句话，“谁出国没点难处，我只是怕你受伤，以一个过来人的身份。”

莫默微微一笑感激他的好意。其实她未尝不担心他的关心另有企图，她也听过“人情债肉偿”，尤其对于一个还谈不上熟识的人。她可不想给自己惹上任何麻烦。幸好他并没有提出什么牵扯到金钱的建议，总算没有把故事拉入俗套。

人总是会特别感恩当自己身处困境时给予帮助的朋友，更何况莫默之前对李天骐的判断纯属直觉，毫无道理可言，经过这一次他的耐心倾听和悉心指点，她对他的抗拒和害怕都少了许多，反倒生出一种与其他人都不同的亲近感来。

回到家刚关上门，莫默的手机“突突”地震动起来。

“喂，默默吗？谢天谢地你终于接电话了。你没事吧？这么久没有你的消息，都快担心死我了。”电话刚接通，莫默还没来得及说一个字，林然担忧的话语就喷薄而出。

“林然，我，我……我闯祸了。”鼓足全身的勇气，莫默才吞吞吐吐地说出这句话。

“发生什么事了？”林然的声音立马紧张起来。

莫默迟疑着不知该如何开口。深深地吸了一口气，她竭力地控制住自己的情绪，打破了短暂的沉默，“上次为了项链的事跟你吵过以后，我想着如果自己能赚钱就好了。后来碰巧有个小学同学问我能不能在这边帮他做代购的生意，还给了我一个很不错的提成，我就答应了。”

说到这里，莫默顿了顿。她猜测着林然在电话那端的表情。

“然后呢？”林然有些焦急地问。

“我让他给我打了订金，我就把五个名牌包给他寄过去了。可是，可是他收到之后就再也没有消息了。”莫默越说声音越轻，慢慢地，她把头枕在了胳膊上，左手拿着手机贴在耳朵上。

“也就是说，你被骗了？”林然的声调陡然提高。

“嗯。”莫默虚弱地应了一声。

“我跟你说过多少次，不要这么容易相信别人，你怎么总听不进去呢？说你是小孩子，你还不乐意听，看看你那个冲动劲，哪一点像个大人了？”林然一急语速也明显加快。

“我，我还不是想证明自己也可以赚钱，这样你就不会看不起我了。”

“这是什么跟什么呀，我什么时候看不起你了？”林然觉得莫名其妙。

“你上次说让我自己去赚钱，不要拿父母的钱逞威风。”

“我那时也是气话，你难道听不出来吗？这么点小事你也至于放在心里这么久？”

“这对你来说也许是一件小事，可对我不是。你说得对，长这么大我还从来没有自己赚过钱。”

“你就是容易想多，不该想的拼命钻牛角尖。你说你一个国内名牌大学毕业生，又有出国经历，以后要想赚钱机会还不是大把大把的，用得着急于这一时吗？”

“我……”眼泪不争气地顺着眼角一颗颗地流到手臂上。这么多天来的担心、害怕和委屈一下子涌上心头，刚才和李天骐对话时的冷静也统统不见了，莫默忍不住哭出了声。

听到她的哭声，林然放低了声音，“亲爱的，我知道你很善良，也很单纯，可是这个社会有多复杂，你知道吗？你不能再凭自己的任性去做事了，否则吃的亏会更大。”

“嗯……”莫默闭上眼睛，一颗滚烫的泪水滴在胳膊上，瞬间迸溅成无数小水珠，“林然，我觉得好无助好无助，一个人在外面找不到任何依靠。”

“默默，你不能永远在别人的保护下成长，那样只能做个小姑娘。你是时候该学会独立了。”林然的语气很中肯，“这次就当是花钱买个教训吧，虽然很惨痛。”

“林然，我是不是很没用，什么事都办不好。”莫默的心难过得似乎都绞在一块，让她快不能呼吸了。

“你看你，又来了，一遇到挫折就容易把自己全盘否定。我不是说了嘛，这次就当是个教训，你以后不要再这么冲动就行了。我的默默还是很能干的，可以一个人在国外把自己照顾得妥妥帖帖，回来还要给我做好东西吃的。”林然的语气渐渐变得温和。

“我要给你做好吃的，我现在会做好多菜。”莫默相信如果现在林然在面前，他一定会紧紧地抱住她，给她安慰。

“这就对了啊，所以你要振作起来，不要被难过所打倒，坚强一点。”

林然温柔的鼓励给了莫默莫大的勇气和力量，她慢慢地控制住眼泪，决定无论如何也要好好生活下去。

成长是一个如此迂回的过程，眼泪和难过是成长不可避免的代价。最美的蝴蝶在破茧振翅之前，谁也不知道它经历了多久的蛰伏。一切的等待，只因为相信，总有一天能看见灿烂的明天。

俗语说，福不双至，祸不单行。

睡意朦胧的莫默刚走出房门，就听见安妮站在客厅里轻声说了一句："陆昊他们家被偷了。"

"什么?!"她不可置信地看着面前表情凝重的安妮，一下子醒了。

"他们家昨天出去通宵唱歌，早上3点多回来发现家里被偷了。他们叫了警察，不过也没调查出什么结果。而且陆昊说，家里没有被撬的迹象，所以，很有可能……"安妮顿了顿，没敢往下说。

"很有可能是有钥匙的人干的。"看着她逐渐黯淡下去的眼神，莫默说出了她开不了口的推测。

她微微点了点头，"恐怕这起案子只会不了了之。"

第六章

在家里休整了两天，尤其是听到了林然的谅解，莫默的心情渐渐从低落中恢复过来。

“乐姗，你怎么顶了个熊猫眼过来？”阔别了两天，莫默一回到课堂，第一眼见到的就是眼皮肿肿的乐姗，一副没睡好的样子。

“唉，别提了，都是我爸给害的。”乐姗摘下眼镜，拼命地揉眼睛。

“别揉别揉，小心给弄成个肿眼泡就不好了。”莫默一边劝她，一边把书包放在脚边。

“不就是一周没打电话嘛，今天早上4点我还在睡梦中，就被我爸的电话吵醒了。他一连打了三个，都快把我振死了。”乐姗埋怨着说，“我迷迷糊糊地接起来就被他劈头盖脑地说了一通，说什么这么久没打电话知不知道家里要担心的呀，唉呀唉呀，烦死了。哦，对了，你，你怎么样了啊？”乐姗抬起头看着她，有点不确定地问。

“我没什么事了，放心吧。”为了让她相信，莫默朝她露出了一个还算灿烂的笑容。

不过经她这一说，莫默想起自己也快一周没给家里打电话了，爸妈应该也会着急的吧。既然她已经决定要省吃俭用来弥补错误，对父母的亏欠好像也没这么多了。于是趁课间休息时，她往家拨了一个电话。

电话照例是妈妈接的。“哎哟，女儿呀，这么久没听见你的声音了，一切都还好吧？”妈妈的声音一如既往地充满活力。莫默相信自己的活泼一定是遗传了妈妈的。

“嗯，一切都好，放心吧，妈妈。”一个早上接连劝了两个人放心，难道自己真的这么不让人省心？莫默想起林然的话，是时候该长大了。

“学习紧张吗？和朋友处得开心吗？”

“课程越来越紧了，主要是阅读材料比较多。大家对我都很好，都很照顾我。”虽然身处异国他乡，可是遇到这群好朋友是让莫默感觉最窝心的。

“哦，你等等哦，你爸爸来抢电话了。”莫默听到爸爸跑到电话机旁的脚步声。

“默默啊，怎么这么久没打电话回家了呀，我和你妈都要开始着急了。”爸爸小小的责怪中透露着无限关切。

“最近学习比较忙嘛，你看，我这不是一有空就打回去了吗?”可怜天下父母心，爸妈对自己无私的爱，第一次让莫默有了一种负疚感。

“你身体好不好，没生病吧?吃好点儿，别太节省，听到了没?还有，钱够不够花?不够的话和我说，我马上就给你打过去。”

从自己出国以来，每次爸爸接电话都是这么两个老问题。可是这一次，一样的问题却把莫默问了个痛彻心扉。她鼻子一酸。

“我身体很好，钱也够花，你不用给我打过来。爸爸，不和你说了，我要去上课了。下次有空再给你们打。”担心再说下去可能就要哭出来了，莫默赶紧挂断电话。

虽然没敢和父母说真话，不过这件事也总算告一段落了。莫默站在窗边，望着波光粼粼的泰晤士河，心情慢慢恢复平静。

苏丽珍的那单生意总算搞掂了，林然在成功抽身的第一天，下了班就直奔母校。本科同寝室一读研的兄弟过生日，他要赶回去参加群魔乱舞的生日聚会。

毕业后还是头一次回来，林然走在无比熟悉的林阴道上，心里惆怅万分。地上金黄色的落叶卷皱着，在他脚下发出细微的“咔嚓咔嚓”声。篮球场上的身影依然矫健，只是主角早已不复当年。来到装修一新的五号楼楼下，他不由自主地停住了脚步。

四年前，它还没有洁净的外墙，斑驳灰黄；四年前，这里曾经住着一个爱笑的女孩。

她是那样喜欢笑，嘴角咧开，两颗洁白的小虎牙就调皮地跑了出来。阳光在她的脸上跳跃，梧桐树的影子像流水拂过她的身，她就这么在前面一直跑着，偶尔回头冲他甜甜地笑。他长那么大，还从来没有见过一个可以把幸福渲染得这么透明这么干净的女孩，她嘴巴翘起的弧度，俨然已是世上最甜美的符号。那时他想，所谓爱情，大抵也就是这样了吧。

就是在这棵大梧桐下，他第一次将她轻轻拥入怀中，寒冷的冬夜，两个年轻的身影却将周围的空气酿成了暖热甘怡的蜜，沁人心脾。而现在，空落落的右手边，不见伊人。

那时，她喜欢坐在他的单车后面，由他载着她穿梭于各个教学楼之间。他喜欢唱歌，她喜欢听歌，他就惯着她把自己变成了一部点唱机。只要她说，“林然，我要听《誓言》”，或者，“林然，换《美错》好不好”，他就一字不差地唱给她听。他知道，是他把她宠成了和自己一样的菲迷。

年少不懂事的感情，如许纯真，如许清浅。只是轻轻地牵着手，沿着不大的校园一圈圈地走，就已然觉得满心富足。大一时他的宿舍在北，而她在南，每次把她送回楼下，她都拖着他的手撒着娇说不想走，讨价还价似地再和他晃荡回北边。等到再一次走回来，往往已经是宿管阿姨不得不关门的紧急关头了。在她额头上浅浅一吻，看她如小鹿般欢腾地跑进去，他总会对着她的背影悄声地道一句，晚安。

很久以前的事了，为何如今回想起来仍会如此清晰，好像一切就刚刚发生在昨天，可是昨天，却已那么遥远。

周末晚上应陆大少爷盛情之邀，布莱恩小分队第一次齐刷刷地带了见面礼来到陆昊的住处。他们家这片果然是富人区，路边停的不是宝马就是奔驰，连宾利都不是稀有之物。家里只有陆昊一个人，其他人都出去玩了。

“这是我们送你的礼物，拿好别打碎了哦。”安妮代表她们家三个女生送上一瓶精挑细选的白葡萄酒。

“哟，这么客气啊，不过看在你们那么有诚意的份上，我就收下啦。”陆昊开开心心地接过安妮递过来的袋子，眼睛却瞟到乐姗手上的一个长方形的大盒子，“乐姗，你捧了什么宝贝？”

“还不是给你买的礼物？快拿着快拿着，累死我了。”见他兴趣盎然的样子，乐姗忙不迭地把盒子塞到他怀里。

陆昊笑嘻嘻地拆开盒子外面的包装纸，不禁喜出望外，“哇，乐姗，你送了我一个迷你桌上足球啊！你怎么知道我正想玩这个？”

乐姗故意装作很认真的样子看着他说：“别说我和你心有灵犀啊，会被人打的。”说完自己捂着嘴先乐了。

其他人也颇有所悟地笑了起来，剩下安妮又好气又好笑地瞪着乐姗。看不见的纠结在心底，隐隐的，心疼。

“小波，你和淞圻送了什么呀？”莫默微笑地看着他拎在手里的礼品袋。

谁知吴小波也拿了一瓶酒出来，笑着和莫默说：“我们的礼物撞车了。”

“没事没事，你是红的，我们是白的，今天晚上可以不醉不归了。”莫默发现，出国以后，不管是去酒吧，还是在家里，大家喝酒的频率明显都高了许多。

“叮铃叮铃。”七个人正准备坐下来玩三国杀，门铃突然响了。

“你们先坐着，我去开门。”陆昊放下手里的牌，穿好拖鞋去门厅。

大家正在猜测是不是小白和她男朋友出去玩忘了带钥匙，听见外面传来陆昊和某人讲英语的声音，就相当好奇地集体跑出去看。

“你们的垃圾不要随便放在门口，一定要放在黑色垃圾袋里，这样垃圾车才会把它们收走。”门口站着一个十分高大威猛的光头外国人，陆昊在他面前完全就像个发育不良的小朋友。

“知道了。”说了句不好意思，陆昊关上了门。

“这是谁呀，长得那么可怕。”乐姗皱着眉问。

“我们的房东。”陆昊回答得十分冷淡，明显对这个人没什么好感。

“看他的样子，好像确实不那么正派。哦，对了，陆昊，你们家被盗的事后来怎么处理了?”被光头房东一刺激，欧阳静一下子想起这个问题。

“还能怎么处理，房东说他不知道，警察说没证据，不了了之了呗。”陆昊耸了耸肩。

“不过你这个大少爷反正不在乎，所以无所谓咯。我们进屋继续玩吧，别让他影响了我们的好心情。”难得来玩一次，安妮可不想败兴而归。

围坐成一圈，“主公”、“忠臣”、“反贼”、“内奸”混战得昏天黑地。七个人都玩得很投入，时间哗啦啦地就过去了。两局末了，欧阳静率先说累了要退出。三国杀这游戏其实很费脑细胞。

于是把牌推到一旁，大家各自占据有利地形休息。安妮拉着欧阳静坐在床上，莫默挽着乐姗盘踞沙发，三个男生没别的地方只能赖在地毯上。

“怎么这么安静？一点声音都没有，好不习惯哦。”陆昊他们住在半地下室，屋外的路也不是主干道，所以只要一不说话，房间里静得似乎都能听到彼此的呼吸声。相比较而言，莫默她们家就热闹多了，贴着窗边就是一条宽阔的大马路，24小时都能听到汽车呼啸而过的声音。如此静谧的气氛让莫默感觉浑身不自然。

“陆昊，赶紧放点儿歌来听听。”乐姗把手一挥，俨然一副女皇的架势。

“唉，这帮大小姐要求还真多。”陆昊从地上站起来，走到桌前打开音乐播放器。

“默默，你，最近生活还好吧，如果要我们帮忙的话尽管开口哦。”小波不敢直接提那件事。

莫默微微一笑说：“我没事，节衣缩食的话日子还是能过的。”

小波好像依然不放心，补充了一句：“真的？别太委屈自己，要钱的话我可以借你，不着急还的。”

“这个……”莫默略微有些惊讶他这么直白的好意，“不用不用，不过还是很谢谢你。”

“默默，这事你和你男朋友说过了吗?”章淞圻果然是个小弟弟，丝毫没有顾忌，不过他这一问也问出了其他人不敢开口的关心。

“前几天和他说过了。”莫默轻轻地点了点头，“他没怪我，这点让我觉得挺安慰的。”

“那真是不错。看来你心情恢复得这么快还是林然的功劳最大呀。”安妮爱怜地摸摸她的头。

“吃一堑长一智吧。这件事也只能怪自己不多长个心眼，怨不得别人。”不想让这个沉重的话题继续下去，莫默岔开话题，“别说我了。倒是你，淞圻，听说和杨馨处得很不错嘛，是不是准备和国内的说拜拜了啊。”

“没有没有，我是两手都要抓，两手都要硬。”章淞圻一脸没个正经。

“你这样下去迟早会玩火自焚的，到那时别后悔。”乐姗郑重地警告他。

“还是趁早做个了断吧，纸是包不住火的。”安妮担忧地望着他。

“我也这么跟他说，可是他不听，没办法。”小波很无奈地瞥了他一眼，“他经常会在外面吃饭的时候先接到杨馨的电话问他在哪儿，然后两个人聊上半个小时。接着一定收到他国内女朋友的电话，问他刚才为什么电话一直是忙音，他就要不停地解释加道歉，这一来又是半个小时。奇怪的是这两个女人要么都不打，要么一定是连着打。”

“谁让你脚踏两只船，活该受罪。”乐姗恶狠狠地瞪了他一眼。

“唉，为什么受伤的人总是我。”淞圻故作无辜地摇着头。

聊了一会儿，莫默觉得有点口渴。陆昊懒得动，就让小波去厨房烧壶水拿过来。安妮说她去帮忙看看。

“你坐着就好了嘛，还怕烧水这点小事难倒我啊。”小波打开水龙头往壶里灌水。

“我其实有点事想问你。”安妮倚在门口看他。

“什么事啊?”

“你，是不是喜欢默默啊?”从一开始安妮就隐约觉得小波对默默异样地好，不过她不希望这最后演变成三个人的悲剧，所以趁有机会就问个明白。

“这个……”小波的脸“唰”地一下就红了，“我对她是有好感，不过你放心，我不会采取任何行动的。默默很可爱，我也确实很喜欢她，可是我会把握好分寸的，不会给她或者别人带去任何困扰。还有，你别忘了，我的婚姻都由不得自己做主。”

“嗯，你知道的，我不希望你们任何一个人受伤害。”正在品尝感情的酸甜苦辣的她尤其不想看到莫默因为同样的事而苦恼。

“我了解。我知道默默也只是把我当好朋友而已，所以只要看着她开开心心的，我就很满足了。再说看到她和林然感情那么好，我也不想做第三者去破坏人家感情。”小波拧紧水龙头，把水壶放到底座上，按下开关，“别多想啦，你们都是我的好朋友，不管是谁遇到困难我都会尽力帮忙的。”

“就知道你最讲义气了。”听他这么说，安妮心里的一块石头也算落了地。

本来约了莫默早上下课后一起逛国家美术馆（The National Gallery），可安妮在美术馆前厅等了半晌都不见她。超出约定时间一刻钟，莫默来了电话，理由让安妮哭笑不得。他们的大胡子老师临时通知把下周三的Seminar提到今天，原因在于下周是他老婆的预产期，他请了一周的假专心在家陪产。

21世纪的英国男人真的把绅士传统发挥至了登峰造极啊，安妮笑着自语，难得来一趟，就自己走马观花一场吧。

伦敦绝大多数博物馆和美术馆都是供游人免费参观的，这里也不例外。而且，安妮听说，不论是巴黎卢浮宫和奥塞美术馆，还是梵蒂冈博物馆和荷兰凡·高博物馆等许多欧陆美术馆，它们的许多藏品其实在国内的出版物上都见过。但是，不知是何原因，英国国家美术馆的藏品却在国内罕见。所有学西画的画家，到英伦最幸福的事，便是天天啃着面包，喝着矿泉水泡在这里。如此看来，今日能徜徉于艺术的至高殿堂真是件神圣而奇妙的事呢。

在东南西北四个侧翼的展厅逛了一圈，安妮觉得有些腿酸。欣赏名家名作不仅是个脑力活儿，更是个体力活儿。告别诸位大师，她走出馆外。

国家美术馆正前方就是特拉法加广场，此刻微风阵阵，阳光正好，白鸽悠闲地在地上踱步啄食，人们三三两两地坐着享受日光的沐浴。与美术馆内的庄严静穆相比，广场上就是一幅充满闲情逸致的浮世绘，生气蓬勃。安妮微眯着眼站在台阶上俯瞰整个广场。

在高耸的纳尔逊将军圆形石柱纪念碑两侧，各有一个花形喷水池，水面波光粼粼。望着它们，安妮萌生了一种预感和冲动。她迈着轻盈的步子向下走去。

果然，这是两个许愿池，澄澈碧蓝的水底下躺着大大小小无数硬币，仔细看的话，好像连人民币的图案都有。

从包里翻出那张洗印好的她和陆昊在白金汉宫前的合影，安妮小心翼翼地撕下中间两个人头挨着头的一小部分，用胶带把它固定在一镑的硬币上。然后她转过身，背对着许愿池，双手合十，默默地在心里许下一个愿望，接着右手用力往后一掷，喧闹的人群中，硬币悄无声息地沉落。

连贯地做完这一系列动作，安妮大跨步地离开广场。

对于转专业过来读人力资源管理的莫默和乐姗，一碰到上统计学的课就头大得不行。那些个图表啊，数字分析啊，她们看着就头疼。外国学生好像也有学不明白的，不过他们问得超积极，可莫默和乐姗面对这门课就是空白，从哪下手都不知道。

“他们哪儿来这么多问题啊？我连老师在讲什么都听不懂。”乐姗皱着眉，对这门课深恶痛绝。

“我也不懂，悲剧啊。”莫默痛苦地摇着头。

“真不想读了，学得好崩溃。”乐姗愤愤地说。

"唉，我也是这样想的。我们期末会不会挂科呀？"莫默担心地问。

"挂了两门以上我就可以回家了。"这个专业规定最多可以挂两门，再多的话就不能毕业。

"可是这样回去很没有面子哎。"

"做人真难。"低下头看着讲义，平时最活泼开朗的乐姗也没了笑容。

这天下课两个人都没有了打闹的兴致，闷闷地彼此告别就各自回家。

吃晚饭时，安妮和欧阳静发现了莫默的异样，以为她被欺负了，担心地问她发生了什么事。

"都是破课惹的祸。"莫默低头往嘴里扒饭。

"听不懂吗？别着急，慢慢来。"安妮夹了一只鸡腿放进莫默碗里。

"愁死我了，这怎么考试呀。"

"乐姗呢，她听得懂不？"欧阳静问她。两个人在一块应该可以探讨下。

"她和我差不多吧。不过我回家还能和你们抱怨下，她回宿舍都不知道和谁说。你们待会儿可以给她打个电话关心下。"

"我现在就打。"欧阳静回屋拿来手机，打开通讯簿，不经意翻到了李天骐的名字，顿时眼前一亮。

"默默，还记得李天骐吗，你的那个学长？我觉得你如果真不懂的话可以去问问他，也许他可以给你一些帮助。"

关于上次那场短暂的会面，莫默没有和她们说过，所以她并不奇怪欧阳会认为她不记得李天骐这个人。

"是哦，我可以问问他。"莫默说。

"你有他联系方式吗？没有的话我给你。"欧阳静说。

"他给我发过几次消息。"她简单地说。

吃好饭回房间，莫默拿起手机在收信人一栏输入"李天骐"，不过编辑内容还是费了她一点心思，短短几句话反反复复地修改了好几遍。第二次正式接触，她主动有求于他，这样的要求既不能太过直接，又不能太过隐晦。

发送不出一分钟，手机就响起了清脆的"叮咚"声。

"我办公室里正好有几本关于统计的书，你什么时候有空过来看看好了。"

莫默心中有一股小小的喜悦，在困难的时候不是一个人单打独斗，这种感觉真的很好，不，是太好了。她索性趁热打铁，约了明天下午见，拿了书还可以和欧阳一起回家。

第二天下午4点，莫默准时来到他的办公室。第一次走进英国正式的办公楼，她有一点忐忑。这是一幢很有英国特色的建筑，只有五层。外墙大石块垒在一起的感觉很沧桑。可是进入里面却是另一番景象。颇具现代感的设计让人仿佛置身于艺术的天堂，金属灰是这里的主色调，冷冷的却有一股震慑人心的力量，墙上挂着许多建筑创意图片。李天骐的办公室在二楼，她在一楼的接待处签了名字，顺着旋转楼梯上楼。

楼梯的左边和右边各有一排长长的走廊。莫默尝试着先往左走。会议室，财务部，企划部……没有人力资源部。正在莫默准备转身往回走的时候，她听到了背后有人在叫自己的名字。她回过身去。

“我们又见面了。”他手捧一摞材料，微笑地看着她，那眼神，好像不是在等一个只见过两次面的过客，而是面对一个企盼已久的老友异地重逢。

“学长好，不好意思打扰你了。”莫默有些懊恼地想，自己刚才这么无知地找房间的样子是不是全都被他看到了。

“没关系，我的办公室在那边，你跟我来吧。”

他的办公室很整洁，不同于对他的第一印象，莫默第一眼就喜欢上了这里。门的正对面是一面大大的窗户，向外可以望见人流如织的牛津街。窗户下有一张白色的长沙发。靠门的右边是一排木质书架，左边是他的办室桌，后面有一张黑色皮质的大转椅。

“随便坐。”他倒了一杯水递给她。

“谢谢。”莫默接过水杯放在桌上。

“我帮你找一下，这里有几本关于统计的书还不错。”说完，他就走到书架前面去找书。

与此同时，莫默的眼睛上下流连于他挺拔的背影，实在不能把那次阴寒之气的根源归咎到他身上。

“找到了，就是这几本。”李天骐从书架最上层抽出三本书，走过来放到她手里，“你先拿回去看，有什么不懂的可以来问我。”

“多谢学长。”莫默说。

“不要叫学长，叫我天骐就可以了。”他走到她对面的转椅上坐下，“你知道吗，人与人之间有一种东西叫一见如故。”

“嗯?”话题转得太突然，莫默没明白。

“你说，我们会不会以前见过?”

“不可能吧。”莫默失笑，心里却无端想起欧阳说的那句“狭路相逢”。

“为什么这么肯定？也许，上辈子呢?”他带着玩笑的语气认真地问。

莫默耸耸肩，无意识地握着手里温热的杯子在桌上转了一个圈。她不是无神论者，可是对于这个问题，她真的不知道答案。这辈子的人她都顾不周全了，哪还能管到那个遥不可及且不知道是不是存在的上辈子。

趁着不说话的空隙她从桌面上的摆设，再瞟到他搁在桌上的手，忽然，他手腕上一件五彩斑斓的物件吸引了她的注意力。

“好漂亮的古法琉璃啊！”

东西这么多，为什么她会偏偏挑中这一样说？他的心一沉，手却不由自主地抚上了那一块晶莹剔透的琉璃。

“你喜欢？”

“是啊，可以让我看看吗？”莫默期待地说。

犹豫片刻，他鬼使神差地摘下了这条七年来从未离身的手链。以前，不管任何人问他要，他连看都不肯，更别说碰了。当它脱离手腕的那一刻，他好似卸下了千斤重担。

莫默小心翼翼地把它放在手心里看。它通体透明，以翠绿为主色，辅以苍黄、水蓝和瓷白。仔细看，一条精雕细琢的飞龙栩栩如生，空灵高贵、细腻含蓄。

“这应该有一对吧？”莫默问，红色的手绳多少透着点暧昧。

李天骐微微颔首，“还有一只凤凰。”

“在你女朋友手上吗？”她想也没想就问。

他盯着那块琉璃发了好一会儿呆才缓缓地说：“这是第一个女朋友送给我的，我们已经分开七年了。”

“七年？！”莫默吃惊地说，“这么多年你一直都把它带在身边，你一定很爱你女朋友吧。”

他的沉默无声地浇熄了莫默刚刚燃起的同情心，气氛一时变成诡异的冷清。

“她抛弃了我。”良久，他才幽幽地开口。

“对不起。”莫默意识到她开启了一个非常不适宜的话题。她把手链还他。

“没关系。”他闭住眼睛靠在皮椅背上，黑暗让他有种妥帖的安全感。“也许有一天，我会把我的故事告诉你。”

说完他又跟换了一个人似的，一扫方才的阴郁，笑着站了起来，“我看欧阳也快下班了，你这个时间点过来应该也是想等她一起回家的吧。她的办公室在三楼，我送你出去。”

正有些手足无措的莫默闻言赶紧站起身，“那，这几本书我看完了就还给你。”迟疑片刻她还是没能顺畅地叫出“天骐”这两个字。

“不急。”他陪她走到门口。

“拜拜。”莫默转过身，长出一口气，一路小跑直奔三楼。

盯着她娇俏的背影直到消失不见，他内心某个死去多年的角落，终于开始慢慢苏醒，伴随着伤口撕裂的疼痛和极致的甜蜜。她的出现是打开潘多拉宝盒的金钥匙，不管他愿不愿意，那些尘封的秘密终将被时间一一唤醒，彻底改变他自欺欺人的生活表象。

亲热地挽着欧阳静的胳膊到处逛，莫默一会儿跑进苹果店里鼓捣一阵 iPhone

和 iMac，一会儿又冲进玩具店将各种可爱的玩偶好一顿狂捏。

“真不回家做饭了?”怕手里的包撞着莫默，欧阳静把它换到了另外一只手上提着。

莫默“嘿嘿”地笑了两声，说：“偶尔偷个懒行不，反正安妮和教授喝咖啡去了，也不回来吃饭，两个人要买菜洗菜烧菜还要洗碗，多麻烦呀。”

“你个小懒鬼。”话虽如此，欧阳静倒也乐得一天不做“家庭煮妇”。

“欧阳你看，这件衣服好漂亮啊。”东望西瞟的，莫默无意中瞅见路边有家店橱窗里的模特身上穿着一件黑色风衣，一下子就来了兴致，拉着欧阳静拐进正门，“走，我们去这家看看。”

在衣架上翻到这件衣服的最小号，莫默很不可思议地低声轻呼：“哇，它最小竟然是零号。”

“英国的尺码和国内的不太一样。”欧阳静笑着接过她脱下的外套。

站在镜子前面，莫默端详着这件衣服穿在自己身上的效果，满意到不行。大翻领，古典的双排扣设计，肩膀处微微膨起的袖子，一条腰带勾勒出玲珑有致的身形，风衣的下摆刚好在膝盖上方。沉稳的黑色加上设计者的独具匠心，这件衣服好像就是为自己量身定做的。莫默欣赏着镜子里自己的侧面，喜欢之情溢于言表。

“欧阳，快帮我看看这件衣服多少钱?”莫默雀跃地问。

欧阳静拉出架子上另外一件同样款式衣服的价格标签，轻声告诉她：“199 镑。”

“这么贵?!”莫默不禁咋舌，只不过一件普通的风衣，需要卖到让人吐血的价格吗?

“Ted Baker 的，没办法。”欧阳静把标签塞回到衣领里。

“Ted Baker 是什么店，很有名吗? 我以前都没听过。”莫默皱着眉头，极不情愿地把衣服脱了下来。

“据说它在英国很红，是一个非常著名的设计师品牌。”欧阳静把手里的外套给她披上。

“好吧。”被他家的价格狠狠打击了一下，莫默没了在此地久留的心情，以免心灵接着遭受重创。她挽着欧阳静大步迈出这个令她胸闷的地方。

两个女生在街上走走停停，看到还不错的店就进去转一圈。与 Ted Baker 的天价相比，H&M 和优衣库这种平价店就让她们称心如意多了，试穿起来也更为从容不迫。一个小时以后，两人手上都收获颇丰。

“欧阳，我肚子饿了，我们找地方吃东西吧。”逛街果然很费体力，莫默甚至可以听到自己的肚子在“咕咕”乱叫。

“去中国城吧，离这儿不远。”欧阳静想了一下说。

“行啊。”莫默笑呵呵地跟着她走。

这家港式茶餐厅她们以前听学姐推荐过，今天总算可以一偿夙愿。正是吃饭的时间，餐厅里满满的都是人。服务员领着她们到了二楼的一个角落里，好像是仅剩的一张空桌。

“累死我了。”莫默把两个大袋子放在脚边，一屁股坐在椅子上。

“来，看看你想吃什么。”欧阳静也放下袋子，拿起桌上的菜单递了一份给她。

“我要吃豉椒凤爪，还有叉烧酥。”莫默谨记学姐上次推荐的小吃，都不用翻开菜单看。

“那我再点一份葱姜牛百叶和大虾肠粉。”欧阳静合上菜单，转头叫来服务员。回过头的一刹那，她的视线忽然落在一个女人身上。

“默默，你觉不觉得我们斜后方这一桌面朝你的这个女人有一点眼熟啊？”欧阳静凑近她，小声地问。

莫默偏过头看了一眼，点点头，“确实很面熟。”滴溜溜地转着眼珠想了片刻，她抬起头对欧阳静说，“我想起来了，她不就是李天骐的女朋友吗，我们上次在电影院见过的。”

“你这么一说我也有印象了。”欧阳静说。

一个头上扎着马尾辫的服务员过来，在本子上快速记下她们点的小吃，然后迅速转身离开。

“可是她对面坐的不是李天骐。”下午才在他办公室里欣赏过他的背影，莫默肯定地说。

欧阳静装作叫服务员的样子也回头瞅了一下，表示同意。“有可能是好朋友吧。”她猜测说。

“哦。”莫默正要低下头看手表，却惊讶地看到那个男生伸出右手抓住了对面女生的手，而且女生也没任何反对的意思，反而笑眯眯地和他十指相扣。

“这是怎么回事？”莫默有点不敢相信地揉揉自己的眼睛。

“怎么了？”欧阳静疑惑地看了他们一眼，也被吓了一跳。

“这个应该不只是好朋友那么简单了吧。”莫默拿起杯子喝了一口水压压惊。

“呃……这个我也不知道了。”欧阳静也被弄糊涂了，不过别人的闲事她向来不乐意管。

“你们的凤爪和肠粉。”服务员端上一个小蒸笼和一个长方形的盘子。

“谢谢。”欧阳静礼貌地说，“快吃吧，别看了。”她夹了半个凤爪放到莫默面前的碗里。

收回惊诧的目光，莫默低头开始咬鸡爪子，不过一时半会也没嚼出个什么味来。

家里暖气很带劲，莫默一打开自己的房门就急忙放下今天的“战利品”，卸下书包，脱掉外套，动作娴熟地蹬掉脚上的鞋子，“嘭”地一声仰面倒在软软的床上。望着白色的天花板，她把双手交叠垫在脑后，眼前似乎又浮现出李天骐的女朋友和别人十指交缠的画面。

这到底是个什么情况？明明半个月前还看到他们甜蜜地手牵手一起看电影，怎么今天男主角就换人了？难道天骐学长，他，被戴绿帽子了？一想到这个可能性，莫默的两道柳叶眉不由自主地聚在一块儿。她开始意识到问题的严重性。可是学长他知道自己的女朋友背着他在外面和别人约会吗？如果他一直被蒙在鼓里的话也实在是太可怜了吧。看他今天下午聊起第一个女朋友的样子，肯定是个很重感情的人。要不要给他提个醒呢，就算是回报他对自己的帮助。莫默站起来，从大衣口袋里掏出手机，坐回到床上，倚着床背翻出李天骐的号码。

可是怎么说呢，万一他已经知道的话，自己这一问岂不是显得多管闲事？也不能说得太直接，要不然他一时接受不了怎么办？不自觉地把发件箱打开又关闭，再打开再关掉，莫默咬着下嘴唇，斟酌着该如何用词。对了，她突然想到，趁这个周末把从他那借来的书好好地翻一遍，下次就借还书的理由去找他一趟，顺便提一下今天的事，看看他有什么反应，到时候再随机应变好了。

“你见，或者不见我，我就在那里，不悲不喜；你念，或者不念我，情就在那里，不来不去；你爱，或者不爱我，爱就在那里，不增不减；你跟，或者不跟我，我的手就在你手里，不舍不弃。来我的怀里，或者，让我住进你的心里。默然相爱，寂静欢喜。”

轻声地读出这段话，莫默的心里慢慢地就温暖了起来。能写出如此婉转隽永的词，扎西拉姆·多多，应该是个内心丰盛的女子吧。晚上浏览某论坛的时候，莫默在一篇题为《你来我信你不会走，你走我当你没来过》的帖子里读到这句话，从题目到内容她都爱得要死。“默然相爱，寂静欢喜”，说的不就是她和林然吗？

午夜12点的闹铃准时响起，她满心欢喜地拿起手机。与以往每一天一样，林然在拥挤的公车上被人群堵得动弹不得。

“我和你说哦，前几天欧阳在实习的公司里碰到一个我们专业的师兄，他就在人力资源部工作。”莫默把玩着手上的钢笔，“我今天去他办公室借了几本统计学的书。”

“那很好啊，以后你如果想留在英国说不定还可以找他帮忙。”

虽然明明知道他是在开玩笑，可莫默还是不喜欢听到这样的假设。她转着眼珠说：“我才不要留下呢，英国人办事效率那么低，地铁站里还没个垃圾桶。”

“哈哈……” 林然难得的笑声深深地感染着莫默，她也跟着笑了起来。

“林然，你相信人有上辈子吗?”

“哪儿想出来的傻问题。”

“先说信不信嘛。”

“好吧。”知道拗不过她，他无奈地缴械投降，“我信。”

“那你觉得我们上辈子认识吗?”莫默有点寻根问底的意思。

“当然啦，要不然我这辈子怎么会在人群中一把就把你这小妞给拎出来了。”

莫默“嘿嘿”笑着，就跟占了个大便宜似的。

“真乖，那下辈子就换我去找你，你可不要乱跑哦。”

“古话说，‘百年修得同船渡，千年修得共枕眠’。你让我们这三生三世都在一起，得修几个千年呀。”

“那我去做尼姑，你就在我隔壁搭个茅草屋出家做和尚吧。”

“阿弥陀佛，每日看着女施主在小僧面前晃来晃去，不让人动心也难呐。”

“贫嘴。”打完情骂完俏，莫默又想起一件事，“话说你还记得我们以前说过要一起开咖啡店的事吗?”她的心中，一直藏有这个美好的梦。

“记得啊，而且要开在那个我们都喜欢的江南小城。”

“那你还记得它叫什么名字吗?”莫默停止转笔，安安静静地等他的答案。

“不是叫‘默然咖啡厅’吗？还是你这鬼精灵出的点子。”

“我今天看到一段话，很喜欢，尤其是最后两句。我读给你听哦，‘默然相爱，寂静欢喜’，我觉得啊，以后可以把它裱在我们的咖啡店里面。”莫默的眼前似乎已经出现了那个完美的场景。

“遵命，老板娘，以后我们的咖啡厅有一面大大的落地玻璃窗，雕花窗栏设计，每一张桌子上都有一支百合，大堂里还有我们相爱的证据。”林然的声音里透露出宠溺的笑意。

“嗯嗯，真难为你都没忘。”知道他把自己说过的话记在心里，莫默的心里洋溢出一种甜甜的感觉。

一生的时光太长，而青春却太短。给彼此的承诺，是因为勇敢，还是因为害怕？可是，谁又曾年少不轻狂，谁又不想一不小心就爱到天荒地老？这一场自编自导的关于幸福的电影，我们演得如此用心。

第七章

正忙碌地计算着这次关于开拓大西南市场的各项开支，手机响了。林然看也没看就接了起来。

“然，有空出来一起吃个饭吗？”

事情都结束了，怎么还要吃饭？林然放下手中的笔，推开椅子走出办公室。

“苏董，我最近比较忙，您有什么事就在电话里说吧。”

“这事挺重要的，不会耽误你太久，你看今天晚上行吗？”

林然想了想，“好吧。”

“7 点，红房子，不见不散。”

高档的西餐厅，悦耳的钢琴曲，林然却实在没有闲适的心情久待。他开门见山，“苏董，您叫我出来有什么重要的事吗？”

“饿了吧，先点份吃的，我们边吃边聊。”苏丽珍微笑着翻开了菜单。

两份七成熟的牛排端上桌，她才缓缓开口，“然，我希望你能到我的公司里来帮我，薪水会是你现在的两倍。你意下如何？”

林然险些以为自己听错了，她到底是看中了他的才，还是他的人？

“你需要我去帮您做什么呢？”他问。

“做我的私人秘书。”她说。

“对不起，苏董，”他客气地说，“我们之间是不是有什么误会？我从来没想过要离开金盛集团。”

“然，你是聪明人，有些话，我想不需要我来点明吧。”餐厅的灯光在苏丽珍的眼里闪着幽暗的昏黄色。

“既然苏董都觉得我是聪明人，那苏董就应该知道，我不会做任何有悖于道义的事。”

她轻笑一声，“我又没让你做杀人放火的事，何必说得这么严重。”

“背叛自己所爱的人，算不算严重？”他问得随意，低下头切牛排。没看到她的眼里已出现了两道冰冷的寒意。

“这么说，你是不同意了？”

“恕难从命。”

“好，你不愿意我不逼你，”她微笑着说，“但是，然，我不会放弃的。”

莫默觉得林然最近的电话来得勤快了许多，有时一天两个，更有甚者，一天三四个也说不定。他说想听听她的声音，她便把在伦敦和朋友们的趣事详详细细地描述给他听。虽然她的生活他没办法亲身参与，乐姗、安妮、欧阳静，他也一个都不认识，可是当他在电话那头发出和她一样的笑声，她就明白，他从未曾离开过，他懂她的快乐，比任何人都懂。只是每次聊到最后，遗憾都会让她的心隐隐作痛：林然，如果你也能在这里，那该有多好啊。

异地恋，沟通是制胜的法宝。只要两颗相爱的心没有断，天涯海角就在他们的心中。

电脑里反复播放着王菲的《浮躁》，简单的几句歌词，莫默一直都没想通，这怎么就成了林然最爱的一首歌？

大学的时候，莫默喜欢让林然骑着单车带着她，从盛夏的满地繁荫骑到冬日的落霞余晖。环抱着他的腰，头轻轻地靠在他厚实的背上，她常常会听到，“九月天高人浮躁，九月里，平淡无聊，一切都好，只缺烦恼”，然后就是一连串起伏的“la jarm bor——la jarm bor——”。她好奇地问这是他的原创吗？他笑，说这是菲姐的一首很好听的歌。好听她倒不觉得，另类那是没得说的，这样的歌，也确实只能出自天后的口。从不按常理出牌，做人做事都特立独行，实在很帅。从此，莫默也爱上了林然最爱的王菲，从最早的王靖雯时期听到《将爱》。她也学会了和他一样期盼，希望天后能早日复出，尽管那看来好似遥遥无期。

林然答应过她，如果王菲复出了，他一定买最好的票请她一起去看。

可惜他们大学四年，菲姐都在家相夫教子，与舞台无缘。

通宵 KTV，他们把菲姐的歌，从《麻醉》唱到《推翻》，从《当时的月亮》唱到《你喜欢不如我喜欢》，整整六个小时，莫默听不厌那经典的音乐，更听不厌林然的歌声。他唱得真好听，她总能听得出神。

“下面一首歌，我要送给我们家亲爱的默默。”他举着话筒大声说。

回神，她才听清，是王菲的《我愿意》。

“……愿意为你，我愿意为你，我愿意为你忘记我姓名，就算多一秒停留在你怀里，失去世界也不可惜……”

离开之后，她才知道这玄而又玄的思念真的能将人吞没在黑夜里。身边没有他，就算拥有了全世界又有什么意义呢？

林然，我愿意，你听见了吗？

经过一个多星期的熬夜苦战，安妮终于在截止日期的最后一刻完成了那篇折磨人的4000字的论文。从导师的办公室出来，她舒舒服服地伸了个大懒腰，如释重负。背着空空的书包漫无目的地走在街上，她带着闲适的微笑穿过行色匆匆的人群。橱窗里的模特不知何时已换上今冬新款，经典的黑灰白三色代替了夏天的五彩缤纷。伦敦，原来已经入冬了呢。

这几天太专注于论文，都快忘了一个新的季节正在眼前慢慢展开。从夏到秋，由秋入冬，转眼来伦敦已经三个月了。我们一起等天晴，等阳光，等档期，等华灯初上，却还没等到属于自己的天时地利人和。坐在大英博物馆用大理石铺成的台阶上，安妮望着蓝天上急速流走的浮云，望不出个答案。

她正托着腮帮子发呆，一通电话打断了她无边游走的愁绪。

“安妮，你在哪呀？现在有空过来我宿舍玩吗？我一个人面对了一天的电脑，超级无聊。”电话那头乐姗的声音听上去闷闷的。

“我刚去导师那交了论文，马上过去找你。你20分钟后到楼下等我吧。”

确实有一段时间没见到乐姗了，安妮也怪想她的。她站起来拍拍身上的灰，把手机放进大衣口袋，朝最近的一个地铁站走去。

“乐姗，你这宿舍的构造够复杂的啊。”虽然已经是第二次来到这里，安妮却依然有点分不清方向。

“习惯就好了。”乐姗掏出钥匙打开套间的大门，“左边。”

要不是乐姗提醒，安妮绝对又走错了。她看向右边紧闭的小套间的门，“你见过住那里面的人吗？”

“没有哎，真的很奇怪。不知道那里住了什么妖魔鬼怪。”乐姗也回过头看了一眼，然后领着她继续往左边走。这一层的每一个小套间里又有六个小房间，乐姗住在最后一间。

吃饭的时候安妮笑着和乐姗说她想去活动室打桌球，上次来的时候没玩过瘾。乐姗一拍胸脯说没问题，几通电话过后，七八个男生陆续来到活动室。说来也好玩，K大以女生居多，可是在乐姗住的那个宿舍，男生却占有绝对优势。一帮人酣战数局，谁也没有注意到墙上的时钟滴滴答答地转了一圈又一圈。把最后一个红球打进球袋里，安妮满意地放下球杆，坐到乐姗身边。

“你今天还回家吗？”乐姗递给她一瓶矿泉水。

“当然得回啦。”安妮拧开瓶盖，“几点了？”

“11点15。”

“啊?! 居然这么晚了，我得赶紧走。”安妮向依然在球桌上激战的兄弟们说了再见，拉着乐姗冲进电梯。

“你一个人回去吗？”想到她这貌美如花的大姑娘深夜一个人走在街上，乐姗很不放心。

“是啊，不然咧？”安妮把书包拎在手里，笑着挽住乐姗的手。

“我是肯定送不了你的，不过我知道有一个人可以。”乐姗相当自信地说。

“谁啊?”

“陆昊。”

“他……”安妮疑惑地看着乐姗，不知道她葫芦里到底卖的什么药。

“把握机会吧，把该问的都问清楚。”乐姗拍拍她的肩，“别自个儿扛着那点小心思，会累的。”

“嗯……”她缓缓地点了点头。在感情的事上，莫默和欧阳静都有牵挂，而乐姗不同，她是一张干净到透明的白纸。作为一个彻彻底底的局外人，她看得比任何人都清楚。

她给陆昊拨了电话，他没作太多犹豫就答应过来接她。半个小时之后，他出现在乐姗宿舍楼下。

“陆昊，你可要好好保护安妮哦，要不然我一定饶不了你。”和安妮一起走到陆昊面前，乐姗向他挥舞着小拳头。

“乐女侠，你不放心其他人难道还不放心我吗?”接过安妮手里的书包，陆昊笑着对乐姗说，“你早点回去休息吧，我们走咯。”

“快走吧，快走吧。”乐姗故意装作很不耐烦地催促他们。

紧紧地握了一下她的手，安妮微笑着转过身，和陆昊一起朝车站的方向走去。

伦敦的地铁一般在午夜12点就停运了，陆昊凑巧赶上了末班车过来。没有地铁，他们只能倒夜间公车回家。

空无一人的车站，寒冷而寂静的空气。安妮闭上眼深深地吸了一口气，一股凉意瞬间从鼻腔冲入大脑。胸口有团热流不停地敲击着小小的心脏，她不由自主地转过头看着那张无数次出现在梦里轮廓分明的侧脸。明明是触手可及的距离，为什么却会感觉如此猜不透？有时候觉得他应该是喜欢她的吧，要不然他也不会在自己生病时特地翘课赶过来照顾她；可更多时候觉得他对自己和对其他女孩一样，只是普通朋友而已。那些一闪而过的关心和暧昧，也许只是自己的幻象。

感觉到她注视的眼神，陆昊转过脸，眯起小眼睛看着她，笑着问道：“我的侧脸有这么帅吗？你呼出的热气都喷到我的脸上了。”

被他出其不意的玩笑吓了一跳，安妮不好意思地低下头，一颗心却跳得比刚才更激烈了。好在黑夜为她遮掩了脸上的红晕。她试探性地开了口：“小波喜欢默默，你知道的吧?”

“当然啦，就小波那点伎俩，怎么可能逃得过哥的法眼。不过默默已经有林然了，小波说他不会去破坏的。这小子挺讲义气，所以我看他们俩没戏。”他说着又看了一眼公车来的方向。

“小波人那么好，一定可以找到一个真正适合他的女孩子的。”安妮发自内心地希望小波能找到属于自己的幸福。

“那肯定，大不了哥传授他几招追女生的秘诀。”

“你呀，什么时候才能认认真真地去对待一份感情呢？”听到他一如往常不正经的话，安妮不禁轻轻地摇了摇头。

“我对感情从来都是很认真的，不过那也要看对手。”陆昊说这话时没有看她，眼神好像飘到了很远的地方。

“什么意思？”安妮抬起头盯着他的侧脸。

“如果我遇到一个值得我付出的女孩，我会尽全力让她快乐。套用一句很俗的话来说，就是我会让她成为全天下最幸福的女人。”陆昊的脸上浮现出了难得一见的认真的微笑。

“那，现在有这样一个女孩吗？”安妮觉得自己的声音都开始颤抖，她既期待又害怕他的答案。

“什么？”他问。白色的水汽旋转在空中。

“我是说，现在有这样一个女孩让你值得付出吗？”

“也许吧……”虽然他叹气的声音很轻，可是安妮还是听得很清楚。一直以花花公子的身份出现在众人面前的他，难道也有说不出口的心事？他给出一个模棱两可的答案，她却更加不确定。

“陆昊……”她情不自禁地呼唤着他的名字。

“嗯？”他回过头，打量着她欲言又止的神情。

“我，我……”心中的千言万语在此刻乱成一团愁绪，她不知道该从哪里抽出个头。

一道亮光慢慢地由远及近。就在安妮鼓足勇气准备开口时，他们等了许久的公车不合时宜地打破了夜晚的静谧。陆昊微笑地拍了一下她的手说：“车来了，我们走吧。”

看着他若无其事地跳上公车，安妮无奈地叹了口气，硬生生地把嘴边的话给咽了下去，跟着他上了车。

从车站回家还有一段路，偶尔会有喝醉的酒鬼跌跌撞撞地走过他们身边，有的吹口哨，有的爆粗口，吓得安妮赶紧往陆昊身后躲。走着走着，豆大的雨点忽然从天而至，狠狠地打在毫无准备的两个人身上。安妮单薄的身子控制不住地打了个寒战。担心她因为淋雨而再次感冒发烧，陆昊不假思索地脱下自己的外套给她披上。

安妮诧异地看向他，不明白他这一出乎意料的举动背后究竟有什么含义。看见她呆呆地站在雨中，陆昊折回一把拉住她的手，“想什么呢？快走啊！”大雨淋湿了他的眼镜，安妮看不清他的眼神，不过从手上传来的温度已经足够让她忘记此刻狂风暴雨的打击。她顺从地随着他往家的方向一路狂奔。

站在自家的门廊下，两个人“呼哧呼哧”地喘着气，然后看着对方都笑了。

雨水顺着他们的头发不停地往下滴，很快地上就积起了一个小水塘。

“你快进去吧，别着凉了。”陆昊把书包递给她。

安妮接过包，心里作着最后的挣扎。如果再不说，今天就没有机会问清楚了。

“陆昊……”安妮定了定神，凝视着他的眼睛。忽然一个黑影从她脚边一窜而过，她吓得“啊”地大叫了一声，一个没站稳差点从楼梯上摔下去。

“怎么了？”陆昊赶紧扶住她。

还没等她来得及说话，大门被人从里面打开了。

“安妮，你终于回来了啊，担心死我了。”莫默一脸的焦急。昏暗的灯光下，她身边站着另一个熟悉的身影。莫默打量着那只落汤鸡，“咦，陆昊？你怎么会在这里？”

陆昊放开扶着安妮的手，笑着对莫默说：“她在乐姗那玩得太晚了，我只是负责把她接回来而已。”

“默默，你还没睡啊？”安妮惊讶地看着她。莫默向来睡得很早。

“今天刚好有点睡不着，你也一直没回来，我就边看书边等你。刚刚听见你的叫声，我就冲下来了，你没事吧？”

“我没事，刚才大概是一只流浪猫窜了过去，把我吓了一跳。”

“你们赶快进去吧，外面怪冷的。”陆昊说完看向安妮，“你刚才是不是有话想和我说？”

“我……我是想说谢谢你今天送我回来。”安妮勉强挤出一丝笑容，“你也快回去吧，趁现在雨停了。衣服还你。”

陆昊穿上湿嗒嗒的外套，和她们说了再见，转身走出院子。

望着他远离的背影，安妮心里泛起一股苦涩的味道。我们，是不是注定要这样一再错过？既然你给的答案是“也许”，那个“也许”，会不会是我？

回屋之后她在 QQ 上给乐姗留了言，简单说了下晚上发生的事。为什么会这样？难道这条横亘在她和他之间的鸿沟就真的无法跨越？越想越激动，她忍不住点击博客，把自己的情绪一股脑儿地宣泄了出来。

“你相信这世上真的存在所谓的缘分吗？我信，并且深信不疑。短短三个月的生活，发生了太多的事。改变足以让我颠覆二十年来所有的信念。伦敦天气冷暖温差变化好大。上个月大病一场，不知道是不是烧坏了我的脑子，让我最近越来越看不清楚某些人，某些事。

默默说我们都是太感性的人，太感性的人心里总是被塞满了感动，感动多了就变成了感情，感情多了，心就软了，心一软就盛不住那么多幸福，于是就患得患失了……可是感情，本来就应该是自然而然的东西，太过强求就渐渐失去了最初的美好，就容易变了味道。”

写到这里她反倒安静下来，脑子里不断闪过各种画面。第一次见面时他涨红着脸提着一个大箱子从楼梯上险些滚下来；在布莱恩宿舍后面的小公园玩三国杀时他耐心地讲解；修长的手指握着菜刀，偶尔翘个腿慢悠悠地照料炉子上的炖菜；生病时他温柔的照顾，夜深之后特地来接自己……安妮摊开右手，掌心似乎还留有他的温度。她慢慢地把手握成一个拳头，直到指甲嵌进肉里，生疼生疼。她再次把手张开，除了手掌上那一道深深的指甲印，什么也没留下。就在这一刻，安妮忽然顿悟。大概现在的自己就像这个紧握的拳头，对他的感情越浓，留下的伤痕自然也越深。也许离那个人远一些，对自己反而是一种宽容。活在一个和他有距离的世界里，她怀念的，也许只是记忆里那些单纯而美好的小幸福。与其将两个人都捆绑在一个看不见的无底洞里，倒不如选择放手，还自己自由，也给彼此更广阔的空间。眼泪不听话地打湿了眼眶，可是一种解脱的喜悦正在她心里慢慢开花。她微笑着把手重新放到键盘上。

“有些味道是一次性的，比如你第一次吃的喜欢的人买的蛋糕，一定是很奇妙的味道。以后就算再多的人买给你同样的蛋糕，你始终觉得不如记忆里那个味道好吃，其实不是蛋糕变了，而是你不自觉中给回忆加了料。有些东西就是要顺其自然，淡了，就放下了；放下了，就找到了最初的平静。只有这样才能坦然，才能回到最开始的状态。有的时候太过纠结一个事情，就会让你忘了其他重要的人和事。

好吧，明天又要上讨厌的会计课，头疼。希望上天可以赐予我一个全新的脑瓜。就这样。晚安。”

敲完这些字，安妮的心情彻底放松下来。如果有缘，就算一百次地错过，也还有第一百零一次重逢的机会。那些猜不透的谜题，就交给伟大的时间去解决吧。

周五结束最后一门课，莫默和乐姗笑着商量晚上去哪儿吃饭。她俩收拾好东西正准备离开教室，突然听到背后有个男生在叫她们的名字。莫默回头看，原来是 Henry，同班的一个香港男孩。

“你们明天下午有时间吗？我们有场篮球赛，想请你们过来看。”

“谁和谁打呀？”乐姗好奇地问。

“香港队对大陆队，可能会有你们认识的同学哦。”Henry 热情地说，“如果没事就来看看吧，应该会蛮好玩的。”

一听有好玩的事，乐姗顿时兴趣大增。她用手肘碰碰莫默，“哎，去不？”

“明天下午几点开始？”莫默微笑地问。

“两点吧，在海德公园。”Henry 回答。

“行，我们明天过去给你们加油。”一说完，莫默就感觉自己的左胳膊被乐姗紧紧挽住了。

“好的，那到时见。拜拜。”Henry 礼貌地和她们告别。

“默默，我好开心哦，明天可以看篮球了呢。”走出教室，乐姗期待地说。

“是呀，瞧你激动的。”莫默笑着拍拍她挽住自己的手。

“我最喜欢看篮球比赛了，所以今晚我要大吃一顿。”乐姗用另外一只手在空中画出一个大大的圆。

“这是什么因果逻辑？”莫默轻声笑着在她白白嫩嫩的小脸上捏了一把。

“在我的世界里，不需要逻辑，怎么舒服怎么来。”乐姗故作骄傲地扬起脸，“不要迷恋姐，姐只是个传说。”

“哈哈哈……”说完两个人都乐了，爽朗的笑声飞向天边。莫默偷偷地想，年轻真好，如果时光不要老去那该有多完美。

初冬的海德公园呈现在人们面前的是一幅金黄的画轴，落叶将所有林阴道铺上一层松松软软的地毯，枯枝在澄碧的蓝天下交织成一幅幅横斜的疏影。这天天气出奇的好，当莫默和乐姗踏着温暖的阳光找到篮球场时，场边已三五成群地坐了一些观众，看上去都是学生的模样。她们找了一处视线较好的地方坐下，离比赛开始还有十分钟。

“乐姗，你为什么这么喜欢看篮球比赛啊？”因为阳光有些刺眼，莫默不自觉地眯起了眼睛。

“你不觉得打篮球很帅吗？”乐姗兴奋地说，“运球、断球、扣篮，加上精彩的配合，怎一个帅字了得呀！”

“那你喜欢足球吗？”莫默用右手托着下巴问。

“一般吧，足球踢起来好慢的，要是一场进不了一个球就觉得好浪费时间哦。不像篮球，一直都可以有漂亮的进球。不过啊，”乐姗顿了一顿，神秘地看着莫默说，“你知道我在篮球比赛中最喜欢看的是什么吗？”

“什么？”

“篮球裁判，想不到吧？”乐姗得意地哈哈大笑。

“裁判有什么好看的？”莫默相当不能理解。看比赛大家肯定都把焦点放在运动员身上，没有人会去注意裁判的吧。

“这你就错了，别看裁判的动作都一板一眼的，其实你仔细看的话，会发现他们做每一个动作都很有节奏，而且他们跑来跑去也很辛苦呀。”乐姗努力为自己的所爱辩护。

“是呀是呀，你关注的就爱和别人不一样。”莫默笑着拍了一下她的头。

两人正开开心心地说着话，莫默瞟见 Henry 站在篮架下，就朝他用力挥了挥手。不一会儿，他撇下同伴跑了过来。

“真高兴你们能来。”他今天换了一身深蓝色的运动服，摘了眼镜。

“我们也是没事过来凑个热闹。待会儿好好表现啊。”乐姗站起来很义气地拍拍他的肩。

“嗯。”他有点不好意思地伸出手挠了挠后脑勺。

“Henry!”远处有个黄色的身影朝他们奔过来，打断了他们的对话。

“嗨，易森!”Henry微笑地和来人击掌，“你来得正好，我介绍两个我们班的同学给你认识。”

“莫默，乐姗，好久不见。”易森面对她们，脸上带着一抹浅浅的笑容。

“你们认识?”Henry惊讶地看着他们。

“见过一次面。”易森的视线从莫默转到乐姗，又转回来。

“是你呀，易森。”莫默很惊喜在这里遇见他，不过转念一想也在情理之中。

“你也来打球?”又见这个奇怪的人，乐姗微微皱起了眉。

“不是。”他摇了一下头说。

“那你来干吗?和我们一起当啦啦队?”她被弄糊涂了。

他没有直接回答，而是从口袋里掏出一个红色的哨子，在她眼前晃了晃，“我是裁判。”

“你?!”乐姗睁大了眼睛不可置信地盯着他。莫默在她身旁不禁“咯咯”地笑了起来。

“Henry，比赛马上就要开始了，大家叫你过去。”没有过多理会她夸张的表情，他拉着Henry奔回球队。

“发什么呆呢?快坐下吧，运动员都上场了。”见她愣愣地站着不动，莫默拉了拉她的袖子。乐姗慢慢地坐了下来。

一声哨响，比赛开始。大概是因为刚开场，大家精力都很充沛，双方运动员拼抢得十分激烈，也因此场上时有违例犯规的状况发生，而易森的哨子总能在这时响亮地划破空气，不偏不倚。

整个比赛过程乐姗都一直紧紧盯着那个黄色的身影。他在场上不知疲倦地奔跑，锐利的眼神总是能捕捉到每一次细小的犯规动作。他那干脆的手势，专业的动作，严肃的表情，无时无刻不在撞击着乐姗的视觉神经。虽然极度不愿意接受这个讨厌的事实，可是乐姗不得不在心里承认，作为一名篮球裁判，他真的表现得无可挑剔。

随着最后一声清脆的哨子响，香港队以8分之差输了这场比赛。不过既然是一场友谊赛，无所谓胜负，只要尽兴就好。大家的脸上都洋溢着满足的微笑。

莫默本想过去和Henry他们打个招呼，却被乐姗一把拖住。

“你想干吗呀?”

“和他们说一声再走吧。而且，你也可以顺便慰问一下你的篮球裁判啊。”莫默“嘻嘻”地笑着调侃她。

“你看他们都输了，我们还是不要过去刺激人家了，免得某些人又犯起失心疯来，翻脸不认人。”乐姗撇着嘴。

“你呀，要不要这么小心眼的。”话虽这么说，莫默还是依着她没有告辞就先走一步。

球场的另一边，易森拿起一块大毛巾擦着额头上的汗，转身望向对面的位置，那里却早已空无一人。走得可真快啊。他笑着低头解下挂在脖子上的哨子，把它塞进背包最里面的那层小暗格。

周末伦敦经常会有地铁停开，等莫默倒了两趟车回到家时，安妮和欧阳静已经开始做饭了。

“回来了啊，看得怎么样？”听到她开门的声音，安妮从厨房里走出来，身上套着一件粉色格纹的围裙。

“我们赢了，不过香港那帮人打得也不错。可是这些都不是重点。”莫默回屋放下手袋，换好拖鞋走到客厅。

“那重点是什么？”关掉水龙头，欧阳静也来到客厅，在桌上抽了一张纸巾擦了擦手。

“重点是啊，乐姗小朋友碰到对手啦！”莫默神秘地冲着她俩微笑。

“对手，什么对手？”安妮没听明白。

“就是说，这世上终于出现了一个人，让乐姗也搞不定咯。”

“这倒真是件新鲜事，默默，你说具体点儿。”欧阳静饶有兴趣地坐在沙发上听。

发现有故事听，安妮也坐了下来，颇为好奇地看着她。

莫默添油加醋地描述了她们如何和易森认识，然后今天易森又是如何神奇般地从天而降，以乐姗最爱的篮球教练的身份，把她惊了个目瞪口呆。

还没等她说完，安妮和欧阳静就已经笑得合不上嘴了。

“太逗了，这人说不定是乐姗的克星。”安妮说。

“我也这么觉得。”莫默点头表示强烈赞同，“我很期待他们俩接下来的故事。”

“乐女侠对易小贼，很好的一部现代武侠小说。”欧阳静“呵呵”地笑着说。

三个女生正天马行空地臆想着乐姗和易森一切可能的发展，安妮的手机响了。

“喂，何鹏，有事吗？”

一听是何鹏的来电，莫默赶忙凑到欧阳静身边坐下，两人心领神会地对视了一眼，双双转过头以探究的神情看着安妮。

“明天下午？行啊，我在家，你过来吧。到时见，拜拜。”挂断电话，安妮回头看见两双高深莫测的眼睛，“你们干吗呀？”

“没事，看你打电话而已。是何鹏啊，他明天来我们家？”莫默歪着头问。

“对的，他说有东西要拿给我，不过没说是什么。”安妮摊开手表示不知道。

“肯定是好东西啦。我看明天得买好多菜，家里要来客人了。”

“安妮，你和陆昊怎么样了？”欧阳静盯着她的眼睛问。

原本以为再次听到这个名字一定可以心如止水，可是听她这一问，安妮的心里还是“咯噔”了一下。

“我已经决定放下他了。”安妮平静地宣布这个重大的消息。

“真的？”莫默惊讶得扬起了眉毛，变化似乎来得太快了一些。

“真的，我觉得我们还是当朋友比较好。”安妮微微点了下头。

“你自己心里舒服就行。其他的就顺其自然好了。”欧阳静站起来把手搭在她肩膀上，努力想给她安慰。

安妮抬起头，回报她一个感激的微笑。没有爱情我不难过，只要最珍贵的你们都还在。

“轰隆隆”，突如其来的一声惊雷打断了安妮看书的思路。是要下雨了吗？她放下笔，站起身走到窗边，天空中厚厚的乌云正急剧变幻着各种形状，不一会儿，豆大的雨点就劈里啪啦地砸在窗玻璃上，从四面八方汇集而来的雨水连成一道道水柱往下淌，窗外很快只剩一片迷雾。

幸好莫默的背包里一直放着一把伞，要不然她和欧阳出去买菜肯定就被困在雨中了。想到这点安妮才略略放宽心。

“叮咚叮咚。”门口传来门铃的声音。难道她们这么快就回来了？

打开大门，毫无心理准备的她被眼前的景象吓得微微张开了嘴。面前的这个人像是刚从水里捞出来似的，雨水正不断地沿着他的头发和衣服大颗大颗地滴在地上，白色的球鞋面上布满了污水溅起的斑点，样子要多狼狈就有多狼狈。

“何鹏，你怎么淋成这样？快进来快进来。”安妮领着他上楼，“你为什么不先找个地方避避雨啊，英国的雨都不会下很久的。”

“从地铁站过来也没几步路，我想用跑着就好了，没想到这雨还真是大。”他涨红着脸，略显窘迫。

“所以说这里的雨太神秘莫测了，都摸不到什么规律。”进了房间，安妮微笑着转过身，朝他伸出手，“瞧你这衣服湿的，快把它脱下来，小心别感冒了。”

她的笑容好像有一股魔力吸引着他，让他无法抗拒。他顺从地准备脱下外套，才发现手上还拿着送她的礼物。“哦对了，这个给你。幸亏我在它外面包了个塑料袋，应该没有淋湿。”他把一个方方正正的袋子递给她。

安妮小心地拆开包装，顿时眼前一亮。里面赫然躺着两本书：中文版《会计学》和《会计英语》。

“你怎么知道我现在特别需要它们?”她翻着手里的书，大喜过望。

“在你的博客上看到的，你说上会计课很讨厌，我猜你可能需要一点专业的帮助。刚好我有同学要从国内给我寄东西，我就麻烦他们帮我买好这两本书然后一起寄过来了。”

安妮抬起头看着他一如既往浅浅的微笑，一时间心里有种说不出的感动。眼前的这个男生没有特别帅气的外表，不会任何花言巧语，却用他独特的方式让她感觉到温暖，不疾不徐，慢慢渗透到心里。

门口传来钥匙开门的声音。

“默默和欧阳回来了。”安妮把书放在桌子上，赶忙走到客厅，急着想逃脱那个有点暧昧的小空间。

“何鹏，你来了啊。怎么湿成这个样子?”莫默有点惊讶地看着依然湿漉漉的他。

何鹏低头看了自己一眼，无奈地笑着说：“被雨淋的，倒霉吧。”

“你们回来的时候没下雨吗?”安妮帮莫默拎过一个袋子。

“没啊，大概是刚停了吧。伦敦的天气很诡异的。”

“何鹏，留下和我们一起吃晚饭吧，我们买了好多菜。”欧阳静笑着向他示意手里的两个大袋子。

“这个……”何鹏有些为难地看着安妮。今天本来想送完书就走的，他没想到她们会这么热情留他吃饭。

“安妮，何鹏等你开口留他呢。”欧阳静“呵呵”地笑着和莫默一起走进厨房放下手里的东西。

“看在她们出去大采购的面子上，你就留下吧。要是觉得不好意思的话就和我们一起做饭好了。”她回过头，眼神却恰好和他的不期而遇，她赶紧低头避开。我这到底是怎么了？安妮在心里暗暗数落着自己，也走进厨房。

何鹏一个人站在客厅，呆呆地看着她的身影消失在转角。想着刚才的窘样，他情不自禁地咧开嘴笑了。喜欢一个人其实是件很简单的事，只要可以看着她快乐，在她身边关心她照顾她，自己也就好像是全天下最幸福的人了。

分针跳过12点，北京时间早晨8点，莫默开心地拿出手机拨通了林然的电话。

“林然，今天周末了哦，你晚上有什么活动没啊?”

“工作都来不及，哪儿来的活动啊。不像你们，每天都可以到处玩……不好意思借过一下。”有十几秒钟的时间他没说话，电话那头十分嘈杂。不过好在很快他似乎找到了一个可以站立的空间，“我刚上车，车上人好多，快挤死我了。”

听他的语气，莫默可以想象他努力穿过重重人肉屏障时皱着眉头的样子。

“默默，我和你说，我昨天看报道，现在上海的生活成本简直高得离谱。丈母娘挑女婿，第一条，没房没车的不要。可是这么高的物价房价，你让一个什么背景都没有的年轻人怎么可能一出社会就有房有车呢?”他越说越激动，“古人说‘三十而立’，照现在这情势看，根本就立不了。不是我们不想立，而是这个社会，它根本就不给我们这样的机会。”

他激奋的态度让莫默不知道该从哪里安慰起。她张了张嘴，却什么也没说出来。

感觉到她的异样，林然的语气立即缓和下来，“默默，你怎么了，我也是突然情绪上来，没吓到你吧?”

“我没事，就是有点担心你。”莫默咬着嘴唇，“林然，我知道你一个人在外地打拼一定很辛苦。不过为了你自己，也为了我，你一定一定要坚持下去啊。等我哦，我毕业了就立刻回去。”

“默默，我想你了，你非要等到明年毕业才能回来吗?”

思念的味道通过电波充溢了整个房间，莫默的心一下子变得好柔软，好温暖。她压抑不住内心的冲动开了口：“林然，我也很想你。我现在就上网去看机票。我们圣诞节放假，机票有合适的我就回去。”

“真的吗?”他的声音充满了兴奋和喜悦。

“真的。林然，你先去上班，我订好了机票和你说，好吗?”

“好的。不过如果真的没有合适的，你千万不要勉强。”

“我知道。”

听到他挂断电话的“嘟嘟”声，莫默闭上了眼睛陷入了自己的世界。她们圣诞放假一个月，虽然一月份有四门考试，不过她可以只回去两周陪林然过完圣诞就回来，这样也不会影响复习。只是不能和布莱恩的朋友们一起过这个节日，她有点小小的遗憾，毕竟这样的机会可能再也不会有了。欧阳是肯定要回去陪男朋友的，其他人好像没提过回国的事。他们会怎么过圣诞呢?会不会在开心的时候想到自己呢?莫默想着想着就笑了，只是分别两周嘛，又不是不回来了。她掀开被子从床上下来，走到书桌旁打开电脑。林然雀跃的声音清晰地回荡在耳边。再过一个月我们就可以见面了呢。她看着桌面上两个人的合影，甜蜜从心里开出了花。

上网搜到欧阳订机票的网站，莫默欣喜地发现在课程结束的第二天就有飞往上海的直飞航班，而且价格不算太贵。她毫不犹豫地按照流程一步步地操作，直到收到付款成功的提示。打开邮箱收到电子行程单，她心满意足地笑了。

第五个圣诞节，林然，我们不见不散。

第八章

想着再过不到一个月的时间就可以见到心爱的女孩了，林然的心情晴空万里，就连路过平时必须掩鼻捂嘴的陆家嘴金融区施工现场，他也觉得漫天飞尘仿佛也在为了他而翩翩起舞。

刚打开办公室的电脑，小吴就一路小跑着过来，凑在他耳边很神秘地说："张总找你，估不准有啥好事呢。"

难不成这个月业绩考核第一了？林然猜测着起身。

在门上轻扣两下。

"进来。"典型的浑厚有力的中年男人的声音。

"张总，您找我。"他推门而入。

"坐。"张总合上手里的文件，微笑着说，"有件事找你谈谈，想听听你的看法。"

林然拉开对面的皮质椅子坐下，颇有些纳闷地看着他。

"你和苏丽珍熟吗？"

怎么又是这个人？林然下意识地预感这次谈话不会非常愉快，"一般吧，就上次接他们公司的项目时碰过几次面。"

张总若有所思地点点头，"我也不拐弯抹角地说了，是这样的，苏丽珍她昨天来找过我，说希望能够请你去她的公司工作，薪水待遇方面肯定比金盛丰厚。"

这一招够狠，林然暗惊，果然是生意人，深谙谈判之道。"她提出了什么好处？"他问。

"不愧是我张立明招的人，眼睛够亮，"张总显得很满意，"她允诺下一笔'景湖天成'那个楼盘交给我们公司做，你知道的，这个项目有不少同业竞争者正虎视眈眈地盯着，公司老总都很重视。"

她做这些的目的，只是为了能让他去她身边，值得吗？林然相当不解。

"如果你想去，我不会阻拦，"见他一时陷入沉思，张总以为他动心了，"但是，林然，我不得不提醒你，年轻人切不可只为了个'钱'字就走错路，一步踏错，想要回头就很难了。"

“那，‘景湖天成’怎么办？”林然感激张总的知遇之恩，可他也不能置公司的利益于不顾。

“这个你不用担心，金盛的宗旨向来都是公平竞争，能不能拿下这个项目全凭实力。”张总微微一笑说，“而且，你知道的，一个人才远比几幢房子价值高，我张立明是生意人，也是惜才之人。”

“张总，我明白该怎么做了。”林然欠身站起，“我会找苏董说清楚的。”

第二次走进这幢极具艺术气息的大楼，莫默在一楼的接待处签好字，熟门熟路地找到李天骐的办公室。

透过墙上的透明玻璃，莫默看见他正低着头办公。身着深蓝色的竖条纹西装配上白色衬衫，再加一条浅灰色细长领带，他看上去既精干又不失风度。他略微歪着头，专注地在纸上写着什么，眉头微微打结。

在门口愣了半分钟，直到发现他好像有要起身的意思，莫默才算回过神来。她赶紧拉了拉衣服，把背包往肩上提了提，抬起右手在门上轻轻地敲了三下。李天骐听到敲门声，推开椅子，走过来开了门。

“你到得很准时。”他微笑着在莫默走进后把门合上。

“英国人不是都很注重时间观念嘛，我这也是入乡随俗罢了。”莫默从拎包里拿出上次借走的三本书，双手捧着递给李天骐，“谢谢你的书，它们帮了我不少的忙。”

“不客气，能帮到你就行。”他接过书，把它们放到书架最上层，转而关上书架的大玻璃门，走到饮水机前倒了一杯水，回头发现莫默还站在原地。“坐啊，别站着。”他走到她面前拍了拍她的肩，把水放在桌子上。

“学长……”

“我说过叫我天骐就可以了。”他笑着打断她。

“哦，好，呃，天骐……”迟疑着叫出他的名字，莫默不敢直视他的眼睛，一下子语塞。

“默默？”他十指交叉放在桌上，上身微微往前倾，好奇地打量着突然发愣的她，“我看你今天来，不只是单单来还书的吧。是不是遇到什么麻烦了，说出来给我听听，看看我能不能帮得上忙。”

“没有没有，不是关于我的事，我很好。”莫默急得连连摆手。

“那是什么呢？莫非是欧阳静在工作中遇到问题了？”

“也不是。”

“默默，你这样说我就更不明白了。难不成这事和我有关？”他注视着她的眼睛，饶有兴趣地等待她的回答。

她没有说话，只是轻轻地点了点头。

“哦？那我就更应该认真听一下了。说吧。”

“你要答应我听完以后不能生气。”

“好。”

鼓起最大的勇气，莫默一股脑地倒出已经背得滚瓜烂熟的话：“我上周四和欧阳去中国城吃饭的时候看到你女朋友在和别人约会，他们好像还很亲密的样子。我不知道她有没有告诉过你，不过我觉得你最好还是能知道这件事。不过你答应过不生气的，所以你不可以有任何冲动的行为。”她一口气说完这些话，顿时觉得身上轻松多了。

“我不会生气。”他平静地说，“因为我和她已经分手了。”

“啊？哦……”虽然结果出乎她的所有设想，倒也能够理解，不过她还是多嘴问了一句，“怎么会这样？”

“分手无外乎这几种情况，一，我不爱她，二，她不爱我，又或者，我们互不相爱。”他说得简单明了。

“那也不一定。”莫默不同意他的“三点论”，“两个非常相爱的人，有时也会因为各种不可抗拒的原因分开的。”

“比如说呢？”他眯着眼睛问。

“比如地域的距离，年龄的差距，还有父母的阻挠。”

“只要两个人真心相爱，是没有任何力量可以分开的。”他一字一句地说出这句话，脸上有种痛苦的神情一闪而过。

“这个……”莫默没有亲身经历过感情的挫折，搜索不到强有力的证据去支持自己的观点。

“好了，不说这个了。”他随意地挥了下手，“你待会儿有事吗？我马上就下班了，要不要一起出去逛逛，顺便吃个晚饭？”他把椅子转到桌前，坐直身子，重新拿起笔。

想了想接下来也没安排，莫默就答应了。

“我到旁边的沙发上去坐着等你。”她推开椅子站起来。

李天骐看着她在沙发上坐下，低下头继续写报告。

走在他的右边，莫默无名地觉得有一点点兴奋，一点点紧张，还有一点点期待。她不时偏过头偷偷地瞅一眼他棱角分明的侧脸。他的双唇紧紧地抿成一条直线，眉心不知道为什么微微地纠结在一块，好似有满腹的心事。下巴上一层青青的胡渣，让他看上去有些许的憔悴。也许他的释然只是宽慰自己的假象，如果深爱过一个人，怎么可能这么容易说放下就放下。有那么一个瞬间，她几乎都要控制不住地伸出左手想帮他揉平眉心的结。这一近乎疯狂的冲动把她自己都吓了一大跳。

察觉到她游移的目光，李天骐侧过头淡淡地一笑，“看什么呢，难道我脸上有不干净的东西?”

“没有没有。”莫默有点尴尬地低下头看地，一股热浪瞬间冲上脸颊。

看着她脸红害羞的样子，他微笑着轻轻地拍拍她的小脑袋。她愕然，抬起头，正好掉入他的双眸，只感觉脸上愈加发烫，估计都烧到耳朵根了。她慌忙转开视线。

两个人就这样并肩走着，有些时候是李天骐问莫默喜欢什么牌子的衣服，喷不喷香水之类的问题，有些时候是莫默向他请教某些专业问题，更多时候两个人谁都不说话，安静地穿过熙熙攘攘的人群。

“默默，这家店很不错，在英国很有名气。我们进去看看。”路过某家店时，他停下了脚步。他抬起右手有意无意地揽了一下她的肩，很快又放开。

有一秒钟莫默的心跳漏了一拍。她不敢看他的眼睛，跟着他走进大门。

恰到好处的晕染的灯光，独特的转盘沙发设计，眼前的一切是如此熟悉。莫默不由得脱口而出：“这不是Ted Baker吗?”

“是啊，你也喜欢这里吗?”李天骐在架子上挑着衣服，“我有时间就会来这家店转转，他们家的衣服很有质感。”

“我上周和欧阳刚来看过。”莫默本来想说她看上了一款风衣，不过不好意思说因为价格的关系而没买。她转头看向橱窗，模特身上那件风衣依然在风情无限地诱惑着她。

“来，你试试这件，我觉得你穿应该会很好看。这是最小号。”找到了理想的尺码，他的嘴角浮出一丝胜利的微笑。

莫默回过头，看到他递过来的衣服，惊讶得下巴都快掉下来了，“这，这不就是我那件……”她有点语无伦次。

“怎么了，你有这件?”

“不是不是，我是想说我那天来逛的时候也看中了它，只可惜，它稍微有点贵。”

“没事，你先试一下，让我看看效果。”他把风衣又在她面前抖了抖，“给，拿着。我帮你拎包。”

拗不过他的坚持，莫默把包从肩上拿下来给他，脱了外套，换上心仪的衣服。

“效果不错，转过来，让我看看背面。”他将她上下打量了一遍，满意地点了点头。

莫默听话地转过身。这是除了林然之外她第一次和异性一起逛服装店，当然也是第一次在异性面前试穿新衣服，她不免有些小小的不自然。

“喜欢吗?”

“嗯。”莫默面朝他，双手拨弄着腰间的腰带。

“喜欢就好，这件衣服我送你。”李天骐左手插在裤袋里，右手拎着她的包，眼含笑意。

“这怎么可以，它太贵重了。”莫默赶紧拒绝。

“就当是我送给你的见面礼吧，我们之前几次见面都太匆忙，我都来不及准备礼物。”

“学长，你如果想送见面礼的话可以请我吃个冰淇淋什么的，请吃饭也行，送衣服就算了。”莫默急着把风衣脱下来。

李天骐一把抓住她的胳膊，迎上她惊诧的眼神，“既然你叫我一声学长，就应该听我的话。再说我工作好几年了，送一件衣服还是没问题的。”

“这，这……”右胳膊被他紧紧按着，莫默脱也不是，穿也不是。

“不要再‘这’来‘这’去了，就这么决定吧。”李天骐缩回手，转身对旁边的店员说，“我要买这件风衣，麻烦你帮我包一下。”

“好的，先生。请问您是要她身上这一件还是在架子上拿一件新的?”

“默默你觉得呢?”他侧过脸询问她的意见。

“就身上这件好了。”总算从这一意外的惊喜中回过神来，莫默卸下外套。

“那就拿这位小姐身上这件。”微笑着说完这句话，李天骐把手上的包还给她，“站在这里等我，我去付钱。”

一切发生得如此之快，莫默有点不敢相信自己的眼睛。不是在做梦吧，怎么会这么没有真实感呢?

“买好了，你要现在穿上吗?”李天骐拎着袋子回到她身边。

怀着异样复杂的心情，莫默点点头。

看着他帮自己披上风衣，莫默心里擂起了小鼓，“咚咚”地敲得很大声。

“真的很不错。”他退后一步凝视着她，像是在欣赏一幅名画，“走，我带你去吃饭。我刚才预订了一家法式餐厅，就在前面不远的地方。”

只是离开了片刻的时间，他到底准备了多少事情?他已经走出几米开外，莫默却依然呆在原地，盯着他的背影。

发现她没有跟上来，他停下脚步，回过头看见她正出神地望着自己。他走回她旁边，伸出手拉住她的手腕。莫默愕然，本能地想挣脱出去。

“街上人多，小心别走丢了。”他说完就松开了手。她手腕上的温度顷刻消失。

餐厅就在牛津街旁边的一条岔道里。仅仅隔了几十米的距离，这里却像是一个被人遗忘的角落，完全没有人声喧哗。门口有侍从面带谦恭的职业性微笑帮他们拉开门。

看清楚眼前的景象，莫默立刻明白她来到了一个什么样的地方。特殊的落地玻璃让外面的人看不清里面的风景，却可以让用餐的客人把外面的世界看得一清二楚。这绝对不是一家普通的西餐厅、纯白的大理石铺满地面，年代久远的巴黎写真壁画在暖黄的灯光下散发出幽幽的光芒，各种姿态优雅的铸铜雕塑看似随意地被摆放在两边的深棕色木质柜子上。一架黑色古典钢琴稳稳地坐落在餐厅中央，一盏欧式古铜色雕花大吊灯从顶上垂直落下。再看那些点缀在各桌的客人无不是正装出席，男士均是西装革履，女士则身着款式各异的小礼服。在侍者的指引下，他们来到预订好的座位。

莫默正想拉开椅子，李天骐很自然地先她一步帮她摆好座位，做了个很绅士的动作请她坐下。她脸红红地朝他笑了笑。一旁的侍者熟练地帮他们把面前的白色餐巾平整地铺在盘子下面，转身拿来菜单。虽然已经有了心理准备，可是当看到眼前的价格，莫默还是忍不住吐了吐舌头。

“想吃什么随便点，不用拘束。”李天骐翻着手里的菜单，没有抬头。

莫默轻轻地“哦”了一声，却完全拿不定主意，歪歪扭扭的法文看得她头晕，多款精致的菜肴更让她舍不得选择。浏览了一遍之后，她彻底放弃了选择，合上菜单，“学长，哦，不，天骐，还是你帮我选吧，你比较有经验。”

“这么相信我啊。”他低着头说，“一份香草牛排，七分熟可以吗?”

“你怎么知道这是我的最爱?”她“呵呵”地笑着，没发现对面的人已经白了脸色。

他有意的试探，换来心痛的答案。这是巧合吗?连喜欢的菜色也一模一样。眼前晶莹剔透的高脚玻璃酒杯折射出千丝万缕幽黄的光线。他努力逼退眼里的雾气。

挥手叫来侍者，他帮她点了一份七分熟的香草牛排，自己要了一份芥酱焗羊扒，另外还让侍者开了一瓶红酒。

摇曳不定的烛光就像莫默此时忐忑的心情，短短的一天时间，已经有太多的事超乎她的预料。意外地得知他分手的消息；突如其来的贵重的礼物；第一次来到这么高雅的地方……怎么所有的事都挤到这一天呢?她不解地闭上眼睛，使劲揉了揉两边的太阳穴。

看到她略显疲惫的神态，他轻声问：“是不是累了?”

“还好，可能是今天的惊喜太多了，我一时半会儿还不敢相信。”她看向他，眼里的难以置信一览无余。

“那这样呢，会不会让你有点真实感?”在她毫无防备的情况下，他突然紧紧握住她的手。

莫默大吃一惊，心跳在一瞬间加速，整个人却僵在座位上，一双惊恐的大眼睛不知所措地盯着面前这个捉摸不透的男子。

“跟你开玩笑的，不要再胡思乱想了。你发呆的样子傻傻的，不知道的人还以为我欺负你了。”他笑着放开她的手。

就在她不知该如何接话的时候，侍者为他们拿来了红酒。她在心里长长地吐了一口气，调整好自己，重新在椅子上端端正正地坐定，安安静静地看颜色浓郁的红酒在两个空空的玻璃杯里跳跃翻滚，酒香四溢。

那一顿饭，后来他们也没有怎么说话。莫默低着头，努力把注意力集中在眼前的牛排上，眼神却时不时会飘向对面的那个身影，有好几次一没留神，右手的刀就重重地磕在左手拿着的叉子上。不小心，真是太不小心了。她一边埋怨自己，一边继续犯着类似的错误。相比之下，李天骐就吃得泰然自若太多了。银色的刀和叉在他的手中灵活地起起落落。他会以很好看的姿势端起杯子，抿一口红酒，然后再把它稳稳地放在桌子上。那干净的手指，流畅的动作，是莫默欣赏的。

在悠扬的钢琴声伴奏下莫默叉起最后一块牛排放进嘴里，把叉子小声地搁在盘子里。

“吃好了?”李天骐先她一会儿吃完，半倚在椅子上看她像个小孩一样专注地对待食物。

“好了。这家餐厅做得真的很不错，价格也不错。”莫默拿起餐巾擦了一下嘴角。

“喜欢的话我下次可以再带你过来。”他朝立在一旁的侍者点头示意，“买单，谢谢。”

他掏出钱包，莫默眼尖，瞄到左侧相夹里插着一张照片。

“是你吗?”她问。

“什么?”他抬头，眉结深锁。

“照片里的人。”

“嗯。”

“那旁边那个呢？我看你好像搂着什么人。”又是好奇心作祟。

“一个朋友。”他淡淡地说。

看着他不愿深谈的样子，莫默也就不再追问。

懒懒地靠在副驾驶座上，莫默微眯双眼看着身边的五彩霓虹唰地一闪而过。虽然已经来到伦敦三月有余，她却仍然有点不习惯英国车辆的往左行驶。汽车的方向盘都在右边，看着就觉得别扭。

刚才听到他说直接开车送她回家，莫默一阵释然之后竟然带着些许失落。她也说不好这份莫名其妙的情绪是从哪里冒出来的。

“快到了，就是尽头那幢小白房子，你把车靠边停下就好。”莫默指着家的方向对他说。

“车还没停稳，你别着急下去。”他放慢车速。车子渐渐滑向路边。

“天骐，今天真的谢谢你，我玩得很开心。”在推开车门的前一刻，莫默看着他的眼睛说。

“这么客气就见外了。”他笑着说，“快回家吧，让欧阳看看你的新衣服。下次有机会再带你去别的地方玩。”

“好的，你自己开车回去小心点。”

望着他的汽车消失在街角转弯处，莫默这才小跑过马路，走向那个亮着暖黄灯光的地方。

暧昧的光晕下，李天骐靠在床上，缓缓地吐出一口口烟圈。烟雾缭绕中，他的眼前清晰地浮现出白天莫默那单纯的一颦一笑。她受到惊吓时睁大眼睛的样子，吃饭时细嚼慢咽的表情，还有坐在车上时小脸迷离的神情。在国外待了那么多年，要说美女他也见得多了，性感的，妩媚的，清纯的，妖艳的。可是，从来没有人真正打动过他。因为，他的心，早在那个毒辣的夏日午后，在他最爱的人身后，生生地碎成无数片，再也拼不完整了。

和莫默的意外重逢，让他终于有了重新活过来的感觉。她的眼，她的唇，和那个已经逝去的身影是多么相似。

但是，在国外一个人打拼这么多年，他早已习惯把所有的心事都埋藏在心底，表现在人前的永远都是谦逊有礼的一面。在欧阳静和莫默眼里，自己一定是个非常有涵养的学长吧。他自嘲地撇了下嘴。曾几何时，他也有过这般明亮放肆的青春，可以肆无忌惮地大笑，尽情地挥霍。可是，七年前的那一天，他所有的梦想都被摧毁，二十三岁的他，死在自己面前。从此以后，他再也不是父母眼中的骄子，不是师长心中的优秀生。为了生活，他不得不开始学习如何戴着不同的面具伪装自己，学习那些曾经他最看不起的勾心斗角，尔虞我诈。残酷的现实教会他重要的一课：要想成功就必须先学会如何生存。

“先生，你抽烟的样子好帅哟。”浴室的门被人从里面打开。一个金发蓝眼的女人妩媚地倚在门边，裕袍随意地披在身上。

“过来，让你见识一下我真正帅的地方。”他诱惑地向她勾了勾食指。

眼看她走到床边，他伸出手一把把她拉到怀里，低下头狂热地吻着她。

温存了片刻之后，他松开她。躺在他起伏的胸膛，她挑逗着用指甲慢慢地划过他的胸口，“从酒吧到现在，你都没有问过我的名字呢。”

他把玩着她浓密的头发，微醺着说：“这个很重要吗？今晚过后，我想你永远也不会再见到我。”说完，他将烟蒂狠狠地掐灭在床头的烟灰缸里。

还没等她开口，他低下头再一次封住她的双唇。热浪很快将两个人覆盖。他摸索着关了灯。

厚实的窗帘挡住了夜空中那一轮皎洁的明月。今夜的月光，异常的清冷。

苏丽珍想不到林然会这么快主动给她打电话，喜出望外，精心梳妆打扮了一番后驾车来到红房子。林然已在座位上等候。

见她走近，他站起身。

“不好意思，我迟到了。”苏丽珍含笑致歉。

“没关系，是我早到了。”他说。细细端详面前的女子，虽然眉眼间略显疲惫，但一份天然不加妆饰的娇韵仍隐藏其中。一个成功的单身女商人，如果不是亲自碰到，林然真的很难相信她会看上如此平凡的自己。

“想好了?”她边翻菜单边问。

“想好了。”他郑重其事地说，“对不起，苏董，我想您的好意我心领了。我是不会离开金盛的。”

如许优厚的条件都不能打动他？苏丽珍有点看不懂这个年轻人了，“张立明，他和你谈过了吗?”

林然点头，“景湖天成的项目我们会全力争取，谢谢您的厚爱。”

生意人不以利益为先，男人不以金钱为重，这让她的困惑益深，“在你心里，前途难道不是最重要的吗?”

他淡淡一笑，“不瞒您说，我曾经确实把钱啊前途啊摆在人生追求的首位，可是后来，有一个人让我明白，这个世界上有种东西比它们都重要得多。这个东西，我想苏董您也许以前遇到过，也许将来也会遇到。”

不堪回首的那幕往事似乎又要把她的头炸裂，她用手托住额头。

“不舒服吗?”见她略有异样，林然关切地问。

“没事。”她轻轻地挥挥手，“那个人，是你的女朋友吗?”

他不置可否，但唇边那抹甜蜜的笑容已说明了一切。

沉默良久，他的手机响了。林然看了眼来电显示，“抱歉，我出去接个电话。”

望着他离开的背影，苏丽珍无声地叹了一口气。

“喂，亲爱的，在干吗呢?”

“和客户吃饭呢。”听到莫默清脆的声音，林然方才紧张的心情瞬间释然了。他考虑了一会儿，还是决定不和她说苏丽珍的事了。女孩的心眼小，保不准她不会乱七八糟瞎想。

“女的吧?”她音调上扬。

“是呀，还挺漂亮呢，”他有意逗她，“吃醋不?”

“我才不呢，”她嘴硬，“我呀，每天都和帅哥一起玩，可开心了，你不要嫉妒才好哦。”

这个小家伙，林然想着有些发笑，就爱和他唱对台戏。可是听她那样说，他心里仍免不了一阵酸溜溜的。

“今天过得好吗？有没有认真学习呀？”他岔开话题。

“当然有啦，我和你说哦，我今天在学校图书馆里发现了一个特高级的玩意儿，”说起伦敦的生活莫默总是兴致高昂，“K大竟然把历年报纸，比如说《泰晤士报》啊，《卫报》啊，做成一种像胶卷一样很小的东西，一卷卷的按年份排列整齐。如果你想找资料的话，就可以直接把它们打印出来，可方便了！”末了，她还补充了一句：“我这才觉得有点儿到了发达资本主义国家的感觉。”

一个精彩纷呈的异国画卷在林然眼前渐次展开，他一方面为莫默的不孤独感到欣慰，另一方面对那种与自己现在完全不一样的生活无比向往。

“好好学习，天天向上哦，我还等着看你们西太后设计的硕士服呢！”林然鼓励她说。K大的学士服是由享誉全球的Vivienne Westwood所设计，这也让K大在伦敦众名校中格外与众不同。

重回座位，苏丽珍已恢复一贯的大方得体。

“然，做不成同事，我想我们至少还可以做朋友吧。”

“那自然。”林然朝她友善地一笑，“随便点，这餐我请客。”

一个人走在街上，莫默一个劲儿地东张西望。既然决定圣诞回去，就得抓紧时间好好地给林然备一份厚礼才行，要有英国特色的，又不能太简陋。她在家想破脑袋也想不出送什么好，索性出来逛逛，直接寻找灵感。

莫默不想送衣服，因为林然没试穿过，万一不合适就很麻烦；吃的也不好，咽到肚子里就没了，不具保存价值。就这么一路想，一路走，一路看，她瞧见马路对面Paul Smith的招牌，忽然有了主意。

Paul Smith这个牌子她听过，他家的男装赫赫有名，可莫默这回不是奔着西装衬衫去的，而是去找一样很小的东西。

在柜台前细细端详了许久，她终于选中了一款称心如意的袖扣。林然是一个注重细节的人，这只小小的点缀应该会为他的套装锦上添花，莫默为自己能想到这个不走寻常路的好点子雀跃不已。鲜艳的彩色条纹、流畅的Paul Smith手写体标签是他们家最具特色的地方，不过林然不喜欢印有logo的产品，所以莫默专门为他挑了一对彩色条纹汽车的袖扣。

正待去结账之时，莫默忽地又想到，李天骐先前又送衣服又请吃饭的，自己正好趁圣诞节这个理由回赠他一份礼物。捡日不如撞日，一并在这里搞定好了。于是，她又让店内的工作人员拿出一对竖形彩色条纹的袖扣，简洁大方。

买好礼物，可少不了卡片。刚好礼品店就在隔壁，莫默顺道拐进去挑了两张圣诞卡。

将两只Paul Smith的袋子搁在桌上，莫默捧着星巴克的太妃榛果拿铁吸了一大口，香味从鼻子进入，然后长驱直入贯穿到胃里。

“亲爱的，”她提笔很自然地写道，不过接下来的话她托着腮帮子沉思了半天才下笔。

“第一次和你分开这么久，想你的心却从来没有变过。我说过，只要你需要我，不管天涯海角我也一定会回到你身边。所以你说想我，我就穿越半个地球的距离回去陪你，这样算不算实践我的承诺。只是没有一个地球的距离，呵呵，要不然我也肯定会绕一圈回去找你。

一个人在外流浪的这半年，我对孤独和爱情都有了新的体会和认识，这算不算另一种收获。和你在一起，是为了享受那份简单快乐的爱情，不是为了要和你生气，要和你吵架。如果你把工作看得比我重要，那也没关系，毕竟工作只能陪你一程，而我要陪你一辈子，总有一天，你会心甘情愿地把我当作你生活的重心，紧紧地牵着我的手到天长地久。我不需要你时时刻刻地想着我，我也不需要你分分秒秒地宠着我，我只希望你可以在我需要你的时候站在我看得见的地方，给我关心和鼓励，让我不要一个人孤单无助。

现在我们要做的，是给彼此信心，是共同的努力，和十个月后再也不分离的期待。

“IWALY。”

画完最后一个句号，莫默的心酸酸的。等待是面双刃剑，可以加深思念，也可以摧毁信念。又是看不见摸不着的十个月，林然，我多想等到我们真正再见的那一天。

叹了口气，莫默摊开了第二张卡片。这次，她写得顺畅多了。

“天骐，圣诞快乐。很开心在伦敦认识你，谢谢你总在关键时刻给我那么多的帮助。祝你幸福。”

为了避免两只袋子混淆，莫默特地在给林然的袋子拎口处画了个笑脸，弯弯的眼睛，上扬成一条线的嘴巴。

还没来得及把笔放下，莫默感觉到外套口袋里的手机“嗞嗞”地阵阵振动。

“小乐，怎么了？”她问。

“默默啊，我在宿舍闷得慌，过去找你们玩好不好？”乐姗说。

“我在外面，大概20分钟后到家。安妮和欧阳还没下课，你要是到得早的话就稍微等我下吧。”

“OK。”乐姗爽快地说。

等莫默抵达家门口，乐姗已经先她一步到了，坐在台阶上玩着一根路边拔下来的灰白色芦苇。看到莫默走进院子，她立即拍拍屁股站了起来。

“哇塞，你买了什么好东东呀，快让我看看。”乐姗走到她跟前说。

“给林然去买礼物，顺便帮天骐学长也带了一份。”莫默把两只看似毫无分别的袋子送到乐姗眼前，“喏，拿去看吧。”

打开家门，莫默让乐姗先在她屋里坐会儿，她去厨房烧壶热水好泡茶喝。

“Paul Smith……”读出外包装袋上的连体签名，乐姗把两只袋子同时翻转，闷闷地“噗”一声，两只黑色的盒子同时摔在软趴趴的床上。两张卡片轻飘飘地落下。

“这是什么?”乐姗捡起左边的一张看，“亲爱的，”才看到第一句，她就红了脸。这是莫默给林然的“小情信”，自己偷窥实在不厚道。

刚巧门口又传来了莫默的脚步声，“小乐，喝咖啡不，我昨天刚买了雀巢的卡布奇诺，要不要试一下?”她问。

情急之下，乐姗赶快把手里的卡片塞进左边的袋子，抓起另一张塞进右边那个。

“好啊，尝尝。”乐姗回头笑笑说，手上随便开了个盒子，一对很精致的彩色条纹袖扣静躺其中。不等莫默走近，她便忙不停地把两只纸盒物归原袋。

“小心别弄混了哦，林然那只袋子上我画了个笑脸，他是一对七彩条纹汽车的袖扣，李天骐那个是竖形条纹。”莫默边拿咖啡边提醒她。

乐姗检查了下她看过的那只方盒，袋子外面没有笑脸，而另一只的拎手处果然有莫默的独家签画。

“错不了，放心吧。”乐姗说。

莫默笑着朝她扬了下手里的两包咖啡，说：“走，我们去客厅看电视。”

在她们身后，两只未知宿命的黑色纸盒悄然等待着他们的新主人。

每一个人都尽力在宏大的舞台上扮好自己的角色，却没人想到，原来在命运的摆弄下，我们都只是一个个毫不起眼的牵线木偶而已，沿着预设的剧本，走向写好结局的全剧终。

第九章

从超市的冷冻柜里拎了一盒金枪鱼三明治和一杯酸奶，莫默突然间超级怀念国内罗森便利店热呼呼的盒饭和24小时的热奶茶。大冷的天，啃着青黄瓜和西红柿，她走在回图书馆的路上，心内竟有一种“壮士一去兮不复还”的悲凉。

脚边倏地有个小黑影窜过，莫默停下脚步，定睛一看，呵，原来是只灰色条纹小松鼠，正蹲在地上，两只小圆眼睛巴巴地看着她手里的食物，想必也是在为觅食而发愁吧。她轻手轻脚地走过去，把手里的三明治掰了一点儿丢给它。小松鼠接到食物，立马后足站立，两只前爪撮着面包送进嘴里，小嘴巴一张一翕地动得可快了。

瞅着它憨态可掬的模样，莫默忍不住拿出手机给它拍了几张照。在国外，其实松鼠并不罕见，树木稍微茁壮一点的地方，基本上都能看见它们翘着大尾巴一蹦一跳的身影。她拍下它，是为了传给林然，想让他也看看如此可爱的小家伙。

林然一定会喜欢它们的，莫默眯着眼睛想，他对小动物那么有爱心。以前宿舍底下的一只流浪猫生了一窝小猫仔，林然怕它们被欺负，就把它们一家四口统统搬到了他宿舍里，每天从食堂里带些剩菜剩饭回来喂它们，一直到检查卫生的宿管阿姨某天听到了“喵喵”的叫声才东窗事发。那天看他把小猫们放回大自然的眼神，莫默觉得林然仿佛就是在送亲生闺女出嫁似的，脸上写满了舍不得。

现在他大概已经没时间去养小动物了吧，工作那么忙。她略觉得有些感伤。年轻时做的事也许冲动，也许糊涂，可是在记忆里却永远是那样鲜活美好。

边想边走着，莫默瞧见一辆白色加长林肯拐了个弯停在街角。这般气派，她不禁多看了两眼。车门被一个戴着白手套的绅士打开，一位身着洁白婚纱的金发新娘从车里优雅地钻了出来。

好美哦，莫默被深深地吸引住了，一切都是纯白的，象征着洁白无瑕的爱情。早在她刚满二十岁的时候，她就信誓旦旦地和他说，林然，我是肯定要嫁给你的，你娶也得娶，不想娶也得娶。他搂着她大笑，哪有你这样逼婚的呀，好歹也得等我到了国家法定婚龄再说吧。她“嘿嘿”地笑，那你就是答应咯。他捏一把她肉肉的小脸，请问，莫默小姐，你是在向我求婚吗？

想到这里，莫默“扑哧”一下笑了出来，摸摸脸，热热的。

年少时的英勇无畏，留给今日来细细回味，甘苦自知。

站在图书馆巍峨的拱形门廊下，安妮一筹莫展地盯着茫茫雨帘发愁。三三两两没带伞的人们凑在一起聊天打发时间，走廊上渐渐变得拥挤。为了避免挡住出口，安妮不断地往里退，一不小心往后踩到了某个人的脚。

“对不起。”她边道歉边让到一边，给后面的人空出一条道。

“安妮？这么巧，你也来自习啊。”这个男生的声音好生耳熟，她有点惊讶地抬起头。

“何鹏，原来是你啊，你也在图书馆待了一天？”看见是他，一抹浅浅的笑容悄无声息地浮上她的脸颊。

“昨天刚完成了一个实验，周五要交实验报告，这两天正在不停地赶。你怎么样，还在忙那个案例吗？”他陪她站到大门左侧的角落里。那里几乎已经是最后一小块幸存的空地了。他们前天在QQ上聊天时安妮提到上周教授布置了一个商业案例分析。

“是呀，挺麻烦的。我现在也只能使劲先收集材料再说，看看能不能找到有价值的资料。”安妮冲他微微地抿嘴一笑。

“有没有什么我能帮得上忙的？”他看似问得随意，语气中却透露出些许紧张和期待。

“怎么，你还嫌你的实验报告不够写吗，小心周五交不出来被教授罚。”她俏皮地提醒他。

“没关系，我们教授他人挺好的，大不了我和他申请一下延期交报告。”

“你还是抓紧把报告写完吧。要是耽误了你学习，我可承担不起这个责任。”她开玩笑地说。不过他的帮忙倒是让她想起了一件事，“一直都没来得及和你说句谢谢，你上次送我的两本书很有用，里面有几个案例我们上课都有提到。”

“对你有帮助就好。”被她这么一谢，他反倒有点不好意思起来，转过头看向雨中，“雨小了，我们走吧。站在这里不被雨淋出病大概也会被风吹出病的。”

他撑起伞，等她走到他的右边。

看着他挺拔的侧影，安妮心里突然觉得很安心。这个男孩，又一次在她遇到困难的时候出现身边，为她挡风遮雨。不知何时他已把伞往她那边侧了许多，而他的左胳膊几乎全被雨打湿了。没有过多的交流，她却体会到一种“此时无声胜有声”的奇妙意境。这种意境，是某个人从来不曾给过她的。

车站在特拉法加广场附近，在等车的空隙，安妮按捺不住心中巨大的好奇和疑问，向何鹏借了伞来到广场前的喷水池。

池面水花点点，不甚明晰，浸在池底的硬币隐隐约约，安妮找不到属于她的那一枚。

大概是被政府回收了吧，说不定这会儿正全国通缉她呢，以毁坏公物的名义。安妮心想。

不过不见了也好，反正该来的幸福总是会来的。就像当日她站在这里许的那个愿望一样。

不知道是不是因为下雨的缘故，往日空空荡荡的巴士今天也变得格外嘈杂。这一站上车的乘客不多，司机在关了车门之后很快就将车启动，红色的双层巴士摇摇晃晃地沿着不算太宽敞的街道徐徐前进。

小心翼翼地抓着扶手走到巴士上层，安妮欣喜地看到倒数第二排还有两个空位。她在靠窗的一边坐下，卸下书包搁在腿上。何鹏随后而至，坐在她旁边，把雨伞放在脚边。

"你这个周末有什么安排吗?"他问。

"这个周末我表弟从巴斯过来找我，我们在网上订好了票，去伦敦郊区的一个游乐场玩。"

"不错不错，比我强多了。"

"你没有活动吗?"

"目前还没有，我估计又只能在宿舍里与电脑作伴了。"他略显无奈地说。

"你为什么不找同学出去玩呢，一个人在宿舍不会无聊吗?"搁在腿上的书包快滑下去了，安妮把它往上提了一下。

"还好吧，一个人挺自由的。我这个人其实不怎么喜欢社交活动，有时候太多人会让我觉得不自在，还不如独自在宿舍待着舒服。"

"这样哦，你看上去确实不是那种很能玩的人。"虽然和他的接触不多，可是安妮明显能感觉出他不属于那一类活跃在社交圈里的人。

"你也看出来了啊，我就想说我这人挺没劲的。你是不是觉得和我说话很闷?"他说得很轻，努力表现出不在意，可嘴角一丝不自然的笑容却泄露了内心的担忧。

"不会啊，我觉得你挺好的。和那些油嘴滑舌的男生比起来，我更喜欢你这样踏实可靠的性格。"话一出口安妮就后悔了，她真的只是把他当好朋友而已，不知道他会不会误解自己。她微微涨红了脸解释道："我的意思是说，如今的男生好多都可能说会道了，像你这样不爱说话的还真不多见。"

"我明白，不过那样的男生会比较容易讨女生喜欢吧，不像我，呆头呆脑的，埋在人堆里就不见了。"他自嘲地耸了耸肩膀。

"你也会担心追不到女生吗?"安妮含笑问，"放心啦，K大美女那么多，你可以慢慢挑。"

"只怕我看得上人家，人家却未必看得上我。"

"看你对别的事都胸有成竹的样子，原来在这件事上也会对自己这么没信心啊。"

"如果单纯是学习工作上的事，我完全不担心，因为我相信自己有能力去处理好。可是感情的事还真不好说，最关键它是两个人的事，不能由我一个人说了算。我不怕付出，不怕等待，只怕她感受不到我的存在。"说完这两句话，他坚毅的面庞不知为何蒙上了一层不确定的阴影。

安妮凝视着他的侧脸，试图想说点什么鼓励他，脑海中却空白一片，搜寻不出任何合适的只言片语。何鹏说得对，感情是两个人的事，不是一个人付出了多少，就能得到多少。不管你是多么的情深意重，打定主意此生非他不嫁或非她不娶，对方只要一句"没感觉"就能将这份单薄的期冀彻底毁灭。不是没有勇气去爱，只是真的害怕这个让你拼尽了全部力气去爱的人最后只能还你一句"对不起"，害怕那时的自己，是不是还能如此奋不顾身地再去好好爱，去深深爱。人都是自私的，不爱怕错过，爱了又怕受伤害，矛盾来纠结去，最后的结果不是抱着遗憾，就是守着残缺，所以我们总能在别人的天长地久里依稀看到自己追求了一生的幸福，却未曾想过，也许这样的美好也曾经在我们的生命中触手可及。

她无声地叹了一口气，转过头望向车窗外，不再看他。

何鹏换车的地点不算太远，车子开了十几分钟也就到站了。临下车之前，安妮微笑着和他告别，"路上小心，祝你过个自由而愉快的周末。"

"你也是。"他站起来把书包背到肩上，认真地注视着她的眼睛说，"安妮，记住，不管发生什么事，记得还有我。"

这一句突如其来的庄重如誓言般的话让她的语言中枢瞬间丧失了所有功能，她愣在座位上未发一言。等她反应过来的时候，巴士已重新启程。她赶紧趴在窗上看，何鹏正站在站台上带着她熟悉的笑容和她挥手告别。她还没来得及回应他，随着公车一个急转弯，他的身影很快消失于视野。

她有些失落地转过身，脑子里不断回响着他刚才的那句话，"安妮，记住，不管发生什么事，记得还有我。"想着想着，她不由自主地笑了。窗外的景物越来越清晰，她的心情也渐渐明朗。雨过天晴之后，我们终能看到自己的专属幸福。

吃了三天超市的速冻食物，可怜的胃在昨晚提出了严正抗议——闻到芝士的味道就抽搐，乐姗决定这个周末要好好做顿饭慰劳一下自己。周五下课后，莫默赶回家参加她们三口之家的例行聚餐，乐姗独自悠哉悠哉地穿梭于超市的各个货架。蔬菜、水果、甜点、果汁、薯片，不一会儿，她手中的大购物篮就被装了个满满当当。等结完账出来，乐姗盯着两手的袋子出神，好像离开布莱恩有两个多月了吧，可还是会在某个特定时刻想起他们。比如说现在，如果小波和淞圻在身边，拎东西这种重活哪会轮得到自己呀，塞也要塞到他们手里去。想到这里，她“扑哧”一下笑出了声。不过既然分离是避免不了的结局，一个人好好生活也不失为最明智的选择。攥紧手中的塑料袋，她大踏步地朝宿舍楼走去。

刚打开七楼的套间门，乐姗就听见从厨房里传出一阵阵夸张的大笑声。她颇为厌恶地皱起了眉。推开厨房门，里面果然坐着那个她极度讨厌的意大利室友和他的朋友。他们看见她进来，暂时停止了说话，转而好奇地盯着她看。被他们看得头皮发麻，乐姗连打招呼的心情都没有，只想赶紧做好饭赶紧走，一刻都不想多待。

可那帮人显然没有想放过她的意思。她刚把淘好的米放进电饭煲，就听见背后传来他们故意放大的声音。

“你们吃过中国菜吗？我和你们说，千万不要去吃，我光闻着那味道就想吐，想象一下那该有多难吃。”第一个开口挑衅的就是那个意大利人。

听到这话，一股熊熊怒火“腾”地一下就从乐姗的脚底冲到脑门。忍住，忍住。她深呼吸一口气，拼命告诫自己。

“你也要理解他们，活在一个经济水平那么不发达的国家，有饭吃就不错了，怎么能和我们这些生活在自由国度中的人比呢，你说是吧，哥们?”

即使不回头，乐姗也能感觉到这个陌生的声音显而易见是冲着她来的。不屑的语气，放肆的大笑，她只觉得后背僵硬，任由冰冷的自来水在手上哗哗地流淌也丝毫没有知觉。她咬紧下嘴唇，甚至想紧闭双耳，只要能屏蔽这一切她不想听到的声音。

她不作表示的反应却似乎让他们更加肆无忌惮起来。

“哎，乐，你们中国人为什么都来我们发达国家啊，是不是中国太落后了?”

在一阵毫无善意的哄笑中，他们居然还举杯相碰。乐姗觉得自己的肺都快气炸了。

“你们在上海的每一个中国人都会说英语啊?”

“你们中国翻译过来是不是‘瓷器国’啊?”

老祖宗说过，是可忍孰不可忍。乐姗气鼓鼓地关掉水龙头，转过身面对那一帮自以为高人一等的“发达人”，义正词严地说：“首先，我要声明，我是中国人，但并不代表我是整个中国，所以请不要开口闭口就是你们中国人怎么怎么样。其次，我们国家全称是中华人民共和国，不是你们说的什么‘瓷器国’。你们那么喜欢意大利面，干嘛不取个名字叫‘面条国’呢?”

那帮“高等生物”大概没有意料到她会有这么强烈的反击，一个两个都愣住了，脸上红一阵白一阵的。

乐姗才没空管他们到底什么心情，讲完想说的话之后就毅然决定离开厨房。

在打开门的那一刻，她心中积蓄了许久的力量终于爆发，不吐不快，“最后一句话，不管在你们眼里中国是什么样的，我，乐姗，一点也不为自己是中国人而自卑，恰恰相反，我很骄傲我是一个中国人。祝你们这些‘进步人’用餐愉快。”因为激动，她说话的音量比平时高了许多。她本来想重重地甩门离开，以发泄心中的不满和愤恨，可是稍作迟疑后她还是以正常的力度把门合上。

当门“咔嚓”一声紧闭的时候，她全身紧绷的神经刹那间松弛，两大颗眼泪不受控制地滚下脸颊。

出国几个月来，不是没有遇到过善良的西方人，那些单纯的帮助，真诚的友谊，让身处异国他乡的她觉得很温暖。可是偏偏就是有那么一些人，喜欢颠倒黑白，混淆是非，恶意中伤。满口说着“进步”、“发达”的人，都是从他们国家数一数二的学校被千挑万选出来的。难道这些所谓的“高等生物”被教育到最后，就是这个样子吗？唉，算了，不管他们，好好的一个周末，不能被无关的人所破坏。抬起手擦干眼泪，她努力挤出一个微笑，迈着大步往自己的房间走去。

海蓝色的套间门外面，有一个人同时露出了赞许的微笑。刚才准备下楼去找朋友吃晚饭，却出乎意料地听到了一场激昂亢奋的爱国演讲，那个女生的声音听上去有些耳熟，直到听到她报出自己的名字——乐姗。果然很有她独树一帜的风格，易森想着就笑了。这样一个豪爽，正义，识大体的女孩，真是令人印象深刻呀。原来这么巧她就住对面，以后，应该会有机会真正认识一下吧。

相机正在充电，电子票已经打印好放在包里，火车票夹在钱包的侧兜……安妮把明天去游乐场必须要带的东西仔细检查了一遍，一切准备就绪，可是小朋友怎么还没有消息呢？她正纳闷着，桌上的手机屏幕开始不停地闪烁。

“哎，我说不靠谱同学，你在哪里啊，到伦敦了吗？”安妮瞄了一眼床头柜上的闹钟，21 点 15 分。她怀疑这个十九岁的大男孩是不是迷路了。

“姐，我错了。”他怯怯地道歉，倒把她结结实实地吓了一大跳。

“发生什么事了？”她握着手机的右手不由得紧了一些。

“没什么大事，你别着急。我只是想和你说，今晚有一个好朋友开生日派对，我过去玩得太开心，多喝了几杯，忘了看时间，结果就把车给误了。姐，我想我今天不能去你那了，你可千万不要怪我啊。”到底还是小孩子，知道做错了事，求饶的速度比谁都快。

听到他平安无恙，安妮立马松了一口气，“没关系，你这孩子贪玩我又不是不清楚。只是这么晚了，你不要玩得太过头，早点回家，听见没有？”

“听见啦。”一得到获释令，他的声音立刻变得顽皮起来，“姐，那你赶紧找一个大帅哥陪你去吧，机不可失，失不再来哦。这样说起来，你还得谢谢我帮你创造了这么一个难得的机会呢。”

“我谢谢您啦，先放我鸽子，再给我约会帅哥的机遇。”她真觉得又好气又好笑，叮嘱了他几句“注意安全”之类的话之后便挂断了电话。

捏着两张彩打的电子票，安妮这才意识到她正面临着一个严峻的问题：因为当初是她和表弟先安排好这周末去游乐园，所以默默、欧阳和乐姗决定买票去比斯特（Bicester Village）大购物时就没算她的份。前两天和小波在QQ上聊天时他说明天要去利兹找同学玩；淞圻不用问也猜得到，肯定要陪他们家的大美女。而那一个人，安妮一想起他就瞬间否决。自己好不容易才从那个漩涡中走出来，一定不能重蹈覆辙。

出国留学的生活圈子果然不大，玩儿得好的朋友十只手指就数得过来。既然布莱恩的孩子们都被排除了作伴的可能性，那还能有谁呢？她滴碌碌地转动着大眼睛，突然间看到了书桌上的两本书，心里顿时豁然开朗。她打开手机通讯录找到那个名字。

“安妮吗？好意外你现在打电话过来。”电话里何鹏的声音透出稍稍的吃惊。

“不好意思这么晚打扰你，我想问一下，你明天有时间吗？我表弟临时有事不能来伦敦了，你能和我一起去游乐场吗？”这样直白的邀请会不会有失礼貌，他不会被吓到吧？安妮看着镜子里的自己，橘黄色的灯光遮挡不住脸上的红晕。

“可以啊，反正我明天也没事。我们怎么过去，坐火车吗？”

“嗯，火车票我已经买好了，明天到尤斯顿车站给你。火车是早上8点10分开，我们7点50分在站台见吧。”

“没问题。到时见。”

“好的，明天见。”听他的语气，好像没有被打扰的意思。安妮走回到桌子旁，拿起那两张门票，憧憬的光芒在瞳眸中闪烁跳跃。

窗外，一轮金黄色的圆月正悄无声息地从云层中露出半张娇羞的脸，犹抱琵琶半遮面，欲说还休。

第二天清晨，安妮起了个大早赶地铁，比预计时间提前了10分钟到达火车站，没想到何鹏到得比她更早。

“等了很久了吗？”她微笑着走近他身边。

“没多久，我也刚到。”他很自然地接过她手中的拎包，“这么早你吃过早饭了吗？”

“还没呢，时间这么紧，我就怕迟到。”经他一提，安妮才隐约听到了肚子“咕噜咕噜”的抱怨声。

“那你在这里等我，我去帮你买点吃的，很快回来。”

不等她反应，他已转身离开。又一次望着他的背影，她心口涌起一股无法明说的温婉暖意。

坐了将近两个小时的火车，他们总算来到了目的地。这是英国乃至欧洲最大的一个主题公园，知名度完全不亚于迪斯尼，再加上又是周末，人气很旺。他们俩一进公园就被欢快热烈的气氛所感染。这里不仅仅是小孩子的游乐天堂，更随处可见玩儿得忘乎所以的年轻人，甚至还有手推婴儿车共享天伦之乐的一家人。

"让我来看一下我们先去哪里玩。"安妮摊开手里的公园地图，上面形象地标明了各处游乐设施。"何鹏，我们去玩过山车好不好？听说这里有各种过山车，可刺激了！"她兴奋地抬起头，眼神中的企盼一览无余。

"你喜欢过山车?!"他瞪大了眼睛，显得十分难以置信。打从认识她以来，他一直以为她是个温柔似水的女孩，万万没预料到她竟会有如此外向大胆的一面。

"是呀，看不出来吧，其实我很能玩的，某些时候。"她调皮地冲他吐了吐小舌头。

他看上去有些许犹豫。她不免担心地问："怎么了，你不喜欢玩儿吗？"

"这个……"他闭上眼睛深吸了一口气，好似在经历一场极大的思想斗争。"好，我陪你去。"他睁开双眼，脸上坚定的表情好像在宣告一个神圣的决定。

"真的吗？太好了，那我们去做'超音速'吧，很惊险哦，你可得做好心理准备。"她佯装严肃地警告他。

"嗯，我做好准备了。"他重重地点了点头，脸上仿佛写着"视死如归"四个大字。

站在巨大的过山车脚下，听着不断翻滚的人们连声尖叫，安妮心潮澎湃，跃跃欲试的心情越来越强烈，"何鹏，我真觉得我们来对了地方耶，你说呢？"

等了一会儿没听到他的应答，她疑惑地转过头，顿时大吃一惊："何鹏，你不舒服吗，你的脸怎么那么苍白？"

"我没事，真的。"他的声音意外的虚弱。

"怎么可能，你看你，快连站立的力气也没了。"安妮慌张地伸出手挽住他的胳膊，一时有点乱了分寸。突然间一个念头闪过，她忙问："何鹏，你是不是有恐高症，你是不是不敢坐过山车？"

他没有看她，喉咙里含混不清地"嗯"了一声。

"你为什么不早说？"她既生气又心疼，可是她不是怪他，而是对自己的粗心大意感到深深的自责。她其实早该想到的，不是吗？他刚才的犹豫不决，那份如烈士般的大义凛然，明眼人都应该看出来了，自己怎么就那么自私，那么糊涂呢，只顾考虑自己的快乐。"那你为什么还要陪我来，你难道不知道这样很危险吗？"

"我没有想那么多，只知道你很想玩，我不想让你不开心。安妮，对不起，我是不是还是扫了你的兴？"尽管此刻胃里如翻江倒海般的难受，他所在乎的却依然是她的感受。

“何鹏，我们走吧，不玩了。”安妮低着头拽住他的胳膊急急地离开队伍。

“安妮，你生气了吗？对不起，对不起，我真没用，连个过山车都不敢坐……”他懊恼得急忙道歉，却越急越说不清楚话。

“何鹏，你不要说了，我不是因为没坐成过山车而难过，我只是在想，你为什么不事先告诉我呢？你认为看到你不舒服我会开心吗？”她努力克制住自己的情绪。

“我只想和你一起去做你喜欢的事。”他认真地看进她的眼睛，“其他的，我真的没有想那么多，对不起。”

这一刻，世界的喧嚣好像都消失了，时间在此时静止。安妮看着他的脸，心中纵有千言万语，现在也什么都说不出来了。两个人只是这样静静地面对面站着，在彼此的眼眸里看到惟一的存在。曾经天涯，瞬间咫尺；所谓沧海，不过一霎。

“嘭”的一声巨响，将两个人一下子拉回现实。安妮耳边立刻响起了无数纷繁嘈杂的声音。焰火在天空开出璀璨的花朵，周围的人们无不拍手欢呼。

“想不到这个公园居然还会放烟火啊。”安妮仰着头看天上依稀可见的五彩缤纷，脸上一阵阵地发烫。

“可能因为今天是周末吧。”何鹏也将视线移到空中，“对了，我们接下来去玩什么呢？这里不会只有过山车吧？”

安妮赧然一笑，“当然不是啦，我想去坐旋转木马，你要一块儿吗？”

“只要不是飞在天上的就行。”他也呵呵地笑了，“走，我陪你去坐。”

在清扬的音乐声中，旋转木马承载着他们两个慢慢地转过一圈又一圈，时而上升，时而下降。安妮懒懒地倚在木马上，闭着眼睛，体味那份难得的轻松快乐。王菲的《旋木》这样唱过：“旋转的木马，没有翅膀，但却能够带着你到处飞翔。”其实她更喜欢后面两句，只是太过悲伤，不适合常常拿出来怀念。

旋转木马对于安妮而言有着特殊的情谊，不单单只是一样游乐设施那般简单。和很多女孩一样，她也是读着美好的童话长大的。童话故事里有白马王子，往往会在公主遇到危险时挺身而出，然后故事的结局就是，从此王子和公主幸福地生活在一起。这样虚构的美好曾经也让她对未来充满幻想，在无数个夜晚里想象有一天，她的王子会骑着一匹高头白马来迎接她。可是现实证明，白马王子只能存在于童话中，因为谁都不是高贵的公主，因而没有资格去期待那个英俊潇洒所向披靡的王子。看多了别人的分分合合，她也早已将王子和公主的童话深埋心底，只剩一个小小的心愿，找一个温暖的人，过一辈子。只是每一次，当她坐在旋转木马的背上欢快地奔跑时，那些个感动过她的美好总会再次浮现，短暂的三分钟，她仿佛又置身于那段无忧无虑的明亮青春。

思绪凌乱纷飞之际，音乐声戛然而止。

何鹏率先下马，走到安妮面前伸出右手，“下来吧，我扶你。”

安妮微笑着握紧他的手从旋转木马上走下来。这一次，音乐停下来，没有人离场。

当晚坐火车从比斯特回来，莫默和欧阳静拎着大包小包到家的时候，碰上安妮刚好掏出钥匙在开门。

“哟，大恐龙啊！何鹏送的？”莫默朝她眨眨眼。

“哪儿呀，”安妮推开门，“他在投篮游戏里赢的。”

“赢了之后送你，也是送的嘛。”

“好你个小默默，跟谁学的这么嘴坏呀？”安妮佯装伸手要打她。

莫默偷笑着，从身后把门关上。

“你们今天逛得怎么样？”

“累死了，不过收获挺大的。”莫默边上楼边说，“今天我算是见识到中国人的购买力了，什么 Burberry 啊，Dior 啊，全是中国人，连老外服务员都会说中文！”

“这说明中国经济发达呀，国民生活水准高。”欧阳静说。

“说得也是。”莫默点头，“我现在能深切体会到那些明星动不动就坐个飞机跑到国外来购物的心情了，这里品种又全又新，而且比国内便宜不少。”

“崇洋媚外了？”安妮笑。

“没有啦，随便说说而已。”莫默和姐妹们道晚安，把东西拿进了屋。

外面再好都没有自个儿家好，更何况家里还有个他。莫默笑着将新斩获的衣服挂到衣橱里。

真的是累坏了，莫默一觉睡到天光大亮。瞅一眼床头柜上的闹钟，啊呀，已经十点十分啦。完了完了，她赶紧起床，约了林然十点视频的，已经晚点了。

周末的早晨还赖在暖烘烘的被窝里呢，林然就被一通电话给打醒了。

“喂。”他懒洋洋地说，抑制不住打了个大哈欠。

“然，是我。还在睡觉吧？”

一听她的声音，林然的睡意消了大半，“苏董您好，请问有什么事吗？”

“没事就不能找你了吗？”她好像在笑，“今儿周末，不谈公事。”

“那……”不谈公事，难不成要讲私事？林然纳闷了。

“上次不是说还可以做朋友吗，你若今晚有空的话，我想邀请你到我家来吃个便饭，地址你知道的。”

“不好意思啊，苏董，我晚上有事。”他没忘记今天和莫默有个越洋约会。

“约了人吗？那一起来好了，没关系的。”她依旧热情相邀。

“这个……”他考虑了下说，“我约了女朋友晚上视频，实在抽不出身。”

“视频也要吃饭吧，这样好了，我买点菜到你那去做，就这么说定了，你要再推三阻四的话可就是不把我当朋友咯。”她半是商量，半是威胁。

“好吧。”林然无奈。

苏丽珍到得很准时。林然把她请进屋，接过她手上的两大袋菜。

“想喝点什么？茶，咖啡？”林然在厨房里问她。

“茶，谢谢。”她环视了一圈这个不算太大的空间，“然，要不要我帮你找个更宽敞的屋子？”

“不麻烦，我一个人住足够了。”林然把泡好的绿茶递给她。

苏丽珍捧着茶杯在沙发上坐下，“然，你和你女朋友在一起多久了？”

“到下个月3号就满四年了。”袅袅白汽中，他依稀穿越回当初青涩的岁月。第一次见面，第一次表白，第一次拥抱，第一次亲吻，所有的第一次，都在时光的巨大洪流中，被精雕细琢成沉蕴水底的沙画，镶嵌在缀满珍珠的记忆的框架中，清晰一如从前。

“就没想过再喜欢另外的人？”她问。

他缓慢而坚定地摇了摇头，然而觉得在这里和她谈私人问题似乎有些不合时宜。他将手中的杯子搁在桌上，“苏董，我去厨房看看今晚可以做什么菜。”

“然，你真的相信这世上会有坚贞不渝的爱情吗？”她在他身后轻声问。

他停顿片刻，回头望向沙发上妆容精致的女人，“你若信，它便有。”

在水龙头下用温水“哗哗”地冲洗着青菜，林然不禁思索起苏丽珍方才问的那句话。天长地久，海枯石烂，那只是人们对于完美爱情一厢情愿的神往而已；大红玫瑰，钻石戒指，一生一世的承诺，往往说的比做的容易。电光火石的最初几年，激情褪去之后还剩什么呢？零碎繁琐的家长里短，偶尔不伤感情的小小争吵。可是，这才是生活最真实的模样，不是吗？从不说“我爱你”，却用实际行动珍惜你直到我们都白发苍苍。

莫默曾经问过他，林然，如果我以后老了长皱纹了怎么办。他轻抚她光洁的额头，笑着说，等到那个时候呀，我肯定也是个小老头了，你呢，就安安心心地做我的小老太太吧。

客厅的时钟准点敲击，他恍然，忙用毛巾把手擦干。

“苏董，您先坐会儿。”他边说边往书房走去，“我有点事。”

“去吧。”苏丽珍很宽容地笑了笑。

QQ上她的头像还是暗的，一丝失望浮上他的心头：她该不会忘了吧？

“笃笃笃”，上线提示，她来了。他释然，发出视频邀请。

“你是刚起吧？”看着屏幕上她略显蓬乱的头发，他猜道，“昨天睡得很晚吗?”

“被你发现了,”她朝他顽皮地吐了个舌头,转而变得很兴奋,“林然,你看,我昨天和欧阳去买的衣服,Ted Baker的,好看吗?”

她站起身在镜头前转了圈,一件白色七分袖,领口有一只线绣的宝石蓝色蝴蝶结。很雅致,很衬她的肤色。

“好看。”他赞许地说,“你挑衣服的眼光向来很不错,要不然我怎么能放心让你来当我的御用设计师呢?”

她的心情益发明亮,两颗小虎牙一跳一跳的,“你在干什么呢?”

“上网等你咯。”

“这么乖。”她“嘿嘿”直乐,“林然,好久没听你唱歌了,你哼首歌给我听吧。”

“哼什么呢?”

“随便。”

他略一深思,“思念是一种很玄的东西,如影随形,无声又无息出没在心底,转眼吞没我在寂寞里。我无力抗拒,特别是夜里,喔,想你到无法呼吸,恨不能立即朝你狂奔去,大声地告诉你……”

“咚咚”,身后传来敲门声,“我愿意”停留在他的舌尖。

“然,醋放在哪里,我没找到。”苏丽珍拧开门把手走了进来。

他心里一沉,“在右边第二个柜子里。”

待她离去之后,林然意料之中地看见莫默的脸色微变。

“她是谁啊,怎么会在家里做饭给你吃呀?”

“一个普通朋友,周末了大家一起吃个饭。”他解释道,“你可千万不要多想哦。”

“不是上次和你共进晚餐的那位吧?”言词间已有浓浓的醋意。

她记性未免也太好了吧,联想能力也一流。他暗忖。

见他不说话,她当他默认了,酸酸地和他开玩笑,“哟,小日子过得很惬意嘛。”

该如何向她说清楚呢?本不想让她想太多的事到头来却让她想更多,他很有些挫败感。依一惯的脾气,他保持了沉默。

“你快去厨房帮忙吧,她是客人,哪有让客人做饭的道理?”她笑得很勉强,“我也去刷牙洗脸了,有空再聊吧。”

屏幕上顿时没了她的画面。他像一尊大理石雕塑,静止在无边的空寂里。

第十章

气鼓鼓地拿着牙刷在嘴里捅来捅去，然后狠狠地往洗手池里吐出一口白沫，莫默抬起头盯着镜子里头发卷翘脸色苍白的自己，突然“哇”的一声就哭了。

枉她在国外对他整日朝思暮想，他倒好，和美女约会都约到家里去了。若不是今天亲眼看到，她真的不信林然会变成这样。以前，他可是什么事都和自己说的呀。

与这个她最不愿意看到的事实相比，她其实更讨厌他不高兴时什么都不说的态度。每次她都像个透明玻璃人一样和他吵架，把所有的难过委屈统统发泄出来，而他只会默不作声地等她说累了，吵够了，才不紧不慢地和她讲道理。

如果换作大学时候，她一定早就跑去敲他宿舍门了，一把眼泪一把鼻涕地扯着他的衣袖要听他说清楚。可而今，看不见，也摸不着，猜个心思还有时差，她小孩子似的吃醋在他眼里会不会只是个笑话？她这头难过，他那头好吃好喝快活着呢！

这么想着，她泪也不流了，弄点冷水洗了洗红肿的眼睛，回房拿手机给他拨电话。

依他对她的了解，林然想她此刻定在鼓鼓地生闷气，搞不好还哭得一塌糊涂。像是尝到了眼泪的咸味，他的筷子好久都没动一下。

“然，是我做的菜不合你的胃口吗?”看他没有食欲的样子，苏丽珍关切地问。

“不是。你做的挺好的。”林然冲她一笑。

“那就是和她吵架了?”她问，“因为我所以和她有误会了?”

“不关你的事。”他说，“是我自己的问题。”

苏丽珍放下了筷子，“我觉得你对她已经足够好了，她有什么地方不满意吗?”

林然也把碗置于桌上，语气不知不觉中硬了几分，“这是我的私事，苏董您未免也管得太宽了吧。”

她动了动嘴，没出声。

餐桌上的气氛一时变得有些怪异。

手机铃声适时响起，林然道句“不好意思”离身去了书房。

“林然，我想听你的解释。”莫默单刀直入，声音尚带着哭泣之后的痕迹。

简单地把思绪理了理，他告诉她，苏丽珍是他的一个客户，因为上个月的一个项目而认识。她看重他的能力，想挖他去她的公司，被他拒绝了，但是两个人由此成了朋友。

“就这样？”她似乎仍略有怀疑。

“就这样。”他说，缓缓地将心里话向她和盘托出，“默默，这几个月以来我听着你说你在伦敦的故事，你在那边的朋友，虽然我参与不到，但我常常觉得你好像从未离开过一样。也许你的眼界更开阔了，也许你待人处事的方式更成熟了，但是不管怎么样，我相信我认识的那个你，我喜欢的那个你，从来都没有消失过。我对你有信心。我不希望让这一年变成我们感情的一个断点，答应过你的事我都没有忘，所以请你也相信我，好吗？”

电话那头传来一阵轻轻的抽泣声。

“亲爱的，咱不哭，哭花了脸就不漂亮了哦。”他哄着她，“要开开心心的，马上就可以回来了呢。我们，很快就能见面了。”

“嗯。”她说，转瞬破涕为笑。

重回餐桌，他的脸上已愁云尽扫。

“和好了？”苏丽珍含笑问。

林然朝她露出好看的笑容。

“这样，不累吗？”经过刚才的冷场，她问得小心翼翼了许多，“我是说，这样的误会，再解释。”

他摇摇头，眼里像是起了大雾，焦点落在远方一个未知的地方，“她在乎我才会这样的，倘若哪一天她不哭不吵了，我反倒会害怕的。”

这是真话。倘若有一天她站在面前，安静地不说话，不撒娇，也不闹脾气，他知道他一定会心痛得哭的。因为她想说的一定只能是这句，林然，我们就这样，算了吧。

“坐在公交车的二层，听着音乐，看着窗外有点阴的天，和熙熙攘攘的人群。忽然觉得这一切就像是一场路过的梦，而我只不过是一个无意间闯进别人梦里的过客罢了，在狂欢之后独自品尝一个人的落寞。

今天默默看着我很认真地说，安妮，我们来伦敦已经整整四个月了。那一刻，我的心猛地一震。四个月，我们却像认识了很久很久，大家早已融洽得成了一家人。这一路，我们一起疯过，闹过，笑过，也哭过。我从不敢想象，未来如果没有你们的日子，我将如何将这样的快乐完整地续写下去。”

写到这里，安妮停了下来，盯着屏幕上的白底黑字出神。一股怀旧的情绪从四面八方袭来，将她层层包裹。有人说回忆是一生最初的苍老，那她应该可以算是历经沧桑了吧。她也奇怪最近自己怎么变得多愁善感起来。也许是因为莫默和欧阳半个月之后就要回国过圣诞了，她这样宽慰自己。习惯了分别，习惯了再见，却还是不能习惯面对离别时努力装作不在乎。虽然只有两周的时间，她却依然觉得好舍不得。

“咚咚咚。”房门轻扣，将她拉离情绪的黑洞。

“请进。”安妮把日记窗口点了最小化，回头看见莫默探进门的小脑袋。

“安妮，下周六晚上学联有个联欢会，我、欧阳和乐姗都想去，你也一起来吧。”莫默看上去很期待的样子。

她从书架中抽出记事本，翻到那一天的日程安排——12 月 5 日，Q 大伦敦同学会。合上本子她不无遗憾地说：“我恐怕不能和你们一起去了，我们本科学校在伦敦有个同学会，刚好也是在下周六。”

“这么不巧啊，”莫默也超级可惜，“不过你放心，我多拍点陆昊的窘照，回来给你观赏。”

“好啊，多拍一些照片，我等着欣赏你的大作。”

“是，谨遵安妮姑娘的指示。”两个女孩相视而笑，理解和默契尽在不言中。

传闻 K 大的中国学生在整个英国都算是比较少的了，然而这次学联组织活动，本科加上研究生，陆陆续续地倒也来了六七十人，将预订的几张大圆桌坐了个济济一堂。

莫默她们三个人到得比较晚，在大厅的角落里挑了三个不起眼的位子坐下。乐姗好奇地左右察看，发现陆昊正忙着和同桌的美眉们谈笑风生，压根儿没有看见她们的意思。

“第一步计划成功实施。”乐姗偏过头悄悄对莫默说。

“很好。”莫默瞟了一眼陆昊的方向，满意地说，转而对着欧阳静的耳朵小声讲，“欧阳，你说陆昊知道安妮今天不来吗？”

“应该不知道吧，我们都没提过今天要来的事，不是吗？”欧阳静看着她说。莫默“嗯”了一声，趁着空闲把饭店大厅扫视了一圈：小波和一堆不认识的男生坐在一桌，淞圻陪着杨馨坐在一群没见过的女生中间。来的似乎以本科生居多，面熟的研究生寥寥无几。

“你们猜待会儿我们突然出现在他面前，他会有什么反应啊，会不会大吃一惊，然后把话筒给丢了？”乐姗转着眼珠天马行空地揣测。

“不至于吧，他好歹也是堂堂 K 大的群主，心理承受能力哪能这么弱？”莫默笑着说，“只是我真的很想看看当他意识到安妮没有来的时候，脸上会是什么表情。”

“这还不容易，我们马上就可以知道。”欧阳静颇为探究的眼神落在那个身着银灰色休闲西服的背影上。

席间觥筹交错，一副盛世太平之象。偶尔某桌上有个人说笑话的声音大了点，就立即引来其余几桌的笑声无数。因为在场的很多人都是第一次见，莫默她们和周围的同学寒暄了几句之后，便埋首于三个人的小世界，聊得不亦乐乎。酒足饭饱之后，在大家的起哄声中，陆昊和一个小姑娘并肩走上台，宣布学联联欢会正式开始。

“这就是小冉啊，老听群里的人说是个小美女，其实也一般嘛。好浓的妆，不是我喜欢的类型。”乐姗摇着头，心里怀疑群里的男生都是些啥眼光。

“确实没想象的好看。”莫默表示赞同，“和我们家安妮简直不是一个数量级的。欧阳，你觉得呢?”

“五官看着还行，就是妆过于成熟了一点儿。”欧阳静仔细地打量了一下后评价说。

暖场环节，观众们都嚷着让陆昊和小冉共同献歌一曲。拗不过几十号人的闹腾，陆昊显得有些尴尬和无奈地说：“既然盛情难却，那我们就合作唱一首《屋顶》好了。”说罢他转过头问：“小冉，你有问题吗?”

“没问题!”小姑娘脸上露出超级兴奋的笑容。底下好事者无不欢欣鼓舞，有吹口哨的，有拍手鼓掌的。一时间大厅里人声鼎沸，房顶都快要被掀翻了。

音乐声潺潺流淌，两人的配合还算到位，互动对视不下数次。唱到高潮处，陆昊甚至牵起了小冉的手走到台前，再次惹来一阵尖叫声。

“不就是牵了一下手嘛，你看把她给乐的，下巴都快掉下来了。”乐姗略带不屑地说，“她不会真对陆昊有意思吧?”

“那可真说不准。”莫默也不太喜欢小冉对陆昊过分外露的好感。

“陆昊不会也看上她了吧?”乐姗对自己的这一假设皱起了眉头。

“那也不好说。”莫默侧着头观察台上，试图看出些两人互生情愫的蛛丝马迹。陆昊乍一看唱得很投入，可是眼神却始终没有落在某一焦点上，飘移不定，好像在寻找着什么。小冉也没有全心全意地唱歌，站在他身边跳来跳去像只小松鼠，好几个拍子都没抓准。

“注意了，我们是时候该献上‘惊喜’咯。”歌曲渐近尾声，欧阳静轻声提醒这两个努力捕捉八卦的类“狗仔”。

经她一提，莫默和乐姗才想起还有正事要办。她们赶紧从包里拿出准备好的横幅和鲜花。

音乐停止，掌声雷动。陆昊对着台下频频点头道谢，直到他看见莫默她们三个坐在下面冲他狡黠地笑，小眼睛顿时聚焦，发光。说时迟那时快，趁着陆昊愣在台上的几秒钟时间，莫默和乐姗高举横幅站了起来，大声念出商量好的台词："陆昊最棒，我们爱你。"众人哗然。此波未平，大家的目光很快又被另一个身影吸引。只见欧阳静手捧一大束洁白的百合落落大方地走上台，来到陆昊身边，"这是我代表布莱恩四个女生送给你的，加油，好好表现哦。"没有想到她们会来，更没想过她们会有如此大胆和贴心的举动，陆昊不敢相信地接过花，呆在原地，惊讶地半张着嘴。

其他人不明白他们的关系，误以为又上演了一场劲爆的戏码，闹得更凶了。

"陆昊，美女表白呀，你不要说点什么吗？"

"傻站着干吗，赶快抱一个呀！"

"抱一个，抱一个……"不知道谁出了这个馊主意，立马一呼百应，喧闹声不绝于耳。

在无比混乱中，陆昊反而清醒了过来。他作了个手势示意大家安静。起哄的声音慢慢低了下去。

"今天我很开心，不仅是因为承蒙大家热情相邀，我有幸主持这次活动，更重要的是，我要谢谢布莱恩的伙伴们，从我来到伦敦的第一天起，他们就一直陪着我。谢谢小波和淞圻一如既往地支持，谢谢莫默、乐姗、欧阳，和……"说到这里他突然停住了，转头用询问的眼神看着欧阳静。她轻轻地摇了摇头。他眼里的光芒瞬间黯淡下去。片刻之后，他定了定神面朝大家，"总之很感谢布莱恩小分队就对了。当然，现在在座的各位也是我的大恩人，如果没有你们光临，我今天就是一实实在在的大悲剧。"

"哈哈哈……"底下的人立刻笑倒一片，掌声又起。

"所以，大家接下来都一定要玩得尽兴哦，尽情吃，尽情喝，要把咱从腰包里掏出来的钱花够本儿。"结束玩笑，他转过身对被冷落在一边的小冉说："你先主持着，我离开一会儿。"说完他就拉着欧阳静走到莫默她们那桌。

"我真的真的没想到你们会来，还是以这种形式。"面对她们，陆昊整个人即刻放松下来，"幸好我刚才的表演还不算太丢人，要不然肯定要被你们笑死了。"

"经过我们三个专业评委鉴定，你唱得不错，顺利过关。"乐姗佯装严肃地说。

"多谢乐大师莅临指导。"陆昊眨着小眼睛回敬了她一句，"对了，安妮怎么没和你们一起来？"他问得有些刻意的漫不经心。

"她今天有一个本科的同学会，所以来不了。"莫默笑着揶揄他，"咋了，没看到她很失望吗？"

"失望？怎么可能？哥只是觉得你们四人帮少了一个，怪不像样的。"

"我们少了一个还有三个呢，不像你，形单影只。"欧阳静也没放过戏谑他的机会。

“开什么国际玩笑，哥怎么会是一个人？看看台上那位美眉，不要太热情哦。”陆昊看似有点得意地回头往台上瞄了一眼，正好碰到小冉往他这边看。发现他也在看她，她高兴地冲他直挥手。他礼貌性地回应了一下。

“哎，陆昊，我觉得小冉很喜欢你呀。”乐姗说。

“哥这么一表人才风流倜傥，招小姑娘喜欢也没什么不正常的吧。”

依旧是那个自恋过头的陆昊，真是死性不改，莫默心想，“我看小冉配你也算过得去，你要不要尝试交往下？”

“这个，还是算了，哥习惯了自由，还不想这么早被束缚。”他扶了扶眼镜说，“我要回去继续主持了，你们好好玩哦。”

看着他转身离开的背影，说不上具体是什么感觉，莫默隐约只觉得他刚刚说的并不是他的真心话。

几乎同一时间，不同地点，安妮也成为了大伙调侃的目标。

“啊，安妮，想死我了！”四年大学室友兼闺蜜晓萌一见到她就甩开男朋友的手，冲过来给了她一个大大的拥抱，抱着她左看右看，“呵呵”地直乐。

“巴黎的浪漫气质怎么就没有改造你呀，都快嫁人的姑娘了，还这么没规没矩的。”话虽这么说，可是安妮最喜欢的就是晓萌这份由内而外自然散发的潇洒。大学时候，她们俩一个温柔恬静，一个开朗奔放，走在校园里总能引来超高的回头率。

“我说安妮，你真是越来越有女人味了呀，追求者肯定两只手都数不过来了吧！”汪凯双手插在裤袋里，嘴角带着一抹坏坏的笑，亦正亦邪，仍是她记忆中那个有点不羁的公子哥模样。他和晓萌是系里有名的班对，曾有美女配野兽的戏称。毕业后两个人一起去了巴黎，当时不知羡煞多少旁人。

“少来啦，这张嘴还是那么油，你们家晓萌到底是怎么管你的。”再见昔日同窗，安妮不知不觉间重现了当年青春少女的调皮样。

“汪凯就是嘴贱，四年同学你又不是不知道，不过他还真是难得说了句人话。安妮，我看你也是越长越水灵了呢！”晓萌忽闪忽闪眨着大眼睛说。

“我看你就是被他带坏了。”安妮笑着拉她坐下，“汪凯，你说吧，怎么把我们家清纯可人的晓萌赔给我？”

“我赔你个帅哥行不行？”汪凯拉出椅子坐在女朋友身边。

“行啊行啊，只要你找得到。”她下巴轻扬。

“认真的，安妮，你在这边就没想过找个男朋友吗？”晓萌握着她的手问。

“伦敦资源太有限了，而且质量又不高。”安妮故意装出一副愁眉苦脸的样子。

“我听晓萌说何鹏也在K大，而且你们俩关系不错呀，有没有发展的机会?”汪凯和何鹏在大学时都是校学生会的干部，虽然不在一个部门。

“晓萌，这你也说。”安妮有点责怪地看了她一眼，她满不在乎地摊摊手，好像在说这也不是什么大不了的事。“我和他就是很好的朋友，没你想的那回事。”

“唉，好吧，想要让秦大美女动心还真的是一件很有挑战性的事。”他端起桌上的茶杯呷了一口茶，朝饭店门口无意瞥了眼，“这人啊，是不能念叨的，说着就来了。何鹏，这边!”

何鹏循声看到了安妮他们那桌，微笑着点点头朝他们走了过去，刚好安妮左边还有个空座。他把书包放在脚边，依次和同桌的人打了个招呼。一桌十个人，他倒也能认得一半以上。

“何大帅哥，你来得可真及时，我们正在讨论你呢。”待他坐下，晓萌挽着安妮，鬼灵精怪地说。

“我有什么好讨论的?”他一脸的迷惑。

“你当然没有什么好讨论的，可是如果……”晓萌偷瞄了眼安妮，发现她正瞪着自己。晓萌忍住笑说：“如果你和某人闹绯闻的话，我们可就得关心关心了。”

“绯闻?我自己怎么不知道?”何鹏被她说得丈二和尚摸不着头脑。

“你说你作为一名有为青年，年纪也不小了，该找个女朋友了吧。现在有喜欢的女生没?”汪凯居心叵测地看着他问。

“这个……”毫无预备，何鹏被问了个面红耳赤。

他一时没回答。不知为何，安妮心里竟然开始有小小的不安。她假装生气地瞪了眼晓萌，“都怪你，引出个这么不靠谱的话题，看，冷场了吧，晓萌你要负全责。”

“全责就全责，”晓萌拿出了天真无邪颠倒众生的招牌笑容，“大家肯定都饿了，赶紧吃，今儿我请客，汪凯买单。”

大家热热闹闹地开吃。晓萌拍拍安妮的手，一切尽在不言中。

“外冷内热”是她送给安妮最初的评价，也是这句话让她们成为了无话不谈的好朋友。四年来，作为她身边最亲近的姐妹，晓萌了解安妮心底最敏感最脆弱的那一部分。她至今没有开始一场恋爱，不是因为缺乏追求者，而是因为她一直在期待着那个愿意全心全意保护她呵护她的人。她所有的骄傲、矜持，只为有朝一日能遇到这样一个人，然后为他温柔一生。这世界上六十亿人，每分每秒都有无数人在错过，还有一些人，因为受过伤，或者心太急，稀里糊涂地牵起了另一个人的手，将就着过一辈子。可是安妮不肯，也不会将就。晓萌理解她这份执著，却心疼她的守候。

如花美眷，就算敌不过似水流年，也应狭路相逢一段刻骨铭心的倾城爱恋。

如斯，才不枉须臾此生。

回国前三天的晚上，莫默一边哼着小曲，一边悠然自得地收拾着行李。衣服不用多带，家里肯定不缺。要不要带书呢？她拿起几本厚厚的教材反复掂量。这么重，而且回家玩都来不及，估计没时间看。可是不带又不安心。算了，就带一本权当心理安慰好了。

这次回去一定会约不少同学出来见面，她买了好多钥匙扣、冰箱贴之类的小纪念品打算送给他们。给长辈的礼物，除了妈妈钦点的化妆品，她着实死了一些脑细胞。想来想去，还是带好吃的最实在。英国的甜点举世闻名，她昨天和欧阳静去超市大采购，两个人各塞满了一辆购物车。此刻，她正盯着占据了半壁箱子的巧克力和饼干发愁，横竖都放不平，不是这边鼓起一块，就是那边凸出一处。她鼓着腮帮子赖在地毯上，眼睛里冒着小火，恨不得自己把它们全都消灭得了。

就在她将魔爪伸向那盒费列罗的时候，搁在床头柜上的手机响了。

“算你们走运。”莫默朝金灿灿的巧克力抛去一个幽怨的眼神，极不情愿地站起来去拿电话。

“喂，天骐啊，你下班了？”几近年末，公司事务繁多，他加班也日益频繁。过去一周，他都会在差不多走出办公楼的时候给她打电话。

“刚刚结束了一个会议，饿得头昏眼花。”

“赶紧去吃饭，工作重要，身体也不能累垮。”她坐回到张着大口的箱子前面。

“我知道了，小朋友。”他的声音透出一丝疲惫，“你在干什么呢？”

“整理东西咯，本来想着没什么可带的，理来理去就理出一大堆，真是奇怪了。”她随手翻着叠好的衣服。最初她不喜欢被他叫“小朋友”，总觉得自己长不大似的，不过现在习惯了，反正他年长几岁，听着也不至于太别扭。

“别的落了不要紧，记得到时把护照之类的证件带齐就行。”

“知道了。”

“明天晚上有空吗，出来一起吃个饭吧，当是为你饯行。”

莫默往日历上瞅了一眼，“你真会约时间，明天可以，后天就不行了。”

“是吗？后天佳人有约？”他说话的音调微微上升。

“哪有，是我们布莱恩的人自己要聚一下，元旦前就聚不到了。”她不无惋惜地说。

“你的日程排得还真满。”他似乎笑了一下，“那就去你最喜欢的那家法国餐厅吧，点你最爱吃的香草牛排。”

“好呀。”说好明天再联系，摁下“结束通话”键，莫默感觉之前的郁闷心情消散了不少，眼前成堆的零食好像也没那么刺眼了。

再一次来到这家熟悉的餐厅，莫默十分自然地等他为自己拉出椅子。帅气的侍者为他们铺好白色餐巾，转而递上两本做工考究的菜单。

法国菜上得比较慢，像这道香草牛排，前几次都等了至少半个小时。好在莫默已经见怪不怪，随性地和天骐聊聊她的学习，或者他工作中遇到的人和事。不说话的时候，她喜欢托着下巴专注地望着大落地窗外面走过的三三两两的人们。有时看到贵妇人牵着一只哈士奇或萨摩耶，她便会惊喜地叫他一起看。莫默对宠物的喜爱之情溢于言表，而天骐常常只是淡淡地看着她笑。

一顿饭吃得倒也稀松寻常，两个人时不时地聊一些日常琐事。长长的钟摆迎合着悠扬的钢琴声，时针轻巧地在钟面上跑过了两个圆圈，与落在罗马数字“12”的分针形成一个完美的直角。

“这次回去有什么计划吗？”李天骐呷了一口咖啡。精致的白色小陶瓷杯在灯光的晕染下反射出朦朦胧胧的橘黄色。

“先要痛痛快快地睡上两天，倒时差。”想起几个月前刚到伦敦那会儿被时差折腾的经历，莫默依然心有余悸。

“然后呢？”

“要约同学出来吃饭，要去亲戚家串门，如果有时间的话再看点书，放假回来就要考试的。”国外的考试都安排在假期之后，注定莫默这个圣诞节过不安生了。

“你回去不是为了陪男朋友吗？”

“他要上班的，不可能天天陪我。”咖啡有点苦，莫默撕开一包糖倒了进去，用勺子轻轻地搅了搅。对面的李天骐“哦”了一声，也没再说话。一时间气氛变得有些冷清。

“你呢，圣诞准备去哪里玩呢？”莫默不喜欢这种怪怪的不出声的感觉。

“和朋友约好去趟瑞士吧，也就三四天左右。”他低着头回答。

“这样啊。那玩得开心哦，别忘了给我寄明信片。”莫默笑着说。

“不会忘的。”两个人又沉默了一会儿。

“叮咚”，手机提示莫默有新邮件。

“桌面上是你男朋友吗？”李天骐出其不意地问。

“啊？”莫默看看他，又低头看看手机，“是呀，他叫林然。我们是大学同学。”

“能借我看一下吗？”

莫默把手机递给他。

“长得不错，和你一起很般配。”

“谢谢。”她红了脸，略显娇羞。

“你回国玩得太开心不会就把这里的朋友给忘记了吧?”李天骐把手机还她，半开玩笑半认真地说。

“怎么会呢？再说两星期，我很快就回来了。”莫默接过手机，把它搁在桌上。

“那，你会想我吗?”

莫默蓦地抬起头，不明白他为什么突然这样问。他微微侧着头，眼里有一抹深不可测的笑意。不想造成任何误会，莫默决定自动忽略这个问题。她从包里拿出准备好的礼物，双手递给他。

“这是送你的礼物，圣诞快乐。”

“谢谢。”他接过，放在一边。

“不看一下吗?”她问。

“我回去再看。”他端起杯子，喝完最后一口咖啡，“不早了，我送你回去吧。”

买完单他对莫默说想去下洗手间，钱包却落在了桌子上忘了收起。想起上次在他钱夹里瞄到的那张照片，莫默决心一探究竟。她翻开看，里面却只是一张他抱着一只拉布拉多犬的照片。原来他的朋友就是这只可爱的狗狗呀。莫默哑然失笑，还以为是与哪位美女的合影呢。

依旧是那辆黑色的“宝马”，莫默却隐隐地觉得有什么地方不对劲。李天骐不是一个话多的人，可是今天格外沉默。还有，他刚才那个问题真的问得好莫名。莫默偷偷地瞅了他一眼，他正在专注地开车。不巧遇到一个红灯，他的眉头不自觉地皱了一下。

车子开到楼下，他停好车，熄了火。莫默奇怪他这一举动，不过也没太在意。

“天骐，谢谢你为我饯行，我们元旦之后再见哦。”说着她就打开车门走了出来。

“默默，等一下。”李天骐叫住她，紧接着也走下车，从车后座里拿出一只大袋子递给她，“这个送给你。”

借着灯光，莫默惊讶地发现袋子上赫然印着大大的GUCCI标志。她本能地摇头婉拒，“天骐，我不能收，这个……这个太贵重了。”

好像早就预料到她会有如此反应，李天骐二话不说就把袋子塞到她手里，“你不也送了我礼物吗？你如果真当我是朋友，就收下它。”

“天骐……”莫默试图把袋子再塞回给他，他却已转身走回车里。

“回国快乐。”李天骐朝她淡淡一笑，摇上车窗，驾车而去。莫默盯着车子离开的方向，愣了两分钟，才慢慢地走进家里。

从袋子里抽出卡片，“亲爱的”，李天骐不禁笑出声来，正想着莫姓小姑娘什么时候变得这么开放，看着看着才知道她一定是错把给男朋友的卡片放到了自己这儿。

她一定很爱他吧，他嫉妒地想，是谁如此幸运，能够拥有这样一颗如水晶般透明的心。

可是，多么情深意重的一番话，读来却似曾相识。

IWALY。I will always love you。我永远爱你。最后一句话，最后一道心理防线，他的泪水，终于冲破所有自尊、思念和满腔的恨，狼狈地决堤。年少时作下的承诺，只是用来给自己打破。“永远”，是留给幸福的人才敢打的妄语，那些不幸的人，早就不相信还有什么永远。

不问对错，他要留下这张卡片。

“默默，你好福气啊，还有帅哥送你名牌包，赶快拿出来让我们看看!”章淞圻侧躺在地毯上，大声地嚷嚷。

莫默把包拎到安妮的屋子里。小波和陆昊坐在一旁发出“啧啧”的声音，惹来莫默一顿粉拳相向。

“你啊就算了吧，默默这次回家说不定就领个证回来了，省得你们在这瞎说。”欧阳静笑着说。

“什么证，什么证?”乐姗非常好奇地问。

“还能有什么证，当然是小红本咯。”安妮搂着乐姗，冲莫默笑。

“哎哟，怎么连你们也拿我开起玩笑来了，看我如何收拾你们。”莫默弯着腰挨个搔她们的胳肢窝，屋里顿时“哈哧哈哧”笑成一片。

玩累了，大家就靠在一起听音乐。电脑里随机播放着或轻快或忧伤的曲子。那些令人心疼的歌词，浅吟低唱，飘过明媚而略带伤痛的青春，一去不回。有些话不说，不代表不难过；有些人不提起，不代表已忘记。每个人心里，都住着一个天使，安安静静地替我们守护着所有不可轻易诉于他人知的秘密。

“咦，这是什么玩意儿?”乐姗从床脚掩出一只大恐龙玩偶。

“哦，这是我上次和何鹏去游乐园玩的时候投篮赢来的。”自从把它带回家后，安妮怕它沾上灰，就给它盖了一块大毛巾，也难怪他们之前没看到。

“定情物吗?”章淞圻的嘴又不老实了。

“不是不是。”安妮立即否认。可是房间的气氛瞬间变得有些诡异。她瞄了一眼陆昊，他正盯着那只大恐龙，嘴抿得紧紧的。莫默、欧阳静和乐姗三个人看了看安妮，又看了看陆昊。

“哎，默默，都11点30了，你东西收拾好了吗?”他们的表现都被小波静静地看在眼里，他试图打破这个僵局。

“还差最后一点，我现在去弄，你们继续玩。”莫默从地上站起身。

“我去帮你。”乐姗也站了起来。

“你东西多不多呀，我们都去帮你吧。”欧阳静给了吴小波一个眼色。他立刻明白，拉着章淞圻一起走进莫默的房里。

还没来得及弄明白怎么回事，安妮发现房间里只剩下了自己和陆昊两个人。她很有一种冲动也离开这里，可是怎么说陆昊也是客人，把他一个人留在这里不好，而且欧阳他们那样集体离开，无非也是想给他们俩一个单独说话的机会。想到这里，她反而坐得更从容了。

“安妮……”确认他们听不到这边的声音了，陆昊开了口。

“嗯?”安妮疑惑地看着他。

“你……你如果和何鹏在一起了，一定要记得告诉我一声。”他的表情有一种陌生的认真。

“我没有……”

“我知道，我是说如果。”

“哦。”她低下头，心里起起落落的一片。明明说好要放下的，可是为什么一见他，就又会产生异样的感觉呢？陆昊，你真的是因为关心我才想知道的吗？又或者，你有别的原因？除了想确定我是不是和别人在一起，你难道没有别的什么话要和我说吗？她望进他的眼睛，轻轻地问他：“可是，陆昊，这个问题对你来说重要吗?”

他大概没料到她会这样问，失神愣了片刻，转而微笑着说：“作为朋友，我只是想确定你是不是真的幸福。安妮，我希望你过得好。”

明明知道他对自己没有意思，可是为什么听到他这样说，心里还是会有触动？不能让这种情绪继续下去，安妮慌忙控制住自己愈演愈烈的感情，“有默默、欧阳和乐姗陪在我身边，有你们这么好的朋友，我过得很开心，真的，你不用担心。”

“那就好。”他微微一笑说，“我们也过去看看能不能帮得上忙吧。”

拉开房门的那一刻，她忽然有一种预感，这或许是他们之间最后一次单独相处了。可是，也许这样就是最好的结局了吧。虽然不能牵手，总好过从未相遇。

时隔四个半月再次坐在不算太宽敞的机舱里，莫默的心情激动难抑。

林然。林然。

莫默情不自禁地低声唤出那个日日埋在心中的名字。她先往家拨了个电话，然后按下那一串早已烂熟于心的号码。

“林然，我在飞机上了。”

“东西多吗？要不要我去接你?”他说话的声音很轻。

“不用了，我爸会开车来接我，你就安安心心地等我回去吧。”莫默觉得自己就像只快乐的小鸟。

“那你自己多注意。我在开会，不多说了。拜拜。”

听筒里立刻传来一阵“嘟嘟”的忙音。莫默的好心情一下子被浇了半桶凉水。

“拜拜。”她对着没有人答应的手机轻声说。

是不是曾有人说过，希望越大失望就越大？如果不爱那么多，只爱一点点，对他在乎少一点点，是不是也就不会如此患得患失了。如果爱情是场看不见的拔河比赛，那要使多大的力气才能保持两个人之间微妙的平衡？如果爱情也分输赢，那谁能预言赌上一生的幸福最后不会落得满盘皆输？

第十一章

12 月 17 日，也就是莫默回国之后的第二天，欧阳静也坐飞机回北京了，家里瞬间变得冷冷清清。安妮一个人待着无聊，隔三岔五去乐姗他们宿舍蹭个饭，在活动室打会儿乒乓球，不过更多时候她会背着双肩包去图书馆自习，准备大半个月之后的考试，而乐姗则嫌跑去图书馆太麻烦，喜欢赖在宿舍看书。

埋首于书本中看得两眼发酸，安妮伸伸胳膊站了起来，走出安静的自习室，来到户外呼吸一下新鲜空气，顺便给脑子放会儿小假。

及至漫步到学校的教堂外边，一阵悠扬平和的乐声传来，安妮停下了脚步。她走近一看，原来是唱诗班的同学们在表演歌唱。

来伦敦以前从没好好地听过完整的赞美诗，今日初闻，安妮只觉得安详动人，好像心中的混沌躁乱都在如清泉般流淌的歌声中被荡涤干净。她不禁听得入了神。

这边安妮如痴如醉心向往之，另一侧的大门口一人倚门而立闭目倾听。

一曲终了，她方才如梦初醒。想起还有一大堆资料要复习，她赶紧从门里退了出来。

“安妮？你怎么在这里？”

她抬头，陆昊正笑着站在面前。

“我刚听完他们唱诗，你呢？”在这里碰到他，她也好生奇怪。

“我也是。”陆昊貌似还回味着刚才的优美旋律，“此曲只应天上有，人间能得几回闻。”

“那你现在准备去哪儿呢？”她问。

“我借了书回家看。”他答，指了指背上的包，“你嘞？”

“我回图书馆。”她浅笑。

正说着话，教堂里走出一个唱诗班的同学，捧着一个募捐箱来到他们身旁，“嗨，你们能捐款给那些需要帮助的人吗？”

两个人立即掏出钱包，往箱子里各扔了五镑纸币。乐善好施，这在国内国外都是一样要做的事。

为表谢意，同学送给他们每人一张圣诞贺卡，并善解人意地祝他们考试顺利。

安妮微笑着接过卡片，和陆昊告别之后就转身离开。

“等等。”他从背后叫住她。

她回身，见他大步跑上来，好像有什么急事似的。

“这个送你。”陆昊把贺卡塞到她手里。

“可我还没写好呢……”她有些吃惊，又有些犹豫。

“没事儿，等你什么时候写好了再给我吧。”他挥挥手，“加油复习，拜拜。”

翻开手中纯白的卡片，安妮看着就笑了。这和她曾在许愿池前的愿望如出一辙。

“Wish you happiness forever.”

永远快乐。永远幸福。

看得懂的字，读不透的心。薄薄的一张贺卡，情意两不知。

来到约好的电影院门口，隔着十米的距离，莫默望着那个穿灰呢大衣的身影，突然间停下了脚步，眼睛微微发酸，原先一直扑嗵扑嗵欢腾的小心脏这会儿也柔顺地平和了许多。五个月远隔万里的思念变成触手可及的温柔，她忽然觉得有点儿眩晕般的恍惚，喧嚣的世界顿时在耳边安静下来，一种与以往四年任何时刻都不一样的感觉像涨潮时的海水一波一波漾上心头。林然，他变成熟了呢。

比大学时更坚毅的脸庞轮廓，下巴上薄薄的一层胡茬儿，好像还拔节了。他的身上，稚嫩的学生气似乎已蜕尽。他像个真正的男人了，一个可以值得她信任和依赖的勇士。社会，也许确是比学校更锻炼人吧。

她想起以前下雨的时候她忘了带伞，看着他从路的那一头匆匆跑来，那一刻，她爱上了他为她担心的模样。

时光是那么短，却又是那么长，它从容地划过我们不知天高地厚的皮肤，穿过布满青苔岁月的围墙，渐行渐远。纵使只是静静地记得，远远地凝望，我都不会忘记，当我因为很多小事流很多很多眼泪的时候，你都紧紧地握着我的手，告诉我，别怕，有我在。林然，你知道吗，此生因为你，我才在这里。

正朦朦胧胧地想着，她看见林然的目光也穿透人群落到了自己脸上，就像是清晨的窗帘一下子被拉开，她的心里刹那间阳光万丈。

面对面站着，谁都没说话，然后，就一起笑了。

一个拥抱，道尽万千相思苦。

红色塑胶跑道的运动场，天边呼啦呼啦成群结队盘旋着的飞鸟，背着书包的男孩儿女孩儿，遮也遮不住的青春笑颜，一切，乍看之下都好像没有变过呢。

但莫默知道，有些事情已经无声无息地发生了变化，像是灼灼夏日午后被蒸腾了的雨水一样，一点一滴地消失，最后看不出曾存在过的痕迹。比如说，他走路的步子变得更稳健了，比如说，他的电话业务更繁忙了，再比如说，他说话的语气多了职场上的冷静克制。而这一切，是她所不熟悉的。为他呈几何级数的成长感到欣喜的同时，她也感到有稍许难以言说的失落：他身体里的某些细胞，在她看不见的地方，发生了质的飞跃。

但是，重返母校，回到和他相识相恋了四年的地方，莫默依旧显得很兴奋，小脸红扑扑的，走路也像那时一蹦一跳的。

“慢点儿走，小心别摔了。”林然暖暖地笑着。

她折身，跑回来挽住他的手，“亲爱的，走过那么多地方，我还是对这里最有感情呢。”

“那是啊，”他眯着眼睛笑，“毕竟，我们在这里生活了四年。”

“从最年轻的小朋友变成本科生中最老的学长学姐，”她接着他的话说，“一眨眼就毕业了，时间可真快啊。”

“可不是吗？走出校园，我才发现我要学的东西真的还有好多好多。”

“那我呢？”她晃着他的胳膊，“我在你心里有多重啊，这么高，还是这么高？”她一只手在心口比划着位置。

他搂过她的腰，“我不能说你比我的生命还重要，你只是和我的生命一样重要。”

她微抿嘴，转了转眼珠，转而笑着往他胸口轻轻地打去，“好你个林然，竟敢盗用我最爱的沈浪的台词，我就说这话怎么听着这么耳熟。”

他哈哈大笑，牵起她的手走向空旷的运动场。

“你现在还能长跑吗？”莫默歪着头问。

“大概不行了吧，不过四百米应该还是没有问题的。”说完他脱下大衣交给她，兀自绕着操场跑起来。

“加油！加油！”她用双手在嘴边围成一个小喇叭，像当年一样为他喝彩助威，不管已有围观同学投来的好奇的眼光。

一圈下来，他累得气喘吁吁，“老了老了，跑不动了。”

“这话让你爸妈听见，肯定得气坏了。”她用纸巾帮他擦去额头上一层细密的汗珠，“林然，你还记得大二校运动会，你跑完三千米之后对我说了一句什么话吗？”

“我那时都虚脱了吧，还能说话啊。”他接过她手里的衣服穿上。

“你说，当你跑得撑不下去的时候，脑子里只回响着一个声音……”

“默默在终点等我。”他温柔地打断她，张开双臂拥她入怀，“逗你呢，这么荡气回肠的一句话，我如何能忘？”

他的眼睛，在和煦的冬日阳光下泛着柔和的光芒，足以驱散所有她心里蠢蠢欲动的阴霾。

这天同往常并没有任何不同，只是安妮比平时起晚了一些，来到自习室的时候，好学的人们密密麻麻地几乎已经坐满了整个图书馆。她从一楼走到三楼，好不容易逮到一个空位。她赶紧走过去，把书包放在座位上，才算定下心来。原来国外的学生和国内的也没差太多，考试前临时抱佛脚的同样大有人在。她无意地往旁边的位子上瞥了一眼，桌面上摊了三四本厚厚的书，不过椅子空空地歪在一边。

“安妮?”一个熟悉的声音在耳边轻唤。

她抬起头，一阵惊喜，“何鹏，这么巧，又在图书馆遇到你。”

“是啊，好巧。你刚来吗?”他拉开那张空椅子坐了下来。

安妮笑着点点头，从书包里拿出笔记本和阅读材料，放轻声音和他说话，“我今天找位子就找了半个小时，真是太痛苦了。”

“要不这样吧，以后我们一起自习，我帮你占位，怎么样?”虽然他的声音很轻，可是却满含期待。

“好的，一起自习，谁到得早就先占位。”没作太多考虑，安妮笑着接受他的建议。一直以来，何鹏给她的感觉就像一杯温开水，平淡却真实。她不必费尽心思去猜测他的想法，不用担心他是不是会不高兴。和他在一起，她可以开怀地笑，安静地沉默，轻松而坦然。

自打在学校教堂分开之后，陆昊就再也没见过安妮。连着三天没有她的消息，不知道她最近在忙什么，陆昊隐隐地觉得有些事情很不对劲，可他又说不上哪儿不对。书本在面前铺开一桌，他却看得心神不定。他烦躁地把书推到一边，拿过手机，翻出她的号码，却突然间头脑一片空白。不是明明只是好朋友吗，为什么却连一句问候的话都想不到了呢?不是应该对她只是很单纯的友情吗，为什么看不到她会这么想见她呢?不是只要她过得开心就好了吗，为什么却会去想她现在和谁在一起，在干什么呢?

这突如其来的一连串的问号把他自己问了个措手不及。他紧紧地握着手机，理不出个头绪。思考了片刻，他拨通了乐姗的电话。

“喂，陆昊，咋嘞，啥事呀?”

“瞧你说的，一定要有事才能找你啊。哥心里还是很记挂你们的，好不好?”

“行行。”乐姗懒得和他贫，“什么事，你说吧?”

“没什么事，我就是想问一下……”犹豫了一会儿，不知道该怎么说，直到乐姗在电话那头“喂喂”了好几声，陆昊才回过神来。“我就是想问一下，你这两天和安妮在一块儿吗?”

“没啊，我也好几天没见她了，怎么了?”

陆昊心里不明来由地紧了一下，“她是不是在忙考试啊，都不找你玩了?”

“现在谁有心情玩啊，想到考试就头大。不过我都有和她在QQ上聊的，她从上个星期起每天都会在图书馆自习。”

“一个人吗?”他无意识地把一支笔紧紧地捏在手里。

“有时候吧，不过好像大部分时间都和何鹏在一起。”

果然。陆昊的心像生生撞上了一座巨大的冰山，冰凉冰凉的。

后来和乐姗说了什么已经不记得了，他只觉得一股不可名状的感觉正在大口大口地吞噬他全身的每一个细胞，有点儿酸，有点儿疼。他站起来走到窗边。天边乌云流窜，日光被层层遮挡，街上凋零的树木悲凉一片。典型的一个伦敦阴暗的冬日下午。

“唉，难道老天爷也在心情不爽吗?”陆昊轻轻地叹了口气走回书桌旁，打开电脑。安妮的QQ头像不出意外地灰暗着，他盯得越久，心中那股无法言说的失落就越深刻。

“咚咚咚咚。”有人上线了。

他把好友列表拉到最上面。隔着8个小时的时差，欧阳静的QQ图标正闪烁着七彩的颜色。

也许可以问问欧阳，她那么靠谱，应该可以给自己一些建议。可是长这么大他从来都没有因为感情的事而问过别人，过去那些花花草草，他要是喜欢就会去追，不喜欢就放弃，从来没有过半分犹豫。这是第一次，他竟然对自己都失去了把握。思考了足足有一刻钟，陆昊终于鼓起十二万分的勇气双击打开与欧阳静的对话框，“欧阳，在吗?”

“嗯，在。”她回得很快。网络上不存在时差。

“我有些事想不通，不知道现在应该怎么办。”

“和安妮有关?”真是一个冰雪聪明的女子，什么事都瞒不住她。

陆昊发了个点头的表情。欧阳静等着他往下说。

“之前安妮给过我一些暗示，不过我那时都装糊涂没和她说明白。她有和你提过吗?”

“说过一点，只是我们都不知道你是真糊涂还是装糊涂，所以也不好问你。”

看来自己的伪装真的骗了好多人，连欧阳都没看穿，陆昊盯着屏幕苦笑了一下。

“今天之前我一直都觉得自己做得很对。我很清楚自己要的是什么，感情对我来说目前还是一样奢侈品。可是这几天看不到她……”陆昊本来想说“想到她和何鹏在一起”，犹疑了几分钟还是按撤销键把这几个字一个一个删除，“我觉得心里挺不好受的。”

“你后悔没和她在一起了?”

“我不知道怎么说。我只是很想见她，很想和她说说话。”

“陆昊，其实我一直都很想问你，究竟是什么阻挡了你和安妮在一起？你喜欢她吗？你到底是怎么想的?”

看到屏幕上欧阳发过来的一排问号，陆昊深深地吸了口气。他知道从一开始欧阳他们就一定会猜测自己的想法。他时而满不在乎，时而对安妮关怀备至的态度，一定也让他们感到很困惑。是时候勇敢地面对自己的感觉了。

“我想，我是喜欢安妮的。”终于说出来了。原来这才是自己最真实的感觉，原来早已不知何时自己就对她动了心。陆昊的心狂跳不止。

“那就和她在一起啊!!!”欧阳静明显也被震到了，一口气打了三个感叹号。

“我不知道。”即使承认了对安妮的好感，可是陆昊心里还有个坎儿没迈过去。

“为什么?”

“我现在一无事业，二无社会地位，一年后连自己在哪都不确定，我有什么能力去给她幸福?”

“可是这并不妨碍你们现在在一起啊。古人都说‘成家立业’，男人先成家后立业有什么错?”

“话虽这样说没错，可是如果毕业之后我想留在伦敦，她要回国怎么办?”

“路是两个人共同商量着走的。如果你们想一直走下去的话，一定可以找到折中的办法的。一起留下或者一起回国。”

“可如果到时我们谁都不肯妥协怎么办?”

“你都没有和她谈过这个事，你怎么知道不可能？为了未知的危机而放弃眼前的幸福，你不觉得很傻吗?”

陆昊愣住了，双手放在键盘上，许久没有打出一个字。

“陆昊，你扪心自问一下，如果，我是说如果，安妮和别人交往了，你会不会后悔自己现在如此犹豫不决?”

欧阳静隐晦的“如果”直接戳中了他心中最不愿去面对的可能性，陆昊的心一下子变得酸酸的，好像有什么东西堵在嗓子里，想说点儿什么却怎么也开不了口。

“欧阳，你觉得我现在应该怎么做呢?”

“陆昊，其实一切都在你一念之间。我觉得你应该勇敢一点，找她说出你真实的想法，不要等错过了再来后悔。”

一念之间？陆昊细细地揣摩着欧阳静这四个字的深意。欧阳说得有理，说与不说全在自己的决定，和安妮的未来也在自己的手中。不管结果如何，努力过了才不会留下遗憾。平安夜安妮会来家中参加圣诞晚宴，也许可以趁那个机会向她表白自己的心意。陆昊慢慢地踱到窗边，乌云正渐渐消散，金灿灿的阳光重又洒满大地。他眯起小眼睛，望着远方露出了希望的微笑。

距离圣诞节还有三天，上海的街头却已经被各式商家的圣诞装饰和促销所充斥。恒隆门口立起了一棵巨大的水晶吊灯圣诞树，梅龙镇广场内外的红绿主色调和四处派发小礼物的圣诞老人，还有来福士门口显眼的“我爱圣诞”字样……一切都标志着这个西方的洋节日已全面侵入这个国际大都市。

尽管大街上人头攒动，拥挤异常，用林然的话来说，就是“说逛街，还不如说受罪更合适些”，莫默还是逛得很开心，挽着他的手叽叽喳喳地说个不停。

“回家的感觉真亲切，热热闹闹的，不像伦敦，一到周末就超冷清，商店都关得很早，没什么可逛的。”听着周围的人们说着熟悉的方言，莫默小小地感慨了一下。

“安安静静的多好，要那么多人干吗，多吵啊。”林然有些不以为然，他看见人多的地方就不由得感到稍稍心烦。

“你要是在那种没人的地方待久了一定也会想回来的。”她拉着他进了一家珠宝店。

“我身边好多同学出了国就不想回来了，说国外多好多好，风景靓，人的素质也高。默默，你难道就从来没想过要留在伦敦吗?”林然扫了一眼这家店，不知道她为什么要带他来这里，以前他们逛街从来不会进这种店。

“傻瓜，你在这里，我当然要回来啦。”她娇嗔地刮了下他的鼻尖，“欧阳和她男朋友有对情侣对戒，好漂亮的。林然，我们也买一对吧。”

“你最近对这些华而不实的东西很上瘾哦，不过就你那大大咧咧的个性，不知道什么时候就给弄丢了。”林然说着就想往外走，“走吧，别看了，有这个钱还不如请你去吃饭呢。”

“你就让我看一下嘛。”她撒娇地拖着他的手，“林然，你看，第一排最左边那对镶细钻的怎么样?”

拗不过她，林然到柜台前探了一眼，“是很好看，不过价钱更好看。”他转过头轻声对她说：“默默，你知道我上班没多久，没钱买这种东西的。”

“不用你买。”莫默朝他微微一笑，“我来买，就当今年我送给你的圣诞礼物。”

“这怎么可以?”他的表情有些不悦。

“这有什么不可以的，等你以后有钱了再送我更好的不就行了。”

“不一样的。总之我说不可以就是不可以。”林然这次用了点力把她往店门口拽，“我们还是走吧。”

“为什么嘛，难道我想送你圣诞礼物也错了吗?”她有点儿委屈，也有点不甘心地站在原地。

“我们出去再说好吗？乖啦。”林然在她耳边小声哄着她。

“不好不好！”莫默的小脾气上来了，说话的分贝也随之提高。店内本来也没几个人，听到有动静就全部往这边看过来。

林然也急了，一把搂住她想走出这个让他感觉不舒服的地方。莫默一边走，一边试图甩开他的胳膊。

就在两个人闹着别扭走出珠宝店的时候，对面忽然响起一声热情的招呼，“默默，林然，好久不见啊！”

两人立即停止小争吵，一齐看向来人。

“茹洁，是你啊，真是好久不见呢！”看见昔日大学同窗，莫默喜出望外，暂时抛开了和林然的不愉快，笑着走上前给了她一个大大的拥抱。

“你是圣诞放假回来探亲吗？”茹洁狡黠地朝林然的方向眨了眨眼。

“是呀，我回来看看爸爸妈妈不行哦。”莫默说完回过头赌气地瞟了一眼林然。

“我们家默默就是这么可爱，茹洁你知道的。”林然走上前两步伸出手挽住莫默，“半年没见，你和齐明别来无恙啊。”

“都快被社会摧残得壮烈牺牲了，哪还有什么‘恙’不‘恙’呀。你说是吧，齐明？”茹洁看向站在身边的男朋友，不善言辞的他“嘿嘿”地笑着点头。

“别说得这么可怕嘛，工作多好呀，起码能养活自己了。不像我，还得向家里要钱。”莫默拍拍她的手安慰她。

“像你才好呢，吃穿不愁，还能出国念书。”茹洁的语气里夹杂着一丝羡慕，“来，让我看看，出去喝了洋墨水，到底有什么变化没。”她拉着莫默从上到下打量了一遍，视线最后落在莫默右手拎着的那只手袋上，不由得眼前一亮。

“默默，你这只包是GUCCI今年新款吧，我前几天刚在时尚杂志上看到过。”茹洁很兴奋地捧起它。

“呃，是的。”莫默没提防会被茹洁发现，只好如实回答。肩膀上挽住自己的那只手明显紧了一下。她用眼角的余光看见林然的脸色开始不那么好看了。

“茹洁，我和林然有点逛累了，正准备去找个咖啡厅坐会儿。你们好好逛吧，有空联系哦。”匆匆说过告别，莫默拉着林然往前走。

走了一段路，不管莫默说什么，林然都沉默着没说话。莫默说累了，耐心也没那么足了。她停下脚步，看着林然继续往前的背影大声说：“林然，你怎么了？为什么不和我说话？”

听到她的质问，林然也停了下来，不过并没有转过身。她一急就冲到他面前。

“你让我说什么呢？”林然低着头看她，反应很冷淡。

“我知道你心里一定有想法，你告诉我啊！”莫默盯着他的眼睛说，心里又气又急。

“你知道还问我。”他偏过脸不看她。

“是不是刚才茹洁说到这个包让你不高兴了?”她把手里的包举到他眼前。

林然终于也忍不住了，沉着一张脸说：“默默，你让我怎么说你呢？前段时间你不是刚被人骗了吗，怎么还可以这么乱花钱呢？你还嫌那个教训不够吗?”

被他这么一说她一下子觉得好委屈，眼泪不受控制地开始在眼睛里打转：“这个包不是我自己买的，是一个朋友送的。”

这个答案显然是林然万万没想到的，他瞪大了眼睛，“朋友？什么朋友会送你这么贵重的礼物?”

“就我跟你说过的那个学长，现在在英国工作的。”莫默回答的声音很轻，在车水马龙的街上就快被淹没了。

“你跟他什么关系，他为什么要送你这个?”他的声音依然冷冰冰的。

“他说是圣诞礼物。我拒绝过，可他一定要送。”

“他要送你就不会不收啊。”怒火让林然失去了平时一贯的理智，说话也开始变得口不择言，“你平白无故收别人这么大一份礼物，你准备怎么还啊，以身相许吗?”

“林然，你在胡说什么?”被他如此诬蔑，莫默的火气噌地一下也上来了，“只是一个包而已，你要不要这么小题大做的?”

“是我小题大做，还是你看问题太幼稚了？你不是说他也认识欧阳吗，那他有没有也送欧阳这样一份‘圣诞礼物’呀?”他刻意强调了“圣诞礼物”这几个字。

“我不是白收的，我也送了他东西的。”莫默仰着脸大声说。

“所以说欧阳没有收到这样一份厚礼是吧?”他的问题越来越尖锐。

“这个，这个……”莫默语塞。她下意识地咬住下嘴唇。

“没话说了吧?”

“林然，你不要这么不讲道理，好吗？我和他真的只是普通朋友而已。”莫默的态度放软了一些。

“大概只有你觉得你们只是普通朋友而已吧，要我看，他是送得别有用心，你是收得心花怒放才对。”

“你要是不喜欢我收他的礼物，我退回去就是了。可是你怎么能不相信我呢?”委屈和不被信任的刺伤感让莫默心里十分疼痛。自己一个人在国外心心念念地想着的就是他，他怎么可以这样说呢?

“我没有不相信你，我只是……”林然突然哽住，没说下去。

莫默抬起头，泪眼婆娑地看着他，“只是什么?”

手机铃声在口袋中“嗡嗡”响起，他看了她一眼，转身离开走到相对安静点儿的地方接电话。

“林然，大西南市场开发案的项目预算好像出了点儿问题，你能回来看看吗?”电话里小吴的声音显得有些焦急。

“好，我马上赶回去。”他利索地答应。

结束通话他走回她身边，说话音调比方才软了一些，“我先帮你打车回家吧，公司有点儿事，我得回去一趟，今天怕是不能陪你继续逛了。”

极度郁闷让莫默对他的示好并不领情，“该不会是那位苏董缺少饭伴，又让你陪她共进晚餐了吧?”

他的气也没全消，被她无理取闹地揭了短，脸上更挂不住了，“我真的有事，信不信由你，我赶时间，你自己回去吧。”

莫默呆呆地望着他的背影很快消失于熙熙攘攘的人群，半天没挪动一步。第一次，林然竟然把她一个人丢在街上。以前不管再怎么生气，吵得再怎么凶，他都会把自己安全地送回家。而今天，他竟然就这么走了，全然不顾自己的感受，不理会自己的处境。才五个月没见，他怎么就像变了另外一个人似的？想着想着，莫默难过地蹲下身抱住膝盖，闭上眼睛，任凭咸咸的眼泪在脸上肆虐。

走过的路人都投来好奇的目光，不明白为什么这个小姑娘会哭得如此伤心。这本该是个喜庆的节日，不是吗?

“妈妈，这个姐姐为什么哭得这么难过啊?”小男孩仰起头，眨巴着清澈的大眼睛。

“可能是因为姐姐不小心把气球弄丢了吧。”妈妈弯下腰，把小男孩抱到怀里。

“那我把我的气球送给姐姐，姐姐是不是就可以不难过了呀?”小男孩扭动着胖乎乎的小身子，想挣开妈妈的怀抱。

“可是姐姐想要的是她原来那个气球，不是宝贝你的哦。宝贝乖，我们走，姐姐会想办法找到她自己的气球的。”妈妈抱紧小男孩，转眼融入了这充满圣诞气氛的欢快的人潮中。

拖着疲惫的身子回到家，莫默一言不发躲进房间。趴在床上，刚才发生的一切清晰地又在眼前上映。她痛苦地把脸埋进枕头。如果我只是弄丢了一个气球，或者一块蛋糕，我可以把它们统统都买回来，可是如果我把你弄丢了呢，林然，你能告诉我该怎么办吗?

“叮咚。”有一条新短信。

莫默挣扎着起来，从包里掏出手机。是林然的消息。

“默默，回家了吗？对不起，我不该一个人离开的，确实是有急事，忙到现在都还没吃饭。看来老天在代你惩罚我呢。我为今天的事向你道歉，你不要生气了好吗?”

盯着屏幕上这短短的几十个字，莫默发现自己的手竟然有一点儿颤抖。她没有生气，只是觉得很心痛。林然不是不讲道理的人，他生气一定有他的理由，可是如果真的有事，他为什么不能和自己说呢？难道共同经历了四年的风风雨雨，他还不能完全信任自己吗?

莫默拿着手机，泪眼朦胧。忽然“叮咚”一声，又是一条新消息。

“默默，我想和你一起过平安夜，你愿意来吗？我们的第五个圣诞节快乐。”

林然诚恳的道歉和温柔的邀约就像一剂安心丸，莫默心里的不安与疑惧渐渐烟消云散。自己这次回来不就是为了想和他一块儿庆祝圣诞的吗？过去的就让它过去吧，两个人在一起开开心心的才是最重要的。莫默不想让这个小插曲破坏了和林然的甜蜜约会。

“我愿意。”莫默发出消息，感觉像是说出了某句特定的誓言。她羞涩地笑了，重新对这个红红绿绿的节日充满了期待。

平安夜转眼就来了。

第十二章

“陆昊，我和安妮来啦，怎么你都不迎接一下哒？”大门敞开着，乐姗在门上敲了三下没人应答，就拉着安妮径直走进屋。

屋子显然已经经过了主人精心的布置。天花板上五彩缤纷的彩带摇曳着交缠在一起。每个房间的门上都挂着一朵大大的六角形雪花，雪花下面吊着一只银白色的小铃铛。一棵一人多高的圣诞树立在客厅的角落里欢迎着前来狂欢的人们，上面挂满了各式各样的微型圣诞挂饰。玄关的桌子上摆放着一摞红色的圣诞帽，帽沿都镶着一圈纯白的绒毛。这应该是为来客准备的。乐姗路过时顺手拿了一顶套在头上。

“咦，小乐，你什么时候到的呀，怎么都不告诉我一声？”陆昊从厨房出来，看见乐姗正凑在圣诞树前仔细端详。

“我叫你了啊，是你耳朵不好使。”乐姗直起身子，笑着说，“这是我和安妮给你的礼物，圣诞快乐哦。”

陆昊接过她手中的礼物，看向客厅中央。眼前的安妮穿着一件乳白色的羽绒服，一条浅粉色格子围巾松松地在脖子上绕了一圈，头发高高盘起，手里拎了一只棕色的豹纹小手袋。可能是因为刚从零点的室外进入开着暖气的屋子，她的脸颊微微泛着苹果红。她就这样安安静静地站着，双手柔顺地垂在身前，宛如一名初降人间的天使，纯净得摄人心魄。他一时看得失神愣在原地。

“嗨，圣诞快乐。”安妮没有看出他异于往常的表现，微笑着和他打了个招呼。

“快乐快乐。”陆昊表面镇定，心里暗暗埋怨自己突然的失礼。

“小波和淞圻到了吗？”乐姗扶了扶头上的帽子。

“他俩早到了，现在在我屋打游戏呢。你们先休息一下，晚饭待会就能吃了。”陆昊说着引她们往他的房间走。

“有什么需要帮忙的吗？”安妮把围巾摘下来拿在手里。

“暂时没有，你们先玩，我再去准备下……”

陆昊话音还没落，章淞圻那尖嗓门就嚷开了：“哎呀，安妮和乐姗来了啊，赶紧一起来玩吧！”

“好呀好呀！”乐姗脱掉鞋子，小跑步踩在地毯上。门口立刻只剩下了他们两个人。气氛一下子变得有点莫名其妙的尴尬。

“安妮，我……”想到即将要脱口而出的话，他顿时感觉一股热血冲上脑门。

“安妮，你怎么还不进来啊，这个游戏看上去挺刺激的耶！”乐姗在房内大声的呼唤生生地压下了他的后半句话。

“你有什么事要和我说吗？”安妮看着他问。

“没事，你去玩吧。”他摇摇头冲她一笑。转过身的一刹那，他长长地呼出一口气，脸上露出一丝不知是无奈还是遗憾的笑容。

晚宴的气氛如预期的那般热闹异常，大家借着圣诞这个名目再次聚到一起胡吃海喝，吹牛聊天，餐桌上欢声笑语一阵高过一阵。偶尔有人提起半个月之后的考试，总会被其他人适时打断，紧接着插入别的话题。逃避也许不是最明智的选择，可是在这个欢庆的时刻，的确没有人想被这么烦心的事困扰，其实每个人心里都明白，所谓黑夜来临前的最后一丝光明，大抵也就如此了。所以这既是一次朋友们借机叙旧的机会，也是给个充分的理由让自己放纵一回。

吃得正酣，席间传出淞圻佯装的薄责，“陆昊，难得今天人多，又这么开心，你身为东家，怎么缺了一点儿礼数呀？”

“叫你来吃就不错了，还嫌弃，早知道就让你回家一个人喝西北风好了。”乐姗刚咽下嘴里的一口菠菜，听见淞圻似有责怪陆昊待客不周之意，当下就为陆昊有点儿愤愤不平。

“你看，连小乐都觉得我请错人了。小波，你真应该把他关在屋里，再加把大锁，看他出不来，还好不好意思这么不客气。”陆昊笑嘻嘻地调侃章淞圻。

小波抬头看了眼陆昊，知道他在开玩笑，就笑了笑没搭腔，继续低下头吃饭。

话虽这么说，陆昊还是凑上前问了句：“那你说，我哪方面的礼数没做到位呀？”

章淞圻放下筷子，故意清了清嗓子说：“这好菜怎么能不配好酒呢？你不能看桌上有女生就不让兄弟们几个喝个痛快吧。”

他这两句话惹得满桌子的人都笑了起来。安妮悄悄地扫视了一圈，说来也是，一桌十四个人，加上她和乐姗一共却只有四个女生。K大玩得好的朋友堆里本就是男生多，碰巧莫默和欧阳又回国了，这下男生更占了绝对性优势。饭桌上酒本不是个必需品，可是兴致渐起时，酒却是个助兴佳品，缺了它好像还真的少了那么点儿气氛。

“别人怎么都不说，就数你讲究。行行行，我这就给你拿去，幸好哥早有准备。”陆昊说着推开椅子站起身。

等他回来，手里已经多了一红一白两瓶葡萄酒。大家碰杯喝完杯里的饮料，陆昊拿专用起瓶器开了酒瓶依次帮在座每个人倒了酒。众人的兴致更高了。

安妮向来不喜酒，没有特殊情况基本滴酒不沾，不过今天心情不错，大家又聊得很起劲，她不好意思搞特例，也就随兴端起酒杯抿了一小口。边喝边聊，不知不觉她竟也红白各喝了一小杯，脸上开始微微发热。她自觉酒量已到，便不再多饮。乐姗见她面前酒杯已空，她又没有再喝的意思，就给她换了一杯橙汁倒上。安妮亲热地搂过她的肩，深感她的细致与贴心。

这个小动作却没能逃过章淞圻的一对贼眉鼠眼，“哎，我说安妮，你怎么这么不能喝呀，这么快就偷天换日了？还是因为今天何某人没到，气氛不够热烈呀？”

“喝你的酒吧，哪儿来这许多话？”安妮嗔怒道，脸上不知是因为醉酒还是害羞红得十分明显。

陆昊坐在她身边，不自然地看了一眼她的表情，顿觉嘴里多了一丝苦苦的涩味。葡萄酒果然还是避免不了这股特有的味道，怎么自己刚才没有发现？

饭过半饱，酒过三巡，众人纷纷离桌，三五成群地寻找乐子。真难为今天有人拎了一袋麻将过来，吸引了一帮如章淞圻般手痒难耐的男生凑到一块开始摆赌局。

“这群嗜赌成性的臭男生，见了麻将好像见了财神爷似的，一个个眼里放光地扑上去，真都是有钱的主儿啊。”乐姗鄙薄地看着兴高采烈的他们，拉着安妮离开那个“乌烟瘴气”的地方。

大概是有点喝多了吧，头晕晕的，安妮在心里取笑自己：这个酒量呀，还真是不如人哪。她转头对乐姗说：“小乐，我去厨房烧壶热水，头有点儿晕。”

“你头晕？没事吧？”乐姗扶着她关心地问。

“没事，可能就喝多了一点儿而已。”

“那你赶紧去小白屋里坐会儿吧，那里应该没有人，现在他们都在陆昊屋里玩儿。我去帮你拿水。”

“那谢谢你了。”安妮也没有客气，松开乐姗的手，一个人走进小白的房间。屋里没有人，门边有一把沙发，她不便往里走就在沙发上坐下等。

有脚步声由远及近，安妮没回头。乐姗的动作还挺快，不过才坐下的功夫，她就好了。直到来人走至身边，她才发现想错了。

“安妮？你怎么一个人坐在这里，不舒服吗？”看见她用右手垫着额头坐在沙发上，陆昊不无担心地问。

“是你呀，我还以为是小乐烧水回来了呢。”一听是他的声音，安妮像打了个激灵般站了起来，朝他笑笑，“喝多了而已，不碍事，反倒是让你见笑了。”

“那你赶快坐下休息，我……我……”陆昊看着她，又一次欲言又止。

“嗯？”她虽然此刻有点晕，可是他一天之中连着两次如此犹豫的神情还是让她很疑惑。

“安妮，我有点事想和你说……”

“安妮，水烧好了，小心烫手哦……咦，陆昊，你怎么在这里，不去群赌吗?”乐姗小心翼翼捧着一杯直冒白烟的白开水走了进来，一抬头才发现屋内多了一个人。

“陆昊，你刚才想和我说什么来着?”安妮略略歪着头问。

“我就是想问问你，过几天有空可不可以一起去自习?”他依旧微笑着，可眼里瞬间燃起的光芒已消失殆尽。

“可以啊。”她点点头，可直觉告诉她他刚才想说的应该不是这件事。

“那你好好休息吧，我先出去了。”他欠身走出了房间。

“你有没有觉得陆昊今天有点儿怪怪的?”乐姗把水杯递给安妮的同时，还不忘给它吹吹气。

“有吗?”她心不在焉地接过杯子，脑子里还在想着他之前种种怪异的表现，嘴上却不肯泄露半点儿心事，“他平时不就这样吗?”

“我也说不好，就觉得他今天哪里不对劲，说话好像也没以前利索了。”

“不要瞎猜啦，今天是平安夜，他哪能有什么事不开心呢?”安妮低下头喝了一口水，不由自主地被烫得呲了下嘴。

“你慢点儿喝啊，我说了很烫的。”乐姗在一旁用手帮她扇风。

她一小口一小口地抿着水，白花花的热气在眼前聚了又散，散了又聚，她的思绪也随之一阵模糊，一阵清晰，两张熟悉的脸庞在眼前暧昧不清地交替着。

“哎，安妮，”乐姗看她莫名地出神，就用手在她面前晃了晃，“今天怎么一个二个的都这么奇怪?”

安妮回过神，看了眼手腕上的表，快九点了。她思忖着，莫默和欧阳不在，待会得自己一个人回家。伦敦的晚上本来行人就不多，平安夜这天街上更是空无一人，太晚回去不安全。还是趁现在意识尚算清醒，慢慢踱回去吧。

她这样想着，便把白瓷杯放到一边，站了起来，“乐姗，你过去和他们一起玩儿吧，我想先回家了。”

“我陪你一块儿走吧，待在这里也是浪费时间，没意思。”乐姗撇撇嘴。

安妮笑着拍拍她的肩膀，“一年之中能有几次这样随心所欲地浪费时间呢?明天起可能就要一心一意地投入复习了，你呀，还是抓紧玩儿个痛快吧。”

“可是我不放心你一个人回去呀。”乐姗随她走到客厅，看她从衣帽架上拿下围巾和外套。

“我家离这儿走路也就 20 分钟，我挑大路走，没事的。你好好玩儿哦。”她将靴子套紧，从脚背后“噝”地一声拉上拉链，“你帮我和陆昊说一声，谢谢他今晚的款待。”

乐姗拗不过她，也就随她去。

安妮刚出去，陆昊的声音就从背后传来，“小乐，安妮她走了?”

“是啊，她说谢谢你今晚的招待，不过她有点儿累就先回家休息了。”关上大门，乐姗帮她传达了谢意。

“她忘记拿包了，我刚在我房间看到来着。”陆昊看上去有些着急。

“那你赶快跑出去送一下吧，她肯定没走太远。”

“好。”

跑回房间拿了安妮的手袋，他急急忙忙地换了鞋就打开门往外奔。

“陆昊，你都不带围巾手套吗?”乐姗冲着他的背影喊，只可惜他已经跑远了，听不见了，“唉，这两个人呀，真是不让人省心。”她摇摇头进了屋。

一枚雪花静悄悄地从空中飘落，不着痕迹地与地面融为一体，仿佛从未来过。没有人注意到天空此时已是风云变幻，一场风雪即将来临。

在莫默的记忆中，上海的平安夜从来都没有过好天气，淅淅沥沥的冬季的雨水让回忆也变得万分潮湿和寒冷。

第一个平安夜，她和林然还处于暧昧的朋友期，两人谁也没有打电话约对方出来，可不约而同地都准备了礼物。她送了他一个小小的手机挂饰十字绣，上面绣着一只可爱的小狮子——林然的星座。那是她第一次做这种小玩意儿，手指被针尖扎过不下十次，虽然和缝衣针相比，十字绣的针已经算很粗了，可刺的次数多了，她白皙的手指尖竟红肿了一块。不过看到他收到礼物时爱不释手的模样，她心里犹如春风吹拂一般，制作过程中的辛苦都统统消失不见了。

而林然则买了一盒精美的蛋糕送她，盒子外面的红丝带还是他亲手绑上去的。两个人坐在学校第一教学楼阶梯教室的最后一排，趁着同学们都出去过节，四下无人，一人拿着一把叉子，一边轻轻说笑一边将两大块蛋糕逐一消灭。窗外雨声渐大，雨水劈里啪啦地打在玻璃上，好像一道道五线谱，为这甜蜜的一对身影演奏出悦耳动听的音乐。

第二年的平安夜，弥漫着星巴克太妃榛果拿铁的浓郁香气。那一晚的通宵电影，偌大一个二三百人的放映厅只坐了寥寥的十几个人。莫默左手捧着一大桶爆米花，右手穿过林然的胳膊不停地从桶里掏出爆米花然后塞到嘴里，眼睛直勾勾地盯着大屏幕上梁朝伟和金城武两大帅哥同台飙戏。看到惊险之处，她下意识地收紧了挽着他的手，身子也往座位里缩了缩。黑暗中他将宽厚温暖的手掌覆上了她略显发凉的手背。

看完电影出来已是凌晨光景，乌漆抹黑的世界竟已大雨滂沱，两个人都没带伞，大眼瞪小眼地在影院门口愣了5分钟。最后还是林然一咬牙，毅然决然地问“默默，你如果不怕被淋湿的话，我们跑回去吧”。她对这个提议感到相当兴奋，当下就点头同意了这个看似惟一可行的办法。在大无畏地奔向雨中之前，他脱下外套罩在两个人头上。10分钟的路程，她稍微受了点凉，他却俨然成了一只落汤鸡，之后一连发了两天的高烧。

时间一晃到了大三那一年，林然用实习了半年省下来的钱请莫默去来福士广场的港丽餐厅腐败了一顿。两个人冒雨打车过去，雨点密密麻麻地在出租车的挡风玻璃上连成一排排线倾泻下来。在门口排了近两个小时的队，上菜又花了一个小时，等到第一道虾仁鸡翅端上来，她早已饿得饥肠辘辘了。他把一只鸡翅夹到她碗里，看着她狼吞虎咽，眼里充满了笑意。吐出鸡骨头，她咂吧咂吧嘴，侧着头说，我刚才吃得太快了，没尝出什么味。他闻言，大笑不止，一边给她又夹了一只，一边取笑她是猪八戒吃人参果，囫囵一口，啥味没有。她斜着眼睛瞅了他一眼，果断地决定不作无谓的口舌之争，先填饱肚子再说。

在大块朵颐的同时，她也不忘替他心疼了一下这价格不菲的一桌菜。他又起一块墨鱼胶酿油条蘸了甜辣酱喂进她嘴里，笑着安慰她，计较这个作什么，你吃得开心就好。她点点头，心里抑制不住的那点儿小幸福就快喷薄欲出。不是有人说过吗，愿意为你花钱的男人未必是真心爱你的，可是一个真心爱你的男人必定愿意为你花钱。在莫默眼里，林然肯定地绝对毫无疑问地属于后者。

多事的大四之秋，连平安夜也难逃此劫。那阵子林然每天忙着投简历，笔试，面试，莫默在学校里都难得见上他一面。前一天，她去他宿舍找他，充满期待地和他说，林然，明天晚上是平安夜，一起吃饭哦。他坐在电脑前，双手飞快地在键盘上敲打着什么，想也没想就简单地说了一个字，好。她怕他没听清又重复了一遍，他的脸上却已显露出几分不耐烦的神情。她知趣地告别，一个人快快地走在校园里，心里却不停地安慰自己，林然他肯定把这事放心上了，他都说好了，肯定不会食言的。想着想着她的脚步又变轻快了。

可是到了平安夜的晚上，林然却没有出现。过了约定的时间，她有点急了，拿起手机给他打了电话，听筒里传来他疲惫的声音和嘈杂不堪的汽笛声。她没好气地问，林然，你在哪儿，今晚约了一起吃饭你不会忘了吧。他勉强耐着性子道歉，刚参加完一个面试，现在正往学校这边赶，不巧撞到下班高峰，公交车堵在市中心，一时半刻估计回不来了，要不你先吃。她一听这委屈劲儿就上来了，明明说好一起吃的，我不要一个人。他累了，也不想和她吵，就说吃不吃随便你，我现在不想说话。莫默想我还不想和你说呢，一赌气就挂了电话，饭也不吃了，拎着包在商场里乱转，林然发短信她不看，电话她也不接。

户外，星星点点的小雪花飘飘扬扬地洒向大地。一直到晚上10点多她回到宿舍，发现他黑着一张脸在楼下等她，头发、肩膀上，都铺上了一层细密晶莹的白雪。你这样很不懂事知不知道，你想玩人间蒸发吗，那干嘛还要回来？他劈头盖脸地就训了过来。莫默被他一凶，立马就红了眼眶，说好的事你先做不到的，凭什么现在来教训我。我有正事要做，你又不是不知道，别有事没事的就玩儿大小姐脾气，我没空陪你。他心情不好，措辞也变得激烈起来。没空陪就不要陪，谁稀罕。她一狠心，一扭头就上了楼。那时如果她稍作留心的话，也许她会看见他怒不可遏的眼神后面是深深的担忧和牵挂。

可是裂痕已经造成，即使再修补也无法恢复最初的完美无瑕。之后两个人怎么和好的，她已经记不太清了，也忘了是谁先低的头，只是那种若即若离的疏离感，让她觉得很揪心。

脑海中回忆翻滚不息，莫默突然间心中充满了感恩。她感谢林然陪她一起走过这四年，感谢他的包容和谅解，感谢他在她最需要的时候总能出现身边。想着想着她轻轻地握紧了与之十指相扣的林然的手。

“默默，你不是嚷着在伦敦吃不到正宗的四川菜嘛，我今天就带你去一家川菜馆，听说很不错的样子。”他兴致勃勃地说，全然没有注意到手上的变化。

“哦，好呢。”虽然只是自己的心事，可他的毫无回应却依然让她小小地沮丧了一下。

那家餐馆在这个闹市中隐蔽得很好。林然带着她七拐八拐地进了一条狭小的巷子，又按图索骥地找到门牌号，才算看到他们家那块悬在门楣上的小招牌——小四川。名字倒起得相当好认好记，莫默心想，只是为何藏在一个如此诡秘之地，莫非是店主自信酒香不怕巷子深？

事实证明莫默的猜测并非没有道理。只有五点光景，两层小店却已宾客满座，服务员把他们带到一张仅剩的二人位坐下，递上两份菜单。位子不算太好，窝在一个小角落里，不过与四周的喧哗声相比，这里还算安静了一些。

莫默翻着面前陈旧而沾染油腻的菜单，心中的期待悄无声息地沉没了一半。

“你慢慢看，想吃什么就点。”林然也翻着手里的菜单，脸上的笑容闲适而满足。

“哦。”她浅浅地应了一声。

“想好点什么了吗？”过了一会儿，林然抬起头来询问她的意见。

“没，你帮我选吧。”莫默淡淡一笑合上菜单。

“那我就帮你拿主意咯，还好我知道你都爱吃些什么。”他朝她狡黠地眨了眨眼睛，挥手叫来了服务员。

原本很亲昵的动作，现在却让莫默觉得有些局促。她不愿意在这个地方多呆上一刻钟。她希望赶紧吃完，可以快点儿离开。

安妮脚力不快，加上又喝了点小酒，走路更是慢慢悠悠。陆昊从家里冲出来，刚拐了个弯，就看见她在前面独自踱步，很是悠闲自在。他想在她身后保护着她就好了，便放慢脚步，跟着她缓缓地走。他第一次这样追随一个女孩儿，心里免不了有丝丝心慌和兴奋。

一路上，橘黄色的路灯把两个人的影子时而拉长，时而缩短，长长短短，却从未交叠。雪也渐渐变大变密，一眼望去，街上竟已是白茫茫的一片。

眼看快到她家门口了，就在陆昊鼓足勇气准备上前表白的当口，一个他最不愿意见到的身影闪现在安妮身前，惊得她立即站定，抬起头来。他也即刻收步站在原地。

“何鹏?！你怎么会在这里?”安妮又惊又喜，两眼笑成弯弯的两道月牙，“你不是说今天要去朋友家聚会吗?”

“我……我特地在这里等你。”他咽了口口水，看上去很紧张的样子，“安妮，我有话和你说。”

今天是什么日子，怎么人人都说有话想和她说。她莫名地觉得有些好笑，“好，你说吧，我听着呢。”

“我……我……”何鹏望着心目中的那个女孩儿，一时间竟然支支吾吾起来。

“何鹏，什么话让你这样为难啊?你也喝酒了吗，脸这么红。”借着灯光，安妮颇为好奇地看着他的脸慢慢地愈变愈红。

喝酒?经她这么一提，何鹏才看清今晚的安妮和往常有些许不同。端庄大方一点没变，只是脸上多了几分微醺的神情，两颊绯红，双眼迷离中透着珍珠般的光亮。他闻着她身上传来的淡淡酒香，直觉得自己没喝酒都快要醉了。

“安妮，我喜欢你。”

她睁大了眼睛，酒意一下子清醒了七分，“何鹏，你，你刚刚说什么?”

他从身后拿出一大束红玫瑰送到她面前，温柔地告白，“安妮，你愿意和我在一起吗?”

她没有说话，眼睛定定地看住面前这个大男孩。和他相处这几个月以来，她不是不明白他的心意，只是觉得，如果不说破，两个人做好朋友也不失为一种安全而稳妥的方式。可是今天，此刻，他说了，他要求一个更亲密的关系，而她又该如何选择呢?

“安妮，如果你愿意给我这个机会，我答应你，我一定会让你幸福的。”他表情坚定，嘴巴抿成一道细细长长的弧度。

其实这样也挺好的，不是吗?不用再去猜，再去想，也不会两难，不会纠结。安妮打心眼儿里相信只要她应允，何鹏必定会给她一份平静而安定的生活。并非不爱，何须不甘?

她嫣然一笑，接过花，轻轻点了点头。

就在刹那间，何鹏的心仿佛飞到了云端，开心得难以自抑。他紧紧地一把将安妮抱入怀中。

只要这样就好了。什么都不想了。她合上双眼，静静地靠在何鹏的肩头，伸出手环抱住了他。

隔着几十米的距离，陆昊看见了这整个过程。他听不清他们的说话，可是他清楚地看到了那束花，和她抬起手抱住另外一个人。就在那一刻，他曾经以为自己坚不可摧的地方好似裂了一个大口子，正汩汩地往外淌着血。有那么好一会儿，他不知道自己在这里干什么，可他也挪不动脚步，走不了。他就这样看着眼前这一对紧紧相依的璧人，眼睛一眨不眨地。

终于，他想起来了，他知道自己来这里的目的了。

他慢慢走上前，走向那对在路灯下重叠在一起的身影。

听见有脚步声渐近，安妮松开何鹏的拥抱。

“陆昊?!”她情不自禁地捂着自己的胸口，一声低呼。他为什么会出现在这里？刚才和何鹏的一切，他是不是都已经看到了？

“你忘了拿包，我帮你送来。”简简单单的一句话，陆昊使了好大的劲才逼自己说完，“祝你们圣诞快乐。再见!”

他转身要走，她却在背后叫住了他：“陆昊……”

他站住，却没有回身。

“没事……”刚才那一声呼唤完全是下意识的，等到他站住，安妮才发现她根本什么也说不出来。此情此景，已经毋须再多解释了，“你也圣诞快乐。”她淡淡地说。

陆昊点点头，大步流星地朝前走去。

让他看见了也好，这样他就不会以为我还喜欢着他了，他就能无牵无绊地更好地过他想要的生活了。安妮安慰着自己。可是为什么，他刚才的眼神里，盛载了仿佛无穷无尽的话，好像，还有很多的伤心，失落和难过？她有点自嘲地摇摇头，怎么可能，肯定是自己喝多了才会胡思乱想看错的吧。她抬起头微笑地看向何鹏，眼前的这个男人才是真正愿意呵护自己的，才是需要自己去珍惜的，不是吗？

回家的路上，陆昊走得是那样快，甚至到最后已变成了急速奔跑。他想忘记刚才看见的那一切，可是所有的场景在他脑子里又是如此清晰而深刻。

安妮，安妮。陆昊在心里默默而大声地念出这个名字。最后一次。

鹅毛大雪从天而降，世间的万事万物都被覆盖上一层洁白的冬衣。一切好像是结束，又好像是伊始。

菜端上来了。一大盆酸菜鱼，白色的鱼肉纠缠着酱绿色的酸菜，在盆里上下起伏。莫默瞄了一眼这个装鱼的瓷盆，边上不知何时摔出一个大口子，万一不小心，很有可能划破手。

“吃吧，趁热。”林然拿起筷子催促她。

莫默拿起筷子，却发现两只筷子长短不一，仔细看上面的花纹，似乎也不是成套的。她不动声色地放下筷子，端起小碗，准备先喝口汤，谁知手刚触到碗底，就粘到一块不大不小的黄色油污。她不由得皱了皱眉头。

“怎么了？”他注意到她这个细微的变化。

“这个碗好脏。”她从随身的GUCCI包里拿出一张纸巾擦了擦手。

“那我让他们换一下。”他对着忙碌地穿梭在客人中的服务员招手。

有一个小姑娘过来，帮莫默换掉了那只脏兮兮的碗。

“他们家对待客人的服务态度还是挺好的。”林然夹了一块鱼肉放进她碗里。

“要不然嘞？菜做得那么丑，餐具又不干净，如果服务员再差劲一点儿，他们还要不要做生意了，早点关门大吉算了。”莫默显然对这家店颇为不满。

“也不能这么说啊，我在网上看很多食客对这家店的评价还是很不错的，而且这里不太好找，来的基本上都是回头客。”林然极力为自己的推荐辩护，“再说吃菜也不能只吃外表吧，你真当你是外貌协会会长啊，吃个菜还管它好不好看。”

“古人说‘色香味俱全’，这第一个‘色’字他们就没做好，印象分全没了，让人大倒胃口。”她对他的话表示异议。

“你呀，就别端着你那副大小姐的架子了，赶紧吃吧。”听她如此吹毛求疵的话，林然也有点不高兴起来，“哪儿来这么多话。”他小声嘟囔了一句。

莫默假装没听见，也不跟他计较，自顾自地埋下头吃东西。

他们正吃着，身边那桌吃完走人了，服务员过来迅速收拾了下残羹冷炙，重新摆好碗筷，招呼下一桌客人过来坐。

“外面好大的雨啊，淋得人家心里难受。”一个矫揉造作的女声。

“是啊，幸好我出来时带了伞。你还好吧，赶紧坐下休息，别累坏了身子。”一个细声细气的男声。

莫默抬头看了眼林然，两人同时做了个作呕的鬼脸。

“每年平安夜都下雨，不会都是巧合吧。”莫默心想这都快成一大气候规律了。

“是和你在一起的平安夜才下雨，我们家以前都不会这样的。”林然无心地说了一句。

这回她却听进去了，“你什么意思啊？觉得和我在一起触霉头是不，是我害你淋雨的是不？”

“我什么时候这样说了，你别那么敏感好不好？”林然斜了她一眼。

“我哪儿有敏感？”莫默索性放下筷子和他理论，“林然，你是不是觉得和我在一起特没劲，我有大小姐脾气，又任性，你很不满意对不对？”

“这是哪儿跟哪儿呀，你怎么又开始瞎扯？”他不明白好好地说着话的，怎么突然又开始吵起来，“默默，别无理取闹啊。”

"我无理取闹?"莫默心里的一股无名之火"腾"地一下就蹿起来了,"我哪儿无理取闹了,我说的都是事实好不好?"

"都是你自己臆想出来的,还事实呢。"林然依旧动着他的筷子。

莫默对他的消极应战态度觉得很受伤,"林然,我感觉你越来越不重视我了。你是不是遇到更喜欢的人了?"

"你不好好吃饭净说些乱七八糟的话。我没有。"他拉长着脸站起身,"我去下洗手间。"

看他离开,莫默也无心吃饭,拿起他留在桌上的手机玩起"愤怒的小鸟"来。

正起劲地打着那几只绿脸猪,手机不期然地震动起来,她不小心按了阅读。

"然,我这有两张明天的话剧票,你有空吗?"

"然",如此亲昵的称呼,莫默的身上顿时起了一层鸡皮疙瘩。再看到发信人的名字,她的眼睛就不自觉地眯了起来。苏丽珍。

林然从洗手间回来,发现她的脸色益发难看。

"还跟我闹别扭呢?"他侧身上前,明显有和解之意。

她没出声,把手机推到他面前。

他困惑地按亮屏幕,顿时明白过来,"你偷看我短信?"隐私无端被曝,他十分不悦。

"不是故意看的。"她看着他说,"不要告诉我,你和她真的什么都没有。"

"你真是无聊至极,"他望进她探询的眼底,冷冷地说,"那你要不要告诉我,你和你那个什么学长的关系发展到哪一步了?"

"我就知道你心里这口气还没下去,你,你一定要提是不是?"莫默气得嘴都开始发颤了。

"是,既然开了口,就不怕往下说。"林然把手机重重地往桌子上一搁。"啪"的一声,身边的那对小情侣被吓得差点跳了起来。"你和他的事只有你自己清楚,你知道,我最恨骗我的人了。"

"林然,你……我……"莫默的眼泪一直在眼眶里来回转,她死忍着不让它们掉下来,"我,没,有,对,不,起,你。"她一字一句地说。

这顿饭估计是吃不下去了,她拿出 Paul Smith 的袋子,仿佛是为了作最后一次和好的努力,"送你的。"

知道她有求和的心,林然面无表情地接过袋子拆开。可是只一眼,他便火冒三丈。

"哼,算了吧,你自己看,这是什么。"他一把把卡片甩到她面前。那上面,赫然写着"天骐学长"。

莫默的脸瞬间变得惨白。怎么会这样?!

“林然，你听我解释，事情，事情不是你想的那样的……”她结结巴巴地说。

“你不用说了，我什么都不想知道。”

“真的只是一个误会而已……”她仍试图辩解。

“我说过你不要再说了！”他朝她怒吼。

莫默被他吓倒了，呆呆地傻在椅子上。

两个人就这么一言不发地对坐着，僵持着。这顿饭是无论如何吃不下去了。

“莫默，你做事总喜欢按着自己的意思来，你考没考虑过别人不一定能接受呢？”无语的对峙中，林然率先开了口，气也仿佛消了一些，“就拿昨天在珠宝店的事来说吧，你看上那一对情侣钻戒，坚持要送给我，可是你有没有想过，这份礼物我可能承受不起。”

“你什么意思？什么叫承受不起？”莫默被他搅得脑子全乱了，完全没办法思考。

既然已经到了这个份上，林然索性把话挑明了说：“默默，我是一个男人，我有自己的自尊和骄傲，我怎么能忍受女朋友在外面买单呢？平常你喜欢买一些小东西也算了，可是这么贵重的一份礼物，你让我怎么收得下？”

自尊？骄傲？莫默像听天书一样听他说话，喃喃地说道：“林然，为什么这些你以前从来没有和我说过？”

林然看着她，无奈地叹了口气说：“我以为你会懂的。四年了，默默，我以为你会明白的。”

她艰难地摇着头，眼泪滴落在桌面上，狼狈地四溅，“我不懂，不明白，我只是想对你好，怎么你会承受不起呢？”

林然还想再说点什么，可是看她现在这个样子，估计也听不进去。他决定还是以后再谈这个问题，“不说这个了，先吃饭吧。”

莫默拼命摇头，泪水已成汹涌之势，“我不要吃饭，我要你说清楚。”

林然苦笑了一下，他说得难道还不够清楚吗？是她在自己的世界里陷得太深，无法对他感同身受。饶是这样，他说得再多又有什么意义？徒增伤悲而已。

“默默，如果有一天，你能真正了解我今天所说的话，我想我们会更好的。”他语重心长地说。

“你什么意思，现在忍不下去了，要分手了是吗？”莫默被这些突如其来的许多她从未听过的话激得几乎丧失了理智。

听见她如此不慎重地提出“分手”两个字，林然愣了几秒钟。今晚上虽然闹得很不愉快，可他压根儿没想过要和她分手。对他来说，这两个字不是吵架时威胁对方的手段，也不是一时气极的口不择言，而是对一份感情最决绝最残酷的放弃。他刚刚热起来的心瞬间冷得毫无温度。他以一种莫默从未见过的冰冷口吻说：“是的，我受不了了，既然你都说了，那就分手吧。感情的世界，容不下第三个人，更容不下一颗已经变质的心。从此你走你的阳关道，我过我的独木桥，彼此互不相干。”

其实刚才那两个字刚出口莫默就后悔了，她也是一时气头上来。她仍心存一丝希望林然会像以前那样温柔地哄她，要求和好。可是看眼前这个情势，应该是完全不可能了。她死命地咬紧牙关。

“您大小姐姐慢慢吃，我就不伺候了。”林然从钱包里掏出一张一百元拍在桌子上，站起来就往店门口走。

事情怎么会发展到这一步？莫默也急忙站起来往外追。

“外面下雨，请你不要再跟出来了，就当是你为我做的最后一件事。”说完林然头也不回地走进了哗哗的雨里。

莫默站在逼仄的门口看着他僵硬的背影消失在大雨中，脑子里一片空白。铺天盖地的雨帘瞬间将她和林然隔成两个世界。

平安夜，伦敦，大雪纷飞。

平安夜，上海，暴雨倾盆。

第十三章

四年前的那个午夜，清冷的月光下，林然执起她的手，略显青涩的脸上带着一丝显而易见的紧张。他说，默默，我们在一起吧。望进他干净明亮的黑色瞳孔，莫默羞涩地轻轻说了声好。从此，花前月下，山盟海誓，和其他很多校园恋人一样，两人共享着彼此的快乐，也分担着彼此的伤痛。甜蜜是生活的主旋律，所以即使有再多的矛盾，抑或争吵，两个人都不曾提过“分手”两个字。

那时，莫默天真地以为她和林然就可以这样一直在一起，毕业、工作、结婚、生子，拥有属于他们自己的温馨的小窝。

可是今天，那两个字究竟是如何冲破大脑的管制，从自己的口中无情地射出来，莫默也不得而知了。她只知道，林然走了，离开了，曾经自己做过的那些个美好的梦，都碎了。

如果时间可以倒流，她一定不会如此任性不计后果；如果一切可以重来，她只想安安静静地陪林然吃完那顿饭，庆祝他们的第五个圣诞节。可是，哪里来的这么多“如果”？

所有的事情，发生了就是发生了，谁也没有能力去扭转历史，去改变过去。眼泪只是自我情感的一种宣泄，对现状于事无补。莫默明白这个道理，但是眼泪却依然不听话，肆意地爬满了整张年轻的脸庞。这张脸本该是充满青春朝气的，此刻却因为心里无止境的痛苦翻涌而扭曲得变了形。

他还会原谅自己吗？还会再回来自己身边吗？她屈膝坐在床上，双手紧紧环抱，下巴抵着胳膊，一动不动地望着窗外死一般寂静和空洞的黑夜。

如果真的就此与他分别，永不再相见，自己以后的生活，会不会苍白得没有一丝色彩？如果真的是失之我命，那今后的日子又该如何将回忆深深地埋葬？可悲的是，这样的“如果”，却是的的确确有可能的。

莫默低下头求助般地看了一眼手机。它竟也像是被人抽取了魂魄一般，静默得没有一点反应。

就这样在无声和黑暗中不知过了多久，突然一道亮光闪现，紧接着“叮咚”一声。一条新短信。

好像年老失修的玩具重新被主人上了发条，她一下子清醒过来。她几乎是颤抖着双手捧起手机，打开收件箱。

“尊敬的客户，至25日2时，您余额已少于15元……”

瞬间，一股强烈的被骗、失望夹杂着痛楚的情绪将她整个人袭倒在床上。她闭上眼睛，听凭泪水大滴大滴从眼眶中慌不择路地跌落。

月初，黑丝绒般的天空中没有丝毫光亮。

第二天一早，莫默在一阵悠扬的音乐声中猛地睁开双眼，朦胧的意识立马变得十分清晰。她急切地把紧握了一夜的手机拿到眼前。来电显示不是期待的那个人。

“喂，琳霖。”她接起电话，有气无力。

“默默，新天地新开了一家酒吧，我们今晚去 high 一下吧。”一个跳脱的女声，“哦，对了，我差点忘了问，你和林然今天有安排吗？”

听见他的名字，莫默的心在看不见的地方痛得抽搐了好几下。

“他今天有事，不能过去。我去吧。”与其独自一人在回忆里沉沦，还不如出去狂欢，借酒精的力量麻痹所有神经，不只是痛苦，还包括那些甜蜜。

工作了一天，浑浑噩噩的，一向办事精明能干的林然这天像换了一个人似的，大大小小出了不下十次错误。领导和同事都关切地询问他是不是出了什么事。他疲惫地摇摇头说没有，努力挤出一丝比哭还难看的笑容。

晚上下班回到家，他累得一头栽在沙发上。从昨天离开她到现在，已经过去了整整二十四个小时。不知道她的气是不是也消了。两个人之间的冷战，也该结束了吧。他不相信她真能如此狠心说分手就分手，昨天大家都在气头上，难免会说出一些过分的话。他这样想着，掏出了手机。可是她的电话却始终处于不在服务区。他不禁有些担心起来，想了想，拨通了她家里的电话。

“喂，你好。”一个温婉的妇人的声音。

“阿姨您好，我是林然。请问默默在家吗？我打她电话打不通。”丝丝忐忑在林然心里滋长。

“默默不在家，和同学出去玩儿了。你有什么事我可以转告她。”妇人说话的音调低了下来。

“哦，没关系，我待会再联系她好了。不好意思打扰您了，阿姨再见。”林然欲匆匆收线。真难得她还有心情出去玩，难得她真的一点儿都不在乎了？

“林然，你稍微等一下。”妇人意外地叫住了他。

“阿姨，有事吗？”一种不好的直觉让他的脊背开始发凉。

妇人停顿了几秒钟后开了口：“林然，你是不是和默默吵架了？她昨天回来，一个人失魂落魄的，全身都淋湿了，我问她怎么了她也不说。你们昨天不是一起吃的晚饭吗?”

“我们……确实出了一点小问题。不过不要紧，我会和她说清楚的，阿姨不用担心。”他小心措词。

“林然，你和默默在一起这么多年，你对我们家默默怎么样，我也看在眼里。可是林然，你有没有想过和默默的未来?”妇人话锋一转，把林然问了个措手不及。

“阿姨，我会努力工作的，等默默明年毕业回来，我们两个人就可以一起奋斗了……”他回答得谨慎，语速却很快，像是要急于给出一份证明。

“我知道。”妇人略显生硬地打断了他的话，“默默明年回来，我们自会帮她安排一份不错的工作，更何况我们家条件也过得去，她以后若想自己买房买车，完全都不是问题。”说到这里，她停了一下，好像是在等待他领悟她话语中隐含的意思。

他没有作声，心里却已知晓了六七分。

“林然，你是一个好孩子，阿姨也很喜欢你。可是我们家默默从小娇生惯养，没吃过什么苦。作为父母，我们也不想看到她以后受什么委屈。你和默默的事，默默她爸爸一直都是不怎么同意的……”

“阿姨，您别说了，我明白。”这回换他截断她的话头。

“果然是个聪明的孩子。你会有个很好的前途的。阿姨祝福你。”这句话妇人说得很由衷。

“谢谢。”一股从未有过的泛着酸味的苦涩从林然心里翻涌而出。感情，不应该只是两个人的事吗，什么时候起，它变得如此复杂难懂?

“琳霖，这是什么破地方啊，连个信号都没有。”对着幽暗的酒吧灯光，莫默看见手机上的信号指数变成了可怜的一条直线。

“哦哟，地下酒吧嘛，又是新开的，服务设施一开始没做好也是可以原谅的嘛。”琳霖满不在乎地说，“看你这么心急的样子，一晚上也心不在焉的，莫非在等某人电话?”她大笑着拿身子撞了一下莫默。

“少来，我是怕我妈找不到我会着急。算了，你们先玩，我出去打个电话。”莫默起身，走出酒吧。

呼吸了一大口地面上的新鲜空气，她转了转混沌的脑袋。哭了一夜的眼睛虽已消褪了红肿，不过依旧隐隐作痛。

“妈，我和琳霖还有几个朋友在一家地下酒吧，那里没有信号，我12点前回去。”她本来还想问一下林然有没有打电话去过家里，因为他也许打不通自己的手机，不过迟疑了一下还是算了。她不想让父母多管她和林然的事。

挂了电话，她折回酒吧，周围充斥着前来寻欢作乐的人们，一张张陌生的面具背后隐藏着只有各自才懂的苦乐。

剩下来的几日假期在莫默看来是煎熬，漫长，而又多余的。她不曾和任何一个人说起这件事，心底总抱有最后一丝希望：这一切都只是场梦而已，也许一觉醒来，林然温暖的笑容就会重新出现在眼前。

抱着这样微弱的希望等待了四天，林然却始终音信全无。

明天就是返程的日期了，莫默犹豫了很久，还是决定给他打个电话，知会他一声。反正事情不会更糟糕了，或许，这是个转机也说不定。

自从结束与莫默妈妈的对话以后，林然的心情从最初的羞愤难平，慢慢地变得克制平和。这几日，借着繁重的工作，他暂时抛却了儿女私情，全身心地投入。凭着他的聪明才智，一连几项任务都完成得很出色。同事的艳羡，领导的赞赏，却并没有让他感觉到任何愉悦或满足。他的心，仿佛被拴在了一个小细绳上，绳的那一头连着另一个人。虽然仍旧耿耿于怀她圣诞那天依然有心情出去玩的事，但他并没有因此而放下对她的牵挂和思念。相反，他甚至常常在午夜梦醒时分心口一阵绞痛。这似乎是一种感应，有一个人，她也在如此这般地挣扎与心痛。

这天部门照常在下午两点开例会，林然需要在会上详细阐述他对于开拓大西南市场的计划报告书。这是他多日来的心血结晶。

1 点 55 分光景，林然收拾好待会儿要用的所有文件资料，推开转椅站了起来。手机搁在桌上，他不由自主地伸出手想把它放进西装外套的口袋。

“哎，我说林然，开会不能带手机的规定你不是不知道吧。”小吴从他背后经过，拍了一下他的后背。

“我在等一个电话。”林然依旧把手机握在手里。

“什么电话也比不上今天你的演讲重要啊。要晓得这次的演讲能否得到大领导们的认可，直接关系到你的晋升之路啊。”

眼看他还在考虑，小吴一把夺过手机放在桌上，催促道：“快走吧，会议就要开始了。你是会议主讲人，可千万别迟到了。”

林然默默地叹了一口气，最后看了一眼安静的手机，抬起头朝小吴笑了笑，“走吧。”

电话响了五六声，却一直处于无人接听的状态。莫非他还在生气不成，连自己的电话都不肯接？莫默的期待和希望渐渐被焦虑和不安所代替。

好吧，最后一次机会，如果他还是不肯接，那自己和他，就算了。她恨恨地想。

办公室的大门被推开，隔壁会计部门的小陈捧着一摞文件走了进来。她知道现在是市场拓展部的例会时间，所以办公室空无一人也在预料之中。

“呲，呲，呲……”路过林然的座位旁边，小陈特地留心地看了一眼。手机恰恰就在这个时候振动起来。她出于好奇心和窥私欲伸出了手臂。

虽然没见过莫默本人，可是她是林然女朋友的事却是公司上下都知晓的，当然这也包括一些对林然有意思的女同事。小陈正好是其中之一。看着手机屏幕忽明忽暗，她突然萌生了一个很邪恶的念头。好不容易等到振动停止，屏幕提示有一个未接来电，她快速地移动手指，找到通话记录，按下“删除”键。手机似乎还不死心，给了她一次重新选择的机会，“是否确认删除此条记录”。她抿着嘴，毫不犹豫地按了“是”，脸上是奸计得逞后的狡诈狞笑。只不过一眨眼的功夫，一切都恢复了原状，好像从来没有发生过。

会议上林然关于大西南市场开拓的方案阐述相当成功，获得了在场领导的一致认可，并被授意全权负责此次的市场拓展业务。散会后，领导前脚刚走出会议室，部门同事的后脚就已经不约而同地聚拢到林然身边。

“哎哟，林然，我说你可真了不得啊，你看刚才张总那眼神，那叫一个炯炯有神的，好像不是在听一份商业策划案，跟听圣经似的虔诚。”即使上司不在，小吴也不敢太造次，凑在他耳边夸张地说道，说完“嘿嘿”地笑了两声。

“是呀，”江姐频频点头，欣然同意小吴的这个说法，“你们不知道啊，打从林然进我们部门的第一天，我就觉得他不平凡，年经轻轻的，身上就带着一股霸气，以后肯定能干出一番事业来。”江姐是前年进的市场拓展部，算是部门中的老大姐了。因为她本姓江，所以就被大家尊敬地称呼为“江姐”。

对于这些褒奖之辞，林然向来不怎么喜欢搭腔。低调做人，高调做事是他的座右铭。更何况知人知面不知心，你若表现得太过锋芒毕露，必然招致大家的反感，可是太过谦虚，又会被认为很虚伪。这种时候，他往往只是微笑着说一句“谢谢”，既不否认自己的成绩，也不抗拒别人似真似假的恭喜。社会上的复杂利害关系林然早有耳闻，这个世界，你不侵犯他人，并不代表他人不会来算计你。善良并不是社会的通行证，心计才是。因此，有时明哲保身也不失为一种保全自己的良策。毕竟，一个人的力量总是太过微弱了。

这次也不例外，他一边笑着说谢谢，一边匆匆地收拾起桌上的文件就准备往外走，脸上是掩饰不住的焦急和忧虑。

没有。什么也没有。林然拿起手机，屏幕上空空如也，没有一条新短信，也没有一通未接来电。他的心空落落的，好像一脚踏空，一直往下坠，往下坠，抓不到任何救命的攀援物，直到看不见的深渊。

上海的马路上一如既往的车水马龙，也许是因为这年的最后一天，人们的脸上都挂着辛苦了一年之后的满足的笑容。莫默坐在车里，一言不发地看着形形色色的人和车在眼前忽忽地闪过，耳边是妈妈那一贯如常的叮嘱。

“默默啊，飞机上一个人要小心，不要随便和陌生人说话，好好休息，到了那边给我们电话……”

她没有应声，此刻的她根本没有心思去关心自己的这趟长途飞行是不是会闷，是不是会累，她满脑子想的，除了林然，还是林然。

“你怎么还这么不放心啊，我们家默默又不是小孩子了，是吧，默默？”爸爸对她的疼爱一向以鼓励为主，放手让她去做自己喜欢的事。

冲正在开车的爸爸感激地笑了笑，莫默转过头继续望着车窗外，怔怔地发呆。

今天是自己回伦敦的日子，林然不可能不记得，可是他依然什么消息也没有，好狠的心哪。她想起来就恨得牙痒痒。昨天明明已经打了那么多通电话给他，看到未接来电他难道就不会回个电话吗，难道他真的厌倦这份感情，厌倦她了吗？这样想着，她又觉得心里酸溜溜的，还有丝丝的疼痛。

不远处高楼光洁耀眼的玻璃墙上明晃晃地反射出太阳的光芒，强光照得她眼睛有一股刺痛感。她不由得闭上眼，面前顿时似有一道白光划过，硬生生地将印象中林然的脸一分为二。她不由得打了个激灵。

在地下车库停好车，一家三口坐直升梯来到二楼柜台办理登机手续。一路上莫默都磨磨蹭蹭的，一方面是回家时间太短，她确实舍不得父母，另一方面也是为了在等一个人。不知道为什么，她心里总有个坚定的声音在一遍遍地告诉她，林然一定会来的。

元旦放假前一天，公司上至领导，下至普通员工，这天都特别客气，说话也和善得多。大家心情看上去都不错，很轻松的样子。虽说这次西南市场的拓展任务十分艰巨，可是考虑到新年将至，上头批准林然可以将工作推迟到元旦之后再展开，因此他现在手头的工作实际上所剩无多。不过以他要强的性格，有一分工作他便会付出十分的努力，所以这天对他来说并没有什么特别之处。反常的是，他今天有一种说不出的心神不宁，就像身体中某种能量正在偷偷地流失，整个人无精打采的，又像是忽然之间失去了奋斗的目标，有几分茫茫然不知所措。总之一天下来，他的效率并不高，而且莫名其妙地觉得好累，又不仅仅是身体上的疲惫。

下午下班时间刚过，办公室的人们就陆陆续续地开始撤离，15 分钟内，竟走得只剩下了林然一个。

“你怎么又回来了？”林然看着去而复返的小吴问。

“给女朋友买了新年礼物，差点儿落在这里了。”小吴从办公桌的抽屉里取出一只包装精美的礼品盒，经过林然身边的时候还不忘调侃他几句，“怎么，你还不走，莫让佳人久候哟。今天路上的车特别多，排成条长龙都看不到边的。”

“我还有一点儿事，做完就走了。”林然笑笑说，心中却很不是个滋味。

“那你赶紧吧，我先撤了。对了，4 号上班可以换个新日历了哦。”小吴指了指林然挂在电脑右侧办公桌上的小挂历，提醒他。

“知道，谢谢。”林然想，时间真是疯狂，转眼 365 天就这样又被一张一张无情地撕完了，统统成为昨天，成为历史。想着他就侧倾上前，取下日历，放在手里细细地看。

日历上密密麻麻地写满了他的日程安排，包括几点开会，几点同事聚餐。林然不喜欢随手即撕的便利贴，感觉上像是事情完成了便结束了，不像这一方小小的日历上所记载的，一字一句，今日慢慢翻看，能够感受到时间所累积下来的那种沉甸甸的厚重和踏实感。

突然，有一行隐藏在日历最后一页右下角的小字猛地触动了他的神经，“12 月 31 日 21 点 25 分，默默要回伦敦咯！”旁边画着一个可爱的笑脸。

12 月 31 日，那不就是今天吗？他终于醒悟自己今天为何会如此神不守舍了。这行娟秀的小字，还是她刚回来第二天他带她来参观自己的办公室时留下的。那时她担心地说，怕他会忘了来机场送行。他大笑着抚摸着她已齐肩的长发，说怎么会呢，就算忘了工作也不会忘了这件事啊。可是没想到，时至今日，自己竟然真的给忘记了。

林然低头看了眼手表，17 点 45 分。应该来得及，他对自己说。等我。他对着虚空中的某个人说。

小吴说得没错，年末最后一天，大家似乎都赶着回家，各种高档的中档的廉价的小轿车从这个红绿灯一直排到下个路口，喇叭声不绝于耳。林然站在几近沸腾的街头翘首企盼了近半个钟头，心急如焚之时，一辆车头闪着绿色“空车”字样的出租车才姗姗来迟。他还没来得及松一口气，就看见先他十来步远的地方有一对情侣模样的年轻人正欲相携向前。情急之下，他也顾不上什么先来后到的礼仪了，旋风似地冲到副驾驶座，拉开车门就往里跳，气都没喘一口，一个劲地催促司机赶紧开。留下两个小青年愤懑而无奈地面面相觑。

“小伙子，你这急急忙忙的是让我往哪儿开呀？”司机大叔见他面露潮红，额头汗津津的，一上车什么目的地都不说，只催着自己快点开，不免有些好奇。

“浦东机场，师傅，麻烦开快点，我赶时间。”林然说着又第 N 次地看了一下手表。18 点 20 分。

司机大叔见状便猜到了几分，嘴角微微开咧地说道：“是去送人还是接人啊？女朋友吧，多久没见了？哎哟，现在的年轻人啊，才分别个一两天，就说什么想你想到不行，不要太腻歪哦。”一副“你们小年轻的事我都知道”的过来人样子。

林然懒得说话，也没有心情回答，任凭司机一个人在那叽叽歪歪。他满脑子想的，除了默默，还是默默。

不该和她吵架的，她好不容易回来一趟陪自己过圣诞节，怎么还可以让她伤心难过呢？明明知道她是说气话，怎么可以答应她同意分手呢？难为自己还一向自诩处事冷静自制，可是在遇到默默时却依然是一个十八九岁易怒易躁的大男生，喜怒形于色，丝毫不懂得隐藏。林然苦笑着摇了一下头。

认识之初，他就知道她不是含着金汤匙出生的大小姐，可是作为一个小女生，她也免不了拥有一些女孩子共有的特质，比如说，有时的蛮横不讲理，又或者，小鸟依人似的撒娇。扪心自问，林然是喜欢她的，也愿意宠着这个可爱的小女孩儿，包容她时不时有点儿骄纵的小脾气。

可是正如莫默的妈妈所言，也许是两人的成长环境差别较大，在某些问题上，莫默和他确实存在着很难调和的矛盾。这一点两人都心知肚明。相处了四年，磨合了四年，眼看两人对彼此的生活越来越了解，一切渐入佳境，林然又如何忍心切断所有联系，割舍下这份已深入他骨髓的爱恋？

登机手续办理就绪，莫默和爸爸妈妈一起再次站在分别的大门前——“国际港澳台出发”。

都说女人容易动情，这不妈妈就搂着莫默怎么也舍不得放开，“这才来了两个星期就又要走了，我还没看够呢。”

“自己家的女儿还怕看不够啊，几个月之后不就又回来了。”爸爸不擅长直接的情感表达，他的爱，像树根，稳稳地支撑着莫默长成参天大树，深沉而厚重。

“妈，我走了之后，你要好好地保重身体，多吃点好吃的，别净让着我爸了。”在母亲温软的怀抱中，莫默竟也红了眼睛，哪怕她一再在心里告诉自己，离别是为了更好的相聚。

妈妈松开环抱着女儿的双手，冲着身边的丈夫莞尔，“听见了没，女儿让我不用再迁就你了，以后我就山珍海味，你呀就粗茶淡饭吧。”

“行行行，谁让默默是我们家的小公主呢，她的话，是一定要听的。”爸爸说这话时竟像个孩子一般天真。莫默忍不住也笑了出来。

“好了，时间差不多了，你赶紧进去吧，还要过安检什么的，希望人不要太多才好。”妈妈拍了拍她的手背，温柔地提醒着。

下一刻，自己就将步入一段新的旅途，这一刻，那个人却依然没有出现。莫默的视线越过父母的肩膀，偌大的一个出发大厅，没有那个熟悉的身影。她心里一阵绞痛。

他不可能会来了。即使再不愿意承认，但事实就摆在眼前，由不得你再继续做梦。得之我幸，失之我命，一切皆早已注定，自己又何必苦苦强求？

收回寻找的目光，她艰涩地开口道别，“爸妈，我进去了。你们多保重。”

路上的车堵得人心慌，一口气郁结在胸口，吐不出，又咽不下。林然频频看表，呼吸越来越急促，“师傅，你能再开快点吗，我真的有急事啊。”

见惯了车队排长龙的出租车司机大叔显得很淡定，双手一摊说：“这个嘛我也没办法的呀，这年头谁让大家都这么有钱呢，私家车是一辆一辆的呀。”

车子如蜗牛一般缓慢前进，林然坐在车里，颇有一种骑虎难下的感觉。他幻想此刻自己不管不顾地推开车门奔跑出去，一直跑到机场，在她转身的前一秒叫住了她。他紧紧地抱住她，告诉她他不接受这样的结局。可无奈机场离这里还有很长的一段距离，如果真的用跑的话，怕是还没见到她就已经累趴下了。所以这也只能是想想而已，他还是什么也做不了，除了坐在车里看着计价器上的数字“嘣嘣”地往上跳。

好容易车子驶出繁华的市区，在林然反复“再开快一点”的要求下，司机大叔把车飙到了一个他从业以来的新速度。

车子驶近2号航站楼，并未完全停稳，林然已从钱包里掏出两张红色大钞塞到师傅手里，丢下一句“不用找了”就一把打开车门跳了出去，甩开长腿往大厅冲。

其实他也不确定她是不是一定在那里，直觉带着他往那儿奔——“国际港澳台出发”。

隔着二三十米的距离，穿过流动的人影，那一个娇小的熟悉的身影，不是她还能是谁？在欲冲上去的一刹那，林然骤然停下脚步，不再往前。因为在她身边的，显然还有她的父母。

是被思念和后悔冲昏了脑袋吧，他竟然会忽略她的父母怎会舍得不送宝贝女儿呢？他们一家三口其乐融融，自己这样贸然前去又算什么呢？为了挽回一段感情，还是另一次语重心长的指点迷津？他犹豫了。

她抬起了头，她在东张西望，好像在四下寻找着谁。会是自己吗？林然看着她的动作，多希望她的视线能飘到自己这个方向。如果她看过来了，他一定会招手。可是，她没有。她环顾了一周，却独独略过了这个角落。他望着她把书包往背上耸了耸，接过父亲手里的小箱子，轻松地和父母告别，步伐坚定地往入关处走。

“默默……”林然颓然地转身，不敢再看她一眼。也许她能留下的，从来都只是一个背影而已。是他太执著，看不清，以为只要努力就能缩短两个人之间的距离。多亏阿姨一语点醒梦中人。是的，他可以一直奋斗，一直拼搏，可是他从来也没有想过，更没有问过，莫默是不是愿意等，是不是等得起。他自己孑然一身，不怕四海为家，可是她不一样，她没有义务，也没有必要跟着自己受苦受累。她值得一个更好的人，一份更简单富足的生活。这样的生活，他现在给不了她，不过至少，他能放过她。

仿佛是听到了他的呼唤，莫默如电击般定在原地，猛然转身。

没有人。

幻听吧，他怎么会来，来了又怎么会不找自己？莫默自嘲着，最后朝父母用力地挥了一下手，拐进了入关通道。

长痛不如短痛，再依依不舍的分别，转过脸，一个人大步向前，看不见，也就分开了。最痛的，往往只是目光错开的那一瞬间。

一门之外，隔断的不仅仅是相思。

"什么，你接受了何鹏?!"假期末，欧阳静刚回到伦敦的家，连箱子都还没拖进自个儿屋里，就听当事人坦陈了这个万分劲爆的消息。站在安妮身边的莫默淡淡地笑着，也许是先自己一步听到这件事的缘故吧，她看上去没有太多表情。

"可是陆昊他……"以自己对她的了解，欧阳静不相信如果安妮听到了陆昊的真心告白，怎么还能如此无动于衷，甚至几乎在同一时间答应和何鹏交往。

"不要再提这个人了。"安妮挥挥手打断了她，"他不喜欢我，我知道的。我也不做梦了。"

"可是……"欧阳静一肚子的困惑，事情明明不应该是这样的啊？她原本还等着回来吃两人的"脱光报告"宴的呢。

"没有什么'可是'了，欧阳，既然我已经答应了何鹏，要和他好好地在一起，我也就不会再摇摆不定。"安妮微微一笑，"来，我帮你把东西搬进屋吧。"

"那陆昊知道这个事吗？他什么态度？"欧阳静换了一个方向问。

"他没说什么，不过我猜他心里一定很轻松吧，以后我们都还是好朋友，什么都没有变。"

"安妮，你真的考虑清楚了吗？我是说，你真的喜欢何鹏吗？"欧阳静停下手中的搬运工作，站直身子问她。

安妮也把大拎包放到地上，缓缓地直起身。

"喜欢或者好与不好都是很主观的东西。陆昊的世界过于拥挤，我在里面找不到自己的位置。可是在何鹏的身边，我能感受到他视我如惟一的重视，和无微不至的关心。欧阳，我也只是个普通的女生，渴望一份安定的感情。"

她说这些话的时候，语速很慢，像是在对好姐妹解释，也像是在给自己一个交代。

"好吧……"欧阳静不为人觉察地叹了一口气。她相信何鹏的为人，善良如他，必定会以大海一般宽广的胸怀给予安妮幸福。可是事情的发展确实出乎预料，这中间必有隐情，某两个人之间一定有误会，她要去弄个明白。

“陆昊，你和安妮到底怎么回事？为什么她会和何鹏在一起？你到底有没有告诉她你的想法?”大半夜等到他 QQ 上线，欧阳静也不客气，劈头盖脸就是一堆疑问句。

“我没来得及说。”他回得很快，很简洁。

“???”连打了三个问号，她等着听他的理由。

于是，从平安夜那天安妮来家作客开始说起，到她落了包他追出去，再到雪夜怅惘一幕。这头，陆昊安安静静地打字；那头，欧阳静悄无声息地聆听。

或许缘分强调的只是今生一次正正好地遇见，正正好地相互吸引，正正好地你情我愿在一起，不需要前世五百次的回眸，也不必来生的寻寻觅觅。他和她所差的，就是那么一丁点儿的缘分。

“你觉得可惜吗?”欧阳静幽幽地问他。作为整个事件中最清楚的旁观者，她懂安妮的选择，也了解陆昊的决定。

“只要她幸福，就够了。”他未作直接回答，给出了一个失恋者被逼问失败感言时通常所能说的最伟大的答案。

可是欧阳静知道，他的心，比谁都真。

小说中的爱情，总是美得让人心惊，令人落泪，一见倾心，再见倾城。可是逃出虚构的世界，我们终究只是尘世中的一介凡夫俗子，有几个能经受住轰轰烈烈、跌宕起伏、生死相许？那样的爱情，太累，未至白头竟已心内成灰。所以很多时候，我们精挑细选的那个陪伴在自己身边的人，不一定有玲珑的身段，不一定有万贯的家财，却一定有着最温暖的双手，和最柔软的内心。

我们要去的那里一定有最美丽的风景。年轻时看不懂的事，历经岁月，一定会明白今日所经历的种种，不是偶然，而是必然，是宿命，承载着岁月轮回的周而复始，因果循环。今日刻骨铭心的疼痛必然有它的意义。太多青春可以留来明日追忆，但微笑要带眼泪才耐看。

新的一年，我们都要有新的开始。

第十四章

英国的假期放得很让人匪夷所思，短短 25 天的时间，既要狂欢庆祝圣诞节，又要拼了命地迎战考试，真的把学生当超人对待。不过对于刚刚经历过巨大情感冲击的莫家三姐妹来说，根本不存在什么“节后综合症”，相反，她们巴不得窝在图书馆或宅在家中埋首备考。她们这样的安静，再加上考试的压力，连带着活泼好动的乐姗也沉静下来了。这是个蛰伏的季节，也适合自我休整。一切都是淡淡的，却又有一种说不上来的怪异，就像是本该波澜壮阔的海面上，却平静得没有一丝风浪，静谧得令人胸口发闷。

不止是她们四个，K 大 QQ 群里的同学们几乎同时都默默地把签名换成了一致的悲壮色调，“闭关”，“拼死一战”，“不成功便成仁”……白天群里悄无声音，一到午夜，大家憋了一天的积怨终于集体爆发，埋怨学校安排时间不合理的，责怪自己平时不用功读书的，后悔跑出来花上几十万受罪的……且不管这样的情绪发泄有多大的意义，大家或许只是想寻求一种心理上的慰藉。人类是群居动物，独处不是本性，唯有感觉到同伴的依存，才能摆脱掉一个人的孤独和无助。从这个层面上来说，抱怨本身就是全部的意义，内容反而可以被忽略了。

考试将至，如大战在即，依兵书所言，决战前夕，各路英雄都需要修身养性，万不可轻易动气，以防伤了真元。因此，四个女孩间就像有了一种无言的默契，谁也不提过去一周内的风云变幻，眼下，安然度过考试才是重中之重，其他的事，过后再说吧。

为了拿到理想的成绩，也为了转移注意力，莫默把所有心思都挪到了看书复习上。之前上课读不懂的疑点难点，这会儿在她心无旁骛的努力下，也慢慢变得不是那么艰涩难懂了。化悲痛为力量，这是她目前惟一想做和能做的事了。

11 号到 15 号这一周是考试周，莫默共有 4 门考试，除了 13 号，其余四天每天一门。莫默继承了大学时考一门丢一门的光荣传统，可是直到最后一门结束之前，她都没有一丝一毫轻松的感觉，神经绷得紧紧的，甚至有一次在坐地铁去考场时由于背得太投入而坐过了站。所以当 15 号下午 4 点 30 考试全部结束走出考场，尽管伦敦冬天的傍晚在此刻已夜幕低垂，莫默竟莫名地觉得天好蓝，天上似乎还有白云朵朵。乐姗从衣帽间取了书包和大衣出来，在大门口与莫默相会，两人竟一时失语，只一个劲地冲着对方傻笑，颇有一种劫后余生的喜悦。

“走，去哪搓一顿，实在是憋得不行，姐压力很大，需要释放一下。”乐姗揽着莫默的肩，豪气冲天地说。

“那是啊。”莫默笑笑朝她说，“稍等，我好像有一条语音留言。”手机刚开机，语音音箱有新留言的提示。

“有事吗?”待她把手机从耳边拿下，乐姗关心地问。

“是欧阳的电话，说晚上一起去中国城吃饭，她刚交了论文，现在正往那儿走，安妮考完也直接过去。”

“果然是好姐妹呀，连这都想一块儿去了。”乐姗用手绞着书包的背带说，“姐这几天愁考试愁得每天掉头发，都快做不了潘婷的广告了。”

莫默抚摸着她长及背部的秀发，安慰她道：“放心啦，瞧这乌黑发亮的，吃顿好的，就全都补回来了。”

“这倒是。”乐姗“嘿嘿”地笑了两声，转而想起了什么事，“对了，陆昊、小波和淞圻去吃饭吗?”

“我不清楚哎，欧阳没说起。”莫默摇摇头，“不过可以打个电话问问，他们应该也考完了。”

中国城，丽都茶餐厅。

四个女生一如既往的很守时，三个男生不出意外的很大爷。约定的时间已经过了一刻钟，他们才慢慢悠悠地走进来。

“哎呀，默默，欧阳，一个月不见，变漂亮了嘛!”这过了个年，章淞圻油腔滑调的脾气一点儿没改，屁股倒是扭得越来越翘了。

“你什么意思啊，难道是说我们安妮不中看了?”乐姗笑着打趣他。

“我哪敢呀!”淞圻拉开椅子坐了下来，书包搁在一边，“默默和欧阳家的那位都在国内，这里说一说不要紧。安妮就不一样了，我怕今天说了明天就被暗杀了。是吧，安妮?”他眨眨眼，朝她抛去一个“我也知道咯”的眼神。

安妮笑了笑，没说话，低下头抿了口茶。

这十多天来因为考试而暂且被打压下来的悲伤又强势抬头，莫默不禁收起了唇边的笑容，怔怔地看着面前的杯子。

心细如尘的欧阳静发现了她的变化，凑到她耳边悄声问：“你怎么了，不舒服吗?”

“我没事。”莫默勉强挤出一丝微笑，心知不会伪装的自己此刻一定笑比哭还难看。

“你们点菜了吗?哥都快饿死了。”陆昊“哼哼”地说。

“谁让你们迟到的，饿死活该。”乐姗朝他翻了一个白眼。

“你还别说了，上次是谁让我在动物园门口冻了半个小时来着，现在这么有理了?”陆昊挑衅地扬起下巴。

乐姗耸了耸肩，不出声了，心想，就这么点儿小事亏他还记着，真是个小鸡肚肠。

“说起来是有点饿了，大家快点菜吧。”关键时候总少不了吴小波以“和事佬”的身份出面调停。

和往常一样，每人负责点一个菜。丽都上菜速度很一般，有时是一盘还没端上来前一盘就被抢个精光。好在七个人够热闹，一边聊天一边等，也不觉得太浪费时间。

“安妮，你和何鹏怎么好上的，说来听听啊?”章淞圻似乎还没过足当狗仔的瘾，还想从当事人这挖点内幕。

“这没什么好说的吧。”想起平安夜的那个晚上，安妮依然印象深刻，但她不想在大家面前谈论此事，尤其这里还坐着另外一名涉事者。

“是啊，你有这个闲工夫关心人家的私事，还不如多花点时间想想怎么哄好你们家杨馨吧。”乐姗逗他。

“那还有什么好哄的?她圣诞回家就没再联系过我，估计早和她男朋友双宿双飞了。”章淞圻捋了捋不小心荡落在额前的刘海，“这逢场作戏的事，何必太当真呢?”

究竟是逢场作戏，还是假戏真做，都要视对手为谁，自己又入戏多深。外人看到的，永远都只能是表面的聚散离合，这中间的爱恨情仇，唯有自己才能细细体会。

“待会儿吃完饭有什么活动没?”章淞圻这个不安分分子。

“去我家玩吧，上次他们拎来的那副麻将还没带走。”陆昊建议道，眼睛却不自觉地扫了一眼安妮。

“不好意思，我晚上约了人，恐怕……”安妮面露难色。

“哈哈，我说吧，有了男人就忘了朋友。看来以后见秦大小姐一面还得预约了。”

“不跟你胡扯。”安妮懒得和小朋友一般计较。

“忙了一周，我想先好好休息下，你们去玩吧。”莫默摆弄着手里的一双筷子，脸色确实不太好。

“那我陪你回去。”欧阳静对她说。

“我宿舍积了一周的衣服，我得回去洗衣服。”乐姗也表示不能前往。

听这三个四个的都有安排，陆昊心里既失望又窝火，他没好气地说：“算了算了，小波，淞圻，我们回我家打DOTA去，不管她们。”

一路上莫默都心事重重的，欧阳静试图打开话题，她也是有一搭没一搭地应着，像霜打了的茄子，完全提不起精神。一进家门，她轻轻地说了句“我回房了”就推开门走了进去，连头也没有回。

欧阳静在自己的房里待了十多分钟，总感觉不太对头，于是轻手轻脚地来到莫默房门口。正在犹豫着要不要敲门，里面传来了一阵啜泣声。她担心地在门上轻扣三下。

房内没有回应，她扭动把手开了门，立刻被眼前的景象吓了一大跳：莫默蜷在床角，一双望着她的眼睛红肿得像两个大核桃，一堆用过的纸巾乱七八糟地扔在地上。

“默默，发生什么事了？”欧阳静赶忙上前坐到她身边，伸出手抓住她冰凉的小手。

“欧阳……欧阳……”看见好姐妹，莫默的情感防线终于崩溃，她紧紧地回握住欧阳静的手，泪如雨下。

“亲爱的，不管发生了什么，你都要坚强，我们都在你身边。”从未见她哭成过这样，又不知道什么情况，欧阳静也心乱如麻，可她目前惟一能做的，就是陪着她，给她力量。

过了好一会儿，莫默才止住眼泪，可声音依然控制不住地颤抖：“我和林然……分手了。”

欧阳静难以置信地睁大了眼睛，天哪，短短一个圣诞假期，怎么可以发生这么多惊天动地的大事？

“默默，你如果想找人倾诉的话，我就在这里。”

莫默无声地摇了摇头，可是抓着欧阳静的手却握得更紧了。

欧阳静于是也不再问，安静地坐在床沿，看着眼泪从她紧闭的双眼中大滴大滴地滚落。这该是如何锥心的一种痛，竟能让人失语至此，唯有不停地落泪，才像把心里最难忘最深刻的伤痛一点一滴流淌干净。

纸巾换了无数张之后，莫默挣扎着睁开眼睛，眼前雾气一片。

“欧阳，我好想他，好想好想。我不想清醒着，我没有办法接受这个事实，可我也不能昏睡，只要一闭上眼，就全都是他的脸。欧阳，我真的好痛苦。”

不忍见她如此折磨自己，欧阳静拿起床头柜上的手机递给她，“如果真的放不下，给他打一个电话吧，告诉他你的难过。”

莫默慢慢地从她手中接过手机，推开滑盖，摸索着去按键。“1，3，5……”就差最后一个拨号键了，她的手却僵在那一个小小的绿色方格上，无论如何也按不下去。

“啪”的一声，她还是颓然地合上了滑盖，将手机攥在掌心，哽咽着说：“不行，我打不了。我了解林然，他说过了分手，就绝对不会改变主意的。”

可是，她忘了，当初提分手的那个是自己，而他，只是在那种时刻被动接受了她的决定而已。在受伤的时候倾向把自己置于受害者的一方是不是也是人的一大懦弱？可是，如果真的全心全意用生命爱过了，诀别的结局只会落得两败俱伤，看得见的痛化成眼泪，看不见的疼在心底溃不成军。掌纹的爱情线深深浅浅，纠缠成结，隐隐作痛。

“欧阳，我不明白，在经历了那么多坎坷辗转后，为什么我和他最终还是要分开？我只是想找一个人好好地过一辈子，真的有这么难吗？我曾经那么迷信我们，曾经那么执著地相信我和他能走到最后。可是所有的回忆、诺言和曾经相爱的决心都在现实面前变得好渺小，不堪一击。欧阳，我好怕，我怕我再也没有力气去这样爱一个人了，我好像已经用完了全部的力量。”

“默默，不要怕。”欧阳静轻抚着她瘦削的背脊，一字一句地斟酌，“亲爱的，你只是失去了爱的对象，而不是爱的本身。你一定要相信，你还拥有去爱上另外一个人的能力，只要那个正确的人出现，只要你愿意放下过去，再次敞开心扉，你就能得到幸福。很少有人可以一次就爱对，可是谁说跌跌撞撞的爱情没有价值呢？至少，我们曾经真的快乐过，至少，我们在那段感情中成长了。这样，等你下次遇到你的真命天子时，你会更加懂得如何去经营一份感情。”

“真的吗，欧阳？”莫默眼里闪着泪花，可是胸腔的起伏渐渐趋于平稳。

“真的。”欧阳静看着她，诚挚而认真地点了点头。

沉重的睫毛上下扑闪，光影斑驳。莫默深深地叹了一口气，再不发一言。

心痛过才知真爱的可贵，失去过才懂珍惜的不易。只可惜这些道理，当我们真正领悟的时候，都早已丧失了警醒的作用，只能是再一次心碎的总结，然后祝福着那些爱情的追寻者，可以不用再像我们一样那么辛苦。

生活的公平就在于不管你是失恋了，还是失业了，第二天太阳都照常升起，该继续的日子谁也逃不掉。

与心爱的女孩无言分别，林然俨然把工作升级成了新的情人，每日与之朝夕相处不下十二小时。连着一个月的加班让他瘦了一大圈，程度之明显让几乎日日与他见面的小吴都忍不住开起了他玩笑，“怎么，小子，相思成疾了啊？”

他苦笑。是啊，已病入膏肓，无药可救了。偏偏惟一一个拥有治病秘方的人又不愿施以仁手，只能任其自生自灭罢了。

这天从办公楼里出来，不出例外又是满天星斗。他揉了揉发酸的后脖颈，拎着公文包走向二百米外的公交车站。

远远地，他瞅见所等的车被一个红绿灯拦在十字路口，遂伸手进口袋掏出公交卡，贴着卡，他感觉到了手机一阵阵振动。

屏幕上，“苏丽珍”三个字持久不息地闪亮着。

略略迟疑了一会儿，林然接起电话。

还没等他开口，电话里就传出一阵抽泣声，紧接着是一顿带着哭腔的大笑。

“喂，苏董，苏董?”他听着有些不对劲，“您还好吧?”

那边又发出了一阵断断续续令人心悸的笑声，”哈……哈哈……然啊……我很好啊，从来没有这么好过……哈哈哈……”

林然不禁开始有些担心了，“苏董，您现在在哪里?”

没听到她的回答，反而是巨大的啪嗒一声，然后电话就断了。

他猜她把手机掉了，赶紧回拨了过去，“苏董，您把地址告诉我。”

“地址……地址……”她呢喃了几句，好像在确认自己的位置，“静安寺……希尔顿……”

公交车驶至面前，林然却掉转头，拦了一辆出租车，直奔苏丽珍口中所说的地点。

未到酒店，林然就看到她跌坐在地上，盘好的头发零散地披在肩上，样子相当狼狈。

“苏董，你喝多了。”他忙下车走上前扶起她。

苏丽珍抬起头，眼神迷离，看清来人之后她露出了开心的笑容，在他的搀扶下跌跌撞撞地往前走，“然，是你呀，你怎么来了……”

“我来送你回家。慢点儿走，小心。”林然扶她到她的奔驰旁，从她的包里翻出车钥匙。

车子在夜晚的高架路上飞驰，车厢里静默无声。

“今晚我前男友结婚了，我应邀去喝酒。”好久以后，苏丽珍的酒劲过去了些，她摇下车窗，车内顿时冷风嗖嗖。

林然从后视镜里看了看她，没说话。

“我和他也是大学同学，我以为毕业了就可以嫁给他。”她看着窗外，呼吸也变得沉重和缓慢了许多，像是撕开了一层濡湿而陈旧的窗纸，“毕业后我们进了同一家公司，一起坐公交上班，下了班一起买菜回家，那时候不知道羡慕死了多少人。可是谁能想到呢，才半年的时间，他就和我提出了分手，原因是公司老总的女儿看上了他。我们快四年的感情啊，这个男人，他竟然为了钱放弃了我们的爱情！我那时就对天发誓，我一定要靠自己赚很多钱，我要让他后悔，狠狠地后悔!”

“那你今天达到目的了。”这是一个太显而易见的结果，句末林然都没用疑问的语气。上海滩赫赫有名的集金钱与美貌于一身的女强人，掰着指头数又能有几人。

闭着眼睛头斜靠在座椅上，她却摇了摇头，“当我看见他来敬酒时眼里闪过的那一抹痛意，我知道我成功了。可是然，我不快乐，一点也不。我原来以为，只要我比他选择的女人活得更出色，更漂亮，我就可以彻彻底底地击败他，但今天看到他的时候，我的心，却比以往任何时候都疼。我赢了对他的报复，却输了我自己。这么多年来，恨他成了我惟一前进的动力。因为他，我不再信任任何人，我也从来都没有真正快乐过。”

说完这番话，她像是感觉到了身体的疲惫，慢慢地陷入了安静。

望着她带有泪痕的侧脸，林然突然从心底生出了一股怜惜之情。是谁说过，那些不再相信爱情的人，心里都装着一个不可能的人。

“然，你是一个好人，”在完全沉睡之前，她用几乎微不可闻的声音吐出了最后一句话，“如果哪天你女朋友不要你了，那是她的损失。”

林然双眼牢牢地盯住前方，紧握方向盘的手青筋暴露。他用只有自己能听见的声音说，“不，如果哪天我真的失去了她，那才是我一辈子的遗憾。”

自打莫默回了趟国之后，李天骐觉得她像换了个人似的，给她的电话十有八九都转到语音信箱，稍后也不回电，上午发的短信，她大概晚上甚至第二天才回，内容也再简单不过，不是“还好”就是“还行”。问她发生什么事了，她却好像自动过滤这份关心，含糊其辞。只有一次凌晨三点，她突然发来短信，问起那张贺卡的事，说不好意思弄错了，希望他能抽空还给她。他从睡梦中醒来，紧攥手机没有回她，之后合上眼却再也无法入眠。早上到办公室，他才简单地发了句“最近忙，以后还你”。

之后两个人失去了联系。一月下旬遇到欧阳静重回公司实习，他才从她那得知莫默前段时间在忙考试，想想也就理解了她的冷淡。只是离考试结束一个多星期了，她却不见得有半分增长的热络。直到某日和欧阳静在公司午餐时她不小心说漏嘴，他才知道她回去之后发生的事。

林然应该是她的初恋吧，所以分手才会让她伤得这么痛，这么深。善良单纯的孩子，连感情都是透明的。他望着窗外，撇了撇嘴角。不知道和那张弄错的卡片有没有关系。如果有，倒也不见得是一件坏事。他竟然有些开心地想。有空，得真正“关心”一下她才行。

周四晚上欧阳静约了同学看电影，安妮下了课就被何鹏接走了，留下莫默一个人在家。为了给她排忧解闷，乐姗特地叫她去宿舍吃饭，另外还喊了几个好朋友一块儿。

坐着168路公交车慢慢悠悠地晃到乐姗的宿舍门口，莫默先去旁边的大超市买了一些新鲜水果和大瓶饮料。怎么说也是客人，莫默不好意思空手前往。买好东西之后她给乐姗打了个电话，告诉她自己快到了，让她可以下来开门。

离乐姗的宿舍还有大概五十米的距离，尽管天空已漆黑，莫默却依稀觉得前方的那个身影好生熟悉。鸡窝头，鲜黄的运动装，瘦高的个头，不是易森还能是谁?

接到莫默的电话，乐姗就把钥匙和门卡揣在兜里，关上房门准备下楼。刚一推开自个儿大套间的门，就和外面的那个人不期而遇。

“易森?! 你怎么在这里?”乐姗张大了嘴，好不惊讶。

“我都在这里住了半年了。”易森微微一笑，眼里闪过一丝狡黠。

“你住在这里?!”乐姗更吃惊了，“可我怎么从来没有见过你?”

易森轻松地一耸肩，一副“我怎么知道”的无辜表情。

“天哪，我们竟然是邻居耶。”乐姗像在自言自语，“好吧，既然今天撞上了，那就从此做个友好邻居吧，请多多关照。”她在反应过来的第一时间内飞快地想出完美外交辞令。

“互相帮忙。”易森稍一欠身，走向另一边打开套间门，临关门前不忘笑着说了一句让乐姗回味了半晌的话，“你那天的‘国家保卫战’真的，呃，怎么说呢，很女侠。”说完他便消失在海蓝色的门背后。

乐姗听得一头雾水，差点忘了此番出门还有任务在身。这个人从来都那么怪，和自己思维不在一个空间维度里。她盯着那扇门看了五秒钟，才匆匆坐电梯下楼。大门外是一脸好奇加疑惑的莫默。

“我刚在楼下看到易森了，你也邀请他了吗，怎么没和我说啊?”她随着乐姗进门，手上的袋子被乐姗接了一个过去。

“哪儿呀，他竟然住我对面的那个套间，你说邪门不邪门，都在这住了半年了，今天才知道。”乐姗按下电梯键。

“是你太后知后觉了吧，说不定人家早就知道了呢。”莫默打趣她。

“不是吧……”不过想想他看见自己时冷静的表情，如果真是第一次得知，他也太能装了吧。所以莫默说的也不是没有可能。只是他是什么时候知道的呢?之前在学校里遇过他几次，他也从来都没有说过啊。前想后想，乐姗在脑子里已经给他一锤定音定了性：这个人，城府极深，虽说自己是一代女侠不假，可是若碰到真坏人，那也是不得了的一件事。所以，对于他，还是少接触的为妙。

晚饭由乐姗和莫默两个女生掌勺，另有三个男生帮忙洗菜、切菜，打打下手。一通七手八脚的忙碌之后，色彩丰富的五菜一汤被端上大圆桌，令人食欲大开：土豆西红柿炖牛肉、洋葱炒鸡蛋、红烧猪蹄、蚝油生菜、蒜蓉空心菜，外加一个紫菜蛋花汤。

“哇塞，你们也太强大了吧，这么丰盛的晚餐啊!”因为擅长摆“S”形身段而被她们戏称为“大S”的一个男生在香味的无限诱惑中贪婪地吸了吸鼻子。

“主要是小乐啦，设计这个菜谱可花了她不少心思。”此行全托他人好意，莫默自然将乐姗推向赞美的中心。

“你也做了一半的菜好不好，很辛苦的。”乐姗将手中盛好的最后一碗米饭递给孙岷，“依我说，就是便宜了这帮馋嘴的人。平常人影子都没一个，听到有饭吃来得一个比一个准时。”

“乐姗，你这么说就有失厚道了，没看见哥几个也有帮忙切菜切肉吗？”孙岷放下碗，忙不迭地往嘴里塞了一大块牛肉。

“切，就让你们做了那么点儿小事也值得炫耀吗？”乐姗坐下来，将一只猪蹄夹到莫默碗里，“快吃，要不然就被这群饿狼抢光了。”

“那你想怎么样，大不了待会我们洗碗。”孙岷是乐姗在宿舍楼里玩儿得最好的男生之一，因此两人打闹斗嘴也是家常便饭。

“这可是你毛遂自荐的，别拉上我。”有冷面笑将之称的周剑因为虚长他们两岁而被尊称为“剑叔”，别名“贱贱的叔”。

“我看你们俩就一起洗好啦，这么和谐。”乐姗故意装得很诚恳，逗得一桌人都笑出了声。莫默抬头看着朋友们青春明亮的笑脸，心里也慢慢地温暖了起来。有人一起走的日子总不至于太过孤独，她终究还是幸运的。

一顿饭吃得别开生面，席间插科打诨，嬉笑怒骂不绝于耳，待吃完洗好碗却已近九点光景，大家继续在厨房里坐着兴致勃勃地聊天。莫默正在考虑要不要先告辞回去，口袋里的手机开始“嗞嗞”地振动。她拿出来看了眼来电人，抬头说了句“不好意思”起身推开厨房门走到了外边。

“喂，天骐，有事吗？”

“我想见你，你在家吗？”

“我在乐姗这吃的晚饭，马上准备回去了。”她一手拿着手机，另一手抠着墙上薄薄的墙纸。

“好，你先别走，我现在过去接你。”

“不用麻烦了，我自己可以回去的。”她急急忙忙地婉拒，一方面是不想再欠他人情，另一方面因为林然的事多少还对他心存芥蒂。

“这么晚你一个人回去我不放心，告诉我地址。”

“真的不用了，乐姗他们会送我去公交车站的。”她仍试图拒绝他的好意。

“你如果不让我去接你，那我就在你家楼下等你，一直等到你回去为止。”他竟然开始耍赖，语气里有她不熟悉的俏皮。

莫默沉吟了一会儿，不得不承认他这招杀手锏的确厉害，“好吧，我去问下乐姗他们这儿的地址。”

等待的时间让莫默产生了一种前所未有的疑惧。天骐向来是一副彬彬有礼的谦谦君子模样，做任何与她有关的决定时肯定会征求她的意见，可是今晚语气里那股不可抗拒的命令感却让她觉得陌生，甚至是一种不达目的誓不罢休的偏执。

想起之前大半个月自己对他的态度客气到疏远，莫默猜测难道是这种突然的转变让他很不愉快？怎么说人家对自己也是一直关爱有加，真不该那般不识大体，因为个人感情的事而迁怒于他人。莫默越想越觉得李天骐此番前来一定是向自己兴师问罪来的。正在神游中，捏在手里的手机“叮呤”一声响了。她扫了一眼，匆匆和大家告别，抓起挂在椅子背上的拎包拉着乐姗出了门。

对乐姗来说，李天骐只是偶尔出现在莫默嘴里的一个代号而已，她不了解那个人，或好或坏都只是别人的主观判断，不是她的。别看莫默平时大大咧咧的，她心里的脆弱只是一面薄薄的玻璃墙，透明易碎，受了伤还容易内出血，别人看不到，自己却早已痛得死去活来。五脏六腑都被割得支离破碎，肝胆俱裂。莫默太重感情了，这是优点，却也是致命伤，尤其在这个特殊的时刻，乐姗绝对不能让她再有任何的意外。出于对姐妹的保护，她在分别前特地很认真地告诫莫默千万要保护好自己。

原以为见面会是一顿询问或是责怪，可是出乎她意料的是，打从上他的车之后，他一句话都没有和自己说过，专注地看着前方。莫默满心疑问，却又不好发问。车内沉闷的空气似乎都要停滞了。莫默不习惯也不喜欢这样的感觉。她和他之间的交往一直都是淡淡的，所以按常理来说，他们之间是不应该出现这样略显尴尬的局面的。她本能地觉得哪里出了问题，症结会是她吗？

发了好一会儿的呆之后，莫默才发现他开车的路线不像是通往回家的路。她终于按捺不住开了口。

“天骐，这好像不是我回去的路吧？”

“不是。”

他干脆明了的否定让她更为惊诧，“那我们现在是去哪？”

“去一个我想让你去的地方。”

想起乐姗临别前的提醒，莫默不由得僵直了背，紧紧抓住了门把手。

“到了。”他将车慢慢靠边。周围一片灯火辉煌。

“到了？”她瞪大眼睛，刚吊到嗓子口的十二万分警备着的心倏然间又落回了肚子里。她咽了口口水问：“这是什么地方？”

“你出去就知道了。”他熄了火，拔出钥匙。

跟着他拐过一个弯，莫默的眼前突然间一片开阔。在一片苍茫的夜色中，周身散发着幽幽蓝光的伦敦塔桥（Tower Bridge）正向她发出魅惑的邀请。她情不自禁地走向它。

已有一百多年历史的伦敦塔桥是伦敦的象征，素有“伦敦正门”之称。莫默曾在白天坐公交车时远远地看过它一眼，如今这么近距离地接触它，还是夜晚时光，尚属首次，她心中一阵阵地惊喜。与白天的古旧宏伟不同，晚上的伦敦塔桥精灵通透，仿佛童话中精美绝伦的一件道具，玄妙得不真实。莫默眼睛眨也不眨地盯着它看，像着了魔一般。

“干吗这么认真，它又不会长了腿跑。”李天骐察觉到了她望着塔桥痴迷的眼神。

“你相信吗，这世上真的有缘分这种东西。不光是人和人之间，还包括人和各种事物。我觉得我和塔桥就有这种缘分。”莫默说，“虽然是第一次见面，可我却觉得它好亲切。”

“嗯。”他点点头说，“我说过，我和你就有一见如故的感觉。”

不期然听到他将话锋转到自己身上，莫默微微一笑，双手交叠倚在护栏上，避开了他的注视。

两个人一时无话，静静望着身下并未因夜色沉闷而减缓奔腾的泰晤士河水。

“我听说了你和你男朋友的事。”他的这句话似一道利剑，在静谧的空气中划出一波晴天霹雳。

莫默睁大了眼睛，又慢慢地黯了下去，脸上热热的，凉风吹过，更觉滚烫。

“是我看你情绪低落，欧阳经不住我问才告诉我的，你别怪她。”

莫默轻轻地摇摇头。她知道这些天虽然大家表面上都跟没事人似的，心里都是担心她的。自己脸色不好他们就会嘘寒问暖，就连今晚，不就是乐姗不想让她一个人待着胡思乱想吗？

“很难过是不是？”他侧过头，几缕松散开来的头发随风拂过她俏小的脸庞。他突然有一种很想把它们拔到她耳后的冲动，但他克制住了自己。

她站在背光地，对他的问题置若罔闻。或许是答案太过明显，她根本毋须回答。伤口还未结疤，怎料又被人血淋淋地揭开，她不禁深吸了一口冰凉如水的空气，潮湿且伴着些许腥味的气息从鼻腔进入，不疾不徐地通过气管，然后一点点地侵入肺里，再扩散到四肢。她只觉手脚慢慢变凉。

“初恋嘛，很难有终成眷属的。”他尽量让自己的语气听上去轻松一些，“我也是过来人，知道这种滋味，不过你多经历几次，痛着痛着就习惯了。”

习惯什么？莫默闭上眼睛自问，是习惯身边不同的拥抱带来的不同温度，还是习惯感情和希望被抽离后内心无边无际的空虚和寂寞？

见她在这个话题开启之后始终未发一言，李天骐有点儿着急又有点儿担心。

“当我听说这件事后，我也曾想过在第一时间去安慰你，可是再转念一想，我相信欧阳他们一定早就劝过你了，甚至有可能还和你一起哭过。他们的安慰，必定胜过我这个外人无关痛痒的几句话。可是默默，你不能因为善意的安慰而一直沉浸在过去，你知道吗，你必须坚强起来，赶快让自己走出那种阴霾的情绪。”

“我知道，可是……可是……”她眼眶湿润，熟悉的疼痛、苦涩滋味又拼命向她袭来。

“心痛在所难免，但是我们不应该生活在回忆中对不对，尤其不应该强迫自己还与过去藕断丝连。如果真的决定结束，那就该断得干净彻底，你不放过自己，没有人可以帮你。”或许意识到了自己的态度太过强硬，他放缓了语调，“默默，我们都希望你能赶快恢复。你笑起来真的很好看。世界上不是只有一个他才懂得欣赏你的好，你应该给其他人机会。”

莫默这才明白为什么今晚李天骐要如此急切地要见她一面，他是想开导自己，或许还有其他的原因。可她不愿深想。有些事不必知道，有些事不想知道。

不过她明白，之所以看不淡这段失恋的痛，是因为她依旧在乎。她总会忍不住去想，在地球的另一端，那个人，是不是已经放下了？如果他已朝前走了，自己仍然徘徊在原地是不是很傻？从前只要他对自己好，她便觉得不管做什么都是值得的，而如今，那个人退出了自己的生命，所有说好的约定，发过的誓言都犹如无根的浮萍，失去了依托，随波逐流。没有谁负了谁，只是可怜情深，奈何缘浅。如果回忆会有声音，莫默希望它们是快乐的，就和记忆中她的林然一样。

“我答应你，我会尽快好起来。”她朝他浅浅一笑。

“我相信。”他回她一个鼓励的笑容。

人不为己，天诛地灭。看似冠冕堂皇的劝说之下，也许藏着不可告人的动机。遗憾的是，我们连自己都看不透，又如何去读懂别人？

如果他没有活在回忆中，为何仍将那只飞龙手链日日夜夜戴在手上舍不得摘下？如果他放过了自己，又怎么会日不能食夜不能寐只为纠缠一个相似的身影？

有些话，我们可以拿来安慰别人，却不能用以说服自己。自以为是精明的看客，却原来当局者迷。

第十五章

今年的春节来得比往年晚了几天，大年初一刚赶上西方的情人节。这可乐坏了国外那些成双成对的小鸳鸯们，远离了父母的管束，还不抓紧机会好好地疯狂一下？欧阳静的男朋友怕她一个人在国外孤单，还将特地利用七天长假飞过来和她一起过节，惹得众人好一顿寻开心。陆昊最近也交了个女朋友，就是上次和他一起搭档主持晚会的小冉。大家都笑女追男果然隔层纱。冬天来了，大家寻求温暖的积极性前所未有地高涨。

要是搁在国内，莫默等在拥挤的地铁站台上无聊地心想，各大商家恐怕都哭丧着脸吧，好端端的平白无故就缺了个搞噱头的理由，这得少赚多少红钞票呀。

从学校到家的地铁是直达车，不用中转，省了她许多脚力。伦敦自 19 世纪开通地铁以来，至今共有 12 条线路，路线错综复杂。乘线时如果不仔细看路标指示，走岔路也不是什么奇怪的事。其实换乘麻烦点也就算了，最让莫默他们不能接受的是地铁里竟然没手机信号，基本上只要你一坐扶手电梯下来，你就可以看着手机信号格数一格一格减少，到最后变成没有服务。所以一旦在地铁里遇到点什么事，想通知下其他人都做不到。据说前几年伦敦地铁当局原准备在地铁车站安装移动通信信号接收设备，结果被另一个国家的一场借手机引爆炸弹的恐怖袭击给吓得终结了这项惠民措施。

坐升降梯重回地面，在刷卡出站的那会儿，莫默听见放在左侧拎包里的手机响了一声。她把交通卡塞回包的内兜，掏出手机。一条新语音留言。

她按下收听键，服务器的机械女声一顿一顿地报完时间，然后出现了一个清晰的男人的声音。李天骐。她听着听着眉头不知不觉地揪在了一块儿。

他邀她下周日去巴斯玩，两天。周六是除夕，第二天大年初一，也就是情人节。他在电话里倒没提这个日期，可能是因为它太过敏感。只是他不说，莫默却不能当作不知道。她本能地想拒绝这个邀请。走到地铁站门口，外面不知何时下起了瓢泼大雨。冷风夹着冰雨打在匆匆而过的行人身上。该死的天气。莫默自顾自地骂了句，无奈地从包里拿出伞。手机被她顺手放了进去。回家再打给他好了，反正也不是很急的事。她这样想。

回到家欧阳静已经在厨房忙活开了。屋里暖气很给力，莫默回自个儿房里放下包，脱了大衣、围巾，走进厨房来帮忙。

“今晚什么菜啊?”莫默打开冰箱拿出一瓶果汁，又拿过杯子倒满，喝了一大口。

“红烧大虾、锅包肉、地三鲜。”欧阳静笑眯眯地说，手里搅着一碗和了水和鸡蛋的生粉。

“瞧瞧，这生活标准。”莫默“啧啧”地赞叹道，“都跨越小康了吧。”

欧阳静“呵呵”一笑，很自然地提醒她说：“默默，下周六晚上大家一起吃饭哦，乐姗已经订好饭店了。”

下周六，对哦，莫默这才想起来，早在月初就说好除夕一块儿聚餐的。她莫名地顿时有松了一口气的感觉。

“我记得呢。”她在水龙头下冲着茄子，顺口说道，“天骐想让我和他一起去旅游，我正想着怎么回绝他呢，这下有正当理由了。”

“旅游?什么时候?”欧阳静闻言略感惊讶。她不是没猜到过李天骐对莫默有意思，只是发展的速度超出了她的预期。

“下周日。”莫默耸耸肩，把洗好的茄子放进盘子里，“反正我不准备去。”

“就你们两个人?”

“应该是的吧，他电话里是这么说的。”

略微沉吟了一会儿，欧阳静说了一句让莫默大吃一惊的话，“不对，默默，你应该去。”

“什么?”莫默睁大了眼睛看着她，不知道她是认真的还是开玩笑。

“我说你要答应他的邀请，不过有一个条件。”欧阳静掩饰不住嘴角的一抹笑意。

“什么条件?”莫默被她弄得更糊涂了。

“还得带上另外十个人。”

“十个人?!”莫默震惊了，“哪儿来这么多人?”

“安妮和何鹏，陆昊和小冉，乐姗和易森，小波和淞圻，还有我和泽。”欧阳静轻松地将人名一一报来，把莫默听得一愣一愣的，原来现在的布莱恩小分队加上各自的绯闻家属，队伍已经这么庞大了啊。

“你能确定大家都能去吗?说不定都有小团体活动呢?”虽然这个提议很振奋人心，可莫默还是有些担心大家是不是都有空。

“难得出去旅游一次，人当然是越多越热闹啦。”往锅里倒入油，欧阳静将手放在上方测了下温度，还不够热，“小团体活动嘛，到那边也可以自由分散啊，这个没所谓的。”

“嗯。”莫默若有所思地点点头。其实她对巴斯的美景向往已久，只是不好意思与李天骐同去而已。欧阳静的主意恰好解决了她的担忧，而且还可以和一众好友们一起旅游，光想想就够兴奋的了。

除夕是中国的传统节日，老外自然不时兴这个。今年也是再凑巧不过，年三十和春节刚好赶上了个周末，K 大的同学们不用请假就能凑在一起过个热乎年。用乐姗的话来说就是“择年不如撞年，出国出得太是时候了”。

那次厨房谈话之后，莫默采纳了欧阳静的建议，她原本也是抱着试试看的心情给李天骐打电话，没想到他倒也应得挺快，好像这打乱他原来出游行程的计划并没有怎样影响他的心情。放下了忐忑的心，她的心情一下子变得很轻松，说话也顺溜起来，不知怎么的就问他要不要一起过来吃年夜饭。话刚出口其实她就后悔了，担心这略显亲昵的邀请会不会让他有所误会。幸好他只是说莫默那边的朋友除了欧阳他都不认识，去了怕不自在，除夕嘛本就是大家热热闹闹团圆的日子，还是留给一帮小孩子自己狂欢的好。末了，他又补充说，前几天刚婉拒了一个好友的新年派对，这回可好，又得厚着脸皮蹭进去了。

北京时间零点的钟声已然敲过，莫默他们才慢悠悠地坐地铁往饭店去，伦敦也就不过下午四点光景。

鲜红的中央线（Central Line）从诺丁山到金融城，横穿伦敦中心区域，包括著名的邦德街（Bond Street）、牛津街（Oxford Street）和利物浦街（Liverpool Street），因此历来都是人满为患的一条地铁线。偏偏它又挖得极深，尤为阴暗沉闷，委身车中实在令人憋屈得很。莫默他们要去的“老地方”东北餐馆就在利物浦街地铁站出口附近。阴郁的环境和轰隆轰隆作响的车轮辗在铁轨上的声音让人不想说话，莫默懒懒地靠在座位一侧的塑料挡板上，闭目养神起来。

她中午吃过饭给家里打了个电话，妈妈接的，那边刚开始播春晚，爆竹声掺着中央台主持人特有的字正腔圆透过电波传到她耳朵里。母女俩闲聊了几句，无非也就是说些新年快乐，恭喜发财，红包拿来的吉祥玩笑话，再问问他们在伦敦打算怎么过节。后来电话交到了爸爸手里，那一句浓浓的充满父爱的“默默乖女儿”却让她一下子红了眼眶。感情来得太凶猛，她一时没刹住车，好久都不敢说个长点的句子，只能含糊地“嗯嗯”应着。

结束和父母的越洋通话，莫默依在床边，惆怅难过了好一阵子。此刻林然应该在北方的老家，和家人一起吃着热腾腾的年夜饭吧。饺子、馒头、刀削面，花样繁多的面食，他的最爱。过去的四年中，午夜 12 点，新一年的第一刻，她一定会接到他充满浓浓爱意的零点祝福。今年，还有以后，怕是再也不会有这样的机会了吧。她想着想着就又是一阵心痛。

离新年钟声敲响的时刻越来越近，屋外的鞭炮礼花劈里啪啦渐成震耳欲聋之势，林然的心情却跌至从未有过的冰点。每逢佳节倍思亲，一年一度的除夕之夜，那张曾在睡梦中无数次出现让自己乐开怀的笑脸，如今想来却只剩流泪的伤悲。

堂弟堂妹缠着他去外面放烟花，他借口不舒服进了自己房内。

现在的她在干什么呢？会看春晚吗？第一次远离家乡在国外过年，她会想家吗？穿越眼前璀璨绚烂的烟火，他仿佛看到她又弯起了嘴角，露出两颗洁白的小虎牙。

给她打个电话吧，就算只以普通朋友的身份。林然掏出手机，一个键一个键慎重地按下，像在输入某个无价保险箱的密码。

可当屏幕显示“正在连接”时，他却突然改变了主意，心慌意乱地赶忙掐断。

他和她之间，什么时候连说句“新年快乐”的情分都淡泊了？又或者，一句普通的问候根本不能表达自己的后悔、牵挂和担忧？这份情，究竟是太浅而难以启齿，还是深重到无法倾诉？

语言一旦与最深层的感情扯上关系，便失去了全部的功用。因为能说出来的话，再难忘也会在时间的长河里被慢慢忘记。说不出来的，才会一点点在心里沉淀，最后变成记忆的活火山，在某个不经意的时刻骤然喷发，遮天蔽地，将一切吞噬成灰。

曾几何时浓情蜜意亲密无间的两个人，怎么会变成最熟悉的陌生人呢？即使告诫自己不该去想，不能去想，他依然可以清晰地听见冰冷的空气在黑暗里被思念漂白的声音。

尽管比任何人都明白信任和理解的重要性，可是当他得知在异国他乡有另外一个人对莫默那么好时，一股无法抵制的醋意淹没了他所有的理智，尤其是那个人还能做到很多他无法为她做到的事。自尊、虚荣，都遭到了前所未有的挑战。因为爱，所以刻薄。

曾经情窦初开，曾经年少轻狂，曾经可以因为爱而不计任何代价，但当披荆斩棘一往无前地牵着所爱之人的手来到社会的滚滚洪流中，他才意识到，爱，不是有感情就够。作为一个男人，如果不能担负起让妻儿衣食无忧的生活重任，他实在有愧于“爱”这个字。

这些，他都没有和莫默说过。所以，当她开心地给他买这个买那个的时候，他收得是那么心虚。他不忍拂她意，却又不想让她为自己付出那么多。他多么希望，将来有一天，他可以用自己的双手为她打开一片更加广阔的天空，站在前面为他挡风遮雨，只愿她幸福快乐。

热热的泪水在屏幕上溅开，模糊了视线。只一句简单的“我爱你”，编辑完成，存入草稿箱，无人投寄。

车到站了，莫默在恍惚中被乐姗叫醒。她慌忙挤出一丝笑容来遮掩眉心的忧愁。乐姗看着她的小脸挺苍白的，担心地伸出手探探她的额头。她笑笑说车厢里人多，空气太差。

“老地方”算是伦敦历史比较悠久的一家中餐馆了，生意一直不错。莫默他们到得也不算晚，一楼却早已桌桌满员。如果不是订得早，怕是肯定连位子也没有。他们订的大圆桌在楼下大厅。

由于乐姗无比强大的号召力，这次新年聚会来了整整二十四号人，满满当当地挤了两张大桌子。入座时安妮无意地拉了何鹏一块儿坐下，却被陆昊的一对小眼睛撞个正着，他似赌气般搂着小冉挑了安妮对面的位子。欧阳静陪着泽坐在安妮旁边，莫默和乐姗挨着泽坐。小波和淞圻依次坐在陆昊的右手边。一张十二个人的大圆桌，布莱恩小分队连带家属就占了十个，也难怪旁边那桌人不停地起哄说他们搞小团体。

服务员拿来菜单，大家翻了一通，纷纷报上自己喜爱的菜色。一个小姑娘，看来和莫默他们差不多年纪，拿着笔刷刷地在纸上飞快地记着。也许是大过年的缘故吧，中餐馆向来服务态度不受好评的服务员今天看上去也心情不错，记菜的同时嘴角始终挂着微笑。

“你们要些什么酒水饮料？”她把菜名向大家核实了一遍后问道。

“大瓶果粒橙吧，你们喝不喝？”欧阳静询问大家的意思。几个女生一致点头说好。

“这大过年的，不喝点酒就太没气氛了。”陆昊一副今晚不醉不归的样子。

“我又没算你们。”欧阳静笑着瞪他一眼，侧过脸轻声和泽说，“你待会少喝点，别听他们劝酒。”

服务员收起菜单离开，不一会儿拿上来十二个杯子在他们面前摆上，一并上来的还有橙汁和七瓶啤酒，暂且按男生一人一瓶的量算。

“来，让我们为今晚难得的相聚举杯。”眼看大家都在各自的酒杯里斟上了果汁或啤酒，陆昊满怀豪情地提议道，关键时刻方显K大QQ群群主本色。

众人齐碰杯，“咣铛咣铛”响成一片。隔壁桌的几个好玩的男生还专门跑过来和莫默他们撞一下，说那桌的女生太少了，资源分配不均衡，均被陆昊等人以不得私自勾引良家妇女的理由给哄了回去。

趁着等菜的间隙，莫默悄悄地问乐姗：“你和易森说过去巴斯的事了吗，他有时间不？”

“说过了，他说OK的。”乐姗嘴上虽不说，心里却是有几分知晓姐妹们为何作这样的人员编排。

“那就好。”莫默露出了释然的笑容，“他今晚怎么不来吃饭，你没叫他？”

"哎，这你可别冤枉我，我可是同时提了的。"乐姗撇撇嘴，"不过他说他们香港同学要一起过年，就不来了。"

莫默"哦"了一声，笑着抚顺她的长发。

东北人豪爽天下皆知，这上菜也够速度。短短几分钟的功夫，菜就一盘接一盘地端了上来。大家动筷的动筷，碰杯的碰杯，气氛好不融洽。

尽管来之前陆昊已经作了充分的思想准备，拚命告诫自己待会不管看见什么都要冷静，可是这会儿只是瞥见安妮夹了一块腐乳猪扒笑盈盈地放进何鹏碗里，他的心脏就开始不由自主地加强搏动。不生气不生气。他像念咒语一样反复安慰自己，但是效果却适得其反，就像头戴金箍的孙猴子被念了紧箍咒，头疼欲裂，更讽刺的是，念咒的是他自个儿。眼不见为净，他强迫自己的眼睛不往对面瞄。为了转移注意力，他还一连给小冉夹了好几道菜，把她给激动得不行。

何鹏貌似酒量也不怎么样，才喝了半瓶不到就想换橙汁。陆昊才不肯放过这个千载难逢的"对付"他的良机。他站起来，端着满满一杯酒走到何鹏身边。

"何鹏，这杯我敬你，新年快乐。我先干为敬。"陆昊朝他扬了一下手中的杯子，便仰头一口喝干。

在众人的起哄声中，何鹏红着脸站起来，也不知道是不是喝酒上脸。

"你也新年快乐，我不会说什么，就干了。"他拿起面前的酒瓶倒满酒，也豪迈地喝见底。

"这第二杯要敬你，祝贺你拿了4个A。"他满上自己的酒，又干了。

"这杯要喝的！"不知是羡慕还是嫉妒何鹏作为惟一一名上学期期末考试全拿了优秀的K大中国学生，大家哄得更起劲了。

感觉到身边有人在扯他的衣袖，他往旁边低下头。安妮有点担心地看着他。他摇摇头笑着说没事，继而也干了别人方才斟满的酒。

"这第三杯，我要敬……"陆昊意味深长地看了一眼安妮，"你和安妮，恭喜你们在一起。"不等他们的反应，他已经又把手中的酒杯喝了个底朝天。

安妮站了起来，凝视了他几秒钟，心里像打翻了五味瓶，什么味道都有，暗涌成乱，表面却风平浪静。她无声地叹了口气，拿过何鹏的酒杯，自顾自地倒满酒，朝陆昊浅浅一笑，说了句"谢谢"，在众人的注视中把酒灌下了肚。喝完她又倒满将酒杯端到陆昊面前，说："何鹏他不胜酒力，这杯我替他喝了。再次谢谢你。"啤酒苦苦的味道顺着咽喉入胃，她立时觉得胃里一阵翻江倒海。

安妮酒量如何陆昊心中是有数的，眼看她这么豁得出去帮何鹏挡酒，果真是帮夫心切。陆昊除了无奈竟然觉得有一丝可笑，没达到劝酒的目的反而把自己弄了个不高兴。犯贱。他狠狠地嘟囔了一句，悻悻然地回到座位上。

接下来的菜陆昊根本就没好好吃，他只是不停地站起来，敬完一个敬下一个，敬完这桌敬隔壁桌。服务员一次次地上啤酒，很快桌面上就积起了一堆空酒瓶。

陆昊在那边忙活，安妮这边也没心思吃了。他究竟在干什么？安妮不止一次地皱着眉头在心里问。想喝也不能是这么个喝法啊。她其实是担心他的，几次冲动到就想一把把他揪回来，在座位上按好，让他安安端端地吃几口热乎饭菜。可是每一次何鹏总会贴心地帮她夹菜或和她说话，她又害怕会被他看出什么，只好一再要求自己不看不听不想不管。

何鹏对安妮无微不至的照顾莫默一丝不拉全看在眼里，她的心又忍不住绞绞地痛起来。她想起过往林然对她百般的好，一晚上也没有好好地吃东西，一个人拿着啤酒瓶自倒自饮，很快就有了几分恼人的醉意。

不知道是不是因为酒精的作用，她似乎看见了林然温暖的笑脸在眼前忽隐忽现。她伸出手想抚上他的脸庞，他却突然别过脸去，再回头，竟换作了一副气极的模样。

恍恍惚惚地，她又听见他说，“……那你要不要告诉我，你和你那个什么学长的关系发展到哪一步了……”

“我和李天骐，真的什么也没有……”她努力向他解释，眼泪不知不觉地溢出眼眶。

“……你有没有想过，这份礼物我可能承受不起……我是一个男人，我有自己的自尊和骄傲，我怎么能忍受女朋友在外面买单呢……”

“林然，我懂了，我真的明白了，求求你再给我一次机会，我们重新来过好不好……”她低至尘埃里绝望地挽回，放下了虚荣，放下了身段，只因为她的心里始终放不下他。

“默默，默默，你还好吗？”乐姗见她嘴里开始含混不清地说胡话，赶紧搂过她的肩，在她耳边小声地呼唤，“哎呀，都怪我没顾及到你今天的心情，你喝多了，想骂人就骂我吧，千万别和自己过不去啊。”

莫默没理她，依然执著地拿起酒杯往嘴里倒。乐姗见状不妙急忙从她手里抢过。手里的杯子没了，她索性站起来抓着桌子上的一整个酒瓶就“咕咚咕咚”地灌。这下乐姗也慌了，怕她喝醉，也怕别人看出她的异样，把酒瓶夺下之后她就哄着莫默坐下，手一下一下地抚着她的后背，“默默乖，我们不喝了，酒它不是个好东西，你有什么话就和我说，我就在你身边。”

莫默摇摇晃晃地抬起头，眼睛没有光彩，也没有焦点，涣散的，泪水滴落在脸颊，“你……你是谁啊？”

“我是乐姗，最爱你的乐姗啊。”看着她糟蹋自己的身体，乐姗说不出的心痛，“默默，我知道你痛，你告诉我，别一个人扛着好吗？”

“乐姗……乐姗……”讷讷地重复了两遍她的名字，莫默好像终于明白了身边是何人，猛地扑进她怀里放声大哭，“乐姗，林然他和我分手了，我好难过好难过，你帮我去和他说，我不想和他分开，我错了……我不会再乱买东西，我会记得他的自尊和骄傲，你帮我求求他，不要和我分开好不好……我不要戒指，我不和他吵架了，你让他回来好不好……”

她说得语无伦次，乐姗早已听得泪流满面。她紧紧地抱着莫默发颤的身子，“好好，我去和他说，让他回来，你不要难过，不要哭了好不好？你这样子，我会很难过的，安妮，欧阳也会很难过的……”

试图睁开被泪水迷蒙的眼睛，莫默只觉得眼前模糊的有光，她想看清，却怎么也看不真切，她抱住乐姗止不住地发抖，“乐姗，我的心好痛，这里像有了一个大洞，空的，怎么会这样，怎么会这样……”

“不痛，默默不痛，”乐姗哪能见得她难过成这样，又帮不上忙，心里又急又难受，也只能一个劲地流眼泪，“你还有我们，我们都在这里，不会离开你的……”

“他说他没有喜欢别人，我相信他的……只要他说，我就信，我真的信……”倒在她怀里泪流不止，莫默的心被后悔和痛苦来回锯割，连呼吸都变得困难起来。

“我知道，我们都知道……”乐姗一边哭一边摸着她的头，像安抚一个受伤的小孩。

两个女生相拥而泣，哭声惊动了不少在座的人。不断有人过来关切地询问怎么回事，乐姗都对他们摇摇头示意不要问了。她知道莫默此时最需要的就是彻底的完全的发泄，只要能哭出来，就还不是太坏的事。

这边陆昊也喝高了，软软地瘫在椅子上，手里却一直不肯松开杯子，直嚷着“我没醉，是男人的就继续喝”。彼时男生们都被陆昊不知道灌了多少圈，一个个酒量又远不如他，自顾不暇。

“安妮，安妮……”突然，陆昊发神经似的叫了两声她的名字，她本就拎着一颗心，这下更是吓得三魂出了两窍。她猜不出他下一步会做什么。

幸好他接下来什么也没做，周围人声嘈杂，她万幸没有其他人听到，最重要的是，何鹏没有听到。她借着夹菜的机会瞄了他一眼，他依然微笑着，一切无异。她稍稍放下心来。

“呕”，陆昊侧了个身，吐出一摊秽物，手里的杯子也不慎落到地面上，粉身碎骨。

安妮再也坐不住了，条件反射似地腾一下就站了起来，眼里的担忧一览无余。

“还是你动作快，赶紧去拿些纸。”

安妮茫然地低头，发现欧阳静的手正紧紧地覆在自己的手背上，虽然微笑着，眼里却充满了警告的意味。她顿时回过神来，一颗心也悄无声息地沉到底。

她已经明白，从此以后他的事，她只能看，不能管。

原来瞒得过所有人，也瞒不过欧阳的一双眼睛。刚才陆昊的那两声呼唤想必她也听到了。

安妮不作多想，疾步走到服务台拿来一叠纸巾。她走到陆昊身前，却将纸巾递给了正拍着他背的小冉，说：“你帮他擦擦。”

小冉感激地冲她一笑，接过纸巾手忙脚乱地帮他擦着嘴，抹去衣服上沾到的脏东西。

安妮回到座位上，心乱如麻，只想尽快结束这里的荒唐场面赶紧躲回家去。她如坐针毡，多待一分钟就多受一份罪。

这大过年的，多喝一点自然是为了开心，只是几个大男生基本上都喝得七荤八素，一个一个东倒西歪，其他人也无心久留，纷纷穿上外套，准备退席。

陆昊一手扶墙，一手无意识地在空中乱挥，像在抓寻什么东西，摇摇晃晃地走上楼梯。小冉费力地挽住他挣扎的手，搀扶着他一步一步往上爬。安妮走在他们后面，就怕他一个不小心踩空掉下来，心里七上八下的，没顾上脚下，反而差点失足，幸好何鹏在旁边紧紧地搂住了她。

来到室外，一股凉飕飕的冷风吹来，众人酒后混沌的神志也得到了暂时的清醒。

小波、淞圻和其他为数不多的几个男生分头拦到了两辆车，先送几乎醉得不省人事的莫默和陆昊。

莫默在乐姗的搀扶下爬进后座，歪着头倒在座位上，嘴里依然呢喃地说着胡话。欧阳静和泽陪着她坐进车里。安妮站在车门边，眼睛却不由自主地望向一旁。

另外一辆车，陆昊无论如何不肯上，死死抓着车门不愿进去。小波去拉他，他却捂着胃难过地蹲了下来，“哇”地一下吐了满地。小冉着急地帮他一下一下抚着背，顺顺气。

“陆昊，你没事吧?”看到以往生龙活虎的大少爷今天这副惨样，乐姗也不由得担心起来。

“哥没事，哥怎么会有事？哥还要找你们好好地玩儿呢！”陆昊大手一甩，硬要充好汉，却把身边娇柔的小冉推了个趔趄，自己也失去了重心，摔倒在地。

“你呀你呀，喝不了就不要死命撑。”欧阳静见势不妙，赶紧从车里出来，上前扶住他，“你难受难道她就会好受吗?”后面那句话她说得很轻，既有责怪也是担忧。

陆昊不知道听见没有，蹲下去又是一阵狂吐。欧阳静把他交给小波和淞圻，这回他变乖了，任由他们把软绵绵的他塞进车后座。小冉不放心，一定要跟去看看，就坐到了陆昊身边，抬起他的头放在自己腿上。

“快上车吧，小心别感冒了。”欧阳静拍拍安妮的肩，在她耳边小声说，“别担心，他只是喝多了，不会有事的。”

安妮点点头，与何鹏告别坐进了车里。

他就这样在她的面前喝醉了离开，而她却无能为力，安妮控制不住自己不去担忧，不去记挂。明天还要出去玩儿，他能恢复吗？但说实话，明天他来不来得了已经不是什么大事了，此刻她只希望他今晚可以快点儿好起来，不要再不舒服。甚至她是有点儿希望他明天不要来的。不见到他，她反而更轻松些。说到底，她也是自私的，她不想看到他的身边陪伴着另外一个女孩，她也不喜欢面对何鹏时那种略带歉疚的感觉。可是一旦陆昊和他同时出现，这种感觉却好像会避免不了地出现。

一顿折腾之后，回到家已经十点多了，莫默被欧阳扶进房，一挨着枕头就睡着了。

安妮关了房门躺到床上，灯也没开。她觉得很累，但是脑子异常清楚，晚上发生的一幕幕都在眼前回放。他过来敬酒，他不停地干杯，他喝多，还有那两句若有似无的“安妮，安妮”……他真的有叫过吗，还是自己幻听了？安妮睁开眼睛望着天花板，开始怀疑真实和想象之间的差距。

正想着，包里传来一阵闷闷的手机铃声，把她吓了一大跳。

“陆昊？”此时这一无比熟悉的名字却让她惊讶得轻声叫了出来。她拿着手机坐回床上。他现在打来干什么？他不是应该在睡觉吗？

无数的疑问和挂念串联成结，她摁下接通键。

“……安妮，安妮……”还没等她开口，电话那端就传来了他的低唤，好像他已经就这样叫了她好久。

同样的语气，同样的名字，安妮的心被他的两声轻呼一下子喊得安静了下来。刚才那些纷乱的千头万绪好似此刻也乖乖地排列整齐，等她领悟。

“喂，陆昊，陆昊……”她也轻轻地呼唤着他的名字，就仿佛是一种秘语，只有通过他们两人的口，才能让对方听懂，“你还好吗？”

“我还好吗？我不好，很不好。”陆昊喃喃地说着，“安妮，安妮，不要挂电话，不要不理我，我只是想和你说说话。”

不知为何，他今晚特别地连呼两声她的名字。

“我不挂电话，我也没有不理你。你说话，我听着呢。”他呓语，她清醒。

“安妮，安妮，下雪了，你看，雪花好大，好漂亮啊……”他胡言乱语着，一句话还说得断断续续的。

虽然不明白他说的什么意思，可安妮准备就顺着他说，“是啊是啊，雪花很漂亮呢，等你醒了我陪你去堆雪人玩好不好？”

“好呀好呀，你说过的，要算数哦。”他像一个小孩子那样“咯咯”地笑起来，可是转瞬语调又变得很低落，“我没有鲜花，没有等你，你，你不要怪我，不要怪我……”

什么鲜花，什么等她，安妮越听越糊涂，她正想问仔细点，他又不管不顾地往下说。

“如果，我是说如果……”他好像翻了个身，安妮听到了床“咯吱咯吱”的声音。

“如果什么?”安妮有点心急地追问，她觉得她一定漏掉了一些关键的信息，“陆昊，你想说什么?陆昊，陆昊……”但是不管她再怎么叫，电话里却再无半点声音。

就在她急得像热锅上的蚂蚁不知该怎么办才好时，她听到那边传来了动静。

“喂，安妮吗?陆昊刚刚睡着了，你有事的话我可以帮你转告他。”是还没离开的小冉。她刚才去浴室洗块热毛巾想帮他擦擦脸，回来就看见他呼呼睡得正香，手机丢在一旁。她拿起来想帮他放好，结果看到了正在通话。

“哦，没事没事，他睡着了就好。晚安。”这个声音，既在意料之外，又在情理之中，安妮被自己突如其来的慌乱和失落吓得匆匆地收了电话。他的身边，现在有人照顾，她应该放心不是吗?可是为什么，心里却有一丝丝的苦涩?为什么，此刻陪在他身边的人不是自己?一想到这个念头，安妮又觉得万分罪恶。大概是晚上喝酒了吧，才会如此脑子不清。她拼命摇头，想把自己晃清醒。

可是，他究竟想和自己说什么呢?安妮的一颗好奇心不受控制地愈来愈强烈。下雪，鲜花，等待……突然一道明晰之光射进她的脑子，她不敢置信地微微张嘴。平安夜!他竟然还在念叨平安夜的事!

那个晚上，她相信他一定看到了一些事情，她只是不知道那些事在多大程度上影响到了他，也不知道他究竟是以何种身份，何种心情对它们如此念念不忘。她想不明白，也猜不出来。

而那句他没来得及说出口的“如果”，就像他没能及时诉之于她的感情。吐了一半的真言，无缘说与有缘人知，只得长眠于无情的漫漫黑夜。

假若当初不相遇，如今便会不相错。他和她，总是那么刚刚好地差一点儿。

第十六章

次日清晨6点30，欧阳静来敲莫默的房门，却发现她已经起床了。

“幸好酒劲散得快，要不然今天都不能出去玩了，”莫默边收拾书包边说，眼睛又红又肿，“欧阳，我昨晚……是不是很丢脸啊？我喝醉了，什么都记不起来了。”

“你喝多就睡着了，没事的。”欧阳静帮她把书包拉链拉上，“只要你自己心里舒服就行，其他的你都不用担心。”

“嗯，我现在好多了。”莫默朝她微微一笑。

7点30抵达车站，除了陆昊和小冉，其他人都到了。李天骐在地铁口等莫默，乐姗正和易森比手划脚地说着什么，大概英语表达不出来，普通话又怕他听不懂。小波和淞圻坐在椅子上休息，估计昨晚累得够呛。何鹏看见他们走来，笑着上前接过安妮的拎包。

“你的眼睛怎么肿了，哭过了？”李天骐弯着腰看她，双眉微蹙。

“没没，”莫默笑得有些勉强，“昨晚太热闹了，没睡够。”

“那待会去车上睡会儿吧。”他没有再问，替她背了书包，陪她在候车室坐下。

7点45分的火车，陆昊在开车前3分钟才姗姗来迟，残留着些许宿醉后的痕迹，跑起步来踉踉跄跄的。后面跟着一脸憔悴的小冉。

在一片催促埋怨声中众人终于挤上了火车，各自找到车票相对应的位子坐下。

“87A，87B。”安妮一边念着票上的座位，一边抬头找号，“到了。”

这是那种带小桌子的位子，两两对坐。在火车上算是抢手座，方便大家打打牌聊聊天。安妮依窗坐下，何鹏顺次坐在她旁边。

“88A，88B……”小冉的声音从他们身后传来，一直到他们面前落定。“啊，安妮，我们坐在一起耶！陆昊，快来，我找到位子了！”她兴奋地把一个大书包塞到头上的行李架上，嘴巴一刻不停歇地说，“还好我有先见之明，昨天早上就整理好了东西放到陆昊家里，本来是想让他帮我背一下的，结果昨晚照顾了他一晚上不说，今天还得自己背，早知道就不带那么多了，唉，失策啊失策……”

安妮哪有心情听她讲话，一想到要和他就这样面对面地坐上个把小时，心怦怦地跳得厉害。她朝小冉礼貌地笑了笑，转过头看向车窗外。

车厢里坐得很满，陆昊一路说着“Excuse me”走到自己的座位前，猛然抬头发现对面坐的人，也不由得愣了愣。

“大家都担心你今天来不了了。”何鹏笑着和他打招呼，“你昨晚后来没事吧？”

“没事没事。”他局促地“呵呵”笑了两声，坐了下来。

火车几乎就在他坐下的同时开始启动，慢慢地驶离站台，继而显著提速，“轰隆轰隆”地贴着铁轨奔向前方。车外的风景也逐渐改变模样，没有了城市内的楼房别墅，转而是一大片一大片开阔的田野和草原，偶尔还有一群一群的牛羊悠闲地吃着草，或漫步田间。安妮出神地望着这难得一见的自然风光，心也随着车轮的节奏徜徉在无边的世界。小冉连叫了她两声她才反应过来。

“我们来打双升吧，我带了牌。”小冉从包里掏出两副扑克，得意地挥舞着。

“不好意思啊，我有点儿累，你们玩吧。”安妮抱歉地一笑。这话是真的，昨天一晚上她止不住地想一些事情，确实有些疲倦，脑子钝钝的，感觉像塞了一团棉花。

“累了？靠在我身上睡会儿吧。”何鹏拉过她的手放在身前，关切地说。

“嗯。”安妮点点头，顺从地将头枕在他肩膀上。闭上眼睛，她的心却跳得更快了，“扑嗵扑嗵”地捶着胸腔。此景此地，一定可以排进她人生最不愿面对的十大悲惨境况了。所有那些极力避免的尴尬、矛盾、纠结，统统争先恐后地蹦了出来，叉着腰浮在半空中笑话她。

看见她温顺乖巧睡在何鹏肩上的样子，陆昊莫名地气不打一处来，但是也无处发泄，只好低头闷闷地用鼻子吐了两口气。他不想看，可是眼睛又不知道往哪放，好像不管看哪里，都有她的影子。他索性搂过小冉，赌气般地说：“我们也睡觉。”

除了他们四个，其他人都坐在面朝火车前进方向的双人座位上。

自上车后莫默就一直靠在坐椅上闭着眼睛休息。尽管不时感觉到身旁人的眼神在自己的脸上短暂停留，可她实在提不起精神聊天。其实做一只只会把头埋进沙子的驼鸟也没有什么不好，看不见，就当不存在了。黑暗的背后，只有自己与自己作伴，孤清却安全。

“默默，你还好吧？”趁着李天骐起身离开的间隙，欧阳静坐到了她身边。

“我没事。”她说，“你怎么跑过来了，不用陪你们家那位吗？”

“他困了，正闭目养神呢。也难为他了，时差还没怎么倒好，就被我拖出来玩儿。”欧阳静说着俏皮地吐了下舌头。

与欧阳相处半年以来，莫默见过她超越了同龄人的的冷静、理智和聪慧，可每每谈及心爱的他时，欧阳说到底也是一个在男朋友面前温柔似水的小女人，很可爱，也会时不时地撒撒娇。莫默不止一次地在心里感慨过，任凭再强的女人，也会为了心爱的男人，甘心情愿地变成一朵从尘埃里开出来的花。一切，不就是缘于一个“爱”字？

想当初，她也是那样一个集万千宠爱于一身的小公主，被家人疼着，被朋友捧着，直到遇见他。为了爱他，她慢慢地收敛起骄纵任性的大小姐脾气，学着如何去照顾一个人，他生病了她冒着大雨去帮他买药，他实习时挨老板责骂了她耐心地听他发牢骚……只要他有需要，她总会在第一时间不问因由地赶到他身边，给他最贴心的关怀。和他在一起，她总想把最好的都给他。她舍不得买一条一千块的裙子，可是却会积攒零花钱送他一件两千块的毛呢大衣。

她无悔地付出，以为这就是她能给他的最好的爱。可是平安夜的晚上，林然的一番话却让她倾注了全部心意堆砌的虚幻城堡顷刻崩塌。原来，他并不需要她那样“忘我”地去爱他，那样的一份爱，让他觉得沉重，让他承受不起。她以前没想过，不明白，可是现在她慢慢地开始懂了，只是，再也来不及了。

后来，我们都学会了如何去爱，可惜那个人却早已不在。如果有机会，我们能否再重来？

“犯困了？”欧阳静拿右手在她眼前晃了晃。

“大概今天起得太早了。”她用手把一缕头发别到脑后。

“默默，你知道的，”欧阳静握住她的手，“我们都希望你快乐起来。”

“我懂。”她轻声说。

“感情的事只有你自己能体会，我们都帮不了忙。不过默默，有一点你一定要记住，不要再让自己受伤害。”欧阳静说得言辞恳切，一字一句都是对好姐妹最贴心的关切，“有人对你好也许是件好事，但也许只是为了让你看清心底最爱的人。”

莫默在她的话语中不禁黯然。李天骐对她的关心她不是感觉不到，但是，爱情真的可以转移吗？换一双手，难道就能抚平心中那个深不见底的伤口？或者，就如欧阳所说，他的出现只是为了让自己更深刻地认识到心中至爱。可就算认识到了又怎么样呢？那个人还会再回到自己身边吗？

所有都是无解的问号，就像一道永远也算不出答案的方程式。

第一次与他离得这么近，乐姗觉得既新鲜又紧张，好像连呼吸都急促起来。她虽然平时大咧咧的，可也不是没对男孩子动过心，但没有一次像今天这样让她那么头疼。按道理说，易森怎么看都不像是一个城府深不可测的小贼，反而全身上下透露出一股，乐姗滴溜溜地转了转眼珠想，一股沉稳却真挚的感觉。和你说话时他会认真地看着你的眼睛，轮到他开口时他也不会滔滔不绝。好听的男中音，平稳的语速，带着粤语口音的国语，虽然一开始不太容易亲近，不过就是怎么样都令人讨厌不起来。可她在心里是给他定过位的，也郑重地告诫过自己要离这个人远一点儿，她不好意思一下子就把原先的结论给推翻。还是先观察观察再说。

这么想着乐姗胆子也变大了，扭过脸细细端详起易森的样貌来。他头发乱乱的，却不令人讨厌，甚至还有几分说不出的可爱；健康的小麦色皮肤，略微凹陷的双眼，高高的鼻子，鼻翼两侧散落着几颗小雀斑；还有他的嘴唇，乐姗发现五官之中她最喜欢的还是他的嘴。他有一口洁白整齐的牙齿，却从不夸张地大笑，偶尔露出白白的一排，看了就让人羡慕。其实仔细看也挺好看的嘛。乐姗在心里偷笑，不知不觉竟看得出了神。

“你为什么这样看着我，我脸上有脏东西吗?”易森觉得左脸有一种莫名的炽热，他转过头，正好撞上乐姗的一双小桃心眼。

长了二十多年没这么失态过，乐姗想拿把刀抹脖子的冲动都有了。她佯装镇定甩给他一个不屑的眼神，清了清嗓子说：“长成这样也敢出来乱晃，不怕影响市容市貌啊?”

易森一时没反应进来，待把她的话好一顿消化，才不紧不慢地说：“我觉得我长得不难看吧。”

一句话差点把正因为紧张而死命咽口水的乐姗给呛着。见过嘴贱的，见过欠扁的，可就是没见过这么实在的。乐姗摇着头，想不明白他究竟是哪个星球上来的神秘物种，该不会是专门派来克她的吧？阿弥陀佛，她翻了个白眼在心里嘀咕，我刚才说他哪儿哪儿好看来着都见鬼去吧，菩萨莫怪，莫怪。

逃离了整日灯火迷乱，喧闹声不绝于耳的伦敦，莫默从踏上巴斯小城的第一步起，就深深地爱上了这里的安详与宁静。尽管晨曦散去后的天空依旧雾霭蒙蒙，可这丝毫不能阻挡莫默放纵自己的眼睛尽情地去网罗这个城市的一草一木，一山一河。

位于巴斯城中心的是一个下沉式广场，光秃秃的枝丫衬托着满目苍翠的草地，清澈的爱文河仿佛碧绿的翡翠腰带穿城而过。远山在望，层层环绕着这个天然纯朴、田园风景如诗如画的玲珑精致的小城。历史偏心地并没有在它身上刻下破旧与沉重，反而让它穿上了在当时甚至在现代看来都叹为观止的美丽外衣。这里的建筑既继承了古罗马风情，也保留了全英最完整的后哥特式风格，高贵、优美、漂亮、典雅。

依照之前设计好的游玩路线，一行人在“欧阳靠谱”的指引下浩浩荡荡地来到古罗马浴场。

“记得以前在上雅思培训班的时候，第一次听说有巴斯大学，我还想怎么那么奇怪，竟然会有一个学校叫‘洗澡大学’。现在看来，这个城市叫‘浴池’我都觉得很正常了。”乐姗一边听着中文讲解器，一边回忆着她和巴斯的初识。

巴斯（Bath）在英语里就是“浴池”的意思，莫默在初闻其名时也觉得很新鲜，这会儿会意地笑起来。

“只可惜这些温泉都只能看不能泡，要不然下去舒活舒活筋骨一定很爽。”走在温泉池边上，看着绿莹莹的温泉水荡漾在长方形的石砌水池里，冒着若有若无的热气，陆昊的脸上写满了遗憾。

“想下去吗，要不要我帮你一把？”欧阳静走过他身旁，故意作了一个欲推他入水的动作。

“这么能闹，小心没人要。”陆昊为报“一推之仇”，眯着小眼睛抢白她。

“我才不担心没人要呢。”欧阳静斜了一眼陆昊，牵紧了泽的手，笑眯眯地仰着头对他说，“这辈子我就赖着你了，以后你工作我就在家相夫教子，你说好不好？”

泽微笑着点点头，旁若无人地在她额上印下一个吻。

“哟哟哟，果然是小别胜新欢呀，都当我们不存在了！”陆昊大声地嚷嚷，把众人的注意力都吸引了过来。

“我们错过什么好戏了？”安妮和何鹏并肩走上前，与他们“一”字排开。

十指相扣。陆昊酸溜溜地移开了眼睛。

“欧阳和泽刚刚上演了一出腻死人不偿命的戏码。”章淞圻朝安妮挤眉弄眼的，笑得诡异，“你和某人要不要也来一下？”

果然一肚子的坏水。“淞圻，你这张嘴巴得尽早缝起来，越来越没谱了。”安妮瞪了他一眼，真是又好气又好笑。

“哎哎，今天难得聚了你们这么多对儿，不如我们来看手相算命吧！”不知从哪来的兴致，乐姗兴奋地拊掌提议说。

“好呀，小乐，你会看吗？”说话间莫默已摊开右手递到她眼前，“先帮我看看吧。”

乐姗捧起她的小手像模像样地研究了一会儿，“你看啊，这条起自食指和拇指之间，沿着金星丘画一个弧形而下降的线就是生命线……”

“啊？什么球？进行球？”章淞圻站在她后面，听得稀里糊涂的。

“不是‘进行球’，是‘金星丘’，喏，就是这里。”乐姗在莫默的手掌上指着被生命线所包围的右侧，耐心地解释说。“这条和生命线起自同一部位的长线就是智慧线，也叫理智线……”

“那感情线呢？”不待她说完，陆昊伸长了脖子问道。

“瞧你这猴急样。”乐姗笑话他，“看，这条起自智慧线上方，一直延伸到小指下方的那条线就是感情线啦。”

“说了那么多，默默的手相到底怎么样啊？”小波似乎对这个话题也很感兴趣。

“生命线清晰，智慧线明朗，感情线末端支线丰富，简单地说，你就是长命百岁，生活美满，大富大贵的吉相。”乐姗说得甚是有板有眼。

“那么好啊，呵呵。”莫默笑着将右手放回眼前细细端详，心里却无声地呢喃着，如果真有那么好，如今所受之痛又是为何？

“快快，乐大师，也帮我分析分析。”陆昊摊开右手，转而又迅速换成左手，“我知道，男左女右。”

“你啊，唉，唉……”乐姗握着他的手掌，嘴里不断发出惋惜之声，听得他好不着急。

“究竟好不好，你倒是给个话儿呀！”陆昊催促道。

“你的生命线还算 OK，应该不会英年早逝……”无视对面之人眼里愤怒灼人的小火苗，乐姗摇头晃脑地继续往下说，“智慧线马马虎虎，应该也不是个白痴或弱智什么的，就是这感情线嘛……”关键时刻她卖起了关子。

“感情线怎么了？”本是玩笑话，陆昊竟然真的有些听急了。

“感情线曲折复杂，注定是花心之人，难以得到真正持久稳定的爱情。”此话和陆昊本人确有几分相似之处，大家听着都乐了。许是听说过他的风流韵事，小冉也“噗嗤”笑出了声。他却不乐意了，施施然地抽回了手，不满地嘀咕着说：“都是唬人的玩意儿，哥才不当真。”

“世间万物相生相克，陆昊，你也别太灰心了，据我所知，有一类人可以帮你改运哦。”乐姗出人意料地补充了一句。

“什么样的人？”他的小眼睛瞬间光芒四射。

“一个拥有‘双重感情线’的人。”她神秘地说道。

“什么是‘双重感情线’啊？”这回连欧阳静也不明白了。

“感情线的上方，再出现一条并行线时，就叫做‘双重感情线’。据说，这样的线专治花心，也许是可以把那些小分叉统统压制住吧。”

“这么神奇……”虽有几分将信将疑，陆昊却不由分说地翻开小冉的手掌，上面与自己一样，哪来的什么两条。

“不准的，不准的。”他安慰着欲哭无泪的小冉，心里却有一丝说不清的庆幸和解脱。

有了乐姗的传教，大家不约而同都来了精神，欧阳静帮泽看，莫默观察着李天骐，就连小波和淞圻都当起了彼此的算命先生。

“乐姗，你方便也帮我看一下吗？”

“啊?”看着伸到眼皮底下的那只白净的手，乐姗顿时觉得一股热血直冲上天灵盖。

“我第一次玩这个，很有趣。”易森把左手扬了扬，嘴角弯出一道好看的弧度。

“哦。”真奇怪，遇见这个人自己都只会说单音节词了，乐姗纳闷地心想。

她轻轻地握着他的四个手指。他的肌肤有股沁心的凉，不像她，烫得好像跟烤箱里的热番薯似的。宽阔厚实的手掌，清晰的指节透出刚性的美，指甲盖上乳白色的月牙大而饱满。那么好看的一只手，乐姗不禁看得跑了题。

“怎么样，很难看出来吗?”见她半天不语，易森猜测是不是自己的掌纹太复杂了。

“哦，没有没有。”乐姗慌忙抬起头看了他一眼，又赶快低下头专注于他的手心。

他的生命线细长、深秀明朗，且一直延伸，不中断，表明健康良好；感情线延伸到食指和中指之间，主品格端正、爱情专一；智慧线分有支线，且根根朝上，主头脑敏锐、英勇明智。

“你嘛，生命智慧全都一般般啦。”乐姗说着都觉得心虚，可她就是不想让他知道他其实真的很好。

“那爱情呢?”易森微笑地问。

“爱情，爱情……”乐姗忽然间想不出适合的形容词了，“反正你不会独身到老就是了。”说完她就红着脸跑到前边去找小波和淞圻了，留下一脸含笑的易森站在原地。

何鹏不信这个，不过看到莫默他们都玩得这么起劲，他也伸出手让安妮给自己算了一回，得出的结论自然是不错。这种事本就是说着热闹热闹的，当然是什么好听的说什么。

“我看完了，该你了。”何鹏说着就要拉起她的右手摊开看。

“哎哟，我肚子疼。”安妮突然抽回手捂住肚子，眉头紧皱，看上去很难受的样子，“何鹏，你先和他们走，我去下洗手间，待会去找你们。”

“要不要我陪你去?”他担忧地看着她问，空出来的双手一时不知该放哪。

“不用不用，我马上就好。”说完她就掉头一路小跑没影了。

转过一个拐角，确定他看不到自己了，安妮才停下脚步，深深地松了一口气，眼角闪烁着隐隐约约的光点。

慢慢地摊开右手掌心，一道明晰的平行线正正地横亘于感情线上方。所谓的“双重感情线”，远在天边，近在眼前。

绕着古罗马浴场兜了一圈，出来已是正午时分。一早上都没怎么好好吃东西，这会儿大家的肚子均擂起了战鼓。

事实证明，中国人民庞大的基数已然扩延到了海外，中餐馆遍布世界各地。依照 Google 地图的精准指示，大伙儿七拐八弯地找到了一家位于一座商厦二楼的中式自助餐厅。及至门口，香味阵阵飘来，以章淞圻为首的几个大馋包垂涎三尺地冲了进去。其余的人尾随而至。

往餐厅里走了几步路，易森骤然发现一直走在自己身边的乐姗不知何时不见了踪影。他眉头微蹙，转过头寻找，她却站在餐厅门口，仰着头正出神地看着什么东西。他快步径直走了出来。

“你在看什么？”他站定后问。

“Eason 要来伦敦开演唱会了耶。”乐姗的语气里充满了无比的向往和崇拜。

易森顺着她的目光看到墙上，“Eason 全球巡演五月拉开序幕，第一站——伦敦”，精美的海报上是 Eason 全情投入地拿着麦克风。原来是被偶像迷住了呀，易森眉眼弯弯地偷笑她的痴迷状。

“你也喜欢他啊？”他笑着问。

“那当然。”答案是不假思索地脱口而出，不过转瞬她就疑惑地看向他问，“什么叫你‘也’，难道……”

易森颔首微笑。

这也难怪啊，Eason 有才又搞怪，就算是根木头也会喜欢他的吧，更何况……乐姗忽闪着睫毛想，易森比木头还强那么点。

“想去看？”他指着海报问。

她点点头说：“是啊，可是这个票一定不好买，估计到时网上一出来就被抢光了。”

他略微沉吟了会儿，拍了拍她的肩膀说：“还没开始卖呢，不着急，先进去吃饭吧，大家都在等我们。”

果不其然，他们俩一走近吃饭的大桌子，淞圻等人就乐不可支了，“嘿嘿嘿”地直笑。

“你们两个再不出现，我们就快以为你俩私奔了呢！”陆昊起身将乐姗和易森让进里面的两个空位子。

“狗嘴里吐不出象牙！”乐姗走过陆昊面前时不忘掐了他胳膊一记，貌似力道不轻，疼得他龇牙咧嘴的。

“哎，你们知道吗，我们家 Eason 要来伦敦开演唱会啦！我刚在门口看到的海报。”她一坐下便急不可待地宣布这一好消息。

“就为这事给弄得饭都不想吃了啊。”陆昊边揉胳膊边说，“瞧你这点儿追求！”

“我就没追求，咋啦？”乐姗不服气地朝他扬起下巴，“我跟你说，要是 Eason

真来了，我就从这直接追到希斯罗，说不定还能要到个签名，合影什么的，可能还会有强吻哦。”

“哈哈哈……”满桌的人哄地一下笑开了。

“追 Eason 干吗要跑那么远，眼前不就有一个吗?”章淞圻贼眉鼠眼地说。

这只可意会，不可言传的一句话引起了大伙儿的共鸣，大家纷纷向在座某两人投去了暧昧的目光。

莫名其妙。乐姗听得一头雾水。她看看周围，又瞅了眼身旁只笑不语的易森，这才恍然大悟。

“你们，你们……”她一时又羞又急，“真是无聊！我去拿东西吃了，刚才一个个喊饿的，今天都不许吃饭!”

“我和你一块儿去。”莫默强忍住脸上的笑意，跟着她站起来。安妮、欧阳静和小冉见势也起身往餐厅中央走。男生们留在座位上等着第二拨再去拿吃的。

七手八脚地取了两三趟，每个人的面前都堆了至少两个大盘子，里面是叠得高高的各种美味。大家饿得饥肠辘辘的，哪里还顾得上什么仪态风度，左手勺右手筷地狼吞虎咽。

一阵风卷残云之后，众人进食的速度明显放缓，席间小波抬头挺胸响亮地打了个嗝，又惹来一顿爆笑。

从餐厅结完账出来，方才一片“饿死了”的声音被接连不断的“撑死了”华丽丽地代替。

“你们谁还有没吃饱的，我这特意打了包出来的。”说着章淞圻变戏法似地从背包里掏出两个用白色大餐巾纸包得严严实实的馒头状物体。

“谁还能吃得下呀，再吃就要吐了。”话虽如此，好奇心十足的乐姗还是抢过他手里的一个“馒头”，剥了外面的纸巾看，“哈哈，橘子耶，还有蛋糕，小样儿，你行啊，吃过瘾了还外带!”

他“嘿嘿”地笑个不停，典型的“章淞圻式”笑腔，带着一股浓浓的北方大枣的味道。

“我尝一块。”即使已撑圆了肚子，莫默依然抵不住甜点的诱惑，抓起一小块巧克力蛋糕放进嘴里，浓郁的黑巧克力香味立刻充溢于唇齿间。

在她的带动下，安妮、欧阳静各拿了一个橘子与男友对半分，小冉捏了一块巧克力蛋糕，留下一块蓝莓芝士被章淞圻自己一口解决了。

“真好吃。”莫默满足地说。

“别动。”

“啊?”李天骐突如其来的轻声命令让她停下了脚步。莫默转过身，眼睛里画着大大的问号。

他略略弯腰，抬起手轻轻地往她下巴上蹭了一下，转而微笑着说：“有一点蛋糕屑，现在好了。”

在他的手碰触到自己的那一刹那，莫默下意识地移开了注视他的目光，可是心却狠狠地抽搐了一下。这样亲密的动作，以前是只属于另外一个人的专利。

那时她会双手吊在他脖子上撒娇，说喜欢他帮她把羽绒服的帽子理正的小动作，或是伸手擦掉她下巴上不小心沾上的饭粒。他问她为什么，她也说不清楚，可那样一个微小的行为的确会让她心旌荡漾，虽然那样的表达方式，说不上浪漫，甚至太过家常。可现在她终于明白了，再昂贵的烛光晚餐，再精致的华衣丽服，都抵不上一个人真心对你好。物质只是人们拿金钱用以取悦感官的自己，感情才能深入彼此内心深处进行虔诚的对话。

揣着不为人知的心事随流漫步于四千多年前的神秘的史前时代文化神庙遗迹——巨石阵，莫默远望阴霾天空下的巍峨巨石呈环形屹立在绿色的旷野间，想着历史真是伟大啊，留下足够回忆的过往，带走经不起折腾的小人物小事件。她忽然希望时间可以快进，把所有的快乐不快乐扔在原地，换上一身不再为世事或喜或悲的坚强铠甲，淡定、从容。

上午出来溜达了半个小时的太阳，这会儿又一头扎进厚厚的云层里不知和谁约会去了。空旷而寂寥的平原一望无际，浅灰色的浮云在头顶迅速连成一片，又急急地分开。兀自在四千多年的时空变换中低调着潇洒的几块大石头显然不能满足这群青春朝气的年轻人的观赏欲望，加上天气又不佳，寒风夹杂着细如牛毛的雨丝凉飕飕地打在脸上，大家都没了闲逛的心情，缩头缩脑地走了一圈，便急不可待地冲向回市区的大巴车。

在巴斯城里热乎乎地吃了晚饭，离回伦敦的时间还早，一伙人合计了一下，决定找一家酒吧消磨等待的时光。

不知道是不是因为没到营业高峰段，酒吧里的客人稀稀落落的，不过安静的氛围倒适合聊天，免得音乐声太吵连说话都要用吼的。大家挑了一张长圆型的桌子坐下，靠墙的是一排皮质沙发，对面一排木质坐椅，在极度幽暗的光影下泛着棕红色的光泽。

少顷，李天骐伸出右手打了个漂亮的响指叫来服务生，十二个人各自点了一杯钟意的鸡尾酒。

“我们来玩儿点儿什么吧，这样干坐着多无聊。”帅气的服务生一撤走酒水单，乐姗就蠢蠢欲动起来。

“好呀，玩什么?”陆昊第一个响应她的号召。

“这个……我没想好。”她为难地摸了摸额头，转过头向欧阳静请求支援，“欧阳，你点子多，你说玩儿什么好呢?”

欧阳静看了看在座的人，抿嘴一笑，“要不，我们来玩儿真心话?”

“这个主意好!”乐姗举双手同意，其他人也都笑着默许。

“可是要怎么选人呢?”莫默问。

“这个简单，扔硬币好啦，猜正反，猜错的就要受罚!”章淞圻的鬼脑袋一向转得比别人灵活。

安妮闻言从零钱袋里掏出一磅硬币放在桌上，笑着说：“命运使者来咯，大家做好迎战准备。”

既然游戏是欧阳静想出来的，第一轮的仲裁者就由她担任。她用两只食指轻轻地按顺时针的方向转动了一下黄澄澄的硬币，它便滴溜溜地在光滑的橡木桌面上旋转着跳起舞来。“啪”，在欢快的极致点，它应声倒在欧阳静柔软的手掌下。

“我先猜我先猜!”乐姗兴致大发地喊，“反的!”

依照座位顺序挨个儿说，最后易森、莫默、李天骐和淞圻随她猜了反，安妮、何鹏、小冉、陆昊、小波和泽猜是正面。

答案在欧阳静移开手的那一刻昭然若揭：尊贵的伊丽莎白女王高昂着她骄傲的头颅。

“呃，不可能，我怎么一来就会输呢?”乐姗嘟着嘴拿过硬币颠倒着看，“女王她老人家也太不给我面子了，第一局就等不及要露脸。”

“愿赌服输哦。”陆昊相当不善良地提醒她。

“那当然。”乐姗把手一摊说，“反正姐做人坦荡荡的，随便问。”

几个输了的人正忐忑着自己即将面临的“惩罚”，无心想问题刁难她。安妮看向欧阳静，两人交换了个眼神。

“乐姗，你考虑过现在交男朋友吗?”欧阳静微微倾身，提问坐在斜对面的人。

“没有。”乐姗回答得很干脆。

“为什么啊?”欧阳静顺口追问道。

“一局只能提一个问题哦。”她用手一指易森，“该问他了。”

拿她没辙，欧阳静想了想问那个坐在她身侧的男生：“易森，你觉得乐姗怎么样？必须说真心话哦。”

像是预测到了她的问题，易森并不十分惊讶。他凝视着乐姗，直看得她头皮开始发麻。

“我觉得她挺好的，可以说是 perfect。”他笑着回答，用英语称赞她“完美”。

这回换乐姗瞠目结舌地盯着他看了。完全没想到他竟然给自己这么高的评价，她脑子第一次不够用了。虽然她平时喜欢称自己哪儿哪儿都好，可都是玩笑话，她知道自己身上有这样那样的小毛病。完美？她从来也没把这个词和自己搭上任何关系。她怔怔地看着他，心想，要不就是他不懂这个游戏的玩法，要不就是他说的场面话，反正，都是他的问题就对了。

“他乱说的，不理他。”乐姗假装看不到安妮他们在偷笑。

下一个轮到莫默了，气氛顿时安静下来。

“你们问吧。”莫默含笑看着面前那么多张熟悉的脸庞。

她如此坦诚，在座却没有一个人出声。她看看欧阳静，又看看安妮，努力让自己的笑容看上去更真实些，“没事的，想问什么就问。我一定诚实作答。”

“默默，你想家吗？”终是安妮打破了僵局。

“想，”她重重地点头，“很想。”

她想家，更想家里的他。

“好了好了，问完了，next！”乐姗急着为她化解不安。

“学长，你有过喜欢的人吗？”安妮莞尔问道。毕竟有些陌生，她不敢直呼其名。

在众人看来这是个很简单的问题，他闻言却露出了迟疑的表情，目光不由自主地飘向空中某个虚幻的焦点，过了好久，他才开口，“有。”

谁心里没段往事呢？大家仿佛有种心照不宣的默契，一笑而过，矛头对准了章淞圻，吵着要他说目前的感情状况。

在牺牲了自己的隐私满足了广大群众无限的未知欲后，章淞圻大叫一声说：“赌博界有条金科玉律，‘千刀万剐不赢第一把’，你们接下去有好戏看啦！”

他不怀好意地笑，安妮开始有了不好的预感。

第二轮由自称“倒霉”的乐姗主持。硬币摇晃着跌倒，几家欢喜几家愁。

承蒙章淞圻的“金口”，除了小冉和泽，上一轮的赢家全部败下阵来。

“安妮，你和何鹏进行到第几垒了啊？”章淞圻的问题十分犀利，安妮的脸上立马泛起了红晕，幸好酒吧的光线足够昏暗。她羞涩得说不出话，双手揉搓着衣角，何鹏也浑身不自在起来。

“Kiss 总有过了吧？”他不信这年头还有不食人间烟火的男人女人。

安妮垂首低眉地点了点头，白皙的面庞上细小的毛细血管都好像滚烫得要裂开来似的。

担心再闹下去她会更加不知所措，欧阳静赶紧提问下一个人：“何鹏，如果你遇到了比安妮更漂亮更让你心动的女生，会移情别恋吗？”

“我不会。”他说着握紧她的手，笑着说，“除非她先不要我。”

与他深情的眼神相遇，安妮也笑了。

某个人把头扭到一边，假装没看到让他心酸的这一幕。

“该问陆昊了，他一定有很多八卦可以挖！”乐姗幸灾乐祸地说。

不知道是不是可以问的内容太多，一时间竟然没人发话。欧阳静看看他，又扫了眼安妮，提出了问题：“陆昊，来英国之后，你真心喜欢过几个人？”

“一个。”他的回答从容而坚定。

想当然地，这个人不是小冉还能有谁？毕竟她是陆昊在英国公开承认的惟一一个女朋友。可是他略显紧张的眼神，抿得紧紧的嘴角，都透露了一个讯息：这一个人，让他爱得深刻却无法言语，不甘心却只有成全。他越装得若无其事，就越是深陷。理智可以麻痹自己，感情却不懂背叛。

“小波，如果你爸妈坚持要你娶那个小妹妹，你愿意不?”乐姗问。

小波耸耸肩，一脸的无奈，“父母之命不可违，将就着也是一辈子。”

对于幸福，有的人苦苦追寻，即使撞得头破血流也不肯罢休；有的人却待之云淡风清，好好坏坏不也只是几十年的功夫吗？百年之后，尘归尘，土归土，没有什么会永垂不朽。

下一轮换安妮掷硬币，乐姗又不幸“遇难”，一起猜错的还有欧阳静和泽。

“这回你可以告诉我们为什么你不想找男朋友了吧。”莫默接着第一轮的问题问。

“爱情太烦，男人太坏，还是一个人来得自在。”她绕口令似的说了一堆，把大家都逗乐了。

“你呀，看你碰到真命天子时怎么办。”莫默笑着说。

“凉拌。”她撇了撇嘴说，眼神却不由自主地瞟了易森一眼。要是把他凉拌了，会不会太可惜？但转瞬她就在心里“呸呸呸”：这是什么话，谁说他是她的真命天子了？

“欧阳，你把你们家泽一个人留在国内，不担心吗?”安妮问。

“说实话，关于这点我真的很放心。”欧阳静嫣然一笑说，“你们倒是该问问他，是不是放心我出国。”

“我对你有信心。”泽回应着她的微笑说，“更对我们的感情有信心。”

甜蜜恋人，羡煞旁人。

多么熟悉的一句话啊，莫默心痛地想，可是要做到真的好难好难。有些事情，不是只有信心就够。沟通、理解、宽容，一个都不能少。

又玩了几轮，大家感兴趣的无非就是各人情感的细枝末节。直到开车在即，大家才收拾行装，各怀心事离开这个宁静美丽的田园小城。

真作假时假亦真，假作真时真亦假，想忘记的却偏偏记得最清晰。那些藏在心底的话，并不是刻意要去隐瞒，只是，错过了合适的时机，就只能深埋。疼痛在心里，变成一个人的孤独。命运最引人入胜的地方，就是你永远不知道明天迎接你的将会是什么，不是吗?

第十七章

自从巴斯回来以后，莫默和李天骐的关系起了微妙的变化。关于这一点，莫默是有感觉的，但她没有和任何人说。而李天骐也没有进一步的表示，依旧是偶尔通个电话聊聊近况，周末有空时约她吃个饭，看场电影，然后在午夜12点之前把她安然无恙地送回家。

有些时候，莫默会一个人坐在窗边发呆，想那一晚，从巴斯回来伦敦的火车上，她是如何受酒精的蛊惑，将头轻轻地靠在了他的肩膀上；半睡半醒间，又是怎么搂住了他的胳膊，摸索着寻求一丝温暖。朦胧中，她感到有一双温热的手一下一下地摩挲着自己的手背，带着些许寻觅和隐忍的味道。后来车到站了，他们俩分开的一刹那，莫默在他躲避的眼睛里看到了好多忽隐忽现的东西。不过第二日酒醒之后，她却怎么也确定不了前一晚自己的所见是真实还是臆想。属于意识流的念头，往往一闪而过，任凭再伟大的魔术师，也还原不了当初的空白。

走过她脚下的路，看过她眼中的风景，林然仿佛觉得她的气息就在耳畔流连。从她的照片里看到过的熟悉的街道，大树上跳跃的小松鼠，此刻就在眼前一一呈现。伦敦，她的城市，他来了。

年初得知公司有一个到伦敦学习考察的机会，林然费尽心机动用了不少人力物力关系争取到这宝贵的五分之一的名额。同事羡慕他公私兼顾，只有他清楚自己如此不管不顾前往异国的行为背后藏着如何绝望而又疯狂的最后追寻。

他在伦敦一共待三天，前两天需要在一家建筑设计公司和国外同行们相互交流经验，第三天是自由活动。

伦敦真不愧是世界上最重要的艺术文化中心之一，光是看着牛津街两边古朴典雅的欧式建筑，林然就不由自主地爱上了这里。

进入公司正厅，又是别有洞天。金属灰的冷色调，建筑创意图片看似随意地挂放于四周的墙上，拼接起来却显得浑然一体，格外别致，令人一眼就印象深刻。

宽敞明亮的会议室，已有几位公司同行等候其中。

负责接待他们的市场营销部经理Emma热情地为双方作着介绍，当来到一个黑发男子面前时，她绽开了特别灿烂的笑容，“这是我们公司的人力资源部经理，Charles，他也是中国人。”

“你好，很高兴见到你。”这人年纪轻轻就身兼要职，林然心里很是佩服，他微笑着伸出右手。

奇怪的是，对方脸上却没有太多的友善和客气，反而露出一种审视的表情，与他握手的力道似乎也超出了一般客套的程度。这让林然无来由地浑身不舒服起来。

在接下去长达三个小时的经验交流中，Charles 好像也只将关注点放在了林然身上，频频出言与他提出的观点直接交锋。有些虽然只是他个人之见，但绝大部分还是很有职业建设性的。林然在略有不适意的同时，也对他颇有几分服气。

会议结束，林然刚整理好文件准备和同事一起出去时，有人在背后叫住了他。

“Charles，还有事吗?”既然都是中国人，林然就直接用母语和他对话。

“你们在伦敦有什么安排?”Charles 走到他面前。

“两天开会，最后一天就随处看看。”

“要去见什么朋友吗?”

这人好像能猜到他来这里的目的似的，林然微微皱眉，本能地选择了回避这个问题，“我在伦敦没什么朋友。”

“哦。”他意味深长地看了林然一眼，“慢走，不送。”

如此一个年少有成的青年才俊，怎么对人，不，只是对他，不甚友好呢？林然望着他黑色西服的背影，不解地摇了摇头。

夜幕四合，依照莫默之前给过他的地址从酒店出来倒了两班地铁找到这幢小白屋，在踏入小花园的前一刻，林然却犹豫了。飞越千山万水抵达心爱之人的屋前时，他激奋了许久的心却一下子安静了。这扇门，他到底该不该进?

脑子里想好的话此刻统统不见了，变得比白纸更空白。这样没有任何预兆地出现在她面前，会把她吓一跳吗？或者，她根本无所谓？从来做事都思前想后考虑周全的他，惟有这一次，付出了努力，把握好时机，却算不到她的反应。他以为他害怕的是分别的时刻，原来，他同样害怕重逢。

如果她也愿意和解，林然想，他一定向她道歉，争取两个人重归于好。毕竟，她是他独一无二的默默啊。

这么想着，他走进小花园，按响了她家的门铃。“叮咚叮咚”，响了半天，却没有人来应门。他退后一步抬头看向二楼的窗户，左边和右边都是漆黑一片。她应该是出去了吧，林然很沮丧，怎么会这样不巧。

站在楼下凝望着远方笔直延伸的道路，他想象她是如何从天际尽头慢慢地一步步朝他走来，面庞上带着他最爱的微笑。没有我的日子，你是不是也一样快乐？当在心里问出这个问题，他发现他竟然是害怕听到她的答案的。若她说不快乐，他定会为她心疼，比她更不好受；可若她说快乐呢？他不愿意再往下深究，因为只是光想想，就已经快要流泪了。

等了许久却依然没看到她回来，他颓然地转身离开，沿着人行道往地铁站走去。

对面的马路，一辆宝马跑车徐徐停下。

“你家看上去好像没有人，要不要我陪你上去？”李天骐问。

“不用啦，就这么点路。”莫默解下身上系着的保险带，“你快点回去吧。”

“我看你房间亮了灯就走。”

“嗯。”她打开车门走出来，“拜拜。”

隔着一条路的距离，莫默看到了一个十分眼熟的背影。

“林然！”她脱口而出喊他的名字。

那个人并没有回头。

肯定是自己看错了吧，她苦笑着，想他都想出幻觉来了。

右边奥迪车的司机挥挥手示意让她先走，她笑笑说句“Thank you”一路小跑到了家门口。

在进入小花园的前一秒，她转头深深地望了眼那个被路灯拉得很长很长的身影，无声地叹了口气。

莫默的那声呼喊没叫住远去的人，倒是被李天骐听得一清二楚。他顺着她喊的方向看去，果然是今早见过的那个人。林然，他还是来找她了。

他应该还是很喜欢她的吧？李天骐想着心就变得又酸又痛。林然他多么幸福，又是多么幸运，为了心中至爱，他可以不远万里过来找寻她。可是，李天骐仰头叹息，自己要去到哪里才能找到那个她？

传说工科男生比较闷骚，是不是因为他们的实验室太有趣了？这会儿安妮双手托腮撑在宽大的实验桌上饶有兴趣地看着何鹏把一些零件拼来凑去，脑子里突然蹦出这样一句话。

竟然有人的期末考试会是制作机器人比赛，这导师也忒有童真了。她想。相比无止境的课堂作业和简答论述，像何鹏他们这样的手工劳动就可爱太多了。安妮眼瞅着他把两只圆不溜秋的大塑料眼睛给机器人安上，还蛮像那么一回事的。

“它会跑吗？”她无比好奇地问。

“我试试。”他不肯定地说。

程序是和另外两个同学一起合作完成的，可能是中间衔接出了点问题，机器人碰壁后反弹的角度不符合预想，第一次模拟实验宣告失败。何鹏从地上捡起机器人，拉扯它眼睛下方的履带。

安妮看出了他的沮丧，轻拍他的肩膀说："不要紧的，多试几次就好了。"

何鹏冲她一笑，"嗯。我书包里有些讲义，今天刚发的，也许有帮助，我去拿来研究下。"

"我去帮你拿。"她绕过他，走到桌子跟前，"找到了，是这本吧?"

何鹏点点头。一沓厚厚的 A4 纸。

"这都写的什么啊，我一个字也看不懂。"她翻起一页，故意用夸张的语气说，"何鹏，你真厉害，能看懂天书耶!"

他笑笑，说："安妮，问你个事儿。"

"你说。"她浏览着讲义上稀奇古怪的公式。

"你跟陆昊是怎么认识的?"

万万想不到他会问出这样一个问题，安妮的手一抖，食指冷不丁地被粗糙的纸边无声地割破了一个光滑细长的伤口。她疼得倒吸一口凉气。

"你怎么了?"察觉她的异样，何鹏放下机器人急忙走过来，拉过她的手看，"都流血了，得赶紧找个创口贴贴上。"

"没关系，过几分钟就会好的。"她说。

"不行。"他断然否定，"你没带创口贴是吧？我也没带。我现在出去买，你在这里等我。"

"不用了……"她一只手拉不住他，他拿着钱包急匆匆地就出了门。

他的倔强在碰到她的事时毕显无疑，安妮真是又好气又好笑。她背对着门，左手把小机器人在实验桌上推来推去地玩。过了五分钟，她正想着何鹏是不是该回来了，门口响起叫她的声音。

"安妮?"

她回过头，看见陆昊站在外边朝她挥手。

"你怎么会在这?"他边走进实验室边问，"哦，你一定是来帮何鹏试验机器人的吧。"他很快就自问自答。

"对呀。"她笑着说。

"何鹏人呢?"陆昊环顾四周，不见其人。

"他去外面买点东西。"

"你的手怎么了?"看她右手食指微微卷曲，他眼尖地发现了她指尖的血渍。

"不小心被纸划破了。"

"让我看看。"他不容分说地抓住她白皙的手腕。安妮本能地想缩回自己的手，无奈他力气太大，她只好放弃。

"我有创口贴，你稍等。"他说完从包里的内兜摸出一枚薄薄的创口贴，"还是从国内带的，牛吧。”

安妮被他逗得想笑，手却仍被他紧紧抓着，又不好意思笑，脸却慢慢热了。

“我帮你贴上。”这回，她没有抗拒，任他帮自己在食指上卷了两圈，不松不紧。

“动一动，看能不能活动。”他说。

她听话地伸开五指在他面前张开又闭合。

“挺好的……”

“等一下！”她话音未落，他像发现了什么似的大叫一声，“摊开你的掌心。”

安妮愣了一下，随即明白他的用意，把右手倏地置于身后，不肯拿出来。

不由她耍性子，陆昊强硬地扳过她的手，也顾不上有没有弄疼她，强行掰开她紧闭的五指。

双重感情线。竟然在她的手上。

陆昊惊讶地看着她，心里是说不出的滋味，“你什么时候知道的？”

“去巴斯的那天。”她诚实作答。

“为什么没有告诉我？”原来她早就知道了，陆昊不禁有些恼怒。

“乐姗说的玩笑话你也信。”她别开脸不看他。

“信者有，不信者无。”他把每个字都咬得很清楚，“我信。”

绕了一个大圈他又站在自己的面前，安妮却再也没有勇气和他回到从前。她不敢，不想，也不能。

“陆昊，你应该走了，何鹏就快回来了。”她低声催道，“我不想让他看见我们两个单独在一起。”

他安静了几秒钟，然后松开她的手，说：“我所相信的是不是真的，我们走着瞧。”

陆昊拎起书包大步往外走，在门口却差点与何鹏撞个正着。陆昊心有不甘地朝他一笑，便头也不回地径直往前。

“你回来了啊？”看见何鹏走进来，安妮有些心虚地明知故问。

“嗯。”他说。

不知道他在门口站了多久，她急急地想和他解释，“陆昊是刚好路过，看见我就进来聊了几句……”

“你的伤怎么样了？”他打断她问。

“啊？”她下意识地伸出右手，“没什么事了。”

看到她包扎齐整的伤口，何鹏莫名地叹了口气说：“原来，我已经来迟了一步。”

怕他误会，安妮立马想用左手把创口贴撕掉，“他乱贴的，贴得一点也不好……”

“别乱动。”何鹏按住她的手说，“这样动来动去对伤口不好，就留着吧。”

她听他的话停下了撕扯的动作，心里纠结作乱的思绪却仿佛惊涛骇浪，收也收不住。

感情中如果真的有先来后到，那如今和自己牵手的，为什么不是他？如今这般纠缠，是她死灰复燃的一厢情愿，还是他姗姗来迟的两情相悦？

第二天的交流会如期举行。会议进行到一半的时候，林然觉得有些地方不太对劲。他细细地观察了一会儿，才明白症结出在 Charles 身上。今天，他非但没有处处与自己作对，反而在很多问题的看法上与自己出奇的相似，举的例子也同他的观点相符相契，像是有意在配合他似的。

短短的一天，他为何会有如此之大的变化？林然想不通。

散会之后，还没等他想找 Charles 聊一聊，对方又主动找了过来。

“林然，经过这两天短暂的相处，我觉得你拥有很好的天赋，是一个潜力很大的建筑创意设计师。”

“谢谢你，Charles，”林然有些受宠若惊，“你的评价太高了，我离一个成功的建筑设计师还差得很远，还得很努力才行。”

他轻微地点头，“有希望的事，你当然要坚持下去，但是，”他顿了顿，“对于一些努力了也不可能成功的事，我看你还是趁早放弃的为好。”

“你这话是什么意思？”林然直觉这个人似乎认识他。

“没什么特别的意思，”他说，“我想你很快就会明白的。”

说完他便掉头离去，留下更加莫名其妙的林然一脸愕然。

他到底是什么人？对自己又了解多少？林然想不到在异国他乡会遇到这样一个神神秘秘的人，心里的困惑益发明显。明天就是在伦敦的最后一天了，弄不懂就算了吧，也不是什么重要的事。他安慰着自己。

再一次来到这幢小白屋，林然的心又控制不住地颤抖起来，二层窗户里橙黄色的灯光更灼灼地点燃了他潜藏在心底微弱的希望之火，似鼓励，又似暗示。

他穿过小花园走上五级台阶，手刚碰触到左上角的白色按铃，门开了。

里面出来的人低着头，差点与他撞个满怀。

该怎么形容那一刻的感觉呢？她抬起头，目光落在他如启明星般闪亮的眼眸里就再也收不回来了。

第一秒，震惊、困惑、喜悦、悲伤。海市蜃楼，在不是沙漠的城市里熠熠生辉。

第二秒，呼吸失去了原动力。她听到了春天里大群大群候鸟第一次回徙的动听旋律。

第三秒，泪水如奔腾的洪水冲破了薄弱的堤岸。黑暗中盲人眼前闪烁着第一束颤栗的光芒，地壳剧烈互撞逆转露出了第一座高耸的山峰。

世界静止了，时间静止了，连自己也静止了，只剩他眼里那一抹星星之光，在经历了沧山秋水的万世变迁后，依然如故温暖地照耀着她最柔软最脆弱的心房。

“林然……”她失声痛哭，扑进他怀里。

他张开双臂，将她紧紧抱住，生怕一个错失，她又会消失不见。

“你怎么会来伦敦的？”同他并肩走在安静的街心公园里，莫默问。树影憧憧，凉风习习，一片落叶晃晃悠悠地飘临她的头顶。她抬起手。

“公司出差。”他答道，伸手想帮她拿掉那片调皮的树叶，却刚好盖上她略显冰凉的小手，“冷吗？”他有些担心地问，温柔地握住她的手放进自己的大衣口袋。

她抿嘴而笑，轻轻地摇了摇头。有他在身边，去哪儿都不会觉得冷。

突然间昨晚的那个人影在她眼前清晰地闪现，一切好像串成了一个完完整整的圆，“你昨天晚上就来找过我，是吗？”

“可惜你不在。”他微微点头。

她在他的口袋里牵紧了他的手，“林然，我真的没想到会在这里遇见你。”

“默默……”他停下脚步，将她拥入怀里，下巴轻微地蹭着她头顶松软的发丝，“明天上午 10 点，在你家门口等我好吗？我有很重要很重要的话想和你说。”

“好。”靠在他胸口听着他有力的心跳声，她甜蜜地笑了。

与林然告别刚进家门，莫默接到了李天骐的电话。

“明天中午有时间吗？我听说 Covent Garden 新开了一家意式餐厅，要不要一起去尝一下？”

“不好意思啊，天骐，”默默一蹦一跳地上楼，依旧沉浸在方才的欢喜中，“我明天上午约了一位非常重要的朋友。”

“哦？”听他的声音，像是很好奇的样子，“哪位朋友啊？我认识吗？”

“你……不认识。”她迟疑了 0.01 秒说。

“OK。”他说，“祝你明天玩儿得开心，我们下次再约。”

早上 9 点 30，林然提前了半个小时来到莫默家楼下。为了今天的重归于好他昨天一整晚都没睡踏实，想说的话在脑子里翻来覆去演练了许多遍。这是他来伦敦向她求和最后的机会了，他一定要把握住。

在他等待的时间里，一个略显耳熟的声音意外地从身侧响起。

"林然。"

其实对于他口中"很重要很重要的话"，莫默心里是有几分明晰的。他这般跋山涉水过来，倘若不是来与自己和好的，实在是没必要花这个功夫。

与他甜蜜重逢之后，晚上她躺在床上想了好多好多。他和她的初遇、互识、相恋，一幕幕，就像电影里的慢镜头回放，黑白的，彩色的，伴随着胶片颗粒特有的"嗞嗞"声，被定格在时光的大荧幕上。

只要他开口，她想，她一定会说"我愿意"的。她还要告诉他，不管以前发生过什么事，不管以后还将发生什么事，她都一定一定不会再松开他的手。

10点，她准时下楼。

他已在门口等候，眼睛望着道路前方的空茫之处。

"林然！"她笑着"蹬蹬蹬"跑到他身边，"你早就来了吗？"

"还好，"他转过身，眼里像起了一阵白茫茫的大雾，没有焦点。

她踮起脚伸开双手想拥抱他，却不期然地发现他眼里闪着一种陌生的疏离的光，"你怎么了？要不进屋里说吧。"她疑惑地看着他，犹疑着慢慢地把手收回至大衣两边的口袋里。

"不了，我还有事，站几分钟就走。"他连拒绝都那么直白。

她没再坚持邀请。两个人就这么面对面地站着，像一场无声电影的开头，又像是有声电影的结尾。

他沉默着，掂量着将要说出口的话的重量。

她也沉默着，体会着他的眼神的重量。

有些话，一旦说出了口，其中蕴藏的事实或许就会变得确凿可信，如铁板钉钉，无法挽回。若有可能，他宁愿把那个时刻向后拖延，最好就这样一直拖下去。

"林然……"

"默默……"

两个人同时开口，声音在空中猛烈撞击，然后砰的粉碎。

"你先说吧。"她让了他。

"默默，我想说，"他看着她澄澈的眼睛，只觉得喉咙发紧，"我们分手吧。"

"什么?!"如惊雷在平原轰地一声炸开，她简直不敢相信自己的耳朵，等了这么久，盼了这么久，难道他想说的，就是这样一句话？她无法接受，"林然，你的意思是，你真的要和我分开?"

千言万语如鲠在喉，林然没有勇气再把那两个字重复第二遍，他强压内心拥她入怀的冲动，"我走了。你好好照顾自己。"

"等一下。"莫默在他转身时紧紧扯住他的灰呢风衣，"林然，你是因为平安夜的事还在怪我吗？你明明知道那天我是一时生气说的糊涂话，为什么你还不肯原谅我呢?”

“不关那天的事。”他说。

“如果你真的不介意了，那为什么我给你打电话，你都不接呢?”他的不闻不问让她深感心痛。

林然愣了愣，“我没收到，大概手机坏了。”

“那你后来找过我吗?”

“第二天我有找你，不过你手机打不通，后来我拨了你家的号码，你不在，是阿姨接的。”他如实道来。

惊讶于这样的失之交臂，莫默说话的音调都有些变了，“我妈和你说了什么吗?”

“没什么。”心中一痛，但他仍努力装作面无表情，“我真的要走了。”

“林然，”莫默气急，手上加重了力道，“我们昨天明明还好好的呀，你那么温柔，笑得那么灿烂，为什么才一个晚上的时间，你就像变了一个人一样？如果你早就想好要和我分手，昨天就不会对我那么好。林然，是不是发生了什么事，让你不得已做出了这样的决定?”

“没有，”他说，“我已经想得很清楚了。我们不合适。”

“不合适……怎么会不合适呢……”她喃喃地说，“我知道，我以前太自私了，很少去考虑你的感受，我答应你，为了你我会改，我一定改，你不要和我分开，好不好，好不好……”

他不作声，把头别向了另一边。脸上肌肉抽搐，泪水开始不受控制地大滴滚落，他不能让她看见。

“我们说好的，不管艰难还是富裕，都要一起走下去；我们说好的，就算七老八十也要一起手牵手去环游世界。你说过，你会珍惜我，要给我世上最好的幸福。林然，我不需要你有很多钱来养我，钱，我可以和你一起努力去赚。一直以来，我喜欢你，是因为你就是你，我只要你啊……”语未尽，泪满裳。

“默默，对不起。”他拼命克制着哽咽的声音，“这些我都没有忘，只不过我再也不能陪你去完成了。你值得拥有一个更好的人。”

听了他的话，莫默更觉揪心，“林然，难道你还不明白吗？感情不是家庭、长相、能力加减乘除计算后得出的一堆冷冰冰的数字，它是活的。”她抓住他的右手，用力地握着，“你摸摸我的手啊，它是热的，它才是真实的。什么更好的人，我听不懂，我也不要!”

“不要这样，”林然挣脱开她的手，“这个世界没有谁离了谁就活不了，一切都会好起来的。再见!”

他大跨步地向前走去，似乎决意把所有都抛在身后，抛在过去。

望着他决绝的背影，莫默流着泪大喊：“林然，是不是我找到了我的幸福，你就会开心得哈哈大笑？难道你最大的希望，就是看着我幸福吗？”

“不，”他停下脚步，吐字缓慢低沉却无比清晰，“说实话，默默，我并不想看着你幸福。”

短暂的一面，令她终于相信，爱过他，竟已花光她全部的力气。此前没有人，此后也再不会有人，能让她这样勇敢地用力地去爱。

马路对面，李天骐拉开车门，走到她面前。

“天骐……”莫默顾不上其他，放声大哭。至于他为什么会在这个时候出现在这里，她已经没有精力再去想了。

他不发一言，轻轻地把她搂进怀里。

站在格林威治天文台的山上，林然举目俯视整个伦敦城。无数次在书本里网络上见识过的时间的起源，此刻就不偏不倚地伏在他的身下。

就在这里，时间和空间开始了各自神秘而漫长的旅程，带领着人们走向未知。未来立刻变成当下，又瞬间变成过去。

今天上午之前，林然还从来没想过，他想要的未来，那个有她，有阳光的早晨，可能从此就再也不会降临了。

不大的一个房间，一面贴满卡片的墙壁，数不尽的殷切的盼望。

他提笔，写下心中那个让他爱到极致也痛到极致的愿望。

默默，我爱你，所以才要放开你，你会明白我吗？

为了陪她散散心，李天骐第二天特意请了假带她去格林威治。

从国家航海博物馆到风景优美的格林威治花园，莫默一路上都郁郁寡欢，直到登临皇家天文台旧址，她才露出薄薄的笑容。

双脚分跨站在零度经线左右，这是每个来到这里的游客最喜欢做的一件事，代表着同时脚踏东西半球。经线两旁刻着世界上许多著名城市的地理坐标，莫默身体分属两大半球，费力地低头找到了伟大首都北京的刻度：40°N，116°E。

在零度经线旁边，有一个小房间，门上面除了英文，还有用中文写就的“时间和空间的发源地”。进入屋内，莫默惊喜地发现这儿有一面卡片墙，白底棕字的卡片上充斥着各国语言。

“TIME STOOD STILL FOR ME WHEN…”

就好像造句一样，莫默仔细地挨张阅读着。

“TIME STOOD STILL FOR ME WHEN I KNEW MY GRANDFATHER WAS PASSED AWAY.”（“当我得知祖父逝世时时间为我静止。”）

“TIME STOOD STILL FOR ME WHEN SHE SAID SHE LOVED ME.”（“当她说她爱我时时间为我静止。”）

……

从写信者的字里行间莫默仿佛感同身受着他们的悲威、欣喜、哀痛、欢愉。

忽然，在最下排的角落里，她瞄到了一张好像是用中文写就的卡片。她走到它前面，只一眼，便泪如泉涌。

“如果时间能在此刻停止，我希望默默和我一起站在这里，在时间和空间的发源地，永不分离。”

他一定是有把握她看到就会明白，所以，才连落款都没有写。

我们常常怀念过去，不是因为过去有多好，而是因为我们再也回不去。在那段哭着睡去又哭着醒来的暗无天日的日子里，莫默觉得自己就像是一个欠债累累的人，所有的快乐都被无限期地典当，看不到赎回的曙光。

从此，关于林然的回忆就变成了莫默心底的一座休眠火山。她不敢走近，害怕那一辗就碎的时光。但是，她也不曾料想，休眠火山，总有一天是会被唤醒的。

第十八章

两个月后，莫默的情绪终于慢慢地缓和了过来，她感觉好像过去了一辈子。

晚餐是在一家意大利餐厅吃的，菜色很简单，除了前菜沙拉，莫默选了一款经典的蕃茄肉酱面，李天骐则点了一客香煎肋眼牛排。见面的次数多了几次，莫默在他面前也没有那么拘束了，但她也不把两个人的吃饭看电影看作一般情侣的约会，具体是什么关系她定义不了，只当是两个身处异国聊得来的朋友而已。

吃完饭才八点多，两人都不急着回家，考虑到室外天气寒冷，李天骐建议找家咖啡店坐坐聊聊天。莫默说就去星巴克吧。

此刻，赖在软软的沙发座椅里，耳边流淌着轻快的音乐声，隔着雾气袅袅凝视眼前之人，她突然萌生了一种强烈的探求欲：相识快半年了，她对他却似乎毫无认知上的长进。他的过去，他的生活，她几乎一无所知。

“天骐，你来英国多久了啊?”她问，稍稍坐正了身子。

“七年。”李天骐笑着回答。

“很久了耶。”她惊讶地说，“那你还准备回国吗?”

没想到这个简单的问题却让他瞬间沉默了下来，唇边的笑容渐渐凝固。

“你怎么了，是不是我说错什么话了?”莫默放下手中的大马克杯，担心地问。

他黯淡着眼神摇了摇头，良久，才缓缓地开口，“默默，让我说个故事给你听吧。”

时间倒回到十一年前，故事的主角是一对普普通通的大学生。那一年，李天骐刚满二十岁，而他的初恋女友，云怡，比他还小一岁。两个青春朝气的年轻人，在弥漫着初春空气特有的清新馥郁中，开始了一段纯真浪漫的大学恋情。

彼时，一个是帅气能干的学生会新任主席，一个是温婉娴静的团委宣传部部长，两人不管走到哪里，都能引来周围同学既羡慕又嫉妒的眼光。在所有人看来，云怡总是安安静静地走在天骐身边，微微仰着头听他高谈阔论，脸上始终带着淡淡的笑容。很多人背地里都说，云怡就像是一棵弱不禁风的小树，需要天骐这棵参天大树为她挡风遮雨。但他们所不知道的是，其实在天骐心里，云怡才像是一座宁静温暖的港湾，不管他这艘小船如何漂泊，最终都要回到她这里休憩靠岸。他不可自拔地依赖着她，也全心全意地保护她，疼惜她。

每天晚上，他都会给她发消息说晚安，不管是在通宵教室备考的凌晨，还是和室友狂欢唱 K 的深夜，天天如此，从未间断。后来有一次，他牵着她的手散步在傍晚的林阴道上，夜风微凉，天边依稀可见早升的星月。他突然间停下脚步，笑着看向她，问，你知道我为什么要每天和你说晚安吗？她轻轻地摇摇头，眸含秋水。望着她不施粉黛的杏面桃腮，他情不自禁地伸出手捧住她的脸庞，动情地告诉她，你看，把“晚安”两个字的拼音拆开，就是“我爱你，爱你”的首字母组合。所以啊，我每说一次晚安，就是和你说一声“我爱你”。她听闻，略显惊喜地愣了几秒，然后踮起脚，在他唇上轻啄一口。他顺势搂住她的纤纤细腰，反客为主，将她融化在自己的浓情蜜情之下。

相处两年多，两个人几乎没有红过一次脸，即使天骐偶尔要一下大少爷脾气，云怡也总能用她的温柔和善解人意去平息他的怒气，而这份包容又换来天骐对她更多的爱和感激。随着时间的推移，他们对彼此的爱越来越深，天骐相信，这辈子除了云怡，再也不会有一个人如此这般地待他好。是她，教会了他如何去爱；是她，让他懂得付出也是一种幸福。

不知不觉，大学的最后一年悄然来临，两人不得不开始面对毕业后的去向问题。

云怡不是本市人，为了留在这个大都市，她恨不得把每天的 24 小时翻倍，上网投简历，跑宣讲会，不停地笔试，面试，常常一天忙下来都没时间和天骐坐下来好好地吃顿饭。

某个周五晚上，天骐在她最爱的那家西餐厅订好了座位等她。他们已经三天没见面了。云怡结束了一场面试匆匆赶来，满心疲惫，可是当走进餐厅看见他的那一刻，她的唇边绽开了最安心的笑容。世界在她眼前仿佛只是块背景布，惟有她的男主角，坐在熟悉的角落张开怀抱等候着她。

点完最爱的香草牛排，云怡轻声和他说，她有点困，先眯会儿眼睛。可她实在是太累了，加上连日来的压力、担忧和焦虑，在等待上菜的时间里，她竟然趴着睡着了。心疼地抚摸着她柔顺的长发，天骐的心里矛盾极了。这两天发生的事情太突如其来，他都不知道该怎么开口告诉她。

就在前天下午，他接到父亲的电话。父亲和他说，希望他能尽快把出国进修的申请材料准备起来，大四第一学期转眼就过半了，要抓紧时间。他听完就愣了。虽然早在大一的时候父亲就示意等他毕业就送他去国外深造，而那时候他也确实为这一想法激动过一阵，可这都是在遇见云怡之前的事。遇见她之后，爱上她，守护她，便成了他惟一在乎和想做的事。尤其在这个迷茫焦灼的季节，他哪儿也不想去，只想留在她身边，跟她一起为了两个人的未来而共同打拼。他委婉地在电话里向父亲表达了希望留在国内找工作的想法，却意外遭到了父亲的坚决反对。他想破了脑袋也想不明白，为什么一向主张独立民主的父亲会在这个问题上这么坚持。两父子一时半会儿谈不拢，各自憋着一肚子的气结束了这场没有结果的对话。

关于自己和云怡的未来，是天骐精心计划的明天，他愿意尽一切努力去铲除妨害这段感情的阻力。为此，他连续几个星期没有回家，潜心埋首图书馆在网上搜寻各种求职资料。他想，如果能尽快找到一份让父亲满意的工作，也许他就不会逼着自己出国了。

功夫不负有心人。1 月初，当同班很多同学还在为前途忙得焦头烂额之时，天骐俨然成为了班里惟一一个拿到了世界顶级投行录取通知的学生。那一天，接到录取电话之后，他欣喜若狂，第一时间打电话给云怡与她分享这个好消息，更在当天下午急匆匆地赶回家，想给父母一个惊喜。

可是他们反对的态度却让天骐异常受挫。父亲给出的理由很简单，他们家现在不愁吃不愁穿，并不急着让他去工作赚钱养家。工作的时间以后多得是，而读书这项事业必须一气呵成，如果中途断开，以后都不可能再静下心来看一个字。天骐急忙辩解，说自己年纪也不小了，先去社会上锻炼两年，积累一定的社会经验，不仅能磨练心智，加速成长，也有利于日后申请到更好的学校。可父亲似乎完全不理会他这套说辞，盯着不断滚动的电视屏幕，眉头紧锁，不发一语。他求助似地看向了母亲，希望从她那儿得到一丝援助。可是这回，连一向最通情达理的母亲都不肯站在他这边。她的态度虽然比父亲的缓和了一些，但是反对他留在国内工作的意思却是一样的。

无法在父母这得到应有的支持，天骐的心慢慢地凉了下去。为什么他所做的这些努力他们都看不到？为什么他们可以这样强硬地决定自己的命运？难道未来不应该是自己去选择的吗？谁说他们给自己安排的就一定是最好的？

无数的问号、困惑和不被理解的痛苦迫使他没有办法再清醒地思考，他一把抓起沙发上的背包，毅然决然地从家里走了出去，假装听不到门“呼”地合上的前一刻父亲的一声叹息，和母亲在身后担忧的呼唤。

外边天色已晚，街上行人稀稀拉拉，天骐无意识地挪动着脚步，不知不觉地走回了学校，到了云怡的宿舍楼下。她的床位靠窗，他抬头仰望便能看到她床头的那一抹黄色的灯光。想着她温柔的侧脸，他竟红了眼眶。

许是心灵感应到了他在楼下，云怡从书桌前站起来往窗外看。昏黄的路灯下，黑漆漆的自行车棚旁，那个颀长的身影不是天骐还能是谁？她微笑着朝他挥了一下手，把一条厚厚的毛线围巾往脖子上绕了两圈就跑下楼来。

你这么晚跑来找我有事吗？她看着他，乌黑的眸子里碎星点点。

没什么，就是想你了，所以来看看你。他牵起她的手，说，我们去校园里走走吧。

白天热闹的走道夜晚都因为黑暗而变得诡谲神秘，天骐低着头一声不吭地走路，云怡知道他有心事，也安静着不说话。

我爸希望我能继续出国念书。仿佛过了一个世纪那么久，他终于挣扎着艰难地开了口。

云怡的脚步突然停了下来，放在他手心的那只手也抖动了一下，不过很快她就又露出了他最喜欢的笑容，说，那很好啊，可以出去见见世面。

你难道不希望我留下吗？他有点气急败坏地问。

我当然希望啊。她紧紧地握着他的手说，可是我更希望你能有一个光明的未来。

谁说我留下就不能有光明的未来了？没想到她连留都不留自己，他觉得很生气，更多的，是失望。如果她也和他一样在乎这份感情，不是应该和自己一起努力吗？为什么，她会如此潇洒地放手，难道，她就不害怕会失去他吗？还是，她从来就没想过要和自己走下去？

天骐，她柔声地喊着他的名字，你知道的啊，我对你有信心，出国一两年不是问题，我会在这里等你回来的。难道，你对我没有信心吗？

不不，他连声否认，你是我见过最懂事最体贴的女孩，我对你当然有信心。

那你在担心什么呢？她微微歪着头问。

一年的时间说长不长，说短不短，我怕这中间如果有任何的变故，会耽误了你。他的声音越说越轻，就快听不见了。

不会的。她轻轻地晃着他的手臂，说，我选择了等你，我就一定会等下去，除非你先不要我。见他又要急着摇头，她微笑地制止了他，当然，我知道你不是那样的人。你也说，一年的时间不长，正好给我们的感情一个考验的机会，而我，相信一年之后我们一定能交出一份满意的答卷。

嗯。天骐用力地点点头，伸出双臂将她牢牢拥入自己怀中，似乎想把她嵌进自己的身体，永远也不要再分开。他在她耳边轻轻地说，云怡，等我回来，一年之后，什么也不会改变。我保证，相信我。

只要你说的，我就相信。她轻声说，一滴眼泪却悄悄地滑落，没入他看不见的胸前，转瞬就消失不见。

整个寒假，天骐大门不出，二门不迈，认认真真地待在书房里复习雅思考试的内容。虽然不知道是什么原因造成了他如此之大的转变，但每每路过书房，看到他低着头看书的背影，父母觉得很欣慰，不愧是李家最争气的一个孩子，从来不会让大人担心，只要他认定的事，就一定会拼尽全力去争取。所以，这一次他想通了，二老就完完全全地放下心来。

盯得时间久了，眼前的外文字母四分五裂，拼不出一个完整的意思，天骐合上书，揉揉疲累的双眼，一张微笑的脸庞却渐渐清晰。云怡。她的名字如泉水般从他的心房流出，化作一声轻轻的呼唤弥散在沉闷的空气里。

天骐，你为什么想去英国啊？犹记得她听说自己作出这个选择时眉眼弯弯的好奇。

因为雅思容易考啊。他随意地朝后仰在沙发上，伸了个大大的懒腰。

我认识的李天骐可不是个害怕吃苦的人哦。她明显不信。

这么了解我？他“嘿嘿”地笑着，伸出手在她小而尖的下巴上调皮地勾了一下。

别闹了，告诉我吧。她轻轻地抓住他的手覆在自己手背上。

这其中的原因，说来很复杂。他故意卖关子，偷眼瞄她朝自己嘟起了小嘴，赶紧收起戏谑的神情，正色道，第一，因为你以前说过你喜欢英国，大本钟，伦敦眼，喜欢那里悠久的历史，和浓郁的绅士风。

那第二呢？原来他记住了她说过的话，云怡心里暖暖的。

英国的硕士只要一年，我可以尽快完成学业回来，这样你就不用等我太久了。言毕他将她搂进怀中，紧紧环抱。

感觉着他强劲有力的心跳，云怡安心地闭上了眼睛。如果幸福是灰姑娘脚上的水晶鞋，一到午夜便将失去魔力，她多么希望时间可以停在这一秒，让这种幸福的感觉，久一点，再久一点。

寒假返校的第一天，天骐就去参加了雅思考试。下午头昏脑胀地从考场里出来，他一眼就看见心爱的女孩站在门口静静地等候。

你怎么来了？他走到她面前，笑着问。

来接你，顺便告诉你一个好消息。她笑吟吟地挽住他的胳膊。

什么好消息呀？他替她拿过手里的包。

我找到工作了。她的语气里是抑制不住的喜悦，我刚才接到《新闻朝报》的电话，他们录取了我。天骐，我可以留在这里等你了。

真是太好了。他兴奋得一把抱起她在原地转了三个大圈圈，亲爱的，你真是太棒了。

未来在眼前一点一点地铺展开来，她终于能够抛开所有顾虑，和他一起开心地大笑。

冬日的阳光将两个相互依偎的身影拉得很长很长，假若能一直这样下去，一不小心就是一辈子，那该有多好。

三周后，天骐的雅思成绩出来，均分8.0。

接下来繁琐而复杂的申请工作，幸好有云怡陪在他身边，帮他一起挑选学校，写个人陈述，跑教务处翻译成绩单……忙活了一个多月，等寄送出了全部六份申请资料，两个人一下子觉得生活变得无限制的空闲。在等待录取通知的那一段时间里，天骐拉着她四处旅游，抓住大学最后的尾巴。

从三亚的天涯海角，到厦门的鼓浪屿，从西安的兵马俑，到北京的雍和宫，天骐努力把关于云怡的一点一滴都记在脑海中，她微笑时嘴角扬起的弧度，她佯装生气时嘟起的小嘴，她撒娇任性时凑过来的柔软的身体……以后睁开眼睛找不到她的那些空白日子，他会每天把所有保存的记忆拿出来看一点，这样等记忆宝库用完的时候，他差不多就应该回到她身边，再也不离开了。

毕业前夕，天骐毫无意外地收到了全部六所大学的书面录取函。他和云怡仔细地商量之后，终于将目标锁定位于伦敦的 K 大。伦敦，是云怡最爱的城市，从此以后，那里也将会有她最爱的人。

搬离校的前一晚，天骐用学生卡在学校最好的食堂请云怡吃了十分丰盛的一餐。吃饭时他无心地感慨了一句，以前怎么就觉得食堂的饭菜又贵又难吃，可是以后想吃也吃不到了。说完两人俱是沉默。

天骐，她泪眼朦朦地问，我以后还会有和你一起吃饭的机会吗?

傻瓜，这是什么话，他的眼眶也微微发酸，肯定会有的，别忘了，你还要一辈子给我做煮饭婆呢。

嗯，她重重地点头，眼泪却夺眶而出，在桌面上砸出一朵美丽的水花。

就在那一刻，天骐突然萌生了一个非常大胆的想法：明天，他要把云怡带回家。他爱了这么久的女孩，是时候带给父母看看了。

他激动地告诉她这个打算，但免不了担心地问一句，你愿意去吗?

她两颊绯红，没说话，只是垂首低眉地点了点头。

紧紧地握住她白皙的手，天骐似乎能听到自己血管中血液肆意奔腾的声音。他承诺过给她一个明天，他绝不会食言。

翌日傍晚，父亲开车来学校接他。天骐右手拖着一只大箱子，左手牵着云怡出现在他面前。

爸，这是我女朋友。他努力保持镇定，却听到空气里回荡的颤音。

叔叔好。尽管面红耳赤，云怡依然表现得落落大方。

见惯了商海沉浮的父亲很好地掩饰了收到儿子送给他的这份“大礼”时的心情，将儿子口中所谓的“女朋友”上下打量了一遍，淡淡地“哦”了声，说，快走吧，你妈还等着我们回去吃晚饭。

一路上，天骐一直攥着云怡的手，时不时地向她投去一个鼓励的眼神，似是放松她的心情，更是坚定自己的信念。

妈，我回来了。站在自家的客厅中央，他朝厨房喊。

回来就好，肯定累坏了吧。母亲从厨房出来，一边走一边用毛巾擦着手，直到看见儿子身边陌生的女孩，她稍微愣了愣。即使出于母性的敏感，她已经猜了个八九不离十，但还是客气地问了一句，天骐，这是谁啊？

妈，我正要给你介绍呢。这是我女朋友，云怡。他笑着和她并肩走到母亲身前，说，云怡，这位就是我和你说过的世上最最贤惠的妈妈。

阿姨好，她抿嘴一笑，礼貌地问候。

你好。母亲说完看向儿子，薄责道，天骐，怎么不请你同学坐坐，马上就可以开饭了。

虽然不知道今天有客人，不过为了迎接儿子回来，母亲筹备了满满的一桌菜，五菜一汤。

饭桌上，天骐不停地给云怡夹菜，搞得她十分不好意思，好几次传给他提醒的眼神，他却假装视而不见，只一个劲地往她碗里堆小山。

云怡，你父母在哪里任职啊？母亲开始了约定俗成的"家长问题"。

我爸爸是一家丝绸纺织厂的车间主任，我妈妈在一所小学当语文老师。她据实回答。

家里有兄弟姐妹吗？

没有，就我一个。

听你的口音不像是这里人啊。

阿姨真厉害，这都听出来了。我是扬州人。

那你准备留在这里吗，工作找得怎么样了？

找好了，在《新闻朝报》做记者，8月初正式上班。

这机械式的一问一答不何为何在天骐听来如针般刺耳，他赶紧岔开话题。

妈，你今天做的栗子烧肉好好吃哦。栗子脆，肉也很香。

好吃就多吃点。明知儿子有心搞热气氛，母亲也不计较，微微一笑，不再抛出问话。

吃完饭母亲婉拒了云怡主动提出帮忙洗碗的好意，说她是天骐的客人，坐着就好。天骐见状就拉着她钻进房里聊天，她也就不再坚持，随他走进房间。

天骐把她按到床上坐好，转身从抽屉里翻出几本厚厚的相册簿，在她面前一一摊开。

给你看我小时候的照片，不要太爱我哦。他坏坏地笑着说。

她莞尔，拉他在身边坐下，低下头细细辩认着眼前方方的纸片上胖嘟嘟的小男孩。尽管已过去了近二十年，但是他从骨子里透出来的那股机灵劲却一点儿没变，还有那双干净纯澈的眼睛，好像对周围的世界充满好奇，也充满希望。

这张是我满月，我妈抱着我在照相馆。大冬天的，穿得跟个球一样。

这张是周岁，我在干什么，练举重吗？

三岁了，穿个裤衩在院子里跑。别笑啊，没看过穿开裆裤的小屁孩啊。

……

听着他兴致勃勃的描述，云怡突然间觉得很感动。是际遇，让她闯入了他二十岁之后的生命，但是对于她而言，之前的他是一个完完全全的陌生人，他过着什么样的生活，玩着什么样的游戏长大，她从未有过具象的体味，直到今天，直到此刻，她才真正有了一种与他的生命相系相连的感觉。当昨天与今天重逢，她终于找到了完整的他。过去的日子她没法参与，可以后的岁月，她不想错过属于他的一分一秒。

天骐。母亲在客厅叫他。

你等等，我去去就来。他拍拍她的手背，走出房间。

怎么了？他问。

时间不早了，女孩子太晚回去不安全。母亲旁敲侧击地说。

他看看墙上的挂钟。八点整。

好，我送她回去。不等父母再有任何意见，他掉头回房。

再一次谢过叔叔阿姨的热情招待，听到防盗门在身后“呯”地关上，云怡总算松了一口气。

你说，你父母会喜欢我吗？挽着他的手走在人行道上，她有点紧张地问。

肯定会的。他笑着说，你这么好，谁不喜欢啊。

是吗？她嫣然一笑，可心里有份小小的担忧如阴影挥之不去。

当然啦，别瞎想。他抽出胳膊搂紧她，晚上好好睡一觉，明天我送你去车站。

她点点头。明天，他们都将与盛载了四年青春回忆的大学说再见，从此开始一段全新的人生旅途。

拧开门把手进屋，他果然看到父母亲在沙发上正襟危坐，电视里《海峡两岸》的主持人刚说了结束语。

回来了？母亲明知故问。

嗯。他走过去坐在母亲身边。

我们有些话想和你谈谈。母亲说。

我也刚好有事想和你们说。妈，你先吧。他双手交叉放在膝上。

我们觉得云怡不适合你。

什么?! 天骐不敢相信自己的耳朵。才见了短短几个小时，他们凭什么下这样的结论？

我和你爸都觉得这个小姑娘很乖很听话，可是你和她在一起不合适。

她哪一点不好了？他急于知道原因。

她不是本地人，以后父母投靠很麻烦的。听她说她家里的情况，应该也不是太富裕……

可她已经找到工作了啊，而且等我明年回来，我会和她一起努力工作赚钱，经济方面肯定不是问题。他急急地打断了母亲的话。

天骐，你自己也说，你要出国一年，那你又如何保证这一年里不发生任何变化呢？

我有信心，我和她都不会变的。再说，现在异地恋异国恋很正常啊，有的分开三年五年还不是照样在一起。他的指关节由于握得太用力而微微发白。

你还小，太天真，一年的时间可以改变很多事的。还是趁早分了吧，不要耽误人家女孩。母亲也说得有点儿不耐烦了。从小到大，天骐都是他们引以为傲的儿子，连叛逆期他都没出现太严重的逆反症状，可是这次却因为一个外人，胆敢与父母提出抗议。这是他们所不能接受的事。

你们才见了她一面，能了解她什么？你们怎么可以这样武断地否定我和她的感情？他再也坐不住了，腾地一下站了起来，居高临下地看着曾经那么敬重的父母。

好了，今天就谈到这里，你先进去好好反思下你妈说的话，想清楚了再来和我们说。一直没出声的父亲面无表情地开口制止了这愈演愈烈的局势。

天骐气得什么话也说不出来，迈开大步走进自己房间，重重地把门一摔。心口一团闷气横冲直撞寻不到逃逸的出口，在胸腔里憋成一根利刺，戳得他每根肋骨都如断裂般疼痛。从前，他毫不怀疑，他喜欢的，父母必定爱屋及乌。只是他未曾料到，在他们的眼里，那个理想的儿媳人品如何不重要，对他们的儿子多好不重要，她的身家，她的背景才是他们关心的重点。

他尽力平复了一下内心翻滚不息的情感，掏出手机给云怡发消息。亲爱的，晚安，好好休息哦。想你。

她很快就回了，晚安，我也想你。

看着屏幕上熟悉的几个字，天骐暗暗下定决心。为了保护心爱的女孩，他一定会竭尽全力去说服父母。他要让他们知道，他不再是那个唯他们命是从的小男生，而是一个真正的男人，一个能够不惜一切捍卫至爱的人。

第二天他送云怡去车站，两个人在站台上依依惜别。她安慰他说两周后她回来取毕业证书，很快又可以见面的。他对着坐在窗口的她不停地微笑，挥手。他要让她想起他的时候，脑子里都是开心的画面。火车开了，他追着车跑了好远，直到再也看不到她拼命探出窗外的半个身子。

站台上的人们逐渐散去，只剩他一人孤零零地僵硬着背站在原地。

之后的两个星期里，天骐每天都会给她打电话，说说谁谁家的小狗一胎生了四只花纹不一的狗仔，又或是自己出去买体育杂志，结果付了钱却忘了拿杂志。只要听到云怡清泉似的笑声，他就觉得很温暖，很满足。

与此同时，他和父母之间的矛盾却没有丝毫缓和的趋势。他们采取冷冻的处理方式，以为等他出国这段幼稚的感情自会有个了断。可他暗地里慢慢积蓄着力量，他们越不当回事，他就越要证明，他并不像他们所想的那样软弱。

明天云怡就要回来取毕业证书了，但天公偏偏唱反调，一号台风“硅谷”强势登陆，给这座临海的城市带来了恼人的狂风暴雨。

晚上吃饭的时候，父亲看似无意地提醒了他一句，拿了毕业证书抓紧办签证，七八月是高峰期，别误了开学。

我不准备去了。他头也不抬地说。

什么?！父母亲同时惊愕地放下了筷子。

你们不是说一年的时间会改变很多事吗，所以我决定不离开了。他显得很坦然。

是因为那个女孩吗？父亲几乎是从鼻子里哼出这句话。

是。他问心无愧。

天骐，你怎么那么糊涂啊，为了一个女人放弃你大好的前途？母亲对儿子的失望已经到了痛心疾首的程度。

你们怎么知道我留在国内就没有更好的前途？就好像，你们不了解云怡，怎么就知道她不适合我？他的语气也激烈了起来。

你是我们的儿子，什么样的女孩适合你，我们最了解。

他冷笑了一声，第一次用如此不屑的眼神看着曾经无比敬爱的母亲说，什么样的人适合我，难道，你会比我更清楚吗？

一句话把母亲气得说不出话来。

李天骐，你如果想和那个女的在一起，就滚出这个家门，我和你妈就当没你这个儿子。一贯沉稳的父亲也无法再保持心平气和，恶狠狠地落下死话。

好，我走。他干脆地从饭桌前站起身，一秒也没迟疑走回自己的房间。

简单地往行李箱里塞了几件衣服，他回到客厅，父母亲依然保持着端坐的姿势。母亲睁大的眼睛里满含泪水，似乎还不能相信刚才发生的事。父亲铁青着脸，搁在桌上的手微微颤抖。

爸，妈，请原谅儿子不肖，如果有一天，你们能够原谅我，我会很乐意带着云怡回来给二老尽孝道。说完他便坚定地开了门走了出去。

外边风雨交加，他一手撑伞，一手拖着行李箱没有方向地走着。离家出走并不是他一时冲动的结果，经过这么多天的思考和分析，以他对父母的了解，对这份感情的执著，他知道最终会不可避免地走到这一步。虽然也曾有过侥幸的念头，可毕竟没有这般好运。

深一脚浅一脚地踩在大大小小的水坑里，他逐渐理清了头绪，眼下，他需要去找一个人。也只有她，决定了他的方向。

看着他一身雨水地站在门口，云怡揪心地一把将他拉进温暖干爽的屋子。

你带个箱子出来做什么？她不解地问。

云怡，有件事我不得不告诉你了。他将箱子靠在墙角，拉着她的手在宾馆洁白的双人大床上坐下。

我父母不同意我们在一起。他说。我争取过了，可他们不听。

她静默着，眼里是藏不住的失望和难过。是我哪不够好吗？她问。

不是不是。他忙说，在我心目中，你是世上最完美的女孩。可是你知道的，父母的想法有时很奇怪的。可能过段日子他们看不见我也就会想通的。

什么叫看不见你，天骐，难道你……她望了一眼蹲在角落的箱子，脸上是难以置信的惊讶。

是的，我决定搬出家里和你一起住了。以我们俩的学历和能力，我相信想要在这个城市立足一定不是难题。

尽管料到她不会那么容易地接受这个艰难的事实，可是李天骐从她眉眼中竟然读出了除了悲伤、震惊以外的另外一种情绪，一种几近癫狂的绝望。他害怕至极，唯有用尽全身力气抱住她，在这个凄凉的夜晚，相依为命。

隔着薄薄的一件T恤，他摸着她突兀的肩胛骨，说不出地怜惜。这场胜负未分的战役，只要他还没有放弃，她就不可以做逃兵。他现在一无所有了，只有她。

蜷缩在他的怀里，云怡从最初的恐惧中慢慢恢复过来。你先好好地睡一觉，明天起来就什么事都好了。她依旧懂事得让人心疼。

有她在身边，他无限安心地闭上了双眼，像个孩子般依偎着她。他太累了。

黑暗将一切笼罩得严丝合缝，天边突然划过一道惨白惨白的闪电。不明去向的暴风雨，此刻才刚刚开始。

他不知睡到几点，醒来的时候，厚厚的窗帘几乎阻断了所有的光线，分不清白天黑夜。翻过身，旁边空无一人。

云怡，云怡。他叫了两声，她没应，不知去向。他摸索着从枕头底下挖出手机。9点36分。

兴许睡得太死了，连她起床出门都没觉察到。他有些懊恼地拍拍脑袋。拖拖趿趿地走到窗台边“哗啦”一下拉开帘子，外面雾气蒙蒙的，台风还没过境。

折身走回床边，他这才发觉床头柜的台灯下压着一张纸。

“天骐，早安。我在学校的天台等你。云怡。”

什么事这么神秘？他纳闷地想，这样糟糕的天气，去天台吹风，不冻出感冒才怪。在洗手间洗漱完毕，他拿了雨伞拎起一件大外套就往学校赶。

位于校园西北角的实验楼天台是他和她在大学期间的私密据点，那里人迹罕至，而且从十八层的顶楼眺望远处，视角尤佳。每当遇到重大事件，例如他被选上了学生会主席，或者他们的爱情纪念日，他们都会买上好吃好喝的来到这里，开开心心地庆祝一番。

“1，2，3，……17，18。”放假了，空荡荡的直升电梯里只有李天骐一个人眼观鼻鼻观心地数着楼层。

“叮”的一声，电梯停在18楼，门徐徐打开。

还未出去，李天骐就看到云怡正坐在角落的咖啡吧里冲她笑。他挥挥手走向她。

算你聪明，没出去自讨苦吃。他用手刮了下她的鼻尖，凉凉的。怎么想起来这里？才离开半个月，就想念了吗？他问。

是呀，想死我了。她挽住他的胳膊，头枕在他的肩上。

天骐。

嗯？

你还记得我们第一次见面吗？

记得。那是学校迎新晚会，你是女主持人，说接下来我们要给获得新生奖学金的同学颁奖，结果下台的时候一只脚被话筒线给绊住差点儿摔倒，要不是我这个站在最前面的特等奖获得者扶住你，你肯定会被更多人记住。

真没想到，你这一扶，就扶了四年。

是啊，时间过得太快了。他紧了紧拢住她的右手。

如果有机会，我真的很想牵着你的手去看一看普罗旺斯的薰衣草，在花海里一醉不醒。一滴眼泪悄悄地从她紧闭的眼里流了下来。

傻瓜，以后有的是机会。他说。以后啊，等我赚了很多很多的钱，我就带着你到处玩，尝遍世界各地的美食。

真好。她轻声说，一圈圈地转着他戴在左手的飞龙琉璃手链，再看着自己手腕上的金色凤凰。飞龙和金凤，传说中的天作之合。

你后悔吗？她问。

什么？他皱了皱眉。

你后悔认识我吗？后悔因为我而和伯父伯母闹翻吗？

我不后悔。他低下头看着她说，认识你，是我这一生最美好的事。为了你，什么都值得。

天骐……她哭着呼唤他的名字，把头深深地埋进他的胸膛。不管发生什么事，你都一定要记得，我爱你。

我也爱你。他温柔地一下一下轻拍她的背，说，昨天还劝我来着，今天好端端地自己倒感伤起来。

说得也是。她用手背擦了擦眼睛，微弱地笑着说，天骐，我渴了，你能下去帮我买点水吗？

好。他放开她，离开之前不忘回头假装吓唬她，乖乖地坐在这里等我，待会儿要是看见你乱跑，看我怎么收拾你。

她睁大眼睛想笑，泪水却越来越多。

来到楼下，他欣喜地发现，台风好像已经停止肆虐，空中只剩淅淅沥沥的几根小雨丝奄奄一息。

捧着两瓶矿泉水回到18楼，电梯门开启，角落却不见她的踪影。他的心里顿时略过一丝不祥的预感。他加快脚步跑到他们刚才坐的位置，桌面上又有一张她留下的纸条。

“天骐，对不起……”

刚看到第一句，外面突然间混乱一片，他清楚地听到了有人惊恐地尖叫“救命啊救命啊”。他不假思索地捏着字条奔向通往天台的门。

趴在护拦边上往下看，他目睹了这辈子最最残忍的一幕。

地上一滩一滩嫣红的鲜血，和着地上的雨水很快混成浑浊不堪的泥浆。她头部朝下，他看不到她最后一个表情，是微笑，还是哭泣。

他最爱的人，竟然选择了用这种方式和他告别，抛下他一个人留在两个人的世界。

在她周围聚集的人不断增多，他却仿佛瞬间失聪，再也听不到一丁一点的声音。当一颗心真正地死掉，惟一的表情只能是没有表情。

听不到救护车鸣着警笛开进来，听不到白大褂操着无能的那一句“对不起，我们已经尽力了”，听不到自己的心碎裂的声音。

瘫坐在医院走廊的塑料椅上，他两眼发直，手不停地颤抖，大滴大滴的泪水从眼里跌落，摔到地上粉身碎骨。手里的那张纸，早就被血和泪所浸渍，黏湿沉重。

他茫然地摊开，空洞失焦的眼神顺着那无比熟悉的字迹往下读。

天骐，对不起。请原谅我的自私，没有遵守我们的约定。请原谅我不能再陪你看未来的每一个日升月落。这一切，只是因为，我爱你。

我爱你，所以我不想没有你。可是，当我听说你父母不同意的时候，我就知道必须作出抉择。因为，我怀了我们的孩子，我不能失去它，所以我惟有选择带着它离开你。

在你身边，看着熟睡中的你依然皱着眉，我好难过。我不能给你幸福，却让你为我操了那么多心。没有我，你也许会轻松很多。我的离开，并不会带走你的世界，所以，你要为了自己，好好地活下去，好好照顾自己。听父母的话，请不要再为了我和伯父伯母而争执。父母是上天不可选择的缘分，你要珍惜。你的前途，一定会非常光明灿烂的。

我一点也不后悔过去的一千多个日日夜夜。我感激上苍，让我遇到了世上最好的男子。

如果有来生，我希望可以在人群中找到你，把这辈子欠你的全部还给你。

天骐，爱过你，是我这一生最美好的事。

IWALY。

云怡绝笔

他把信攥在手里，捂着脸放声大哭，像个被人遗弃的小孩。

她死了，带着他们的孩子。

从此，那个有血有肉有感情的李天骐也死了。他恨父母，是他们的阻挠间接害死了云怡；他也恨她，不发一言地带走了他们的小生命；但他更恨自己，到头来还是没能想出任何办法留住她。

他决定出国，并且在最短的时间内办好了所有手续。一个月之后他登上飞往大英帝国的航班。

初到伦敦之时，他也因为语言和文化的关系吃过一些苦，可是凭他的聪明才智和勤奋努力，他很快和教授同学融成一片。一年后他以全 A 的成绩完美毕业，并在当时导师的推荐下来到现在这家公司。

可是，对于感情，七年来，他不再有真心，所有女人对他而言，都只是一具有热度的躯体而已。有些事，经不起再一次。经不起。所以，他封闭了自己全部的爱，不再对人付出一丝真情，对爱情也不抱任何期许。

七年来，他没有往家打过一个电话，只在每年的最后一天，往父亲的账户里打入一笔不菲的英镑。他每年回去一次，每次只回去一天，就是她的祭日。在另一个国度孤独地活着，是他对父母的报复，也是对自己的处罚。那片曾经和她共同仰望过的蓝天，他再也不想见到。

以前他以为是自己不能自立自强所以不能对感情自主，如今他只身一人，事业有成，可爱情，却早已死在七年前的那个夏天。受过创伤的人会选择性地遗忘，他却偏偏要拼了命地记牢，记住那种无法用言语形容的蚀骨的疼痛。因为只有这样，他才有一种活着的存在感，才知道，原来他也曾经真心爱过。

据说，人的细胞是以七年为一个周期全部更换的，可过了第一个七年，他却依然贪婪地呼吸着有她的空气，毛孔里满满的，盛着对她的思念。或许旧细胞已经全死完了，可是爱她想她的基因却留了下来，粘附在他的心脏上，每跳动一下，都是撕心裂肺的折磨。

故事讲完了，莫默面前的咖啡早已凉透。

“是不是特大的一个笑话，我爱她，愿意为了她做任何事，她却不相信我有能力保护她，依然选择了离开。”他苦笑着说。

“别这样，天骐。”莫默安慰他说，“也许云怡姐的决定有她的苦衷。”

“苦衷?”李天骐不屑地说，“她自私地只为了自己的解脱，她有没有想过，这样丢下我一个人，我要怎么过?”

“像云怡姐说的，好好地为了你自己生活。你现在功成名就，她在天上看见了一定很开心。”莫默说。

他不置可否地呷了口冰凉的咖啡。又苦又涩。

可是，莫默不知道的是，她和李天骐的第一次见面，就是他回来祭拜云怡的那一天。

她同样不知道的是，她有着一张几乎和云怡一模一样的脸。

第十九章

说来好玩，以前不知道易森住隔壁的时候，乐姗一个星期都撞不到他一回，现今却几乎每天都要和他打个不痛不痒的照面。有时是在电梯里，他正要关门，她急吼吼地嚷着“等一下”跑过去，看见是他，心里又宁愿 miss 掉这一班；有时是在学校餐厅，她和莫默闲聊着呢，他端个盘子过来，在她们旁边的空位坐下，通常莫默都会笑着和他说几句话，而她就只顾突然低头猛吃饭不作声；更阴魂不散的是，乐姗有天凌晨一点去宿舍楼下的二十四小时便利店竟然也碰到他，偏偏她那天有点突发状况，手里拿着一包卫生巾，那一刻，她想把他眼珠子抠出来的心也有了。

周五的晚上，乐姗扳着指头算算离上次见易小贼的时间已过去了三日之久，心情大好，从冰箱里挖出一个鸡蛋，两颗西红柿，三块鱼排，四只大草莓，准备好好做一顿饭，另附餐后水果，庆祝一下。

来到厨房，那个讨厌的意大利人带了几张新面孔霸了所有的五把椅子，乐姗懒得和他们一般见识，直接走到水龙头这边洗起菜来。

感觉到那几个人从她进来之后就唏唏咘咘地压低了声音说话，乐姗也不在意，只管哼着歌着紧手上的事。

“乐，”那个意大利人突然叫她。

她极不情愿地转过身，“什么事？”

“我们想邀请你加入，一起喝酒，你有兴趣吗？”

“没兴趣。”她没好气地说。

“都说中国人很热情，但她看上去不怎么好相处啊。”一个陌生的声音。

听他这么说，乐姗的脑瓜儿高速运转。或许这是个对中国友善的外国人也说不定，自己可不能让他人小瞧了去，有辱国风。她这么想着，便换上一张笑脸走了过去。

“好啊，喝什么？”

意大利人把一整瓶芝华士推到她面前，“这个。”

乐姗惊得下巴都快掉下来了。虽说这酒她在酒吧和莫默他们喝过，但那时要不掺绿茶，要不掺橙汁，没人喝过纯的。所以，对于这酒的杀伤力，她并未真正领教过。而对自己的酒量，她更没有十足的把握。

大概是看出了她的犹豫和顾虑，那个陌生的男生看似关心地说："要是你不行的话，可以放弃。"

"为什么中国人连喝酒都不行？"讨厌的意大利人！

被他一激，乐姗索性豁出去了。喝就喝，谁怕谁！

拿过一只一次性塑料杯，乐姗往里倒了满满的一杯，一闭眼，一仰脖，"咕咚咕咚"就下去了。微微的甜味带着呛人的辛辣味顺着喉咙一直往下，再从胃里泛起，乐姗舔舔嘴唇，麻麻的。

"再来一杯？"旁观者说着又给她满上。

好像也没什么事嘛，乐姗颇开心地想，看来自己酒量还不错。

第二杯，她再次一饮而尽。

她的豪气干云明显震动了那些外国人，他们一个个开始露出赞叹的神色。

正想用第三杯去彻底征服他们，她的头却一下子变得晕乎乎的，厨房也天旋地转起来。乐姗一个脚软，跌坐在地。塑料杯从她手中掉落，溅出几滴还没喝完的酒。

"喂，乐，你没事吧？"

"看不出来还挺能喝。"

"乐，醉了吗？"

……

嘈杂的人声，她听不真切，眼皮子越来越重，眼看整个人就要滑到地上去了。

就在这时，厨房门被人从外面打开。

在乐姗尚有意识之时，她耳边响起一个无比亲切的声音。她含含糊糊地说了一句"易小贼，你来晚了，女侠我已经喝不动了"，就歪歪斜斜地向桌子底下倒去。视网膜上最后一个影像，是一张近得不能再近的脸，几颗调皮的小雀斑。

她好似陷入了昏睡，可耳际那吵闹的英语让她不得安生。易森好像在和他们理论什么，语速飞快，嘴里蹦出的英语单词她都听不懂。他们是在道歉吗？哎呀，怎么这么吵呀，让人睡个好觉都不成。

嘟囔着睁开眼，海蓝色的天花板，鹅黄色印花小被，咦，我什么时候跑到自己床上来了？乐姗疑惑地扫视房间，忽然看到书桌前趴着一个穿连帽衫的背影。

"啊？你是谁？怎么会在我房里？"她大叫，学电视里的女人公一样攥紧被子往身上拉。低下头看，还好还好，昨天穿的那套衣服都还在。

那个身影转过来，揉揉眼睛，"你醒了？没事吧？"

"易森?!"乐姗二度受惊。

"是我，易小贼。"他倒挺有幽默感，懂得对号入座。

"快说，好端端地你在我房间干什么？有何企图？"

"你昨晚在厨房喝酒，喝醉了，我送你回来。"

酒，醉……乐姗费力地想啊想，终于找回了支离破碎的记忆。

"你会这么巧刚好路过？"她挑高了一边的眉毛问。

"我去向 Damon 借本书，他住你隔壁。"易森说，清白无辜得要死。

"你一晚上都在这，没走？"乐姗歪着头问。

"怕你不舒服，没敢走。"他挠挠头说，"你好点了吧，那我回去了。"

"等等。"她咬着嘴唇，努力想说点什么感谢的话，憋了半天，才憋出一句："易小贼，你英语真好啊。"

"谢谢。"他微笑着出去，帮她带上了门。

这下完了。乐姗盯着门背发呆，没能与他一较高下，反倒让他成了自己的"救命恩人"，这真是女侠人生最大的不幸呀！

Eason 演唱会伦敦站的门票提前一周在网上公开出售，前一天晚上乐姗特地定了闹钟，铆足了劲等早上九点好一举拿下那张梦寐以求的票子。小小的上网本在黑暗中闪烁着待机的蓝光。

怎么还不响，怎么还不响……乐姗在床上半睡半醒地翻来覆去烙大饼，心想着，时间好慢呀，九点还没到咩？熬不住了，她从床头柜上抓住闹钟拿到眼前。才八点半啊，她不满地说，等下，不对，那根秒针怎么一动不动啊？

完了，闹钟没电池了！乐姗一骨碌从被窝里弹起来，跳到书桌前对着电脑一阵狂按。

9 点过 10 分，看台票显示已售空。面对 100 镑一张的内场票，乐姗咬了咬牙，为了偶像，拼了！她点击"购买"，按网上的指示一步步操作，直至付款页，她付了几次也没成功。极度受挫之下，她把订票网页重新打开了一次。

"哇靠，有没有搞错？！"乐姗瞪着电脑屏幕，心里燃起熊熊怒火。

订票首页清清楚楚地写着：对不起，Eason 演唱会伦敦站的票已售完。

就慢了那么一点点，她与偶像失之交臂。这对于天不怕地不怕只怕美梦变泡影的乐姗来说，绝对是一个重大且悲凉的打击。

无精打采地下楼去买速食，乐姗在电梯口又与易森不期而遇。对着昔日宿敌，她也无心恋战，连口头交锋都直接免了，只有气有力地说了一声"嗨"。

"你心情不好？"易森看着她问。

"不是不好，是很不好，非常不好。"乐姗瞥了他一眼说。

"发生什么事了？"第一次见她如此低落的样子，他的表情也凝重起来。

"我没订到 Eason 演唱会的门票。"

"就为了这个？"他觉得有些好笑，可也立即放下心来。

乐姗边点头边忧郁地叹了口气说："他演唱会那天是我的生日，本想送自己一份大礼的，这下全泡汤了。"

原来是这样啊。易森明白了，怪不得她这么难过。

五楼到了，两个人一前一后走出电梯。

"你的生日会怎么过?"他掏出钥匙打开套间大门。

"还没想好，大概会请默默他们一起吃个饭吧。"她进门，往左。

"到时叫上我吧，我也想给你过生日。"他拔出钥匙，往右。

"行。"她答应着，心思仍沉浸在错失门票的抑郁中。

乐姗生日前两天，莫默接到易森的电话。

"喂，易森?"

"默默，我有件事想请你帮忙。"

"你说。"

"是关于乐姗的生日。"

没抢到 Eason 演唱会的票着实让乐姗郁闷了好几天，走路不蹦了，歌也不哼了，蔫蔫的，比霜打的茄子还没精神。尤其是看到有同学买到了票在网上炫耀时，她心里充满了羡慕嫉妒，恨得牙痒痒的，见谁都恨不得扑上去咬一口。

吃过午饭百无聊赖地在天涯、豆瓣上乱逛一气，乐姗瞄到莫默在 QQ 上呼叫她，随即点开小窗。

"小乐，明天你生日想怎么庆祝啊?"旁附笑脸一张。

"随便。"她很快地敲着键盘，"这个问题真没想过，净顾着惆怅 Eason 去了。"

"那我们一起去中国城吃饭吧，我帮你通知布莱恩的人。"

"好的。"想起几天前她又补充道，"我再叫下易森，他上次说要一块儿去吃。"

唉，又要老一岁了。乐姗仰面倚在椅子上，发出一声长长的叹息。还没玩够呢，就要轰轰烈烈地朝"三"字头狂奔，这人生哪，怎一个"快"字了得?可看到墙上贴着的照片，她又欣喜地笑了。那是她们四个女孩在语言班结束后去布莱顿度假时拍的，阳光斜斜地投射在每个人脸上，映照出独一无二的快乐。

乐姗在电脑上一张张地整理着以前的照片，从布莱恩到布莱顿，从伦敦动物园到巴斯……她暗自吃惊，原来他们一起，已经走了这么远。这一年，有他们陪着，真好。

不过隔天在中国城的饭桌上，乐姗敏感地察觉到这份友情出现了意料之外的嫌隙。她说不上哪里不对，可就是觉得莫默、安妮和欧阳的举动都好奇怪，谈笑间好像藏着什么话，三个人有时还眉来眼去的，她看了心里别扭得慌。

“默默，你们是不是有秘密？”她终于忍不住问，怀疑的眼神把他们几个统统扫了一遍。

“没有没有。”莫默慌忙摆手，求助地看向了欧阳静。

“乐姗，我们本不想扫你兴的，可是不巧今晚我们都安排了活动，不得不提早离开，真对不起啊。”欧阳静情真意切地道歉，“我专业有个酒会，我待会要赶过去。”

“我约了天骐看歌剧。”莫默说。

“何鹏买了电影票。”安妮说。

“晚上英超直播，小波和淞圻要去我家看电视。”陆昊说。

“我都还没问呢，你们一个个坦白得倒挺快。”虽然有点不太乐意，可乐姗也不能强拉着别人陪她，只好略显无奈地说：“好吧好吧，你们都去玩吧。”

“也不是‘都’啊，这不还有一个人没事吗？”莫默朝她身边努努嘴。

乐姗扭过脸看着易森，脸上的表情看不出是高兴还是不高兴。

倒是易森主动说：“乐姗，我晚上没活动，你要想逛的话我可以陪你逛。”

“就这么定了，”莫默莫名地变得很兴奋，“易森，代我们陪乐姗好好玩哦！”

他笑笑，点了点头。

乐姗嘟着嘴巴想，总算还有一个人，这个生日，也不算太糟糕。

晚饭一过，他们几个就溜跑了，动作之迅速跟和谐，让乐姗起了不大不小的疑心：他们是不是提前排演好的？但不管怎样，目前只剩下她和易小贼两个人是铁铮铮的事实。站在他身边她就呼吸不畅，她深吸了一口气，迈开大步一个人快步向前。

“乐姗，等等。”易森小跑几步追上来抓住她的手腕，“你要去哪里？”

“不知道，随便走走。”她看了眼他的手，故作正色道：“别拉拉扯扯的，让别人看见了不好。”

“哦。”他听话地松开了手，“我知道有家酒吧不错，就在这附近，我带你去看看吧。”

反正没地方可去，跟他去看看也凑和，总胜过在漫无目的地在街上飘来荡去。她想。

“走吧，”她略歪着头说，“你带路。”

那是一家潜伏于一个不起眼小巷子的地下酒吧，门口有段窄窄的木头楼梯，一进里面，却别有洞天。借着昏暗的灯光，乐姗只能模模糊糊地看到这个像是在一棵巨大的树洞里营业的酒吧分为上下三层。大概由于时间尚早，未到酒吧营业高峰期，喝酒的人稀稀拉拉的。乐姗在一楼挑了一个角落的位置坐下。

“想喝点什么？我去买。”易森说。

“一杯‘天使之吻’，谢谢。”乐姗说。

坐着等了好一阵他都没有回来，乐姗皱着眉想，易小贼买杯酒买到西伯利亚去了？

正左顾右盼地找他，一名金棕色头发的帅哥侍者把一杯透明海蓝色的“天使之吻”端到了她面前，她正纳闷，舞台上突然响起了一个熟悉的男声。

“喂，喂……”他耐心地调试着话筒。

易小贼在台上耍什么宝？乐姗心里的疑团更深了。

“今天是我的朋友，乐姗，22岁的生日。我知道她最大的生日愿望就是可以去现场听Eason的歌，虽然我唱得不好，但是我愿意在这里为乐姗小姐清唱一曲Eason的《与我常在》。”

当她的惊讶达到无以复加之时，他深厚的男低音开始在耳边缓缓流淌，标准至极的粤语。

“在一起看每出戏
在一起叹每口气
再细尝同偕到老的况味
每分钟也抱紧你
没有一秒共你别离
还携手看着生与死
坐着卧着都分享
日日也为彼此设想
站着望着都分享
就在梦内发掘这真相
……”

这是在做梦吗？乐姗揉揉眼睛，难以置信。易小贼，在酒吧里，为自己献唱，Eason的歌?！每个词组都在脑子里独立跳跃，她实在没有办法把它们组成一句连贯的句子。

“除非你是我
才可与我常在
一个人从镜内发展恩爱
除非你是我
才可昼夜同在
恋不来
从厌倦里面偷取恨爱
在一起会有多美

在一起也会不美

一个人同偕到老不靠运气

……”

她张着嘴巴呆呆地听他唱完，眼睛一眨也不眨地看他从台上跳下，向自己走过来。

“喜欢吗？”易森微笑着问。

她机械地点头，光张嘴出不了声。

“送你。”他变戏法似的从身后抽出一大束玫瑰花，“乐姗，我希望，从此刻起，你能做我的女朋友，好吗？”

这真的不是在做梦吗？乐姗闭上眼晃晃脑袋，一睁开，还是那个笑意盈盈的易小贼。

周围的人都看到了这一出戏码，有人吹哨，有人摇晃着酒瓶子，为他们起哄。

“你愿意接受我吗？”易森略微低下头问，直视她明亮的双眸。

乐姗红着脸说不出话，只是轻轻地从他手中接过了花。

“哇哦！”

被这突如其来的叫声吓了一大跳，乐姗惊讶地看向右边。

“祝你生日快乐，祝你生日快乐……”莫默、安妮等人用车推上一只大蛋糕，一对蜡烛闪耀着腾跃的小火苗。小波正用力捂住淞圻的嘴，刚才那声怪叫就是他发出来的。

“啊，你们商量好的?!”乐姗恍然大悟，又羞又恼地跑到她们面前，一下一下地挨个打过去，“坏默默，坏安妮，坏欧阳……”

“世界杯都要开踢了，哪还有什么英超啊，就欺负你没有常识。”陆昊大笑着说，胸口立马挨了乐姗毫不留情的一记重拳。

“我们都是群众演员，易森才是整场事件的主谋，要打打他去。”莫默“呵呵”地笑着把她推向易森。

他用长臂圈成一个大圆把乐姗围在中间。她站在甜蜜漩涡的中央，仰着头傻傻地笑：易小贼你个“偷心大圣”，往后的日子本女侠定要将你收得服服帖帖！

经过连续几周的潜心钻研和同朋友们的通力合作，何鹏他们组制作的机器人在期末淘汰制比赛中成功地击败其他组，以百分之百的胜率获得冠军，组里每个人理所当然地在这门课上都拿到了满分的好成绩。

为了庆祝这一好消息及两人在一起五个月纪念日，安妮特地订好位，约他去一家在华人圈中颇有名气的川菜馆吃晚饭。

双喜临门，安妮的心情如春天的柳絮飞扬。她化了淡妆，换上一件纯白兔毛修身开衫加一条红色格纹短裙，搭配一双深棕色小牛皮鞋。在镜子前美美地摆了几个 pose，她把皮包往肩上一挎，拎起大衣出了门。

离约定的时间还有两个小时，她准备顺路先去牛津街上给何鹏买份小礼物。刚走到地铁入口，她听到手机铃声阵阵作响。她想准是何鹏问她有没有出来，拿出一看，竟然是陆昊。

“安妮，我病了，你能过来吗?”电话里他的声音有气无力。

“小冉呢，你让她过去照顾你啊。”她不假思索地问。

“我和她分了。”他回答，“你过来的时候帮我带份牛肉饭吧，我一天没吃东西，快饿死了。”说完他便收了线。

对着“嘟嘟”的电话“喂”了两声，安妮无奈地将手机放回包里。就当是还他当初跷课赶来探望自己的这份人情吧，她想。坐电梯下楼，她走向与川菜馆相反方向的另一条地铁线。

来到他家，门虚掩着。她轻手轻脚地进屋，把门关好，在玄关处换了一双拖鞋。

“陆昊，我来了。”他的房门没关，但她还是在门上敲了两下。

“进来。”闻声抬头，他忙把置于腿上的电脑移到一边。

“生病了不好好休息，还玩。”她走过去把袋子往他面前一晃，“喏，你要的牛肉饭。”

他接过，用力一嗅，满足地说:“好香啊。”

见他精神还不错，并不似想象的那般严重，她的担忧随之消失。她浅浅一笑说:“你慢慢吃，我有事先走了。”

“安妮。”陆昊停下手里打开盒饭的动作，叫住她。

“怎么?”她回头，不解地问，“还有什么事吗?”

“能陪我聊会儿吗?”他要求，眼神中流露出一丝恳求的意味。

不管多大的人，病了就跟小孩儿似的，总希望有人陪在身边，特别是对于那些对自己来说具有特殊意义的人。

安妮抬手看了眼表，还有一个小时。她就近拉了把椅子在他床边坐下，“好啊，你想聊什么?”

“我和小冉分手了。”

她愣了愣，不明白他为什么又重复了一遍。

“因为我觉得我根本无法投入这段感情，和她在一起，我脑子里想的却是另外一个人，这对她对我都不公平。”陆昊顾自说着。

“陆昊……”

“让我先说完。”他举起并拢的五指作了一个示意她不要说话的动作，“我知道待会你要去赴何鹏的约，因为今天是你和他五个月的纪念日，对不对?”

她吃惊于他的细心，但仍然弄不懂他说这话的目的。

“其实平安夜晚上，我一直在你后面。”他慢慢地吐出这几个字。

她猜得没错，他看到了所有的一切。

“要不是何鹏抢先了一步，今天也许就是我和你的纪念日了。”

“你什么意思?”安妮睁大了眼睛问。

“你还记不记得，那天你来我家，我说，我有话想和你说。”他顿住，等她的反应。

她点头。那天他表现大异往常，她有印象。

“其实那晚之前我已经想得很清楚了，不管未来会怎么样，我都想和你在一起。这就是我想告诉你的话。”

为什么一句简简单单的话，他此时才肯说出来？心中疼痛翻滚，安妮叹息着，摇了摇头。

“陆昊，我不可能因为你现在的话和何鹏说分手。他对我太好了。”她轻声说。

“你爱他吗?”

她低垂着眼沉默，良久才开口，“爱是什么？是生理上的相互吸引，还是精神上的互补互通？我只知道，和他在一起的时候，我很快乐，很安心。陆昊，我不是个贪心的人，就像当初我并不奢望你会对我的感情作出回应。现在，有他在身边，我就知足了。”

“如果……如果我当初主动那么一点点，我们今天，是不是会不一样?”

“陆昊，”她陡然加重语气，“我希望你明白，‘如果’是这个世界上最没有用的两个字。否则，要是‘如果’有用，我不会申请住布莱恩宿舍，那样便不会遇到你；要是‘如果’有用，我会管住自己的心不去喜欢你；要是‘如果’有用，今天无论如何我都不会跑这一趟，听你说这些话。因为，它们毫无意义。”

“安妮，你怎么能说它们没有意义呢?”他气急。

“也许对你来说，讲出这些话可以让你心里好过一些，可是你有没有为我想过，当我听了你这些话后，我该怎么做？或者，你希望我怎么做?”

“我并没有想过让你做什么……”

“那你和我说这些干什么呢?”她说着说着就红了眼睛，“我宁愿我从来没听到，这样我就不会知道，原来，我们只是错过了。”

“对不起。”陆昊抬起手想帮她擦掉滴下来的眼泪，却被她伸出手挡在距离她脸颊一公分的地方。

“不是你的错，不是任何人的错，我们只是在错误的时间，遇到了对的人。至于何鹏，我不敢说他是我在正确的时间遇到的正确的人，但我会努力去对他好，以回报他对我的爱。”

“你真的连一丁点机会都不给我?”他几近绝望地问。

“我给过你机会，可是你没有把握。”她说，深吸了一口气，努力稳定了下波动的情绪，“幸福太不容易了，我不想冒险。人们都说失去之后才懂得珍惜，可我明白，珍惜后的失去才最痛。我现在过得很好，也真心希望你可以早日找到属于你的幸福。既然回不去了，就让我们一起往前走吧。”

话已至此，继续说下去只会更伤人伤己。尽管不能留住她，可至少，他能祝她幸福。

“安妮，祝你们美满。”苍白的微笑，是他能给出的最后的爱。

“谢谢。”她回他一个同样的笑容。

赶到餐厅的时候，安妮看见何鹏在订好的座位上朝她挥手。

“不好意思，我迟到了。”她落坐后急急地道歉，“陆昊生病了没吃饭，他家又没人，我给他送了点儿吃的过去。”她不想向他欺瞒。

“哦，这样。”何鹏若有所思地把菜单递给她，“想吃什么？”

“你不要多想，我和他没什么的。”见他似有不信的意思，她更急了。

“那一天，我都看到了。”他说。

“嗯？”她问，却马上明白他所指何事。

“就算以前我对他有过心动，那也是过去的事了。我和他之间，真的什么都没有。”

“我相信你。”何鹏握住她的手说，“你是我的女朋友，你说的话，我都信。”

安妮含笑回握他温热的手掌，庆幸自己的选择，更欣慰他的包容。

景湖天成这个项目的提案即将在一周后进行，在众人眼里，林然颇有一种志在必得的气势。每天当其他人踩着打卡机的点来到办公室时，他准已经在电脑前对着图纸的各个细节做了好一番精益求精。晚上金盛大厦的灯全黑了，只有他的窗口还留着不灭的灯光。

功夫不负有心人。当苏丽珍在众董事一致同意下宣布将景湖天成的设计交由金盛集团全全负责时，作为其中最大功臣的林然，着实松了一口气。

“然，恭喜你，还有你们金盛。”散会后，苏丽珍走到他身边，“你的才华有目共睹，要不然人家还以为我是有心徇私呢。”

“也就是一分耕耘，一分收获吧，”他将手中的材料拢拢齐，“不过这次还真花了我们团队不少心思，这样的结果也算是皆大欢喜。”

“既然这么开心，不如出去喝一杯？”她建议道。

他笑着迎上她的一双明眸，“乐意之至。”

经过上次她失意醉酒一事后，林然和她的关系反倒近了不少，平日里多了几分属于朋友间的默契。也许是出于对她过往的同情，也许是出于一份天生的男人对女人的怜惜，他现在和她相处自然多了，也舒服多了。

两人说说笑笑地坐电梯下楼。正待迈出公司大厅的前一秒，林然突然觉得一阵心悸，瞬间天旋地转，眼前一黑他就什么都不知道了。

过了不知多久，他终于睁开了眼睛。

“然，你醒了啊，刚才真是吓到我了。”苏丽珍在一旁紧张地看着他。

“这在哪？”他问，嗓子里又干又涩。

“这是医院。”

他缓缓地转头看了看，一片素净的白色。

“发生了什么事？”他努力想坐起来，“我怎么会在医院？”

“你晕倒了，不过好在没什么大事，医生说是因为过度疲劳而引起的短暂性昏厥。”她扶他坐起，在他身后垫了个枕头，“我已经和你们张总说了，他给你批了三天的假期。你趁这段时间在家好好休息下。”

虽然林然善意地提醒她他家里最近比较乱，苏丽珍心里却是不信的，凭她对他的了解和上次去他家的经历，如此一个整洁清爽的大男孩，再乱又能乱到哪里去呢？但是当第二天她从医院把他送回家时，她结结实实吃了好大一惊。

地上横七竖八地散乱着无数张图纸，没有叠好的衬衫和外套丢了一沙发，桌子上堆放着十几包还未拆封的方便面。这里完全不见了上回的干净有序，苏丽珍觉得简直像是进入了另一个人的家中。

林然一面说着“抱歉太乱了”，一面弯腰一张张地捡起地上的图纸。

真是工作起来不要命啊，她想，公司里忙得不够，还带回家熬夜。看来他这次的过度劳累她得负上一大半的责任。她也蹲下身帮着他捡，可看清眼前的草图后，她再也移不开视线。

这上面，根本不是“景湖天成”的项目图，每一张不管设计有多迥异，门楣的位置都画着一面相同的招牌：“默然咖啡厅”。

刹那间，苏丽珍像是明白了所有的事，他从伦敦回来后的心事重重，他的玩命工作，和他昨日的昏厥。这一切，与她的项目无关，与领导给他的压力无关，而是他自己心中，摆着一块谁也挪不走的沉重的石头。尽管他对她一个字也不曾提过，可他眼里那抹沉不见底的忧伤，让她在今时今日得到了最好的解答。

“然，这是你和她未来的梦想吧？”她站起身，在他身后问。

他没有作声，依然弓着背一张一张地把它们捡齐，拢在手中。

“然，你这样把全部的事都放在心里，一个人扛着，不累吗？”

他慢慢地直起腰，每一个字都像是从心底掏出来似的，“我愿为她守着我们的约定，不管阴晴圆缺，不管时间空间，一生都不会改变。”

苏丽珍轻叹一口气，将图纸递到他手里，“如果有需要就开口，我一定帮忙。”

“谢谢。”他由衷地感激她的理解。

假若有她相伴的明天对他来说已然是一种奢望，那么至少，他可以一个人坚持着，守候着，去完成两个人的梦想。而也正是这样，才能让他时时刻刻地感觉到，她一直在他身边，从未走远。

如果把伦敦湿意绵绵的冬天比作一幅意境幽远的水墨画，雾气袅袅，那伦敦短暂浓烈的夏天就好比一幅浓墨重彩的油画，热烈欢快。进入中国传统意义上的盛夏以来，伦敦只在6月中下旬有过那么一两天三十度的“高温”，其火热程度，在莫默看来，却足可以与国内三十七八度的天气相媲美。街上热浪蒸腾，热辣奔放的蓝眼睛姑娘们甚至穿出了比基尼高调亮相。

但所谓的夏天好像也就那么一回事，一入7月，气温就迅速回到了早晚凉爽，中午微热的最适宜状态。

与导师碰过几次面，聊了论文的大致研究方向和数据收集后，莫默便开始了独立的论文完成工作。不只是她，布莱恩的同伴们也结束了轻松玩乐的计划，投入到紧张的论文大战中来。

和李天骐的关系虽然谁也没有明说，但莫默清楚，她对他，有着一种不同于普通朋友的好感，而他对自己，也有着异乎寻常的关心和照顾。所以当他打电话来约她共赴法国普罗旺斯欢度周末时，她并无作太多考虑就答应了。而他，只在市区的豪华大饭店订了一间标准房。关于这一点，莫默只是单纯地认为他是为了节省房费而已。

尽管早在网络上和电视中无数次地欣赏过普罗旺斯的美景，可是当莫默亲身踏上这片梦境一般的土地时，征服她的不只是美丽。薰衣草，漫无边际的薰衣草，用最放肆的身段，随风摇曳出最性感的舞姿。紫色，毫无疑问是这里风情万种的主人，翠绿，只是卑微谦恭的侍仆。在这里，莫默看到的是紫霞，听到的是紫曲，闻到的是紫香。上帝是位伟大且偏心的艺术家，随意地调出这种令人心醉沉迷的纯粹，然后洒向这座他钟情的寂寞的山谷。这时候，眼睛不够用了，语言不够用了，连感情，也都不够用了。

“天骐，这里真是太漂亮了！”莫默兴奋地在花海中穿梭跳跃，“就像在天堂一样！”

天堂。天堂也有这么美吗？李天骐双手插袋，仰望天空。

“天骐，你知道薰衣草的花语是什么吗？”她从前面跑回来，在他面前站住，笑吟吟地问。

他摇头。微微辛辣的香味混合了被晒焦的青草气息折磨着他的嗅觉。

“是等待爱情哦。”她“呵呵”地笑着，又独自往前跑去。

“等待爱情……”他喃喃自语着，“可是，我再也等不到了……”一株株紫色的薰衣草此刻仿佛化身成了一把把尖利的匕首，争先恐后地刺向他的眼睛。他痛苦地闭上双眼。

恋恋不舍地告别薰衣草田，莫默跟着李天骐来到了市区的特色商店。各式各样由薰衣草制成的商品摆满了所有橱柜，墙上也挂着种类繁多的香包和香袋。

“这么多宝贝，而且都好精致啊！”望着琳琅满目的产品，莫默喜不自禁，“我要买好多好多回去送给乐姗他们！”

“知道你喜欢，所以带你过来看看。”李天骐说着往店里走。她紧随其后。

精油、香水、香皂、蜡烛、花草茶，她每一样都好喜欢，拿起了就舍不得放下。一番挑挑拣拣之后，她给乐姗、安妮和欧阳静各买了一瓶精油和一罐花茶，给三个男生每人买了一只香包。

“这个送你。”李天骐把一瓶心形香水递到她眼前。

“谢谢。”莫默惊喜地收下，不禁为他的心细如尘所打动。她选了这么久，独独漏掉了自己的礼物。

玩儿了一天，吃完饭赏过普罗旺斯的夜景回到酒店，莫默把包往沙发上一扔，大喊着“累死了”就直直地仰面躺倒在柔软的床上。

“洗个澡睡觉吧。”李天骐脱下外套挂在衣橱里。

此时莫默才意识到今晚她将和这个男子共度一夜，心里禁不住有些忐忑不安起来。她匆匆忙忙地把换洗的衣服抱到淋浴间，锁上门，将莲蓬头的水开到最大。听着哗哗的水声，她的安全感又回来了。

在感受热水冲洗掉一天的疲惫时，莫默的心也从白天的激动中平静下来。她本来以为这次计划的旅行天骐会和自己一样兴奋，但说不清什么感觉，她总觉得他怪怪的，走在薰衣草田里时的心不在焉和眼角深不可测的忧伤，旅游途中的不发一语，还有牵她手时那冰凉的温度。这一切，莫默直觉与他说过的一个人有关。云怡。

女人的第六感通常都是很准的，不说，并不代表不知道。出游本应是快快乐乐的一件事，她不想有任何的意外破坏掉这份闲适的心情。所以一路以来，她都选择了对他的异样不闻不问，就算有再多的问号，也统统放在心底。

洗完澡擦着湿漉漉的头发出来，她瞧见他正倚在床背看电视。优雅端庄的女演员，声情并茂地讲着据说世上最美的语言。

“天骐，你也洗了早点睡吧。”她说。

“好，我这就去。”他放下手里的遥控器，拿着备好的衣服进了浴室。

本想等他洗完再聊聊天的，可莫默觉得眼皮越来越重，等着等着竟然睡着了。

痒，好痒。是谁在梦里挠她？她翻了个身，那种酥酥痒痒的感觉却挥之不去。半梦半醒间，她似乎看到了眼前有一双眼睛。一个激灵，她醒了过来。

“天骐?!”莫默惊怵地叫出了声，“你在干什么?”

“我想看看你。”他的声音好像不发自他的身体，而是来自一个遥远的地方，苍白得诡异。伸手不见五指的黑夜中，他的眼睛竟像看见食物的恶狼一样亢奋，赤裸裸地闪着渴求的光。

在他善恶难辨的注视下莫默害怕得发抖，她不知道接下去还将发生什么事。

盯了一阵她的脸之后，他从她身上笨拙地爬下来，睡回到自己床上。

惊魂未定之时，莫默感到他从旁边扔过来一样东西。她摸索着抓住它。是一张卡片。

“还你。”他说，声音在沉闷的夜里引起回声。

被他莫名的举动所吓，莫默再也不敢入睡，哪怕听到他响起了断断续续的鼾声，手里紧紧地攥着那张迟到的卡片。直到天边出现朦朦胧胧的曙光，她才稍稍地合了下眼。

休息不够加上心有余悸，周日莫默根本就没有心情再玩。李天骐来牵她的手，她也不动声色地挣脱。而他也没有对昨晚的事情作出任何解释，好像当什么都没有发生过一样。惊吓之余，莫默还觉得恐惧。好容易熬到返程时间，坐上回伦敦的欧洲之星，她才算舒了一口气。

两个人的第一次单独出行，以不愉快和尴尬狼狈收场。

一段时间不见，莫默不用猜也知道乐姗必定沉浸在甜蜜的二人世界中，而自己也为了论文整日忙得焦头烂额，无暇顾及其他。她们有时会在网上交流一下论文进度，有时会通个电话聊聊最近好笑的事。只是习惯了与她亲亲热热的关系，几日说不上一句体己话，莫默总觉得生活中好像少了点什么。原来，一日不见，如隔三秋，不仅仅是恋人的专属。

这天在图书馆里查资料，看得头昏脑胀，莫默合上砖头似的学术著作，推开椅子走出阅览室，倚在走廊的玻璃栏杆上拨通了乐姗的电话。

“小乐，有空出来聊会儿不?”

“当然啦，你在哪，我去找你。”

半个小时之后，她们在号称布莱恩根据地之一的茶餐厅碰面。

“瞧你小脸儿红扑扑的，小日子一定过得很滋润吧。”莫默笑着打趣她。

“哪儿呀，我这是被论文给憋的。”乐姗说，“写不出来，愁死我了。”

“都是一样一样的。”莫默安慰她，“这不找你出来唠唠嗑，缓解一下紧张的情绪嘛。”

“你写完论文有什么打算吗?”乐姗舀了勺碗里的杨枝甘露说。

“没什么想法，应该直接回国吧。”说起回国，莫默还真有那么点儿想家了。

“不打算留下?”

“不打算。”

“我猜你也不会。”乐姗高深莫测地说。

“什么意思?”莫默不懂。

“默默，你觉得安妮和何鹏在一起怎么样?”乐姗没头没脑地问起另外一件事来。

“挺好的啊。”莫默想也不想就回答，“小乐，你到底想说什么?”

“是你们都喜欢看到光明的一面吗?”她郑重其事地反问，“我怎么看安妮和陆昊的关系都奇奇怪怪的。”

“哪儿奇怪了?”

“不知道，纯属感觉。”乐姗停顿了下说，“就像我感觉，你还是很喜欢林然对不对?”

悲伤与心酸交抱而出，莫默无言以对。

“刚才我问你完成论文有什么计划，你说准备回国，一秒都没犹豫。不过据我所知，李天骐会继续留在伦敦。所以说，你根本没想过要和他在一起对不对?而你没想过的原因只有一个，就是你从来没喜欢过他。你的心里，从头到尾，都只有林然一个人。”

“可我什么都没有说过……”被她抽丝剥茧地剖析，就像在听一个逻辑缜密的侦探小说，莫默的心跳一下一下加速。关于在普罗旺斯发生的一切，是她的秘密。距普罗旺斯回来已有三个星期，他们没有再见过面。这对莫默来说，未尝不是种解脱。

“别人不了解你，我还不了解你吗?你呀，什么都好，就是多愁善感胜过林黛玉，又执著得要死，有时我看着都觉得累。”自觉语气重了点，乐姗很快又说：“默默，我说话直，你别生气啊。”

“怎么会呢?”莫默苦笑了下说，“我知道你是为我好，更何况你说的都没错。”她沉默了一会儿，再开口时话语间平添了几分痛楚，“真心喜欢过一个人，不是说放下就可以放得下的。以前我听人说，不管发生什么事，都一定要笑，即使是自我催眠，也要让自己觉得快乐。可是这几个月以来，我没有真正快乐过。有时大玩儿大笑过后是无边的空虚和寂寞。回忆有多重，想起来就有多痛。这段时间如果没有你们，我想我肯定挺不过来的。”

“人永远比自己想象的坚强。”乐姗似乎也被她感伤的气氛所沾染，“偶尔脆弱时你以为需要一个肩膀，但其实也许只需要一只冰淇淋而已。失去一个人其实没有那么痛苦的，是你不停地用过去强化，你每说一次‘忘记’就是重复着一次‘记住’。我们对你来说也不是那么不可或缺的，只是时机罢了。”

“乐姗，我觉得你长大了。”莫默由衷地说。

“看过你们一个个在爱里伤过痛过，和你们一起一路走来，长大是多么必然的一件事啊。”发完感慨，乐姗立马恢复古灵精怪的模样，朝莫默做了一个鬼脸，“不过啊，我还是喜欢做一个女侠，专擒不听话的易小贼，哈哈哈……”

莫默也笑了。同时，她在心里做了一个决定。

希望一切还没有太迟。她想。

第二十章

“报告报告，布莱恩小分队最新情报：陆昊和吴小波私自脱离组织，和专业同学去苏格兰自驾游。情节严重，望组织等他俩叛逃归来之后，罚他们请客吃大餐。

情报人员：乐姗。”

一早醒来开电脑，安妮就看到乐姗发在QQ上的“新闻速递”，想必莫默他们都应该收到了。

出去玩了哦。她自言自语着，敲了几个字按下发送键。

“组织批准。”

论文的一稿已经与导师达成了初步共识，安妮接下来要忙的就是如何更好地将理论与自己所选课题紧密结合，增强说服力。昨晚在脑子里勾勒出个大致框架，可惜今天起床竟忘了十之八九，她懊恼得不行，直后悔没第一时间把灵感记下来。

烦躁地在电脑面前坐了一上午，她既想不起之前的框架，又想不出新的结构，脑子里像涂了一层浆糊，黏湿混沌。莫默和欧阳静都去图书馆自习了。何鹏想约她出去吃饭，她也没心情。

我这是怎么了？她很纳闷。她很少这样心神不宁，除非，是有什么不好的事要发生。加上眼皮跳个不停，她心里的不安愈益强烈。她给何鹏发了个消息，让他今天没事别出门。好在何鹏没有追问，只当她心情欠佳时要的小性子。

打开厨房的储物柜，只有一包细面条孤零零地躺在空荡荡的柜子里。冰箱里还有两颗鸡蛋和小半颗卷心菜。安妮接了半锅水，放在反应迟缓的电磁炉上，准备简单地下碗面吃。

在等待水开的时间里，她回到房间翻开《暮光之城》的第四部。这套英文原版书她看了五个月还剩最后一本。Bella 和 Edward 结婚了，真爱最终会战胜人与吸血鬼的界限吗？

不知看了多久，直到听见厨房里传来一阵“嗞嗞”声，她才意识到，水要烧干了！她慌不迭地跑过去。最后几滴水正艰难地在锅底跳跃挣扎。

唉。她叹了一口气，关掉电磁炉，把锅浸到水池里，心烦意乱地走回屋。桌子上还有几块全麦面包，将就下算了。

用面包沾着果酱喂饱了肚子，一股困意悄悄袭来。无神地盯着电脑上一字未改的论文发呆，安妮考虑着要不要回到床上睡个午觉。

正纠结着，手机响了。

她刚把它贴到耳边，就听到小波失魂落魄的声音断断续续地说："安妮，我们……我们出了车祸，陆昊……陆昊他受了伤，十分危急，你……赶快来吧。我们现在正被送往爱丁堡皇家医院……"

车祸，受伤，危急?！每一个词她都听清楚了，可又听不大明白。这些事，怎么会发生在他们身上，怎么会，发生在陆昊身上?！

霎那间，莫名地困扰了她许久的混沌和烦乱消失得无影无踪。她忍着心中巨大的恐惧将手机钥匙钱包交通卡胡乱地塞进包里，疾步出家门，往车站狂奔而去。

远远地，因为不放心而来探望的何鹏刚从车站出来，瞧见她慌张奔跑的样子，急忙迎上前。

"陆昊出事了，路上和你说。"没等他张嘴问，安妮一把拉着他冲进地铁站。

同一天晚上，莫默和李天骐在中国城的一家港式餐厅吃完饭回家。

"不请我上去坐坐?"李天骐把车停在路边，走出来和她说。

自从普罗旺斯那一晚以后，莫默再不敢和他单独呆在一个密闭的空间，心有余悸。这天她抬头望见欧阳静的房间泄出丝丝金黄的光亮，忖思着家里应该有人，另外她也想找个机会和他把有些事说说清楚，就答应了。

"上来吧。"

莫默进门之后先去敲欧阳静的房门。屋里没人。她开始有些后悔自己的这个决定。她把他带到客厅，希望他能在那里坐一会儿，可李天骐却不依，招呼也不打径直走进她的房间。

她无奈，只好随他。

两人一椅一床对坐良久，莫默终于鼓起勇气开了口。

"天骐，有些话我一直想找个最适当的时机和你说，我也不知道现在是不是最合适的，但是……"

"你知道今天是什么日子吗?"他硬邦邦地截断她的话，眼神里透着些许异样的意味。

"今天?"她没期望这个话题被意外地打断，愣住片刻。接着他的问题她想了想说，"8月1日，我来伦敦一周年纪念日。"

"还有呢?"他不依不饶地问，脸上竟是对她没猜到答案的兴奋，连鼻孔都加快了一张一翕的频率。

“还有……”她困惑地摇摇头说，“想不出来了。”

“今天也是云怡的祭日。”

莫默觉得全身的血液都凝固了，不知道是因为这个词特有的温度，还是因为他说话时冷若冰霜的态度。一股久违的寒流从脚底直达心脏，她僵住，动弹不得。

李天骐从口袋里掏出一张照片递到她眼皮底下，“这就是云怡。”

在见到照片的那一刻，莫默立即就敢肯定这张才是第一次她看到的放在他钱包里的照片。至于那张拉布拉多的亲密照，一定是他刻意的伪装。将视线从年轻的他身上移到旁边那个同样青春靓丽的身影，惊惧、讶异、不可思议，莫默的脸转瞬变得极度苍白。除了发型，除了身形，那张脸，几乎和自己是孪生姊妹。

她惊呆了。她好像一下子明白了好多事，又好像更糊涂了，只能嗫嚅着重复相同的几句话：“她就是云怡？怎么可能？这不可能……不可能……”

“你是不是也觉得她和你长得很像？”他幽幽地说，“没错，我也这么以为。所以去年今日在浦东机场，我差点以为见到了她的鬼魂。”

“去年，今日……”莫默突然像被雷击到，全身一震。她猛然抬头，睁大了惊恐的眼睛，“那个男人，是你?!”

“对，就是我。”他一字一顿地说。

每一个字都阴森森地勾起她极为不愉快的记忆。黑得发苦的西装，诡异可怖的气场。

“那天我刚下飞机准备去墓园看她，谁知被你的行李车撞到。我承认，当我看到你的脸的时候，的确被吓倒了。但理智告诉我不可能，云怡她已经死了六年了。只是没想到回伦敦之后竟然还让我遇到你。我才想，是不是云怡在天上看我活得太痛苦了，所以派你来我身边。”

“所以，你对我好，只是因为我长得像她？”

按照小波说的地址，安妮心急火燎地坐火车从伦敦赶赴爱丁堡。一路上，何鹏都紧紧地牵着她凉冰冰的手。在爱丁堡皇家医院十四楼的急救病房外，她一眼就看到了小波惊魂未定地坐在那里，一身血迹斑驳。

“小波，陆昊怎么样了？”她喘着气问。

“还在里面抢救。都进去五个多小时了，安妮，我担心……”小波惧怕得不敢再往下说。

“不会的！”她几乎是嘶喊着说出这句话，眼泪却不受控制地夺眶而逃，“陆昊他不会有事的，他不可以有事！他一定要醒过来，他非醒过来不可……”

话还没有说完，她已泣不成声。

何鹏搂过她，温热的眼泪渗过单薄的T恤直达胸口。他想安慰她，努力张了张嘴，却什么也说不出来。也许此时此刻，心痛，焦急的，不只有她一个人。

“事情是怎么发生的?”何鹏看着小波问。

“我们专业一共七个人包了一辆车，本想从爱丁堡开到苏格兰高地去玩。大概聊得太起劲了，在盘山公路上没注意到对面的一辆大巴车，结果它开过来的时候已经避不及了，只能往左边偏，就撞到了山上。陆昊他坐在副驾驶座上，伤得最重……”小波的声音渐渐低到听不见了。

“陆昊不会有危险的。”何鹏劝慰着他们俩，“有你们这么担心他，他会醒过来的。”

“安妮，我能单独和你说几句话吗?”小波询问地看看何鹏，又看看她。

“去吧。”何鹏拍拍她的肩膀说。

安妮两颊带泪，勉强挤出一丝比哭还难看的笑容，说：“我去去就来。”

倚着窗口站定，她直觉小波说的话和陆昊有关。

“安妮，陆昊有句话让我转达给你。”小波的表情异常严肃，似是在帮好友完成一个神圣的使命。

“你说。”她死死地盯着他的嘴唇，生怕漏听一个字。

“他说，”像是体味到了这句话的份量之重，小波的声音不由自主有了颤抖之意，“如果……如果这次他没能活过来，他最后悔的一件事，就是没能当着你的面，亲口对你说一声，他……喜欢你。”

在爱丁堡夜晚明媚的月光下，她泪如雨下。

“陆昊，你个笨蛋，都和你说过‘如果’没用了，你还乱说话。没有‘如果’，不可以有‘如果’。我要你醒来，你必须给我醒来!”她闭着眼睛无声地在心底祈祷着，期盼着。

走廊的另一头，何鹏静静地看着这一切。

那个消息，必须告诉她了。

又过了一个半小时，手术室门口的急救显示灯终于熄灭了。三个人一齐冲到刚从里面出来的医生面前。

“医生，我朋友怎么样了?”安妮攥着拳头无比紧张地问。

“病人已经脱离了危险期，不过还需要留院观察。你们最好留下一个人在这里照顾他。”一位蓝眼睛女医师摘下口罩说。

“我留!”安妮和小波异口同声地说，随即放下心相视一笑。陆昊没事了，这比什么都重要。

折腾了一晚上，大家都没吃饭，小波出去买点儿吃的，顺便帮他们带一份。何鹏陪着安妮坐在陆昊的病床旁边。他鼻孔里插满管子，全身包得跟个木乃伊似的。

平日里总嫌他聒噪，嫌他话多，现在他这般安静，连呼吸都无声无息，安妮忽然怀念起那个爱和她吵闹，一分钟也不得安宁的陆昊来。他虽然有时无赖了点儿，霸道了点儿，自私了点儿，可她喜欢他嘴角那抹坏坏的微笑，和那双怎么都像睡不醒的小眼睛。

有的人说不清哪里好，可就是谁都替代不了。

感情的故事，不悲就不感人，不曲折就容易遗忘。可是，她并不想要伤春悲秋的青春，也不需要刻骨铭心的爱恋，她只想拥有一份简单平实的生活。也因此，她选择放弃一个她爱的人，而喜欢一个爱她的人。难道见惯了轰轰烈烈爱情的上帝，就无法忍受一段平平淡淡的感情，非要把她原本朴实无华的生活给搅得天翻地覆才满意吗？

为什么想要一份简单的幸福，会这样疼？

“在想什么？”何鹏从她身后递上一杯热巧克力。

“我在想，这一年的时间，对我的意义是什么。”她把纸杯捧至唇边，可可苦甜的味道扑鼻而来。

“可以说给我听听吗？”他问。

她咽下第一口热巧克力。温热的液体，腻稠的口感。“以前没出国的时候，总幻想，海的另一边是个什么样子。出来了才发现，世界的确很大，很精彩，可是人的心却太小，太小了。那些记着的人，记着的事，不会因为变换地点，变换风景而被磨灭、消失。仗着年轻，我们总以为时间还很多，未来还很远，父母会等着我们去孝顺，朋友会等着我们去相聚，可是也许一转身，有些事，就再也回不去了，有些人，就再也见不到了。”

“你之所以会想这些，是因为今天躺在这里的是陆昊吧。”何鹏说，以陈述代替了疑问。

“是，也不是。”安妮轻轻地说，“陆昊是我非常重要的一个朋友，和布莱恩小分队的其他人一样。今天不管换成谁遇到这样的灾难，我都会同样担心。这一年，对于我们所有人来说也许都只是一个不大不小的插曲，毕业了，也就结束了。然后我们会回到各自的生活里，认识新的朋友，有工作，有家庭。要再想这样聚在一起，可能会很难很难。但对我来说，他们就像是我心中的一个烙印，印上去只要一秒，却一辈子都不会忘。”

“嗯。”何鹏若有所思地说，在她看不见的地方红了眼睛，“你待会打个电话给默默吧，她和欧阳若见你一晚上不回去，肯定要着急的。”不论何时何地，他总能保持最清醒的姿态。又或许，不做感情的傀儡，才能做自己的主人。

安妮“哦”了一声，无力地把头靠在他的身上。

当问出这句话后，莫默毫无心痛，相反有一种如释重负的感觉。既然他只把她当成一个替身，那她对他的亏欠无形中也消逝了好几分。

关于问题的答案，她其实并不期待。当一切真相大白水落石出，是或不是都已经没有那么重要了。也是在这个时候，莫默才真正明悟，原来，每个人心里都埋着一段只有自己才懂的故事。她把和林然的故事藏在心底，而他却把和云怡的往事埋在记忆的棺木。“藏”含着一种珍视的味道，等到时机合宜，掸去岁月落下的尘埃，就可以拿出来回望。“埋”却是一种最决然的绝望，哪怕腐烂成灰，也绝对不可以再次拥抱。藏着，是因为不想忘记；埋葬，是因为无法遗忘。主观和客观的交叠错纵在轮回中构成生命最原始的本质，她和他在截然不同的选择中走向人生完全相异的旅程。

房间里如冰窖般毫无生气。就在她以为她的话惹怒了他时，李天骐突然呈癫狂状态扑向她，按住她的双手把她撳翻在床上，眼神迷离，面部扭曲狰狞。他似疯了一般地叫喊着：“云怡，我知道你爱我，所以你回来看我了对不对？云怡，云怡……”

“天骐，不要！”莫默拼命挣扎，极力躲避着他来势汹汹的狂乱的吻，“不要啊，天骐！”

她的双脚在虚无的空中想找到一个支撑点，可惜徒劳无功。慌恐像是地震时地面裂开的一个大洞，很快将手无寸铁的她往地狱吸去。她的力气渐渐耗尽。闭上眼睛，黑暗中她似乎看到了林然温暖的笑脸，触手可及。

就在这千钧一发之际，锁芯“咔嗒”一声开了。

刚在楼下听到莫默撕心裂肺的尖叫，欧阳静就知道一定有事情发生了，而且是特别不好的事。可是打开门看到眼前这一幕，她还是结结实实地被吓呆了。

出于本能，欧阳静一面大叫“住手”，一面将手中的一盒桃子朝李天骐背后用力砸去。软软的盒子禁不住这一巨大冲击，四分五裂；桃子像紫红色的老鼠，窜往各个角落。

正被错败的意念和邪恶的情欲所牢牢控制的李天骐显然没受到这些不明飞行物落在身上的影响，但是本已放弃希望的莫默此时见欧阳如见最后一丝生机，逃脱的渴望又让她重新充满了力量。

“欧阳，救我！”她声嘶力竭地呼救着。

欧阳静一个大步上前，死命扳住李天骐的双肩，试图把他从床上拉起来。可他忽然直起身子，欧阳静失去重心摔在地上。

“李天骐，你究竟在干什么?!”她抬起头怒斥他。

“我和她的事，不用你管……”他睁着血红的眼睛，恶狠狠地说。

趁他的注意力被分散之际，莫默举起双手重重地往他胸口推了一把。他一个不稳从床上摔了下去，头撞在桌子角上，血很快就渗了出来。

欧阳静冲到床上紧紧地抱住莫默不停颤栗的身体。两个从未遇到过这种场面的女孩儿惊惧得不知该怎么办才好，只能呆呆地注视着他的反应。

疼痛似乎帮他找回了一部分的理智。也许是外在的鲜血流掉了体内淤积的毒素，李天骐的眼神逐渐变得清醒。他用手摸了摸流血的头，黏稠带腥味的液体让他有一种遥远的熟悉感。他深深地看了莫默一眼，一言不发地离开了。

即使他消失在这间屋子，可今晚发生的一切像噩灵一样纠缠着莫默，让她害怕得不敢合上眼。她恳求欧阳静晚上陪她一起睡。

明月清瘦的夜晚，外边万籁俱寂。开着灯的房间，莫默把事情的来龙去脉向好姐妹和盘托出。

提到他那段难以忘怀的过去，莫默说哭了，欧阳静也掉下了眼泪。他本不是坏人，无奈命运就是爱玩黑色幽默，在最意外的时候给之希望或让之绝望。

凌晨时分，莫默握着欧阳静的手迷糊地说着话，手机突然振动又把她吓得不轻。心灵脆弱之时，草木皆兵。

幸好来电的不是别人，是安妮。今晚发生了一团乱七八糟的事，莫默才想起这么晚她还没回家。

“喂，默默。”安妮的声音一听就很低落，这让莫默的心情更乱了。

“安妮，发生什么事了？”她努力保持平静说话。身旁的欧阳静觉察到异样，侧过头用探究的眼神看着她。

“陆昊在爱丁堡出了车祸，我现在在医院陪他。”

“车祸?！严重吗?”莫默瞪圆了哭得通红的眼睛。欧阳静闻言直接从床上弹了起来。

“已经度过危险期了。”安妮沉重地吐着这些今天下午之前还跟她完全没有关系的字眼，“我这两天都会待在这里，何鹏也在，你们不用担心。”

她的意思，是让她们不用担心她，还是不用担心陆昊？可事实是，他们三个此时以这样极端的方式凑在一起，让人不担心都难。

“默默，我想明天去一趟爱丁堡。”大致听明白了事情的欧阳静说，“你在家好好休息吧，不要多想，一切都会好起来的。”

“欧阳，”莫默慢慢地说，“我和你一起去。安妮现在需要我们。”

翌日清晨，莫默、欧阳静、乐姗和章淞圻乘火车赶去了爱丁堡。

见到他们的一刻，安妮掩面而泣。

布莱恩七人小分队，不离不弃，相亲相爱。

这是乐姗搂住她说的第一句话。

足矣。

在医院等待陆昊醒来的时间里，莫默把昨晚的惊魂一夜简单地和同伴们说了说。如果没有欧阳静，大家都不敢设想，实在太可怕了。

“真是知人知面不知心啊。”乐姗义愤填膺地说，“平时看他衣冠楚楚的样子，没想到竟然会干出这么卑鄙龌龊的事。”

“小乐，你别这么讲。”莫默垂首道。

“默默，你别怕，我们都挺你。”章淞圻一拍胸脯说。

“我没有害怕。”莫默摇着头说，“我只是觉得，他失去理智的背后，一定有另外一段感情伤得他很深，很重。”

“你怎么到现在还为他说话?”乐姗甚为不解。

“是啊，默默，不应该啊。”小波也仗义而出，“你如果想告他性骚扰的话我可以帮你找律师。我爸有朋友在伦敦开律所，很有名的。”

“谢谢你，小波。”莫默由衷地感激，“不过我不想。俗话说，可恨之人必有可怜之处。我不恨他，我可怜他。”

“可怜?”乐姗以为自己听错了。

“哀莫大于心死。”莫默缓缓地吐字，“我能体会他痛失所爱之人的感受，只是我比他幸运多了。至少，当我拨通心中所想的那个电话时，还能听到一声热热的‘喂’。而他，却是连这样的机会都没有了。”

在苍白静寂得单调的病房里，只有心电图发出“嘀、嘀、嘀”的声音。望着身躺白色床单底下紧闭双眼的陆昊，安妮深深地叹了一口气。我们总爱固执地以为人生好像掌纹一样，是掌握在自己手里的。可是当厄运来袭时，握紧双手，我们才发现其实手里一无所有。在死亡面前，爱情是多么单薄，又是多么渺小。活着，才是最大的希望。

“默默，不管你准备怎么做，我都支持你。”安妮紧紧地拢住好姐妹的手。

莫默脸上露出微笑，用力地回握。

其他人也许不如欧阳静了解那么多内情，但都表示会尊重莫默的决定。

经过大家轮流不眠不休地陪伴和看护，陆昊终于在第三天早上苏醒了过来。他抬起厚重的眼皮，一张张亲切而热望的面孔渐渐清晰。

“小波、默默、欧阳、乐姗、淞圻……”他哑着嗓子一个一个地报着他们的名字，似乎为了证明自己不是在做梦。

可是当视线飘移到安妮身上时，他停住了。

四目相对，情意流转。

最后，他却看向另一个人，虚弱地扯动嘴角，“何鹏，你也来了。”

所有人之中，他偏偏不叫她；就好像，劫后余生，他不想再与她有任何瓜葛。

除了心痛，安妮更多的是不解与迷惘。

到底是她不够清醒，还是他习惯了糊涂?

凭着年轻底子好，加上国外先进的医疗手段和朋友们的悉心照顾，陆昊的身体一天天地恢复得很快。虽然骨骼的痊愈尚需时日，但活动自如的嘴巴可一刻都不愿停歇，谁陪着他他就和谁聊得火热。

只有一个人除外。

安妮百思不得其解。本来满心欢喜看他从鬼门关兜了一圈回来，谁知他过奈何桥时是不是一时口渴喝了孟婆汤，而且独独擦除了和她的回忆。就算磁盘被格式化，还有重新寻回的可能。可是他自动忽略，主动过滤，她是否还能在他的眸子里看到自己的影子？

这天阳光明媚，护士建议陆昊可以去楼下草坪晒晒太阳，呼吸一下新鲜空气。欧阳静把轮椅从角落推到床前，安妮自然地伸出手想帮他从病床上搀下来。

“谢谢，我自己来就行了。”陆昊婉拒了她，吃力地挪动不灵活的双脚，皱着眉一寸寸地靠近轮椅。

被他莫名其妙地再次拒绝，安妮又羞又恼，一扭头跑出了病房。可跑了几步她就停住了，终究不放心。碍于面子，她一边在电梯前装作不耐烦按楼层的样子，一边焦急地从侧旁的镜子里看着他们出现。

一直到欧阳静离开草坪去买咖啡，两个人都没有再正视对方一眼。

明明气宽舒畅的花园，为什么一下子变得逼仄桎梏，连空气里，都充满了潮湿凝滞的味道？

安妮坐在爬山虎蔓延的长廊上，抬头望天，眼角的余光却不由自主地飘向了那一个坐在轮椅上默不作声的身影。

他侧面朝着她，正闭目养神，嘴角似乎还带着浅浅的微笑。

这算什么态度？

她真的怒了。连日来压抑的疑惑、委屈和不满统统浮出水面，淹没了冷静这座小岛。她毅然站起身，走到他的轮椅旁边。

“陆昊，你到底什么意思？”

他没转头，似泰然自若。

这样的漠然彻底激怒了她。她难抑心中的痛苦，绕到他面前蹲下身，强迫他与自己对视，“自从你醒来以后，就像变了一个人。你对所有人都加倍的好，唯独对我，比冰还冷。我不知道究竟发生了什么事。”她泫然涕下，“难道，你让小波告诉我的那些话，都是假的吗？”

“安妮，”陆昊终于对她说话，“忘了它们吧。”

“什么？”她瞪着流泪的眼睛问。

“忘了那些话，就当我没有说过。”他依旧是用冷冷的口吻说，“不要再胡思乱想，和何鹏好好地过日子。”

她愕然。

这三天他昏迷的时间里，她担心得日不能食夜不能寐，好容易等到他活过来，他却将过去轻飘飘地一笔勾销。

哪有这样的事?!

她恍惚地起身，低着头迈动无力的步子，不知该往哪儿去。

身后，轮椅下的一棵小草惊奇地问同伴："咦，今天的雨怎么是咸的?"

快到医院门口时，她遇到欧阳静，才知道何鹏一直在找她。

在月牙形的湖边，安妮看到他坐在岸边的一块大石头上。

"不好意思，手机落在病房了。"她走过去，坐在他的身旁。

"没关系。"何鹏说，交叉着十指搁在腿上，"安妮，我有个消息想告诉你。"

"你说。"她望着他。

"我已经被全奖保送去耶鲁了。"他声音沉缓，"我希望你能和我一起去。"

恭喜祝贺的话卡在喉咙口，安妮只觉得嗓子艰涩刺痛。

"为什么这么突然?"她低声问。

"你不用急着答复我。三天之后，我在伦敦等你答案。"他拍拍手站了起来，"有你们在，我在这里也挺多余。我买了下午两点的火车票回伦敦。"

"等等。"安妮叫住了转身欲离开的他，"我和你一起回去。"

怀着虔诚的心情一步步走进学校的小教堂，安妮在第一排位子上坐下，双手合十。

"主，请你赐福于你的儿女，我所爱的人，擦亮我们污浊的灵魂，重新点燃彼此的生命。"轻声念完这段祈祷文，安妮从包里拿出两张卡片。其中一张，纸的边缘有些破旧，有些模糊。可每一笔勾勒，每一抹痕迹，似乎都记载着跨越千年万载的深情。

"Wish you happiness forever."

多么简单的一句话，多么艰难的一个愿望。

"陆昊，谢谢你出现在我短暂的生命里，让它有了不一般的意义。虽然我和你说，'如果'是这个世界上最没有用的两个字，可那是因为我软弱，害怕一旦想起我们的'如果'便会不可自拔。感谢你，让我尝过爱的美好与煎熬。"看似空无一人的圣地，一大滴泪水打湿了纸上的字，愈加辨别不清。

将两张纯白的卡片一起放进抽屉，她站起身，离开教堂。

捧着单反相机慢慢地从耶稣圣像后走出，何鹏眼中噙泪。想用镜头捕捉下伦敦最后的印象，却不料误闻这世上对他来说最痛的只言片语。

一定是因为太高兴了吧，才会突然那么难过的想要哭的。

一年之后，再一次踏进这里，闻着布莱恩宿舍熟悉的味道，安妮闻得眼泪都要出来了。

一样的楼梯，一样的厨房，一样的门牌号，惟一改变的是，屋子的主人。

站在记忆里的原点往上看，安妮依稀又见到那个差点儿连人带箱摔下楼的陆昊，和他狼狈地偷瞄自己的眼神。有人说，当命定的恋人出现时，他（她）的头上会出现天使一般的光环。曾经她怀疑这种说法，可那一天，她分明看见了一道光芒从侧后将某人笼罩。

原来，有些事，早已经注定。

拾级而上，穿过长长的走道，推开厨房门，安妮哑然失笑。那张曾经陪伴他们度过了无数个三国杀夜晚的小圆桌，如今换上了一副UNO牌。

那些不耐寂寞的孩子，总能找到催促时光快进的机器。

而她，却那么那么想让时间倒退，退回到曾经的单纯快乐，再去看一眼，他的笑脸。记忆的黑洞深不见底，而他却霸占了她一路的过往。不问因由，不管对错，她遥想在回不去的当初，她是如何爱上他。

二楼隔着落地玻璃窗的两个房间，是她和他最近的距离。手掌轻轻地抚过那一方小小的绿色门牌，安妮闭上眼。

“其实我心里很慌的，你们难道真以为我什么事都没有吗？”

“那你为什么……”

“说了又能怎么样呢，还不是让你们也跟着瞎操心。”

“陆昊，你别这么难过……如果最后真悲剧了，你还有我。”

睁开眼，苦苦咸咸的笑。未完成的勇敢，只能遗憾。

从来，我都一直在，可是，我不敢。以前，是不敢去爱，而今，是不敢错爱。就像那句差点说漏嘴的话，最后还是用“我们”替代。所谓海枯石烂的等待，大抵只是在自己的世界尽头，以被动的姿态亲眼证实，那么多辜负在韶华中，苍老了伊人，凋零了玫瑰的痴情。

也许很多很多年以后，我们还会再见面，淡淡地点头、微笑，然后擦肩而过，各自平静地消逝在人海中。若真有那么一天，是不是证明，我们真的失去了彼此。

陆昊，如果我们得不到，那么至少，我们走过这一遭。

在一年零几天的日子里，我终于可以坦诚地告诉自己，我爱你，却与你无关。

纪念一个人的纪念，忘却一个人的忘却。

从此，告别。

和他的三天之约到期，安妮如约拨了何鹏的电话，想要告诉他她的决定。

“对不起，你所拨打的用户已关机，请在‘嘟’声后留言。”

连打五个，全进语音信箱。

怎么回事？她纳闷地将手机放进口袋，打开回家的大门。

照例去沙发上翻一翻当日的信件：外卖广告，银行账单，超市优惠券……突然，一只简洁的纯白色信封吸引了她全部的注意力。

收件人：安妮。

手写体。她认得，是何鹏的字。

她的心不听话地抖着，手中的信如有千斤。

安妮：

还记得你问过我为什么那么突然要求你和我一起去美国吗？其实耶鲁全奖的录取通知书我6月初就收到了，我也一直想找个最好的时机告诉你，可是看到你一天天越来越迷茫的眼神，我开始怀疑这个提议是不是恰当。

直到那天陆昊出事，你连夜赶去苏格兰看他。当我在医院看到病房外的你第一次如此无助，如此害怕，好像下一刻陆昊要是不在了你也就随他而去了，我就彻底明白这场战役我早已输得一败涂地，干干净净。

安妮你知道吗，我最难过的时候不是我发现你真正爱的人不是我，而是看到你清澈的眼睛里却透着茫然的眼神。你接受我的感情只是因为你不想去面对那个你不愿意承认的事实。事到如今，我和陆昊究竟谁比较好已经不重要了，最重要的是，他在你心里是不可替代的。

所以一开始你心里那扇门就已经关上了，除了陆昊，谁也进入不了。安妮，你知道和我在一起会很幸福，一定会，可是你从来没有真正接受过我对你的好。我对你越好，你就越觉得你欠着我。你对我的好只是为了弥补你良心上的歉疚。对你而言，也许我更像一个兄长，可以让你信任，可以让你依赖，却永远不会想牵起手过一辈子。在你开心或难过的时候，第一个想到的绝对不是我。

我曾经以为我可以包容你的偶尔心不在焉，原谅你不记得我们的纪念日，可是现在我发现我错了。在爱情里原来我也是一个很小气的男人，我只希望可以完完全全地拥有你的一切。和你作出这个三天的约定其实只是为了让你更好地看清自己的内心，明白谁才是你的那个惟一。

当你收到这封信的时候，我应该已经在波士顿了。安妮，请允许我最后的自私一次，我并不想知道你的决定，就让我带着和你的美好回忆继续一个人的生活吧。希望那个人会让你幸福。

再见，安妮。

落款的日期是三天前。

眼泪扑簌簌地打湿了信纸，何鹏峻挺有力的笔迹很快晕染开来。

她瞒过天下人，却最终逃脱不了他的眼睛。她多么自私，以为只要有他在身边，就是她能抓住的幸福，可是她忽略了，他也有自己的坚持。

等不到她的全心全意，他最后的骄傲，只剩倔强地不回头地走掉。

安妮攥着信纸，失声痛哭。

第二十一章

一切好像回到了原点。

从爱丁堡回来之后，大家都义无反顾地投入了论文的滚滚大潮中，就连行动尚未完全自如的陆昊也没有要求导师延期，尽力在截止日期前交出最理想的功课。

近一个月的时间里，李天骐仿佛人间蒸发，再也没有发短信或打电话来骚扰过莫默。这对她来说，未尝不是一件好事。可她心里，仍有一丝无法言明的牵挂。她隐约觉得，她和他之间还未彻底结束。

功夫不负有心人。九月初，所有人都准时将装帧一新的论文呈至系主任办公室。

而离别的时刻，也终于不期而至。

"乐姗，你慢点儿!"

"小乐，我自己来拿吧!"

从抵达希思罗机场开始，乐姗就没停下来过，一会儿推着小波的行李车跑到队伍的最前头，一会儿抢着帮欧阳静拎旅行袋。

"哎，易森，你倒是管管她呀!"莫默笑着将易森往前推了一把。

他好心想接过乐姗手里的拎包，却被她抢白道："你别管我，姐今儿力气大得没处使。"

安妮走过去拍拍他的肩，示意让她来。易森感激地冲她一笑，露出两排洁白好看的牙齿。

"小乐，我知你心里不好受，可易森他也是关心你，你这样对他，他很可怜耶。"安妮挽住她的手。

"安妮，我……我……"乐姗突然立住，双眼红通通的，说不出话来。

莫默和欧阳静见状赶快上前。四个人围成一个小圈。

"我就是心里特堵，难受。"乐姗说，泪水在眼眶里打转，"默默、安妮、欧阳，我舍不得你们，我舍不得伦敦……"

“傻孩子，我们回国可以再见的啊，而且我们还可以时不时飞来飞去串门儿，多好呀!”话虽这么说，欧阳静也忍不住红了眼圈。

“对啊，你忘了吗，我们说好的，等欧阳婚礼的时候，要让小波包吃包住包飞机票，大家一起去热闹。”莫默哽咽着说。

“布莱恩七人小分队，不离不弃，相亲相爱。”安妮强忍眼中垂垂欲落的泪滴，“这是我们的约定。”

“嗯!”乐姗重重地一点头，将她们统统抱入怀中。

“女生就是容易伤感。”即使中国城的理发师曾差点儿度毁了章淞圻性感的短发，可他额前那一缕飘逸的刘海很顽强地一直活了下来。此刻他又用大家习惯的手势捋了捋宝贝刘海，回过头，惊讶地看见小波竟也在一抽一抽地吸鼻子。

“你们再抱头痛哭，我们就快成围观对象了。”陆昊微笑着打破忧伤的气氛，左胳膊缠着厚厚的绷带。

“好了，不哭了。”欧阳静抬手擦掉自己的眼泪，“趁着2012还没来，我们要尽情挥霍欢乐的时光，多笑笑。”

一句话把大家都给“扑哧”一下逗乐了。

“默默，你之后一个人坐飞机，要注意安全。”乐姗说。

“我知道。”莫默紧紧地抱了抱她，“小乐，有些话我想我不用说你也会明白的。千言万语，我只想说，谢谢你。”

“你看你，我好不容易不哭了，你又来煽情。”乐姗啜泣着说，“默默，对自己好一点，你这么惹人疼爱，一定会幸福的。无论何时何地，你都要记住，我们都在你身边支持你。”

莫默流着泪，拼命点头。

“亲爱的，这一年，我们分享过很多心事，如果你以后想找人倾诉，我永远都在。”欧阳静把手搭在她肩上说。

“欧阳……”莫默转过身抱住她，“谢谢你总在我最脆弱的时候给我力量，给我勇气，让我一个人也不觉得孤单。”

在入关口，一年朝夕相处的感情，一年无话不说的友谊，一年惺惺相惜的默契，顷刻均化作决堤的泪水喷涌而出，打湿了每个人敏感而柔软的内心。

“时间差不多了，小乐，我们该入关了。”易森轻声对她说。

乐姗含糊地应着，松开抱成一团的姐妹们。

“快进去吧。”安妮抽咽着说，“安检人多，早点进去比较好。”

挥手告别，莫默、安妮和陆昊在外边看着他们一个个排队走进关卡，手都挥酸了，依然不愿放下。

在检查护照的地方，乐姗好像遇到了点儿小麻烦，满衣袋地找东西。易森用手中的登机牌打了一下她的头，继而把纸牌递到她面前。她吐吐舌头笑了，还不忘朝莫默他们做了个可爱的鬼脸。

直到望着所有人都消失在门板背后，莫默才失落地将手收回。

我们说好的，布莱恩七人小分队，永不说再见。

回程的地铁上，骤然少了亲亲热热的一群伙伴，三个人似乎都沉浸在刚刚分别的感伤里，一时沉默无话。

过了好一会儿，陆昊最先回到现实中。

“安妮，你接下来什么打算？”他问。

“我还没想好。”她低声回答。

“哦。”他好像很失望的样子，稍稍犹豫了下问，“你……会留在伦敦吗？”

“我不知道。”她的声音更轻了。

地铁驶至中国城时，莫默说她要下车去买点东西，安妮想也没想就说要和她一起走。

“不和他聊聊？”从沉闷的地下钻出来，莫默问她。

“我不知道该说什么。”她诚实作答，“最近事情比较多，或许过段时间会好吧。”

怀着依依不舍的心情如火如荼地进行着收拾大业，莫默听到书桌上传来一阵悦耳的音乐。她从地上站起身，走到书桌旁，拿起手机。看见来电提示的刹那，她愣住了。良久，她按下通话键。

“喂。”

坐在熟悉的咖啡厅里，莫默觉得仿佛已经过了一个世纪那么久。

虽然才过去一个多月，对面的人却似乎老了好几岁，一贯的整洁绅士变作一脸的胡子拉碴和满头蓬发，松松垮垮的T恤随便地套在身上。

“我真没想到你还愿意出来见我。”李天骐看着她说，“你不怕？”

莫默摇摇头，说：“我相信你会来找我，因为你欠我一句话。”

他凝视她数秒，开口。

“对不起。”

这三个字，说来是那么轻，却又是那么重。

“天骐，”莫默第一次主动将手覆上他置于桌上的手背，“这句话，你不只欠我，你还欠云怡姐。”

他盯着她，眼里尽显痛楚和迷茫。

“因为七年前，云怡姐之所以会选择以那样极端的方式离开你，不就是希望你不用为难，可以过得更好吗？为了想让你和父母和好，她不惜牺牲了自己。可是现在你问问自己，你快乐吗?”

她的话犹如一柄利刃刺向他的心脏，他痛苦地别过脸。

“虽然云怡姐不在你身边，但是她在天上看到你这样，也一定会为你担心的。”每一个字，莫默都说得非常真挚。

“她如果真担心我，当初就不会离开我。”李天骐咬着牙说，抽回自己的手，死死地捏着左手手腕上再也不能成双的琉璃飞龙。

“我们每个人都有选择自己生活方式的权利，云怡姐所做的一切，都是因为她爱你啊。你说她不曾考虑过你的感受，那这些年来，你有没有站在她的立场为她想过呢?”她言辞恳切地质问他。

“我……”他不知该如何作答。七年来，他一直活在自己的悲痛中，坚信自己才是惟一的受伤者，从来没想过在整件事中，所有人都失去了很多很多，包括他的父母，和逝去的云怡。

“你痛失心中至爱，可你的父母失去了惟一的儿子，而云怡姐，她失去了最最宝贵的生命。”

“我恨他们，是他们间接害死云怡，害我七年来有家不能回。”他的十指用力交握，指关节尖锐地外凸，青筋暴露无遗。

“爱有很多种方式，可能你的父母没有选择最正确的那一种，但是，不能否认的是，世人没有人比他们更爱你。”稍顿片刻，莫默提高了音调说，“天骐，醒一醒吧，不要再被仇恨蒙蔽双眼了。阻止你有家不能回的不是他们，是你自己啊。就算要惩罚，七年，也足够了。”

泪水像一条难看的小虫爬上他的脸，他沉痛地合上眼。回忆似一部漫漫无终的蒙太奇，在脑海中不断循环交错，重构成一部完整的默片。他想起刚出国的时候，父亲怕他钱不够花，每个月都会给他打一笔英镑，他却将这笔钱全部用来吃喝玩乐；天冷了，母亲在QQ上给他留言，让他多穿衣服，他却狠狠心将母亲拖入黑名单；看见国内的来电号码，他一个都没接过……

如果这是他对自己的惩罚，对父母的惩罚，七年，够了吗?

睁开眼，李天骐喃喃地说：“你是从哪儿来的，天上吗?”

“也许吧。”莫默淡淡地微笑着说，“另外，天骐，我今天来其实也是为了把上次没来得及说完的话告诉你。我想说，对不起，我没有喜欢过你。”

“我知道。”他终于苦笑了下说，“你一直喜欢的都只有林然，只是你自己不愿意承认。”

这回轮到她不说话了。她望向大玻璃窗的外面，异国情调，风情万种。伦敦的这一年，给她留下的印记太深刻了，她也很喜欢这个前卫而传统的城市，然而，她却从来没想过要留下，或许在她的心底，依旧只愿岁月静好，现世安稳，只念有他的地方，才有家的味道。

阳光与大地玩起了捉迷藏，在云层的后面栖身而居，天空一片苍茫。

两天之后，莫默在李天骐的QQ状态里看到显示地址：上海。

飞离伦敦的前一天傍晚，安妮陪莫默将打包好的衣服鞋子礼物分门别类地装进托运的大箱子。

低沉的拉链声响，过往被严密封锁。环视空无一物的房间，莫默的心里也似瞬间被抽空了一大片。素净沉寂的色调，是她不熟悉的颜料，而她好似突然闯入了另外一个人的生活，心里空空落落。

撤走了史努比的顽皮笑脸，清空了书桌上的台灯、书本和槐花桌布，当所有被还原成一年前的样子，她不禁怅然若失。镜花水月，浮生若梦。她是谁的过客，谁又是她的见证？自她离去之后，还有什么能证明，她曾经来过这里？

“默默”，安妮倚墙而立，“我明天不能去送你了。因为明天，我也将离开伦敦。”

“你要去哪儿？”莫默惊讶地注视着她。

“安顿好了我会联系你的。”安妮浅笑道。背包里的那张单程机票，目的地无人知晓。

“那……陆昊他知道你要走吗？”莫默犹疑地问。

安妮轻轻地摇了摇头。

以前是错失，以后是未知。

“保重，安妮。”曲终人散，万千思绪，说到了最后无非就是一句珍重。

“你也是。”既然分离是逃不开的宿命，那至少，我们可以笑着拥抱告别，安妮想。今夜，我们都不要流泪，好不好？

如果不是有挂在床头的照片日日提醒，莫默很多时候都会犯迷糊，伦敦，那个看似遥不可及的城市，真的曾在她生命中驻守过一年零两个月？

回国以后，莫默如愿以偿地当上了一名记者，只是工作的地点，她选择了离家一千多公里之外的北京。

有时奔走在首都的大街小巷，偶尔在人群中瞥见一个相似的背影，莫默都会恍神很久很久。下班堵在三环路上时，万家灯火齐亮，回家的人们归心似箭，怨声载道，她却安然端坐于驾驶室，因为这座城市数以千计的烛光，没有一盏在等待她的归期。

车里的音乐播放器悠悠地流淌着王菲那无与伦比的空灵声音，莫默不禁跟着轻轻地哼起来，“……愿意为你，我愿意为你，我愿意为你忘记我姓名，就算多一秒停留在你怀里，失去世界也不可惜。我愿意为你，我愿意为你，我愿意为你被放逐天际，只要你真心拿爱与我回应，什么都愿意，什么都愿意为你……”

心痛而铭记的歌词，哪怕再过一百年都不会忘怀的旋律，曾经将她带入这个天籁世界的男孩儿，如今，应该变成一个更为成熟和稳重的男人了吧。副驾驶座上，搁着一张卷起来的巨幅海报。

林然，菲姐要开演唱会了，你知道吗？

座无虚席的五棵松体育馆，莫默凝神望着菲姐如天使一般重降人间。正如她一如既往的艳酷，除了捧着话筒专心于自己的世界，天后并没有多余的言语，但现场却因她掀起了一次又一次的集体大合唱。

于是，那些沐浴阳光的清晨，那些沾满泪水的黄昏，那些共赏花开的早春，那些独观日落的深秋，都在这个初冬的晚上，乘着音乐的翅膀，扑面而来。

很早以前，她就放下矜持，只愿与他共谱一段传奇，如今，却只能孤身在夜夜催眠中将爱开到荼靡。天空不再相连，相见不如怀念。熬干了相思的红豆，却只能在无心的彼岸看不见我们当时的月亮。

林然，你说过如果菲姐开演唱会了，你一定会买最好的位置请我去看，可是，等了五年，盼了五年，只可惜我们相恋于菲姐隐退之后，分别于菲姐复出之前。这一番震惊世人的个唱，是不是只是我另一场哀伤的悼念？

我爱你，我却这样失去了你。

好像是正式地与过去划了一个分界线，自演唱会之后，莫默将精力全放在了工作上。从最基本的打印复印入手，她努力地学习，不断地进步，碰到别人不愿意跟的有危险的线索，她一定跑在最前头。凭着一股敢拼敢冲的韧劲，现在她示于人前的名片上赫然印着：《环球明报》经济部首席记者。

而两年的时光，就在这种平淡如水的嘀嗒声中悄然远逝。

某个周末的黄昏，莫默接到了一个陌生的电话。她接起来，竟然听到了久违的声音。

“安妮?!”她差点喜极而泣。

“是我，默默。”简单的几个字难掩安妮激动的心情。

“你在哪儿啊？这么久没有你的消息，我和欧阳都以为你失踪了呢！”

“我在新加坡。”

隔着千山万水，莫默似乎感觉到了海风吹拂，蓝天白云，椰香四溢，美得不可方物。

在聊天中，莫默才得知，自从伦敦一别，安妮辗转去了希腊和澳大利亚，后来在朋友的引荐下进入新加坡当地的一家华人学校当老师，每日混迹于孩子堆儿，亦师亦友。

两个人怀旧地说着往日美好的种种，分享着彼此的新鲜事，聊着聊着话题自然跑到了感情的事上。

"还是一个人吗?"安妮问她。

"是的。"

"你这样又是何苦呢?如果爱他就去找他吧。"

"那你呢,当年明明有机会和他在一起了,为什么要逃避?"莫默反问。

两人俱是沉默。

许久,像是穿越时空隧道回到了过去,无奈伴着心痛弥漫,莫默轻启朱唇,"安妮,你以为我不想放弃吗?这么久以来,我也见过不少不错的男孩子,英俊多金的,事业有成的。可是优秀,不是爱的理由。他们再好,都不是林然。我承认我傻,这么多年了,他的性格、脾气也许早就不是当初我认识的那个青涩的大男生了,可我就是不甘心,想和命运赌一把,看看它把我的男人到底变成了什么样。"

"为了一份未知的感情赌上你的青春,你的幸福,莫默,值得吗?"

听了她的话,莫默反而笑了,"在我的世界里,只有爱与不爱,没有值不值得。不论结果如何,至少我可以坦然地和自己说,我爱过了,伤过了,等过了,痛过了,所以不后悔了。"慢慢地吐出一口气,她问道,"安妮,你难道不也是这样想的吗?"

安妮被她问住了。毫无疑问,何鹏只留下一封信的不告而别曾无情地瓦解了她对幸福的憧憬,所以那时她没有办法以一种平静的心态去面对陆昊。可是当她从失恋的伤痛中一点一点地走出来,她也越来越明白自己真正需要的是什么。何鹏的成全让她心存感激,但陆昊在爱丁堡不明心意的拒绝让她无法释怀,于是她宁愿选择在记忆中继续爱他,也不愿冲动地回到他身边,和他在一起。

深爱是因,结出思念的苦果。

叽叽喳喳的化妆间,彩妆师手忙脚乱,偏偏脚边还有一个婴儿爬来爬去,她还得时刻提防着不能踩到他。

今天这摊活真是接亏了,她咕哝着,本来早上就可以帮新娘化完妆走人赶场的,结果刚收拾完化妆盒呢,门口风风火火地冲进来一姑娘,进来啥话也没说,抱着新娘就是一顿大哭,活像两个失散已久的亲人,哭完了接着就是大笑。新娘也哭得稀里哗啦的,脸上的妆花得一塌糊涂,拉着她嚷嚷赶紧补妆。

趁着补粉的空隙,她偷偷地从镜子里往后瞟。新来的女孩子看来和新娘差不多大,一头栗色卷发如瀑布般垂至腰间,休闲的短T七分裤配一双匡威经典红色高帮帆布鞋,帅气又活泼。从女孩儿和新娘的交谈中,彩妆师听出她们似乎还在等几个人。

无暇顾及她们叙旧,她只管抓紧手头的工作。眼看就要大功告成,正祈祷着功成身退呢，她听见外边传来了“笃笃笃”的敲门声。

又是一个年龄相仿的女孩，利落的短发，格子衬衫牛仔裤，看上去既文气又干练。

十分无奈地，彩妆师眼睁睁地看着头先那一幕“认亲”的场面再次上演。新娘从椅子上倏地站起来，拎着裙摆跑向门边；“匡威女孩”“啊”地大叫一声，像箭一般奔了过去。三个女孩立马搂成一团，哭了笑，笑了哭，眼泪和笑容混成一块儿，难分难解。

这是来贺喜的还是来捣乱的？彩妆师郁闷地立在一边犯嘀咕。

“小乐，你把小易森抱过来吧，让他一个人乱爬多危险。”莫默坐在沙发上颇为担心地瞅着肉嘟嘟的小家伙在房间里手脚并用玩儿得不亦乐乎。

“哎呀别管他，他有多动症，和我小时候一个样。”乐姗笑着说，视线却不曾离开过地上的小身影，“他呀，和他爸没和我亲，成天粘着我。”

“是不是因为你身上有蛋糕的香味啊？”欧阳静端坐在镜子前补胭脂，笑呵呵地说。

“那还真说不准，‘乐姗饼屋’家的西点，享誉海内外啊，哈哈……”话语间乐姗尽显自豪，“待会儿你们尝过这次我亲手为欧阳的婚礼研发制作的九层大蛋糕就知道啦！”

“我们乐姗做的美食，一定馋得让人流口水。”莫默拉着她的手说，“自从你去了香港之后，这还是我们第一次见面呢。我等下要好好问问易森，怎么就把我们最最可爱的小乐给拐跑了。”

“我也没想到，稀里糊涂地人生就被改道了。”提到易森，乐姗“嘻嘻”地笑，“你罚他喝酒吧，我举双手赞成。”

“没问题，你别心疼就行。”莫默逗她。

这话把乐姗给臊红了脸，她哈着气凑上前挠莫默的胳肢窝。莫默痒得岔了气大笑着喊救命。欧阳静瞧着她俩这闹乎乎的劲儿也乐得不行。

“咦，我们这幕后吴老板怎么还没到呀？”玩够了，乐姗拉着莫默重新赖回到沙发上。

“小波真是个信守承诺的好人啊。”莫默说。

“才包了机票而已，当初说好还要包吃包住的。”乐姗故意嘟起小嘴儿，继而眼里立即闪闪发光，“不过听说他这次有个特大惊喜带给我们，不知道是什么。默默你知道吗？”

莫默耸耸肩，“不知道。欧阳，你呢？”

“我也不清楚，但是啊……”欧阳静眨了眨刚补好眼线的眼睛，卖了个关子说，“我也有一个神秘嘉宾，保准让你们高兴得合不拢嘴。”

化妆完毕，莫默和乐姗帮欧阳静拾掇好婚纱的各个小皱褶，上上下下地将她打量了好几遍，才恋恋不舍地一步三回头先下楼去了宴会大厅。欧阳静则甜蜜地挽着泽由伴娘陪着去酒店正大门迎接各方来宾。

一入酒席，莫默就看到了谈天说地乐不可支的小波和淞圻，而且，两人身旁都各有一位佳人相伴。易森看见乐姗走来，忙站起身走上前从她手里接过酣睡的儿子。

“小波，还不赶紧介绍一下你的‘惊喜’！”乐姗未落座先向他发声。

吴小波“咳咳”清了两下嗓子站起来，同身边的女孩说：“我来介绍，这是我的好朋友，莫默、乐姗。”说完他转向她们，微微红着脸说：“默默，小乐，这位是我的女朋友，嘉懿。”

“有你的啊，吴小波，这么快就有新欢了，那小妹妹怎么办？”乐姗凑近他耳边小小声地问道。

“她……就是小妹妹。”小波不好意思地摸摸头皮。

在好奇的群众们强有力的一致要求下，小波坦白了他和嘉懿相遇相恋的奇妙过程。回国那天从机场出来，他招手拦了一辆出租车，谁知那车竟然绕过他，笔直开到一个美女跟前停了下来。他正埋怨那司机贪图美色来着，一转头竟与那女孩儿的眼神不期而遇。用吴小波同志的原话来说，他瞬间“被电着了，浑身酥酥麻麻的”。后来那车开走了，美女也就不见了。一想起没冲上去要个联系方式什么的，他懊恼了整整一天。老爸叫他晚上一起出去吃饭，说是小妹妹从美国回来了，两个家庭一道接风，顺便好让他见见她，培养下感情，他也懒懒地提不起精神，简单地洗了把脸就出门了。接下来的事就跟演电视似的。他见着了小妹妹，惊讶地发现她就是早上令他一见钟情再难忘怀的那位美女。正好小妹妹对他也很有好感，两人聊着说不完的话，一副相见恨晚之状。他老爸就纳闷了：这小子以前怎么劝都不愿见这姑娘一面，今天怎么变得如此热情似火了？唉，这年头的孩子们啊，真是搞不懂啊，搞不懂啊。

他话音刚落，乐姗已笑得前仰后合。

“你看你，之前还担心这个担心那个的，现在好了吧，白白让你捡了个美人归。”

小波“嘿嘿”地傻乐，在桌子底下牵紧了心上人的手。

“淞圻，听说你们家去年移民去了澳洲啊？”听完了“小波秘史”，乐姗转移了八卦的靶心。

“是呀是呀！”章淞圻连连点头，欣喜着被冷落久矣的自己总算被推到舆论的风口浪尖了，不等她继续问，就竹筒倒豆子般地把什么都说了，“我不是去澳洲读博士了嘛，我爸一盘算，想说那就移个民好了，他们过来看我也方便，不用一次次地办签证。这两年他们就国内住半年，墨尔本住半年，每天都春暖花开的，别提有多爽了。”

“确实乐逍遥啊。”莫默笑着说，“淞圻，你身边这位美女看着有些眼熟呢。”

扯了那么久，章淞圻这才想起漏了一件重要的事。他右手握半拳置于嘴边，学小波清清嗓子说：“我向大家隆重介绍，这位是我的初恋女友，也是即将成为章夫人的任琦萱，任小姐。”

“小子从良了嘛，改邪归正啊？”乐姗狡黠地眨着眼睛说，“不玩了？”

“早不玩了，”章淞圻故作潇洒地摆摆手说，“俗话说‘浪子回头金不换’嘛，是吧，老婆？”

所有人适时地起了一身鸡皮疙瘩。琦萱倒是镇静得很，含笑不语，看来早已历经‘章氏肉麻阵’，百毒不侵了。

他们说说笑笑的同时，宾客陆陆续续地来到。望着不相识的面孔，莫默禁不住心想，欧阳所指的“神秘嘉宾”到底会是谁呢？

酒店正大门，一辆出租车停定。一个戴着半框眼镜的小眼睛男生拉开车门跨了出来。

“欧阳，新婚快乐。”他走至好友面前，将礼金递到她手里。

“谢谢。”欧阳静把红包交给伴娘，转过身和他说，“进去吧，默默他们都在了。”

“欧阳，她……”他想问又不敢问，心怦怦直跳。

“放心。”欧阳静浅笑着点点头，与他交换了一个意会的眼神。

他亦点头，大步进入正厅。

“陆昊！”数年未见故人，乐姗激动地摇着莫默的手臂大呼，“默默，是陆昊耶！”

莫默也喜出望外地站了起来，朝来人挥手，“陆昊！”

待他走近，乐姗毫不留情地对准他胸口就是招牌一拳，“还以为是哪位大人物呢，原来是你啊。”

“怎么，哥来了你不欢喜吗？”陆昊摆出典型的小痞子笑容，让她们备感亲切。他转向对面几个人笑眯眯地说：“兄弟们，别来无恙啊。”

“恙你个头啊！”章淞圻和吴小波过来也是一人一拳，紧接着三个大男生互相拍着肩膀笑了。

“这么多年没见，你倒是混得很人模狗样嘛。”淞圻瞅着陆昊的阿玛尼衬衫说。

“彼此彼此啦，大金融学家。”陆昊回敬了他一句，然后侧过头对小波说，

“小妹妹很漂亮啊。”

“那是啊。”小波得意地说。

“还有，易森，鉴于你把我们乐姗给拐到香港去的事实，我们布莱恩小分队今晚一定让你不醉不归。”陆昊走到他座位旁，友好地举起右手。

“不醉不归，悉听尊便。”易森笑着应战，伸出手与陆昊“啪”的一声击掌为盟。

“小乐，易森的国语精湛了不少呀，全是你的功劳吧。”莫默与乐姗咬着小耳朵说。

“那是，我和他说，要做一个真正的中国人，就得先学会说中国话。”乐姗双手插袋，“呵呵”地笑。

随着神圣的婚礼进行曲响起，身披曳地纯白婚纱的欧阳静在全场人起立祝福的目光中挽着父亲的手优雅地步入大宴会厅。路经莫默他们时，她调皮地抛了个飞吻。

台上，主持人手拿话筒正欲宣布良辰即到，婚礼即将开始，欧阳静却抬起手拦住了他，“请再等一等，还有一个非常重要的人没有到……”

“对不起，对不起，我迟到了，飞机晚点……”宴会厅大门被打开，一个女孩连声道着歉风尘仆仆地跑了进来。

欧阳静的心这才完全落定。她冲女孩露出一个粲然的笑脸，回身示意主持人婚礼可以开始了。

莫默和乐姗同时从座位上跳了起来，朝刚来的女孩一边用劲招手一边大声呼喊：“安妮，这边！”

安妮开心地朝好姐妹一路小跑，及至她们身前，伸出双臂将她们拥入怀里，嘴里的话因为喜不自禁也变得含糊起来，“默默，小乐，我好想你们啊……”

“我们也好想你……”莫默的眼睛湿润了。

“安妮，你快看，都有谁来了。”乐姗放开她，哑着声音说。

“易森、小波、淞圻……”安妮依次念着，眼里的雾气越来越重。曾经年少稚嫩的脸庞，曾经亲如一家人的布莱恩七人小分队……

到齐了。

陆昊站在离她半米开外的地方，含泪而笑。

于是，所有的挣扎，所有的等候，所有的彷徨，所有的期待，终于在看见希望的这一刻，找到了地老天荒的出口。千千万万种感觉翻江倒海地涌来，很快淹没了她的视线。

“安妮……”他泪眼模糊，掌心一枚泛黄的小照片附着于黄澄澄的一镑硬币上重遇故主。

“陆昊……”她捂住嘴，潸然泪下。

被他们两个重逢的喜悦所深深感染着，莫默心里忽然生出一份疯狂的想念，根系缠绕长成参天大树。当岁月的流沙涤去表面的浮尘，真爱终将如久历磨难的珍珠璀璨亮世，光华照人。她以为自己的心早已刀枪不入，却原来在回忆面前一触即溃。

感情从来都是一件千回百转的事，幸福也不曾唾手可得。多少人因为寂寞而错爱，又因为错爱而寂寞了一生。我们跌跌撞撞，我们磕磕碰碰，无非就是梦想在有生之年，能如此幸运地遇到那个人，从此卸下或华丽或坚强的外衣，只愿为他柴米油盐酱醋茶。任红颜老去，洗尽铅华，依然能得一人与之共赏灯火阑珊。

有时我们渴望的爱情，要的就是相依，而不是相望。

宽畅亮堂的大厅，苏丽珍坐在鸢尾紫软皮质沙发上，笑盈盈地看着眼前这一对充满活力的新鲜组合。

林然把孩子横抱在手里，忽而上忽而下，嘴里还很配合地“呜，呜”作响。小男孩被他逗得高兴坏了，张着嘴哈哈哈地笑个不停。

“然，过来坐吧，小心别把他宠坏了。”她笑着说。

“小孩子嘛，就是用来宠的。”他说，抱着孩子又转了几个圈后，他才将他妥帖地放到她身边。

“妈妈，我要喝水。”小孩子向她伸出稚嫩的小手，童趣无限。

苏丽珍把水杯送到他嘴边，眼里的母爱尽露无遗，“慢慢喝，别呛着。”

“我觉得轩轩和我很投缘啊。”林然用纸巾擦去额头上一层薄薄的汗。

“那是啊，谁让你是他干爹呢。”她抬起头嫣然一笑。

“时间真是过得太快了，眨眼间轩轩都这么大了。”他感慨道，“要不是你们家辰逸来杭城开会，我都不知道还要隔多久才能见到这可爱的小家伙。”

“是呀，”她说，“都这么多年了，你什么时候给轩轩找一个干妈呢?”

他不作声地拿起了桌上的杯子，慢慢地喝下其中又黑又苦的液体。

“你啊，就是这么固执。”她轻声说。她确是心疼他的。五年了，苏丽珍目睹他为了曾经的一个承诺和梦想一直努力。而今，她找到了命中所爱，三年前轩轩也呱呱坠地，而他，却依然选择了在属于他和某人的“默然咖啡厅”中原地等待。

正聊着，落地窗外一辆宾利车缓缓停下。

“爸爸！”轩轩用胖胖的小手指指着从车上下来的那个男人兴奋地大叫。

苏丽珍抱着他站起来，“然，辰逸他来接我们了，我们先走了，下次有机会再来看你。”

咖啡厅的门一打开，轩轩就迫不及待地想挣脱妈妈的手跑到爸爸那去。辰逸大步向他们跑来，将儿子抱在手中，另一只手搂住了妻子的肩膀。

望着他们一家三口温馨地离开，林然有些羡慕，有些怅然，又有些难过。

默默，我们的梦想已经实现了，你知道吗？

只要你愿意，我会永远在这里等你。

等你回来。

结束短暂的相聚，莫默的生活又回到了忙碌而充实的轨道上，采访、写稿、开会，因为无所羁绊，晚上加点班也不碍事。天道酬勤，她的点滴努力都被领导和同事看在眼里。

这天快下班时，莫默被经济部的陈主任叫去了办公室。出来的时候，她手上多了一张纸。

同为经济部两朵金花之一的小莉眼尖手快，从她手里“滋”地一下抽出纸，大声读出最上面的三个字：“调职书?!”

一帮同事闻言“哗啦”全跑到她身边，争着抢着看那张再普通不过的A4纸。

“哎呀，我说默默，你这回可要提干了呀，‘《环球明报》杭城站经济部副主任’，大官啊，回来肯定就升职了!”小莉故作崇拜状说，“别忘了照顾照顾姐妹们哦!”

“杭城离上海那么近，以后可以常常回家吃妈妈做的菜了耶，默默，你不要太幸福哦!”号称经济部“第一快嘴”的宇飞羡慕异常。

对于同事们热情的祝贺和拐着弯的艳羡，莫默均一笑置之。此刻，捧着那一张小小的调职书，她只觉千斤在手。在别人看来的一份美差，她却因之心生无限波澜。

杭城，她和林然曾相约的江南小城。

南方的冬天寒风凛冽，也许是适应了北京干冷的气候，再次回到这片湿润的土地，莫默竟然对这股钻入心肺的冷风略微感到些许刺痛。湿意伴着寒意渗入毛孔，她恨不得将自己裹成一个大棉球。

时至中午，吝啬的太阳终于敞开怀抱，洒下万丈金辉。阳光温柔地照在身上，莫默不由得萌发了几丝慵懒的闲意。她闭上眼睛感受了一会儿得天独厚的温暖，然后把肩上的挎包往上提了提，拢拢羽绒服的领口，准备找一家餐厅好好享受一顿周末大餐。

远远地，莫默瞧见街道拐角处好像有一座咖啡厅。她加快了脚步走过去。

透过一面大大的落地玻璃窗，莫默仿佛看见了梦里的画面：雕花窗栏，百合漫舞……

视线从窗口慢慢地移到大堂，她彻底呆住了。

“默然相爱，寂静欢喜”。

这一幅对联，怎么也会在这里？

尘封的记忆渐渐苏醒，莫默似乎听到了春降人间，繁花似锦的声音。她仰起头，“默然咖啡厅”五个金色大字跃然入目。

“嗨，好久不见。”

耳边响起熟悉的男中音，她转过身。逆光中的他，暖暖地微笑，一如往昔。

一时间，阳光刺眼。

番外一　陆昊

是不是人死前都会想起自己最爱的人？

陆昊不知道自己是什么时候开始喜欢安妮的，也许是没拿到录取资格她去房里安慰他，也许是她那一次生病，也许，就在第一次见面的时候。

以前不懂感情，有好感就去追了，没感觉就一拍两散了。直到安妮的出现，他才明白，原来世上真的有一种心动叫做爱。

于是，想当初不把任何女生放在心上的陆公子，也有了自己一定想要记住的人。

一个人的时候，他常常会想，如果当时换他先开口，日子是否还一样细水长流。每每此时，他就会从抽屉里翻出那一枚小小的一镑硬币，盯着两张紧挨的笑脸，辗转反侧。

那天闲来无事，他鬼使神差地跑去特拉法加广场晒太阳，不期然地看到了一个熟悉的身影。他本来想走过去打个招呼，却刚好看见她在硬币上粘着什么东西，然后转身把硬币抛出一个优美的弧度，好像文艺复兴时期的拉斐尔在教堂墙上画的漂亮而完美的弧线。

待她不回头地离开后，陆昊才移步上前。碧澄的池水下，他一眼就看到了那枚与众不同的印记。他快速地脱掉鞋子，卷起裤腿，在周围人群的高呼声中，毅然跨进冰凉的池水中。

甩掉硬币上湿漉漉的水滴，陆昊方才看清，这张被撕下粘附的照片，正是他和安妮在女王黄金天使像下的合影。

倘若不是欧阳，可能他这辈子都会守着这枚硬币而不敢迈出最关键的一步。

虽然，他还是与她擦身相错。

看着她日日和何鹏在一块，他如万蚁钻心，心里又痒又疼，可终究无可奈何。对她的深情，他以为自己永远都只会深埋于心底，直至死亡如此真切地将自己笼罩。

最后的告白，陆昊知道安妮一定会被打动，但死里逃生的他却选择了将过去一切抹杀。残酷的背后，惟有他才清楚全部的真相。

那年年底，他的身体还没完全痊愈，就已收到了三家投资银行的笔试面试通知。经过残酷的层层选拔和出类拔萃的表现，他终于战胜其他竞争者站在了世界金融业的最前沿。

拿着令人眼红的薪水，陆昊同时也承担着超负荷的工作量，常常忙得像一颗陀螺顾不上休息。连着加班不眠不休一周，他提前三天完成了年终的商业计划，请了五天的年假回国探亲。坐在飞机上，三年来第一次离家越来越近，竟有几分近乡情怯的意味。

不过只在家短暂地休整了一天，他便打电话给欧阳静约她出来喝下午茶。

忆起往昔，几多感慨。

“想不到你和安妮纠纠缠缠了这么久，还是没能在一起。”欧阳静为他们甚感惋惜。

“我曾经以为她会和何鹏一起过得很好。”咖啡在舌尖留下苦涩的后味，他后知后觉。

“那时你出了车祸，你不知道安妮有多担心，何鹏也是因为看见她这样，才明白她根本就没有放下你。”欧阳静说。

“你是说，何鹏离开安妮，是因为我?!”陆昊无比讶异，手一抖，杯中的咖啡溅湿衣袖。

“难道你不知道?”欧阳静对他的不知情感到吃惊。

在陆昊焦灼的目光中，欧阳静徐徐道出全部的事实。

听完她的讲述，陆昊喟然长叹，“我真的不知道事情原来是这样。”

“那你呢，为什么醒来后把安妮拒于千里之外?”时隔多日，欧阳静仍旧满心疑惑。

“当我命悬一线，以为自己快挂了的时候，我脑子里惟一有意识的知觉，就只剩下了后悔，我后悔这辈子没能执子之手，与子偕老，只能与她擦肩而过。可是当我死里逃生，睁开眼睛看到她的那一刻，我才突然醒悟，今生对我而言，没有什么比她的幸福更重要的了。我看到何鹏紧紧地握着她的手，脸上写满了怜惜和疼爱，我感到一种前所未有的安定。也就是在那一刻，我终于不再执著于这份纠缠，彻底放下了。”冷漠的背后，自有一番痛彻骨。

“既然你都说放下了，为什么这些年来还一直苦苦追寻安妮的下落呢?”

这个世界说大不大，说小不小，若是真心想躲一个人，还是躲得掉的。也因此，陆昊遍寻不到她的踪迹。

“放下并不等于放弃。执著是可以放下的，可是感情是不会被放弃的。就算是为了我自己吧，我真的好想再见她一面，哪怕只是亲口问问她这些年过得好不好……”说话间他眼角竟已有泪光闪烁。

沉吟半晌，欧阳静缓缓地吐出几个字，“陆昊，我帮你。”

番外二　林然

自从九年前在澄凉的月光下牵起她的手，林然就在心底起誓，这辈子，他一定会用他全部的努力，给她最美的幸福。

大一到大四，林然一直都是班长，并且拿了四年国家一等奖学金。他知道女孩子心中都有一份小小的虚荣，所以他想让莫默在向别人介绍她的男朋友时是骄傲地昂着头的。可是当毕业的锣鼓敲响时，他也身不由己地慌了。他惶恐，没有任何身家背景的自己如何在这个残酷的社会上打出一片天地，让心爱的女孩过得衣食无忧？

和同龄人相比，出生于双职工家庭的林然，家境其实并不算糟糕，但他从小便懂得自律，不乱花家里一分钱。他清楚，缺少经济基础的爱情就像是空中楼阁，随时都有倒塌倾覆的危险，因此他惟有奋斗，奋斗，再奋斗。他最大的梦想，就是未来搂着莫默逛商店时，买东西可以不看标价牌，随心所欲。

对于一个正处于山花般烂漫年纪的小姑娘来说，莫默多多少少都具有一些女孩子的通病，比如说，有时心眼儿比针眼儿还小，或者，偶尔的骄纵任性无理取闹。可是这一切，在林然眼里，都是她率真性情的流露。他乐意宠着她，保护她，虽不时也和她斗斗嘴，可从来也没真正往心里去过。

如今的社会有多现实，女生就有多势利。为了早日飞上枝头变凤凰，仗着年轻美貌聪明才情傍大款的不在少数，要房要车那已经是最低标准了。空气污浊，可莫默就像是一朵洁白无暇的山茶花，在他身边散发着最清新最纯净的香味。

正式交往的前一天，他向她坦白，他的家境不如她，更无人脉和资源。她说，不能选择出身，但是可以创造命运。人脉靠积累，资源靠挖掘，只要他是真心对她好，那么刚才他说的那些她统统不在乎。

莫默的支持和鼓励是林然奋发向上的最大动力，所以当他们分手之后，他就像一个被人放了气的氢气球，再也飞不高了。

为了追寻认定的感情，为了找回失落的爱恋，林然毅然在得知有机会飞往伦敦时投下了百分之两百的赌注。他赌她的不忍心，赌自己的不死心。

翻山越岭，在他终于鼓起勇气准备抓住最后的机会时，一件意想不到的事发生了。

“林然。”

他转过身，大吃一惊，“Charles，怎么这么巧会在这里碰到你？”

“不算很巧，我专程在这里等你。”

“等我？”他心里的疑团更深了，想起这两天来对方的反常表现，他皱紧了眉头，“你好像知道不少事，你到底是谁？”

对方闻言微微一笑，“Charles 是我的英文名，我的中文名，你也许听说过，我叫李天骐。”

顷刻，所有理解不通的事情，解释不明的状况，会意不了的味道，统统都在林然脑中轰轰烈烈地炸开了最真实的模样。

眼前的这个人，原来就是令他和莫默心生嫌隙的男子，而自己，竟然在过去的两天里被他不知情地观察着，审视着，林然顿时觉得有股热血直涌脑门，就像是被人当面狠狠地打了一拳。

努力压抑心中的怨忿，但林然仍控制不住声音有些变调，“就算我听过你的名字又怎么样，麻烦你以后不要再来纠缠默默了。”

“呵，纠缠？”李天骐的语气中似有一丝讥讽之意，“你凭什么关心我和她的事呢？以一个前男友的身份吗？”

林然闻言一震，但仍不肯退让半步，“我和默默还没有结束，你最好收回你刚刚说的话。”

谁知李天骐听了竟大笑起来，“哈哈，我差点儿忘了，你这次来伦敦有一半的目的是特地来求和的吧。不过像这样吵架，再苦苦和解，就是你想给她的生活吗？”

“你没有资格管我和她之间的事。”林然冷冷地说。

李天骐从鼻子里“哼”了一声，“别以为这个世界上只有你才是她的救世主，没了你她就活不了。让我告诉你，你们已经分手了，现在没有资格来找她的人，是你。”

“那你又凭什么站在这里？”林然盯着他问。

“凭我能给她她想要的生活，你能吗？”

其实李天骐的心里并没有百分之百的把握可以用这句话击退面前这个为爱千里而来的男人，他也是在赌，赌一个男人的自尊、虚荣和骄傲。

很明显，他赌赢了。

他的话犹如一支利箭正中林然脆弱而敏感的恐惧靶心，他不由自主地握紧了双拳。林然见过李天骐在职场上的精锐出色，以他的能力，已经完全可以为默默提供一份锦衣玉食的生活。而自己的未来呢，他能为她创作出这般丰裕的条件吗，如果能，又要到什么时候？

倘若让她跟着自己一起吃苦，未必以后就不会幸福，可是如果她已经碰到了更好的人，林然实在不愿意生生剥夺她的快乐。他害怕日后她会怪她，更害怕她会恨自己。

“你要记得你今天说过的话。”林然上前一步，直视他的眼睛，“如果有一天，你对不起她，我一定会把她找回来的。”

只可惜，林然忽略了一个非常重要但他却并没有亲口问过的事实，那就是莫默想要的生活，也许与物质完全无关。

他这一生，都不会忘记莫默紧紧抓着自己的衣袖时那凄惶而无助的眼泪。

回到公司以后，林然除了更加忘我地工作之外，将所有心思都放在了梦想中的咖啡厅上。一千六百多个日日夜夜，有些东西已事过境迁，有些心情却永远都不会改变。

时间过得特别慢，思念是变态的。

那一年王菲巡回演唱会上海站，林然买了两张 VIP 的票。答应过她的事，他绝对不会食言。天后久违的天籁之声在耳畔回旋飘漾，他多么希望，这一刻，她能出现身边。

手机呆呆地落在他的手里，听筒里的女声一遍遍地重复，“对不起，您所拨打的电话已停机……”

也是哦，他怔怔地想，都已经不在上海了，怎么还会留用以前的号码呢？可是即使如此，他的心，依然阵阵地疼。

市场拓展部经理，一个令众人垂涎欲滴的头衔，他却在接到升职通知的当天，做出了一个令所有人大惑不解的决定，辞职，离开上海。

选择经营地点，申请营业资格，招募骨干店员，购买设备和原材料，直到看着粉刷完毕装修一新的门楣上挂起了金色的招牌，林然才算定下心来。

“默然咖啡厅”，这是她和他当年的约定。咖啡厅里每一个细节，都是他亲自设计的。即使他们没能一起走到最后，林然也不会忘记对她的承诺。因为，他爱她。

当初虽忍痛放手，但这么多年来林然没有停止过关心她的行踪。她从伦敦回来了，不知道为什么没和李天骐在一起；她只身去了遥远的北京，她至今仍是单身。

身旁常有朋友劝他，放不下就去找吧，他总是微笑着摇摇头。让人成长的是经历，不是岁月。因此，在看过形形色色的人之后，林然依然执著地选择了原地等待。

杭城的冬天冷冽冰湿，看着落地窗外的行人裹着棉衣棉帽匆匆而过，林然站在吧台后面品着一杯刚调制好的鸡尾酒，只觉得心安满足。

突然，一个娇俏的身影翩然闯入他的视线，世界随之黯然失色。

她就这么，从记忆深处，分花拂柳走来，宛如当年。

隔着十几米的距离，他清晰地看到了她刹那闪亮的眼神，小而圆的脸庞上写满了不敢置信。

他想立即奔过去，却挪不动脚步。

等待了五年，他都不知道自己会在瞬间变成哑巴。

那一年，伦敦，小白屋前，他说，"默默，我不想看着你幸福"；未完成的表白躲在心底——"因为我希望能自己给你幸福"。

亲爱的，如果你也一样愿意为爱守候，那么说过了再见，就一定会再见。

相信我。